HÅKAN NESSER

Berättelse om herr Roos

HÅKAN NESSER

Berättelse om herr Roos

ALBERT BONNIERS FÖRLAG

Av Håkan Nesser har tidigare utgivits:

Det grovmaskiga nätet 1993
Borkmanns punkt 1994
Återkomsten 1995
Barins triangel 1996
Kvinna med födelsemärke 1996
Kommissarien och tystnaden 1997
Kim Novak badade aldrig i Genesarets sjö 1998
Münsters fall 1998
Carambole 1999
Flugan och evigheten 1999
Ewa Morenos fall 2000
Svalan, katten, rosen, döden 2001
och Piccadilly Circus ligger inte i Kumla 2002
Kära Agnes! 2002
Fallet G 2003
Skuggorna och regnet 2004
Från doktor Klimkes horisont 2005
Människa utan hund 2006
En helt annan historia 2007

På annat förlag:

Koreografen 1988

www.albertbonniersforlag.se

ISBN 978-91-43-50045-5

ScandBook AB, Smedjebacken 2009

Inledande anmärkning

Städerna Kymlinge och Maardam existerar inte i verkligheten. Det gör däremot den rumänske författaren Mircea Cărtărescu, som citeras på några ställen i föreliggande bok.

”Hela livet har jag längtat efter
ett ställe som det här.”

Per Petterson, *Ut och stjäla hästar*

I.

1

Dagen innan allt förändrades hade Ante Valdemar Roos en syn.

Han gick med sin far i en skog. Det var höst och de höll varandra i hand; solljuset silade in genom högt belägna tallkronor, de följde en upptrampad stig som slingrade mellan lingonristuvor och mossiga stenar. Luften var hög och klar, här och var luktade det svamp. Han var väl fem eller sex, på avstånd hördes fåglar ropa och skallet från en hund.

Här har vi Gråmyren, sa hans far. Här brukar älgen stå.

Femtiotal var det. Fadern hade skinnväst och en rutig keps, nu tog han av den, släppte sonens hand och torkade sig i pannan med skjortärmen. Plockade fram pipa och tobak och började stoppa.

Se dig omkring, Valdemar, min pojk, sa han. Bättre än så här blir aldrig livet.

Aldrig bättre än så här.

Han var inte säker på om det verkligen hade hänt. Om det var ett riktigt minne eller bara en bild som flöt upp ur det förflutnas gåtfulla brunn. En längtan tillbaka till någonting som kanske aldrig funnits.

Just idag, mer än femtio år senare, satt han på en solvarm sten bredvid sin bil, han blundade mot solen och det var inte lätt att avgöra vad som var sanning och vad som var sken. Det var augusti, det var en halvtimme kvar av lunchrasten; hans far hade dött 1961 när Valdemar bara varit tolv år gammal, minnesbilderna bar ofta på ett sådant här skimmer av idyll och svunnenhet. Han brukade tänka att det inte vore så konstigt om det aldrig ägt rum. Ett och annat. I så fall.

Men de där orden hade klingat äkta, det kändes inte som om han skulle ha uppfunnit dem själv.

Bättre än så här blir aldrig livet.

Och kepsen och västen mindes han tydligt. Han var fem år yngre än jag är nu när han dog, tänkte han. Femtiofyra, han blev inte äldre än så.

Han drack ur det sista av kaffet och gick och satte sig bakom ratten. Lutade sätet så långt bakåt det gick och blundade igen. Tryckte ner sidorutan så att den ljumma vinden kom åt honom.

Sova, tänkte han, jag hinner sova en kvart.

Kanske får jag syn på den där stunden i skogen igen. Kanske kommer något annat vackert till mig.

Wrigmans Elektriska tillverkade termosar. Från starten i slutet av fyrtiotalet och något årtionde framåt hade inriktningen legat mot olika elektriska produkter, såsom fläktar, hushållsassistenter och hårtorkar, men från och med mitten av sjuttiotalet hade man producerat termosar. Förändringen kom sig framförallt av att grundaren, Wilgot Wrigman, praktiskt taget gått upp i rök i samband med en transformatorbrand i oktober 1971. Sådant kan ge dåligt renommé åt en elfirma. Folk glömmer inte så lätt.

Men namnet behölls, det fanns de som menade att Wrigmans Elektriska var ett begrepp. Fabriken låg ute i Svartö ett par mil norr om Kymlinge, man hade ett trettiotal anställda och Ante Valdemar Roos hade arbetat som ekonomichef sedan 1980.

Tjugoåtta år vid det här laget. Fyrtiofyra kilometer i bil varje dag; om man också räknade med fyrtiofyra arbetsveckor om året – för den vackra balansens skull om inte annat – och fem dagar i veckan, så blev det 271 040 kilometer, vilket motsvarade jorden runt ungefär sju gånger. Den längsta resa Valdemar gjort i sitt liv hade gått till den grekiska ön Samos, det var andra sommaren med Alice, tolv år bort vid det här laget. Säga vad man vill om tiden, gick gjorde den i alla fall.

Men det fanns också en annan sorts tid; Ante Valdemar Roos brukade ibland föreställa sig att det faktiskt existerade två vitt skilda tidsbegrepp.

Den tid som rusade iväg – som lade dagar till dagar, rynkor till rynkor och år till år – den kunde man inte göra så mycket åt. Det var bara att hänga med efter förmåga, som unghundar efter en löptik och flugor efter ett koarsle.

Med den andra tiden, den återkommande, var det dock någonting annat. Den var långsam och segdragen till sin karaktär, ibland rentav stillastående, åtminstone kunde det tyckas så; som de tröga sekunderna och minuterna när man stod på sjuttonde plats och väntade vid rött ljus i korsningen Fabriksgatan-Ringvägen. Eller när man vaknade en halvtimme för tidigt och för sitt liv inte kunde somna om – bara ligga på sida i sängen, iaktta väckarklockan på nattygsbordet och växa in i gryningen.

Och den var guld värd, denna händelselösa tid, ju äldre han blev desto tydligare framstod det.

Pauserna, brukade han tänka, det är i pauserna mellan händelserna – och medan isen lägger sig över sjön en natt i november, om man vill vara en smula poetisk – som jag hör hemma.

Sådana som jag.

Han hade inte alltid tänkt på det viset. Bara det sista decenniet ungefär. Kanske hade det smugit sig på, men han blev medveten om det – det formulerades i ord – vid ett speciellt tillfälle. Det var en dag i maj för fem år sedan, när bilen plötsligt dog mitt emellan Kymlinge och Svartö. Det var på morgonen, någon minut efter att han passerat vägskälet vid Kvartofta kyrka. Valdemar blev stående vid vägkanten, prövade att starta några gånger men där fanns inte tillstymmelse till liv. Han ringde först till Red Cow och meddelade att han skulle bli sen, därefter till Assistance, som lovade att vara hos honom med en utbytesbil inom en halvtimme.

Det gick en och en halv, och det var under dessa nittio minuter, medan Valdemar satt där bakom ratten och iakttog fåglarna som flög under den höga majmorgonhimlen, ljuset som hovrade över åkrarna och ådrorna på sina händer, där hans blod pumpades runt med hjälp av hans trogna gamla hjärta, som han förstod att det var i sådana här stunder hans själ boade sig ett utrymme i världen. Just i dessa stunder.

Han brydde sig inte om att bärgningsbilen dröjde. Han stördes inte av att Red Cow ringde och frågade om han var på rymmen typ. Han kände inget behov av att tala med sin hustru eller med någon annan människa.

Jag borde ha varit en katt istället, hade Ante Valdemar Roos tänkt. Ja, fy fan, en tjock bondkatt i solskenet på en ladugårdsbacke, det hade varit någonting, det.

Han tänkte på katten nu också, när han vaknade och såg på klockan. Lunchtimmen var över om fyra minuter, hög tid att bege sig tillbaka till Wrigmans.

Det tog inte mer än två, han hade hittat den här skyddade gläntan utefter en obefaren skogsväg ett par stenkast från fabriken för ett år sedan. Ibland promenerade han hit, men oftast tog han bilen. Han tyckte om att sova en kvart och då var det skönt att bara luta ner ryggstödet och törna in. En sovande karl på marken i skogsbrynet kunde ha väckt oråd.

Personalrummet på Wrigmans Elektriska omfattade styvt femton kvadratmeter, det var klätt i mörkbrun linoleum och lila laminat och efter att ha tillbringat en oändlighet av lunchtimmar i det, hade Ante Valdemar Roos en natt haft en dröm om att han var död och hade kommit till helvetet. Det var 2001 eller 2002, djävulen hade tagit emot honom personligen, hade stått och hållit upp dörren för den nyanlände gästen med sitt karaktäristiska, sardoniska leende, och utrymmet därinnanför hade varit just matrummet på Wrigmans. Red Cow hade redan suttit i sitt vanliga hörn med sin mikrade pasta och sina horoskop och hon hade inte ens lyft blicken och nickat åt honom.

Från och med nästa dag hade Valdemar övergått till att äta smörgås, yoghurt och kaffe vid sitt skrivbord. Banan och ett par pepparkakor som han förvarade i översta högra hurtslådan.

Och numera, åtminstone vid tjänlig väderlek, tog han alltså gärna bilen för att slippa ifrån helt och hållet under en timme eller femtio minuter.

Red Cow tyckte att han var konstig, det stack hon inte under stol med. Men det gällde inte bara hans lunchvanor och han hade lärt sig att inte bry sig om henne.

Det var förresten likadant med de andra. Nilsson och Tapanen och Walter Wrigman själv. De som befolkade kontoret; han förstod att de tyckte att han var en svår typ, han hade hört Tapanen använda just det uttrycket när han samtalade med någon på telefon och trodde att han var oavlyssnad.

Ja, du vet den där Valdemar Roos är en svår typ, man får tacka sin skapare för att man inte behöver vara gift med en sån.

En sån? Valdemar parkerade på sin vanliga plats bredvid den sönderrostade containern som de pratat om att frakta bort sedan mitten av nittiotalet. Tapanen var inte mer än två år yngre än han själv och hade jobbat nästan lika länge på Wrigmans. Hade fyra barn med samma kvinna men var frånskild sedan en tid. Spelade på hästar och hade de senaste artonhundra veckorna påstått att det bara var en tidsfråga innan han kammade hem storkovan och tog sin hand ifrån den här förbannade, malätna firman. Han var alltid noga med att säga det så att Walter Wrigman hörde det, och verkställande direktören brukade vända på portionssnusen, stryka med handen över flinten och förklara att ingenting skulle kunna glädje honom mer. Ingenting.

Valdemar hade aldrig tyckt om Tapanen, inte ens på den tiden han fortfarande tyckte om folk. Det fanns någonting småsint och elakt över honom; Valdemar brukade tänka att han tillhörde den där sorten som svek sina kamrater i skyttegraven. Han visste inte riktigt vad det betydde och inte var han fått bilden ifrån, men den vidlådde Tapanen på samma naturliga sätt som en vårta vidlåder ett vårtsvin.

Men Nilsson hade han gillat. Den kutryggige norrlänningen tillbringade visserligen det mesta av tiden ute på vägarna, men då och då satt han på sin plats till höger om Red Cows glasbås. Han var inte mer än fyrtio, numera vill säga, förr var han ännu yngre; han var tystlåten och vänlig, var gift med en ännu tystlåtnare kvinna från Byske eller om det var Hörnefors. De hade fem eller sex barn och var medlemmar i någon frikyrka, Valdemar kunde aldrig lära sig vilken. Nilsson hade börjat på Wrigmans något halvår före millennieskiftet; tagit över efter Lasse med benet, som omkommit under ledsamma omständigheter i samband med en fiskeolycka bortåt Rönninge.

Han hade ett allvar, Nilsson, en gråaktig, lavliknande egenskap som mindre förstående själar, till exempel Tapanen, skulle ha kallat tråkighet, och hur gärna Valdemar än skulle ha velat det, så kunde inte han heller erinra sig att Nilsson någon enda gång kommit med något som skulle kunna kallas en lustighet. Det var till och med svårt att säga om han någonsin skrattat under sina snart tio år på Wrigmans Elektriska.

Så någonting sa det väl också om Ante Valdemar Roos, om han tyckte om en sådan som Nilsson. Eller hade tyckt om, som sagt. Förr i tiden.

Den där bilden av promenaden med fadern hängde kvar, hursomhelst. De höga raka tallstammarna, tuvorna med lingonris, de våta svackorna med älggräs och pors. När han åter kommit på plats bakom skrivbordet och knäppt igång datorn, var det som om faderns ord gick runt på en ljudslinga i huvudet på honom. Om och om igen utan uppehåll.

Bättre än så här blir aldrig livet.

Aldrig bättre än så här.

Eftermiddagen förflöt i dysterhetens tecken. Det var fredag. Det var i augusti. Rötmånadens tid och sommaren hängde kvar, den första arbetsveckan efter semestern var snart till ända och den närmaste framtiden låg utstakad som en hopplöst malplacerad järnvägsräls: kalas hos hustru Alices bror och svägerska i Kymlinge kyrkby.

Det var en tradition. Fredagen efter andra torsdagen i augusti åt man kräftor hos Hans-Erik och Helga Hummelberg. Konstens alla regler; man satte på sig kulörta små hattar, drack minst sex sorters öl och hemkryddat brännvin och slurpade kräftor med allt vad därtill hörer. De brukade vara ett dussin, plus minus något par, och Valdemar hade somnat i soffan de tre senaste åren.

Inte på grund av överbruk av starka drycker, av leda snarare. Han orkade med att konversera, vara lagom rapp i truten, intressera sig för allt möjligt esoteriskt fjant i tvåtre timmar ungefär, sedan var det som om luften gick ur honom. Han började vantrivas som en säl i en öken. Gick på toaletten en halvtimme, om ingen märkte att han varit borta brukade han unna sig en halvtimme till; sitta där på en främmande brunlackerad toalettsits med byxor och kalsonger nerkavade runt vristerna och fundera på hur han skulle bära sig åt om han en dag bestämde sig för att ta livet av sig. Eller döda sin hustru. Eller rymma till Katmandu. Han hade lärt sig att använda den s.k. barntoaletten i tonåringarnas del av huset, de var ändå aldrig tillstädes under föräldrarnas festande och här kunde han sitta ostörd och oälskad under ett moln av pessimistiska funderingar så länge han önskade.

Men det måste vara något fel, han hade tänkt på det förra året, något allvarligt fel på själva livet, om man i sitt ungefärligen sextionde år inte kunde hitta bättre lösningar än att gå på kalas och låsa in sig på toaletten.

Så vad göra? tänkte han när arbetsveckan plötsligt var över och han åter satt sig bakom ratten. *Vad göra?* Slå näven i bordet? Deklarera motstånd och vänligt men bestämt förklara att han inte tänkte följa med till Hans-Erik och Helga?

Varför inte? Varför inte helt fermt berätta för Alice att han tyckte lika illa om hennes bror och hans anhang, som han tyckte om rapmusik och bloggar och löpsedlar, och att han aldrig mer tänkte sätta sin fot i deras kvasiintellektuella pjoltersällskap?

Medan han körde de tjugotvå kilometerna tillbaka till Kymlinge, studsade dessa spörsmål fram och åter i det ödsliga tomrummet i hans huvud. Han visste att de var fiktiva, inte på riktigt; det rörde sig bara om det vanliga fega protesterandet som pågick mer eller mindre kontinuerligt inuti honom. Frågor, formuleringar och giftiga fraser, som aldrig någonsin tog sig ut över hans blodfattiga läppar och som inte tjänade något annat syfte än att göra honom ännu mera modfälld och dyster.

Jag är död, tänkte han när han passerade det nya Coopcentret ute i Billundsberg. I alla väsentliga avseenden är det mindre liv i mig än i en krukväxt av plast. Det är inte dom andra det är fel på, det är mig.

Sju timmar senare satt han verkligen på toaletten. Förutsägelsen hade slagit in till punkt och pricka, med det lilla tillägget att han var berusad. Av pur leda och i ett försök att gjuta mening i tillvaron hade han druckit fyra snapsar, en större mängd öl samt två eller tre glas vitt vin. Han hade också berättat en lång historia om en hora från Odense för hela sällskapet, men när han kom fram till poängen visade det sig tyvärr att han glömt bort den. Sådant händer i de bästa familjer, men kvinnan i ett nytt par – en blonderad, storbystad psykoterapeut med rötter i Stora Tuna – hade betraktat honom med ett professionellt leende och han hade sett hur Alice bet ihop tänderna så att hennes käkar vitnade.

Han visste inte hur länge han hade suttit på den brunlackerade ringen, men klockan visade på kvart i ett och han trodde inte att han hade slumrat till. Enligt Ante Valdemar Roos erfarenhet var det mer eller mindre omöjligt att sova på en toalettstol. Han spolade, kom på fötter och rättade till klädseln. Sköljde kallvatten i ansiktet några gånger och försökte kamma de tunna testar som fortfarande växte här och där på hans oregelbundna huvud i något slags mönster. Snodde en klick tandkräm och gurglade sig.

Därefter vacklade han försiktigt ut från toaletten och satte kurs mot det stora vardagsrummet, där spansk gitarrmusik blandades med högljudda röster och glättade skratt. Om ingen annan gått och gömt sig, borde de vara elva stycken därinne, tänkte Valdemar; ett helt fotbollslag av människor i yngre och övre medelålder, framgångsrika, slagfärdiga och välförtjänt berusade.

En plötslig tvekan kom över honom. Med ens kände han sig påtagligt gammal, genuint misslyckad och inte ett dugg slagfärdig. Hans hustru var elva år yngre än han själv, alla de övriga i gänget var mellan fyrtio och femtio, frågan var om inte psykoterapeuten fortfarande befann sig på trettiotalet. För egen del hade han bara några månader fram till sextioårsdagen.

Jag har ingenting att säga till någon enda av dem, tänkte han. Ingen av dem har något att säga till mig.

Jag vill inte vara med längre, jag vill på sin höjd vara en katt.

Han såg sig omkring i hallen. Den gick i vitt och aluminium. Där fanns inte ett enda föremål som intresserade honom. Inte en enda jävla liten pinal som han skulle ha plockat med sig om han varit en inbrottstjuv. Det var för sorgligt.

Han vände på klacken, smög ut genom ytterdörren och möttes av den svala klargörande nattluften.

Aldrig värre än så här, tänkte han.

2

Klockan halv ett följande dag satt Ante Valdemar Roos i soffan i vardagsrummet och försökte läsa tidningen.

Det lyckades inte över hövan. Texten flimrade. Hans huvud kändes som någonting som blivit kvar alldeles för länge i ugnen. Med magen var det inte mycket bättre ställt, och någon sorts illvillig tussilago växte i utkanterna av hans synfält.

Hans hustru Alice hade inte talat med honom på hela morgonen, men yngsta dottern Wilma hade – just innan bägge två slank ut genom dörren – förklarat att de skulle iväg och shoppa några timmar. Hon var sexton, kanske tyckte hon lite synd om honom.

Äldsta dottern Signe stod ute på balkongen och rökte. Varken Wilma eller Signe var Valdemars riktiga barn, de hade ingått i Alicepaketet när de gifte sig för elva år sedan. Då hade de varit fem och nio. Nu var de sexton och tjugo. Det var en viss skillnad, tyckte Valdemar. Man kunde inte gärna påstå att det blivit enklare med tiden. Det gick knappast en dag utan att han bad till den högre makt han egentligen inte trodde på, att Signe skulle få någonting ur vagnen och flytta hemifrån. Hon hade pratat om det i åtminstone tre år, men ännu hade det inte kommit till skott.

För sin personliga del hade Ante Valdemar Roos ett köttsligt barn. En son vid namn Greger, han hade tillkommit i ett förvirrat första äktenskap med en kvinna som hette

Lisen. Det var inget vanligt namn ens på den tiden och han brukade tänka att hon antagligen inte varit någon särskilt vanlig kvinna heller. Inte på det hela taget och inte i någon tid.

Numera var hon död. Hade omkommit under en bergsbestigningsexpedition i Himalaya två år före millennieskiftet. Tanken hade varit, om han förstått saken rätt, att hon skulle nå den ena eller den andra toppen just på sin femtioårsdag.

De hade varit gifta i sju år, då hade hon erkänt att hon haft en annan man vid sidan om under nästan hela denna tid, och de hade skilts åt utan större åthävor. Greger hade hon tagit med sig när hon flyttade till Berlin, men Valdemar hade umgåtts en del med pojken under hans uppväxt.

Inte mycket men en del. Skollov och semestrar... en fjällvandring och ett par resor; en regnig vecka i Skottland, bland annat, och fyra dagar på Skara sommarland. Nuförtiden var Greger i yngre medelålder och bodde i Maardam, där han arbetade på bank och hängde ihop med en färgad kvinna från Surinam. Valdemar hade aldrig träffat henne men sett henne på bild, de hade två barn och till Greger brukade han skicka e-mail med tre eller fyra månaders mellanrum. Sista gången han såg honom var på Lisens begravning på en blåsig kyrkogård i Berlin. Det hade gått tio år sedan dess.

Signe kom in från balkongen.

”Hur mår du?” frågade hon.

”Bra”, sa Valdemar.

”Du ser hängig ut.”

”Gör jag?”

”Mamma sa att det blev lite mycket igår.”

”Äsch”, sa Valdemar och tappade tidningen i golvet.

Hon satte sig i fåtöljen mittemot honom. Justerade frottéhandduken som hon virat om håret. Hon hade sin stora gula badrock på sig, han förstod att hon hunnit med en dusch före första morgonblosset.

"Hon säger att du försvann från kräftkalaset."

"Försvann?"

"Ja."

Han plockade upp tidningen och kände hur det dunkade till i pannan när han böjde sig framåt. Tussilagorna frodades ymnigt.

"Jag... tog en promenad."

"Ända från kyrkbyn?"

"Ja. Det var en fin kväll."

Hon gäspade. "Jag hörde när du kom hem."

"Jaså?"

"Bara tio minuter efter mig faktiskt. Halv fem."

Halv fem? tänkte han och en våg av illamående drog igenom honom. Det var väl ändå inte möjligt?

"Det tar en stund utifrån kyrkbyn", sa han. "Som sagt."

"Typ", sa Signe och flinade. "Och sen var du inne på Prince och drog ett par öl. Tog säkert också en stund."

Han insåg att det stämde. Signe var lika välinformerad som alltid. Han hade gått förbi en krog på Drottninggatan, sett att den var öppen och slunkit in. Han visste inte att den hette Prince, men plötsligt kom han ihåg att han suttit vid en blank bardisk och druckit öl. Pratat med en kvinna också, hon hade haft stort rött hår, en palestinasjal eller i varje fall någon sorts rutigt huckle, och kanske hade han bjudit henne på en drink också. Eller två. Om han mindes rätt hade hon haft ett mansnamn tatuerat på insidan av underarmen. *Hans*? Nej, *Hugo*, var det visst? Usch, tänkte Ante Valdemar Roos.

”Cilla, min kompis, såg dig. Du var lite packad, sa hon.”

Han valde att inte kommentera. Bläddrade i tidningen istället och låtsades ointresserad av samtalet. Som om det inte bekom honom.

”Hon sa också att du var femton år äldre än nån annan i lokalen. Skatan du satt och pratade med kom tvåa.”

Han hittade sportsidorna och började läsa resultat. Signe satt tyst några sekunder och glodde på sina naglar. Sedan reste hon sig äntligen.

”Mamma är lite sur, eller hur?” sa hon och försvann in på sitt rum utan att vänta på svar.

Denna dagen ett liv, tänkte Ante Valdemar Roos och slöt ögonen.

Under de tidiga eftermiddagstimmarna passade han på att ta en tupplur, och när han vaknade vid fyratiden kunde han till sin förvåning konstatera att han var ensam hemma. Var Wilma och Signe höll hus stod skrivet i stjärnorna, men Alice hade lämnat en lapp på köksbordet.

Är hos Olga. Kommer nog sent. A

Valdemar knycklade ihop papperet och kastade det i soppåsen. Tog två huvudvärkstabletter och drack ett glas vatten. Tänkte ett ögonblick på Olga, hon var ryska och en av hans hustrus otaliga väninnor. Hon var mörkögd, talade långsamt och lite mystiskt med en djup röst som nästan låg i barytonläge, och han hade en gång drömt att han haft samlag med henne. Det var en mycket tydlig dröm, de hade legat i ett hav av ormbunkar, hon hade ridit honom och hennes svarta, långa hår hade dansat i vinden; han hade vaknat alldeles innan det gick för honom, vaknat av att Alice startade dammsugaren bara en halvmeter från sängen och frågade om han var sjuk eller vad det var med honom.

Det var några år sedan men han hade svårt att glömma de där ormbunkarna.

Han öppnade kylskåpsdörren och funderade på om han förväntades laga middag till flickorna. Kanske, kanske inte. Där fanns ingredienser nog för att åstadkomma en rudimentär pasta; han beslöt att vänta och se. Den ena eller den andra skulle väl dyka upp vad det led, kanske skulle de föredra om han gav dem var sin hundralapp så att de kunde fylla krävorna ute på stan istället. Man kunde aldrig så noga veta.

Han letade fram tipskupongen och sjönk ner framför teven.

Föga anade Ante Valdemar Roos i denna stund att hans liv stod inför en genomgripande och ödesdiger förändring.

Just denna urbota fåniga formulering skulle under de närmast följande veckorna då och då dyka upp i huvudet på honom, och varje gång skulle han komma att le åt den med all rätt i världen.

Det var hans far som börjat med raden. Innan han hängde sig hade han gått till tobaksaffären på Gartzvägen i K– och lämnat in samma enkelrad under åtta års tid. Varje onsdag före klockan arton, ibland hade Valdemar fått följa med.

Samma rad? brukade den flegmatiske tobakshandlare Pohlgren fråga.

Samma rad, svarade fadern.

De flesta som tippade, hade Valdemar förstått, prövade gärna lyckan med fem eller åtta rader, eller med ett litet system, men Eugen Roos nöjde sig med en enda rad.

Förr eller senare, min pojk, förklarade han, förr eller senare slår den in. När man minst anar det, det gäller bara att ha tålamod.

Tålamod.

Efter faderns död hade Valdemar tagit över, redan onsdagen efter olyckan hade han gått in till Pohlgren, fyllt i den enda raden på kupongen och betalat de 40 öre det kostade på den tiden.

Och sedan hade han fortsatt; vecka efter vecka, år efter år. När Tipstjänst utökade från tolv till tretton matcher, hade Valdemar också utökat. Från en till tre rader. Den trettonde matchen helgarderade han.

Samma rad sedan 1953, således. Ibland funderade han på om det var något slags världsrekord. Det rörde sig ändå om mer än femtio år vid det här laget, ett ansenligt stycke tid hur man än såg på saken.

Det märkliga var att varken han eller fadern någonsin vunnit en krona. Tjugotvå gånger hade han haft nio rätt; tre gånger tio, men vid inget av tillfällena hade tiorna givit någon utdelning.

Tålamod, brukade han tänka. Om jag ger raden i arv till Greger kommer han att bli miljonär en vacker dag.

Han föll i sömn en stund i fåtöljen, det gick inte att undvika. Mellan andra halvlekens tjugonde och fyrtiofjärde minut ungefär, men han var klarvaken lagom till resultatredovisningen. Fortfarande var han ensam i lägenheten, han sträckte sig efter pennan och tänkte att om han inte fick bli katt i nästa liv, kanske han åtminstone kunde begära att få bli ungkarl.

Och sedan, medan världen gick sin gilla gång, medan

oberäkneliga vindar blåste från alla möjliga hörn och ingenting eller allting ägde rum eller inte ägde rum, tickade underverket igång.

Match efter match, resultat efter resultat, tecken efter tecken; Valdemars första tanke när det hela var färdigt, var att han faktiskt suttit och övervakat hela proceduren. Att det var på honom – och på denna noggranna övervakning – det kom an. Han brukade inte göra det, eller åtminstone var det ytterst sällan han tittade på Tipsextra numera; oftast nöjde han sig med att kontrollera raden på text-tv eller i söndagens eller måndagens tidning. Konstatera att det blivit fyra eller fem eller sex rätt som vanligt och att det bara var att ta nya tag.

Tretton.

Han smakade på ordet. Uttalade det högt för sig själv. *Tretton rätt.*

Plötsligt var han inte säker på att han var vaken. Eller att han ens var vid liv. Skymningen i rummet och i lägenheten kändes inte riktigt verklig, som en svepning mera, kanske hade han rentav dött; förutom teven var inte en enda ljuskälla tänd och för första gången lade han också märke till att det regnade ute i världen och att himlen över Kymlinge var mörk som nylagd asfalt.

Han nöp sig i näsvingen, harklade sig högt och ljudligt, vickade på tårna och efter att ha uttalat sitt namn och födelsenummer med klar och fast stämma, drog han en försiktig slutsats om att han varken sov eller var död.

Sedan kom utdelningen.

En miljon...

Han fick en spark av huvudvärken, spärrade upp ögonen och lutade sig närmare teveapparaten.

En miljon niohundrafemtio...

Telefonen ringde. Alexander Graham Bell, go and play with yourself, tänkte Ante Valdemar Roos. Man kunde fråga sig varför just en sådan fras, på ett främmande språk dessutom, infann sig i hans konvalescerade hjärna, men så var det i alla händelser och snart skulle den vara både bortblåst och bortglömd.

En miljon niohundrafemtiofyratusen etthundratjugo kronor.

Han hittade fjärrkontrollen, stängde av teven och satt alldeles stilla i fåtöljen i tio minuter. Om inte mitt hjärta stannar nu kommer jag att leva tills jag blir hundra, tänkte han.

När Alice kom hem från besöket hos Olga hade klockan hunnit bli halv tio på kvällen, och Valdemar hade i alla avseenden återhämtat sig.

"Jag ber om ursäkt för igår", sa han. "Jag fick ett par snapsar för mycket."

"*Fick*?" sa Alice. "Jag trodde du *tog* dem?"

"Må så vara", sa Valdemar. "Det blev lite för mycket, hursomhelst."

"Är inte flickorna hemma?"

Han ryckte på axlarna. "Nej."

"Wilma ringde på min mobil och lovade vara hemma till nio."

"Jaså?" sa Valdemar. "Nej, ingen av dem har varit hemma på hela kvällen."

"Har du tagit hand om tvätten?"

"Nej", sa Valdemar.

"Vattnat blommorna?"

"Inte det heller", erkände Valdemar. "Jag har inte känt mig riktigt kry, som sagt."

”Jag antar att du inte ringt Hans-Erik och Helga och bett om ursäkt heller.”

”Det är riktigt”, sa Valdemar. ”Jag har försummat det också.”

Alice gick ut i köket, han följde efter henne, eftersom han ville se vartåt det skulle utveckla sig.

”Vet du”, sa hon. ”Vet du att ibland gör du mig så ledsen att jag nästan bara vill lägga mig ner och dö? Förstår du det?”

Ante Valdemar Roos tänkte efter.

”Det var inte meningen”, sa han. ”Inte min mening att jag skulle gå därifrån. Men det var en sån skön kväll och så tänkte jag att...”

”Den där historien du berättade, tycker du den passade bra i sammanhanget?”

”Jag vet att jag glömde bort poängen”, tillstod han. ”Men den är faktiskt ganska rolig. Jag kommer ihåg hur det ska vara nu, om du vill så kan jag...”

”Det räcker, Valdemar”, avbröt hon. ”Jag orkar inte mer just nu. Vill du verkligen fortsätta vara gift med mig?”

Han satte sig ner vid bordet men hon stod kvar och såg ut genom fönstret. Ingenting hände på en lång stund. Han bara satt där med armbågarna skavande på bordsskivan medan han stirrade på den lilla halvdöda hemtrevnaden och de två små saltkaren som de köpt på Västerlånggatan under en regnig Stockholmshelg för sju-åtta år sedan. Eller ett saltkar och ett pepparkar rörde det sig om, förstås. Alice stod med sin breda bak vänd mot honom, och han tänkte att det var just på denna omfångsrika kroppsdel deras äktenskap vilade. Ja, så var det faktiskt. Hon var visserligen inte mer än fyrtioåtta fyllda, men det var inte lätt att hitta en ny partner när man var tjugo kilo överviktig, inte i dessa tider så tydligt präglade av utseende och ytlighet och slankhet – och kanske inte i några andra tider heller. Han visste att ingenting skrämde henne mer än att tvingas leva ensam.

Ekvationen hade varit skriven och uträknad redan när de gifte sig. Valdemar hade varit tio år för gammal, i gengäld hade Alice varit tjugofem kilo för tung; ingen av dem hade någonsin uttalat denna trista sanning, men han var övertygad om att hon var lika medveten om den som han var.

I samma sannings dystra namn – kunde man också konstatera medan man ändå bara satt och skavde med armbågarna och väntade – hade dock Alice gått ner en del kilon under den tid de varit gifta, Valdemar hade inte blivit yngre i motsvarande grad.

”Vi har inte älskat på över ett år”, sa hon nu. ”Tycker du att jag är så motbjudande, Valdemar?”

”Nej”, sa han. ”Men jag tycker att jag själv är motbjudande, det är där skon klämmer.”

Han funderade hastigt på om det var sant eller bara fyndigt, och det gjorde antagligen Alice också, för hon vände sig om och betraktade honom med ett lite sorgligt och lite forskande uttryck i blicken. Såg ut att överväga att säga någonting ytterligare, men så drog hon en djup suck och försvann ut i tvättstugan.

Två miljoner, tänkte Ante Valdemar Roos. Med tolvorna måste det bli över två miljoner. Vad i helvete ska jag ta mig till?

Och plötsligt dök den där bilden av fadern i skogen upp i hans perforerade medvetande. Ännu en gång; han stod där med pipan i handen och hans ansikte tycktes komma närmare, och när Valdemar slöt ögonen kunde han se hur faderns läppar rörde sig. Som om han ville meddela sig med sin son.

Va? tänkte han. Vad är det du vill säga, pappa?

Och faktiskt, i samma stund som han hörde sin hustru starta torktumlaren, kunde han också höra faderns röst. Svag och avlägsen tog den sig fram genom alla de svunna årtiondenas brus, ändå var den omisskännlig – och tydlig nog för att han utan svårighet skulle uppfatta budskapet.

Nästa vecka behöver du inte lämna in raden, min pojk, sa han.

Och du behöver inte ha tålamod längre.

3

Efter tre veckor på Elvaforshemmet förstod Anna Gambowska att hon måste rymma.

Det var ofrånkomligt.

Den första veckan hade gått åt till att gråta från morgon till kväll. Stundvis om nätterna också; det var någonting i hennes själ som behövde vätas av alla dessa tårar för att den skulle bli mjuk och levande igen. Just så kändes det faktiskt. Det var en god gråt, ägnad till läkedom, även om den sprang ur en stor sorg.

Det var inte första gången hon tänkte på sin själ på just det viset. Som en ynkans liten planta som behövde vattnas och ges näring för att den skulle orka. Växa och ta sin rättmätiga plats i denna karga och ogästvänliga värld. Men när livet blev för svårt var det bättre att den fick ligga gömd därnere i den kalla tjälen och låtsas att den inte ens existerade.

Själen i tjälen. Eller tvärtom, tjälen i själen, så kunde man också säga, och det lät som en rättstavningsövning från mellanstadiet.

Det hade varit så ett tag nu. Hela våren och hela sommaren åtminstone, kanske längre ändå. Hennes själ hade legat bortglömd på botten av den frusna håla som var hennes inre, och hade hon inte kommit till Elvaforshemmet i tid, hade den mycket väl kunnat dö helt och hållet.

När hon tänkte den tanken grät hon ännu mera. Det var som om själen kramade näring ur sin egen sorg, ja, så blev det ju faktiskt. Den hade nog en viss överlevnadsförmåga, trots allt.

Det var hennes mor som upptäckt hur det stod till med henne. Anna hade stulit pengar av henne för att köpa rökheroin, och det var också hennes mor som sett till att myndigheterna ryckte in.

Fyratusen kronor hade hon tagit. Det var obegripligt att hennes mor haft så mycket pengar hemma, och när Anna under de första dagarna på hemmet tänkte tillbaka på vad hon gjort – det som i tolvstegsprogrammet kallades *det etiska sammanbrottet* – var det inte utan att själen knöt sig och ville vända tillbaka ner i djupet igen. Hennes mor arbetade på dagis, fyratusen kronor var mer än hon tjänade på en vecka, hon hade haft pengarna undanlagda för att köpa en ny cykel till Marek.

Marek var åtta år och Annas lillebror. Istället för en cykel hade det blivit rökheroin åt storasyster.

Över detta grät hon också. Över sin skam och sin uselhet och sin otacksamhet. Men hennes mor älskade henne, hon visste det. Älskade henne ändå och trots allt. Även om hon hade sina egna problem att tampas med. När hon märkt att pengarna var borta hade hon blivit rasande, men det hade gått över. Hon hade tagit Anna i famn, tröstat henne och sagt att hon älskade henne.

Utan sin mor skulle hon aldrig klara av att vända sitt liv, det visste Anna Gambowska.

Kanske inte ens med henne, men absolut inte utan.

Hon kom till Elvafors den 1 augusti. Det var åtta dagar efter att hennes mor kommit på henne och det var hennes egen tjugoförsta födelsedag. På vägen hade de stannat på ett café och firat med kaffe och en tårtbit. Hennes mor hade hållit hennes händer, de hade gråtit båda två och lovat varandra att nu började ett nytt liv. Nu fick det vara nog.

Jag hade också en stor smärta att bära på när jag var i din ålder, hade hennes mor berättat. Men den går att övervinna.

Hur övervann du din? hade Anna frågat.

Hennes mor hade tvekat. Jag fick dig, hade hon sagt till slut.

Så du tycker jag ska se till att bli gravid också? hade Anna velat veta.

Du skulle bara våga, hade hennes mor sagt, och så hade de skrattat tillsammans så att personalen på caféet gett varandra blickar.

Det hade känts bra att sitta där på det anonyma fiket och skratta åt hela tillvaron, tänkte Anna. Det hade varit en god stund. Att ge alla svårigheter och allt elände en stor spark i baken, bara, kanske var det på det viset man skulle få övertag på det här förbannade livet? Kanske fanns det ingen bättre metod.

Hon hade varit femton när hon provat hasch för första gången. De tre senaste åren, sedan hon lagt gymnasiet på hyllan och jobbat i kiosk och på café och bensinstation istället, hade hon rökt minst tre gånger i veckan. Sedan hon flyttat hemifrån i februari varje dag i stort sett. I april hade hon träffat Steffo och börjat dila. Han hade kontakter, han var sex år äldre än hon och han hade flyttat in hos henne i maj. Han hade också skaffat lite tyngre saker, amfetamin och morfin och ecstasy ett par gånger. Rökheroinet blev på något vis det slutgiltiga steget, sammanlagt hade hon tagit det fyra gånger och när hon grät över de upplevelserna kändes det som om tårarna bestod av rent blod.

Eller förorenat blod, snarare.

Hennes mor visste inte mycket om Steffo, bara att han fanns. Anna hade skyddat honom från sossarna och från polisen också, och hon undrade vart han tagit vägen sedan hennes mor gått in och tömt lägenheten.

Men det fanns gott om platser för sådana som Steffo, det var hon övertygad om. Sängplatser också, ingenting hon behövde oroa sig för.

Och hon hoppades att han hittat en annan tjej. Hoppades för sin egen skull. Det var en del med Steffo som skrämde henne, en hel del, antagligen var det därför hon skyddat honom.

Du är min, hade han sagt. Glöm aldrig bort att du är Steffos nu.

Han hade också sagt att hon skulle tatuera in hans namn på benet, helst på insidan av låret, fast det hade hon lyckats förhala. Det är en present, hade han förklarat, en present från mig till dig. Ja, hon hoppades verkligen att han hittat en annan tjej.

Tankarna på Steffo väckte förstås de andra frågorna. De flöt omkring alldeles under gråten och hon visste att de letade efter sina svar som en bortsprungen kalv kan leta efter sin mamma.

Varför? Varför vill du förstöra ditt liv? Varför går du medvetet rakt ner i helvetet? Vad är meningen, Anna?

Hon frågade sig själv och alla andra frågade också. Hennes mor. Folket på soss. Moster Majka. Hon hade inget svar. Om det funnes ett svar, skulle det inte behövas någon fråga, brukade hon tänka.

Ett mörker var det. Ett mörker med en enorm dragningskraft.

Ja, en kraft starkare än hon själv, precis som de brukade säga under gruppsamtalen.

När hon första gången fick syn på Elvaforshemmet hade hon tänkt att det såg ut som en bild ur en sagobok. Det låg invid en rund insjö, den var full av näckrosblad. Ett sluttande grästun med knotiga fruktträd ledde upp till huset och sedan var det skog åt alla håll. Byggnaden var en gammal charmig träkåk i gult och vitt; åtta mindre rum på övervåningen, kök och fyra lite större därnere. I vinkel fanns ett mindre hus där expedition och två övernattningsrum för personalen var inrymda. Uppe i skogsbrynet ytterligare en byggnad; ett litet rött hus med rum och kök, det kallades mellansluss och beboddes av de två intagna som kommit längst i behandlingen. Som snart skulle flytta till utsluss i Dalby och sedan tillbaka ut i livet igen.

Här fanns bara kvinnor. En föreståndarinna som hette Sonja Svensson, ett halvdussin personal, flera av dem tidigare missbrukare, och så de intagna: unga kvinnor som skulle räddas ur alkoholens och drogernas vanhedrande träsk. För närvarande var de åtta stycken. Samma dag som Anna anlände, kom också en artonårig flicka från Karlstad som hette Ellen.

Man kom från olika delar av landet, men främst Mellan- och Västsverige. Hon hade lärt sig deras namn redan den första förmiddagen, det var ett grundläggande steg i terapin, hade Sonja förklarat och skrattat sitt lite torra skratt.

Hur ska vi kunna respektera varandra om vi inte vet vad vi heter?

Det handlade mycket om respekt på Elvaforshemmet.

I alla fall på papperet.

Ändå var det bristen på respekt som gjorde att Anna Gambowska så småningom bestämde sig för att rymma.

Var det inte just detta? frågade hon sig.

Jo, just detta var det faktiskt.

Det fanns ett antal enkla regler på Elvaforshemmet. I samband med inskrivningen fick Anna underteckna ett papper där hon intygade att hon accepterade dessa regler. Behandlingen var frivillig men bekostades av de sociala myndigheterna i de olika unga kvinnornas hemkommuner. Var det så att det inte passade, var det förstås bättre att man överlät sin plats åt någon annan behövande.

Där fanns gott om behövande, det skulle gudarna veta. Behandlingen brukade ta mellan sex månader och ett år och man var alltid välkommen att hålla kontakten när man inte längre var inskriven. Det var inte ovanligt att man fick besök av tacksamma före detta klienter, detta omtalade Sonja Svensson redan den första dagen. Inte ovanligt alls.

Den viktigaste regeln var annars att man skulle ha så lite kontakt med yttervärlden som möjligt. Det var i yttervärlden flickorna – ingen av dem var över 23, Anna hade svårt kalla dem kvinnor – hade fått sina törnar, det var här de hade alla sina dåliga kontakter och sina destruktiva nätverk. Det gällde att bryta mönster, såväl inre som yttre. Inga mobiltelefoner var tillåtna på Elvafors, var och en tilläts ett telefonsamtal i veckan – till ett i förväg angivet anhörignummer, vanligtvis en förälder. Anhöriga var å andra sidan välkomna att höra av sig, men uppmanades inta en restriktiv attityd i kontakterna. I gengäld anordnades två gånger om året s.k. anhörigdagar.

Inga datorer och inget Internet fanns på Elvaforshemmet, med undantag av ett inre rum på kontoret, dit de intagna inte hade tillträde.

Radio och teve dock, kanalerna 1, 2 och 4.

Under de första två månaderna beviljades inga permissioner, och om de senare kom till stånd var det på den intagnas och minst en anhörigs gemensamma ansvar.

All matlagning, liksom disk, städning och övriga hushållsgöromål sköttes av de intagna själva. Minst två gånger i veckan gjordes gemensamma utflykter, oftast till det närmast belägna samhället, Dalby, på 18 kilometers avstånd. Bowling, cafébesök eller simning brukade stå på programmet.

Elvafors låg avskilt, det var ingen tillfällighet. När Sonja Svensson startade verksamheten för tretton år sedan hade den geografiska placeringen varit hennes första prioritet.

Ingen störande civilisation. Inga faror. Inga förbindelser.

Själva behandlingen vilade på fyra hörnstenar: öppenhet, gott kamratskap, hjälp till självhjälp och tolvstegsprogrammet. Efter frukost samlades man alltid i stora samtalsrummet, man satt på stolar i en ring och berättade hur man mådde, kort sagt. Det fick ta den tid det tog. Därefter var det dags för individuella analysuppgifter och så pratade man en stund om tolvstegsprogrammet.

Efter lunch vidtog någon aktivitet, antingen en utflykt eller också någonting i anslutning till hemmet. På tisdagar och fredagar kom en psykolog och pratade enskilt med flickorna. Ibland tog också Sonja Svensson initiativ till privata samtal med sina skyddslingar.

Och så middag med för- och efterarbete, och slutligen en ny gemensam ringsittning vid tiotiden för att diskutera positiva och negativa upplevelser av dagen som varit.

Ändå var det gott om tid för annat. För att få vara för sig själv. Läsa eller skriva eller se på teve. Där fanns ett piano och Anna hade tagit med sin gitarr. Några gemensamma sångstunder var det dock aldrig fråga om. Ingen av de andra flickorna verkade särskilt musikalisk, men flera av dem tyckte om när Anna spelade och hon brukade ha en eller ett par av dem sittande på sitt rum någon timme varje dag.

Åtminstone den första tiden.

När gråtveckan var över infann sig till en början ett slags lugn. Hon tyckte om den jämna, ostressiga lunken på hemmet. Att utbyta erfarenheter med de andra flickorna kändes också meningsfullt, om än en smula skrämmande. Hon förstod snart att vad gällde otäcka och grymma erfarenheter av livet, var hon något av en novis i sammanhanget. Fyra stycken, jämnt hälften, hade varit på behandlingshem tidigare. Marit från Göteborg var inne på sitt fjärde och brukade säga att hon inte kunde gråta längre. Det stämde antagligen, hon skrattade gärna, högt och nästan bullrande, men det nådde aldrig upp till ögonen. Det var inte alls som med Annas och hennes mors skratt på det där caféet.

Två av de andra, Turid och Ebba, hade varit prostituerade trots att de ännu inte fyllt tjugo, och Malin hade varit sin styvpappas hemliga älskarinna ändå sedan hon fyllde tolv.

Men, som Sonja Svensson och de andra i personalen brukade betona, att se bakåt var ingen konst, det var framåt som var grejen.

När Anna stod och mixade sallad till middagen en kväll, fick hon också genom Maria, som var den äldsta och mest rutinerade i gänget, en lite krassare syn på hemmet.

Dom tjänar pengar på oss, fattar du väl? sa hon och tittade sig över axeln för att kontrollera att de inte var avlyssnade. Soss betalar tusen spänn per dygn för varenda en av oss! Sonja och hennes karl har över en mille på banken.

Kunde det stämma? Maria var inte känd för att säga trevliga saker, men kanske hade hon rätt i det här. Det här är min sista vila, brukade hon förklara när ingen i personalen hörde på. När jag kommer ut ska jag knarka ihjäl mig på två veckor, det ska bli jävligt skönt.

Hon var 23 år gammal.

Anna gjorde andra iakttagelser också, det gick inte att undvika.

Att hon tycktes vara en udda fågel även i den här världen, till exempel. Som hon alltid varit. Ingen av de andra flickorna läste böcker, och när hon berättade för Ludmilla, en tjugoårig tjej från Borås, att hon brukade skriva dikter, blev Ludmilla plötsligt förbannad och kallade henne för en jävla apa som bara försökte göra sig märkvärdig.

Hon tog upp det på morgonsamlingen nästa dag. Att hon var ledsen för det som Ludmilla sagt åt henne, de satt alla åtta på sina hårda stolar och kastade skit på varandra i nästan en timme. Sonja Svensson var inte med, istället var det en annan ur personalen, en ganska vek kvinna som hette Karin, som försökte gjuta olja på vågorna.

Efteråt kändes det inte som om särskilt mycket hade blivit uppklarat och nästa dag hade hon ett enskilt samtal med Sonja Svensson.

Du behöver väl inte hänga med näsan i en bok jämt och samt, hade Sonja sagt. Du måste försöka anpassa dig.

Men jag tycker om att läsa böcker, hade Anna förklarat.

Det är en del av din problembild, hade hon fått till svar. Du drar dig undan. Gitarr och poesi och allt möjligt. Imorgon ska vi spela fotboll i Dalbyskolans gymnastiksal, det är mera av den varan som behövs i ditt liv.

Hon hade skrattat sitt torra skratt och skickat ut Anna.

Vad är meningen? hade Anna tänkt. Var hon allvarlig? Vad skulle det vara för fel på musik? Poesi och böcker kunde väl inte vara en problembild?

Från och med den dagen var hon noga med att stänga dörren till sitt rum. När hon spelade eller bara låg och läste eller skrev. För att inte störa någon eller verka snobbig, men tydligen var det inte rätt medicin, för en kväll när de kom tillbaka efter att ha varit i Dalby och simmat, fick hon veta att Sonja tagit hand om hennes gitarr och låst in den på kontoret.

Du får leva utan den en vecka, förklarade hon. Det blir bara nyttigt för dig.

På samlingen nästa morgon berättade Anna att hon kände sig ledsen och kränkt för att man tagit ifrån henne gitarren. Sonja Svensson gav inte någon av de andra flickorna en chans att kommentera; sa bara att det inte var läge att ta upp den saken nu och gick vidare med de andra och deras stämningslägen.

Samma kväll ringde hennes mor. För att inte göra henne orolig tog Anna inte upp incidenten med gitarren. Sa bara att allt var okej, att hon mådde bättre och bättre och att hon höll på att skriva ett långt brev till Marek. Hennes mor berättade att brodern hade fått sin cykel trots allt, men att hon själv mådde lite dåligt eftersom hennes knän börjat krångla igen. Kanske skulle hon bli tvungen att sjukskriva sig, och om det var någonting hon hatade så var det att gå sjukskriven.

Den natten låg Anna vaken några timmar och grät en ny sorts gråt. Först förstod hon inte vari det nya bestod, mer än att det kändes ovanligt.

Men så begrep hon.

Det var inte en gråt över henne själv och hennes stackars trasiga själ, det var en gråt över världen.

Över tillståndet överhuvudtaget. Över själva livet, över inskränktheten, dumheten och hårdheten – och över gitarrer som tvingades stå inlåsta på muggiga kontor för att de var del av en problembild.

Allt var inte galet på Elvaforshemmet, säkert hade Sonja Svensson haft ett gott syfte med alltihop i början, det förstod Anna. Men ju mer hon fick drogerna på avstånd, desto tydligare såg hon sprickorna. Ingen i personalen hade någon utbildning; allihop var före detta missbrukare eller goda vänner till Sonja. Två av dem var hennes släktingar. Ingen tilläts ha någon avvikande mening, när det gällde behandlingen var det alltid Sonja som visste bäst. Visserligen fick hon alltid saker och ting att låta som om det var för det gemensamma bästa och att alla var delaktiga i de beslut som fattades. Men så var det långt ifrån, det var Sonja som bestämde och allt skulle företas i grupp. Om man inte ville vara med – inte hade lust att titta på den eller den dokusåpan eller var intresserad av att spela fia med knuff – betraktades det som avvikande beteende och tecken på återfall. Inte återfall i missbruk, kanske, men i sådana mönster som kunde leda till det och som följaktligen måste brytas. Det var en sorts majoritetens terror, tänkte Anna, och det var väl ändå inte det som varit den ursprungliga tanken.

Och tusen kronor per person och dag? Åttatusen per dygn, det blev en svindlande summa bara på några veckor. Så mycket kunde det inte kosta, kanske låg det en del i det där som Maria hade sagt i alla fall?

En helg i slutet av augusti avvek Ludmilla i samband med en permission. Några dagar senare kunde Sonja rapportera att hon hittats medvetslös och naken i ett dike i en söderförort till Stockholm. Hon var våldtagen, hade tagit en överdos och tillståndet var kritiskt.

Hon berättade det på samlingen efter middagen. Det var

något i hennes röst när hon sa det. I detaljerna. Anna tittade runt på de andra stumma flickorna och undrade om de också lagt märke till det.

Den där lilla antydningen av... ja, vad var det? Tillfredsställelse?

Men de andra såg bara uppskrämda och chockade ut.

Så kände hon sig själv också, och det var väl det som var meningen.

Meningen? tänkte hon när hon låg i sin säng en kvart senare. Vad då för jävla mening?

Och samma kväll kom den där första tanken om att hon inte ville vara kvar längre.

4

När Ante Valdemar Roos kom ut från Swedbanks kontor på Södra torg i Kymlinge sent på torsdagens eftermiddag, blev han för ett kort ögonblick bländad av solen och han förstod att det var ett tecken. Han var i fas med makterna, hans liv bubblade som en nyöppnad flaska champagne och han kände att han kunde ha dansat över torget.

Eller tagit ett sådant där elegant språng rakt upp i luften och slagit ihop klackarna, åtminstone, som den där Stina på teve brukade göra, vad hon nu hette. Helvetes jävlar, tänkte han. Så här livsduglig har jag inte känt mig sedan... sedan när då? Ja, han visste inte.

Sedan han friade till Lisen och fick hennes ja, kanske? Fast hon var ju redan gravid så det svaret var nog inte så märkvärdigt när allt kom omkring.

Men när han räknat tårna på sin nyfödde Greger, funnit att de var tio stycken och att gossen med allra största sannolikhet var fullt frisk, ja, det hade varit en stor och mäktig stund. Då hade han haft samma sprudlande känsla i kroppen.

Samma livslust. Samma vilja att sätta fart och få saker och ting gjorda.

Allt hade fungerat utan mankemang. På ett nyöppnat konto hade han två miljoner etthundratusen kronor. Autogirering var ordnad till hans ordinarie lönekonto den 25:e i varje månad – 18 270 kronor, exakt den summa som i vanliga fall brukade komma in från Wrigmans Elektriska när preliminärskatten var dragen. Om han bara lät det löpa skulle det räcka i etthundratjugo månader, räntan oräknad.

Tio år. Herrejävlar.

Men han hade inte för avsikt att låta det löpa så länge. Inte riktigt. Om några år skulle han börja ta ut sin rättmätiga och surt förvärvade pension. Alice skulle aldrig ana någonting. Inte ha en susning, som det hette nuförtiden. Hon hade eget kort till hans konto, och så länge pengarna strömmade in i sedvanlig takt skulle det inte finnas minsta skäl för henne att kontrollera någonting. Hon kände ingen av hans arbetskolleger och han kunde inte erinra sig att där någonsin förekommit ett telefonsamtal hem till honom från någon av dem. Inte på hela den tid han och Alice haft gemensamt nummer, kanske var det en smula egendomligt.

Och han ringde aldrig till henne från jobbet, hon aldrig dit. Möjligen hade någon av döttrarna ett ärende vid något enstaka tillfälle, men alltid på hans mobil. Han hade visat Alice var fabriken låg en gång, när de passerat förbi, mer var det inte. Flickorna skulle inte hitta dit ens med karta i hand.

Han log och stegade förbi spelbutiken utan att gå in. Lycka till, era stackare, tänkte han. Det är tålamodet det hänger på.

Den ena miljonen skulle han hålla ograverad på detta vis. Det borde räcka gott fram till pensionen om några år. Sextiotre-sextiofyra, det kunde vara lagom. Eller sextiofem om han kände för det, så levande som han kände sig för tillfället kunde det gott hända att han blev uppåt hundra.

Men den andra miljonen, den skulle han sätta sprätt på. I all tysthet, diskretion hederssak.

Och han visste hur, vad den skulle användas till; det hade inte kostat honom mycket grubbel att komma underfund med den detaljen. Inte lång tid alls, men var sak i rättan tid. Först måste han ta itu med Walter Wrigman.

När han korsade Oktoberspången över Kymlingeån, märkte han till sin förskräckelse att han gick och visslade.

Måste lugna ner mig, tänkte Ante Valdemar Roos. Måste lägga mig vinn om att... vad var det det hette i dagens läge? Hålla låg profil? Göra en grävling, kanske? Eller var det pudel man sa?

Skitsamma för övrigt och Herren skapade ingen brådska. Han nollställde anletsdragen och närmade sig med tunga steg sitt hem.

”Vad menar du?” undrade Walter Wrigman följande morgon och sköt upp glasögonen på flinten. ”Vad i helvete är det du säger?”

”Jag slutar”, sa Valdemar. ”Jag har fått nog.”

Käkarna på Walter Wrigman malde runt en stund på tomgång men inga ord ramlade ur truten på honom. Glasögonen halkade ner från flinten och landade med ett lågt smackande ljud på näsryggen, där det fanns en djup, lilafärgad skåra för just detta ändamål.

”Jag säger upp mig”, förtydligade Valdemar. ”Slutar gärna med en gång om det går bra, men jag kan tänka mig att stanna en vecka om du tycker det är nödvändigt. Det behövs inget avgångsvederlag.”

”Vad... vad ska du göra?” frågade Walter Wrigman med stämman full av förvånad luft.

”Har en del planer”, sa Valdemar.

”Hur länge har du gått och funderat på det här?”

”En tid”, sa Valdemar. ”Skulle tro att Tapanen kan ta över mina sysslor.”

”Kommer olägligt”, sa Wrigman.

”Tycker jag inte”, sa Valdemar. ”Det är ju ingen större orderingång, trots allt. Du får väl anställa någon yngre förmåga vad det lider.”

”Det var som fan”, sa Wrigman.

”Jag vill inte ha en massa tårta och blommor och skit”, sa Valdemar. ”Tänkte stanna kvar i eftermiddag och packa ihop mina saker, om du inte har någonting emot det.”

”Det var som fan”, upprepade Wrigman.

Du är jävlar i mig inget charmtroll, du heller, tänkte Valdemar och sträckte fram handen.

”Tack för tjugoåtta år. Det kunde ha varit värre.”

Walter Wrigman skakade på huvudet men fattade inte den framsträckta handen. Satt tyst en stund och tuggade på underläppen.

”Far åt helvete”, sa han så.

Tänkte väl det, konstaterade Ante Valdemar Roos. Din svinpäls.

Innan han lämnade Wrigmans Elektriska för sista gången, tog han bilen och körde upp till sin lunchglänta. Stängde av motorn, vevade ner sidofönstret och tryckte tillbaka ryggstödet.

Såg sig omkring. Över fälten, över den steniga enbacken, över skogsranden. Ljuset var annorlunda nu, klockan var snart fem på eftermiddagen, han insåg att han aldrig tidigare stått här vid den här tiden på dygnet. Det hade alltid varit mitt på dagen, mellan tolv och ett, och plötsligt föreföll det honom som om det vore en helt annan plats.

Granarna var inte solbelysta som de brukade vara, åkern hade en djupare färg och enarna såg nästan svarta ut.

Så är det, tänkte Ante Valdemar Roos. Tiden och rummet möts i samma korsning bara en gång om dagen. En timme hit eller dit betyder en helt ny korsning, så är det faktiskt.

Ja, just på så vis förhåller det sig med tiden och tingen, filosoferade han vidare. Med det omgivande och det som rinner tvärs igenom. Man behöver således inte röra sig för att tillvaron skall förändras runtomkring en, det sköter tillvaron om alldeles av sig självt. Det räcker med att sitta stilla på samma fläck. Nämligen.

Och han insåg att denna sanning på något dunkelt vis – som han ännu inte till fullo förstod, men som han en dag skulle komma att förstå – hängde ihop med det där som fadern hade sagt i skogen.

Bättre än så här blir aldrig livet.

Den där dagen och den där stunden som möjligen inte ens hade ägt rum.

När han kom in genom dörren kunde han omedelbart avgöra att båda styvdöttrarna var hemma.

De hade sina rum till höger och till vänster från tamburen sett; bägge två hade lämnat dörrarna på glänt, från Signes tillhåll strömmade ett slags musik som han hade för sig kallades techno. Det lät som något trögt elektroniskt som hade hakat upp sig i varje fall; hon spelade på ganska hög volym eftersom det skulle vara så, de hade diskuterat just denna finess både en och två gånger. Ur Wilmas rum hördes amerikanska skrattsalvor från någon sorts talkshow. Hylands hörna ungefär, fast mera högljutt och vulgärt, brukade Valdemar tänka. Fetma och incest och det ena med det andra.

Han passerade korselden och kom in i vardagsrummet. Även här stod teven på, men det var ingen som tittade på den, så han tog upp fjärrkontrollen från golvet och stängde av.

Alice låg i röda mjukisbyxor på en gul gummimatta i sovrummet och gjorde situps. Påminde litegrann om en sköldpadda som hamnat på rygg och försöker resa sig upp på bakbenen. Med dålig framgång. Han såg att hon hade hörlurar i öronen och brydde sig inte om att börja prata med henne. I köket låg en hög ingredienser till något som antagligen skulle utmynna i en wok, grönsaksröra med kyckling och ris, brukade han tänka. Han funderade ett ögonblick på om det var meningen att han skulle börja hacka, men beslöt att invänta vidare instruktioner.

Istället gick han och satte sig framför datorn. Den var på; uppenbarligen hade en eller bägge flickorna varit ute och chattat lite så här på fredagskvällen, eller skajpat eller fejsbokat eller vad det hette, för ett meddelande med röda hjärtan runtom blinkade mot honom på skärmen – *gullunge, du är så söt att jag blir alldeles till mig!!!* – och han var rätt säker på att det inte var till honom. Han stängde fem eller sex program och öppnade sin mejl. Han hade inga meddelanden, det var tionde dagen i rad och han funderade ett kort ögonblick på vad som egentligen fått honom att skaffa sig en mejladress. Kanske kunde man begära att få lite sådan där *spam* som det talades om? Signe kom in i rummet bakom hans rygg.

”Jag skulle behöva femhundra spänn.”

”Varför då?” sa Valdemar.

”Jag ska ut ikväll och har slut på pengar.”

”Då får du väl stanna hemma”, föreslog Valdemar.

"Vad fan är det med dig?" sa Signe. "Är du inte klok eller?"

Han tog upp plånboken och räckte över en femhundrakronorssedel. "Har du inte fått lön?"

"Jag har slutat på den där jävla boutiquen."

Aha? tänkte Valdemar. Det blev inte mer än en månad den här gången heller.

"Så du söker nytt jobb nu, då?"

Hon drog ihop ansiktet till en grimas.

"Ses vi på Prince ikväll, eller?"

Hon stoppade ner sedeln i behån och lämnade honom. Han stängde av datorn och bestämde sig för att gå och ta en dusch.

"Det är inget fel på Signe", sa Alice fyra timmar senare när det blivit relativt lugnt i huset. Båda döttrarna hade försvunnit ut, det enda som hördes var diskmaskinen och tvättmaskinen som stod och mullrade på sina vanliga ställen i sina vanliga tonarter. "Det hör till åldern."

Grannen Högerberg som övade piano med sin sexåriga dotter också, noterade han. Även detta kunde man höra. Borde inte sexåringar sova så här dags? undrade han. Alice satt i soffan och bläddrade i en bok om glykemiskt index, han visste inte vad det var. Själv satt han i en av de två fåtöljerna och gjorde sitt bästa för att hålla sig vaken i väntan på att filmen de bestämt sig för att se på skulle börja. Det var en amerikansk action-komedi enligt varudeklarationen i tevebilagan. TV3, han undrade hur många reklamavbrott den skulle innehålla, men förstod att han aldrig skulle få reda på svaret, eftersom han hade för avsikt att knoppa in så snart eländet satt igång.

"Just precis", sa han sekunden innan han skulle ha glömt

bort vad de talade om. ”Hon behöver väl bara en karl och ett jobb.”

”Vad menar du med det?” sa Alice. ”En karl och ett jobb?”

”Tja”, sa Valdemar. ”Jag menar väl ungefär det... en karl och ett jobb. Jobb, åtminstone.”

”Det är inte lätt att vara ung nuförtiden”, sa Alice.

”Det har aldrig i världshistorien varit lättare att leva än idag”, sa Valdemar. ”I varje fall inte i det här landet.”

”Jag förstår inte vad det är med dig”, sa Alice. ”Flickorna säger det också. Du har blivit så snorkig. Wilma sa idag att hon nästan inte kände igen dig.”

”Sa hon så?”

”Ja.”

”Jamen, jag har alltid varit sån här”, sa Valdemar och suckade. ”Jag är bara en gammal gubbjävel. Vi är på det här viset.”

”Det är ingenting att skratta åt, Valdemar.”

”Jag skrattar inte.”

”Dom är i en känslig ålder, Valdemar.”

”Jag trodde dom var i olika åldrar?”

”Nu börjar filmen. Kan du sätta på teven och sluta vara så elak, Valdemar.”

”Förlåt, Alice lilla, det var inte min mening.”

”Jamen strunt i det och sätt på teven istället så vi inte missar början. Och hjälp mig äta upp den här chokladen nu, den är verkligen inte god.”

Han tryckte på knappen och sjönk djupare ner i fåtöljen. Skönt att hon börjat tala igen, tänkte han. För det var ju så det var: det spelade ingen roll vad hon sa, bara hon inte straffade honom med tystnad. Han gäspade, kände att grönsaksröran givit honom halsbränna och han funderade på om det kunde vara mödan värt att gå och hämta ett glas vatten.

Men klockan var över tio och tröttheten övermannade honom innan man ens kommit halvvägs till första reklamavbrottet.

Om man ville räkna lite optimistiskt kunde man påstå att Ante Valdemar Roos hade en god vän.

Denne hette Espen Lund, var jämngammal med Valdemar och arbetade som mäklare på fastighetsbyrån Lindgren, Larsson och Lund på Vårgårdavägen i Kymlinge.

Espen Lund var ungkarl och de hade känt varandra sedan gymnasiet. De umgicks aldrig numera, inte sedan Valdemar gått och gift sig med Alice, men det var en period mellan Lisen och Alice – femton-tjugo år, faktiskt – då de haft en del med varann att göra. Främst krogbesök, men även en och annan resa till fotbollsarenor och travbanor. Espen var inbiten sporthabitué och spelare, han kunde räkna upp alla manliga guldmedaljörer i olympiska sommarspel från Melbourne och framåt och hade i alla tider skrattat åt Valdemars löjliga treraderssystem – men det var inte för den sakens skull som Valdemar på söndagskvällen slog en signal till honom.

Han hade väntat tills han blev ensam i lägenheten. Alice och Wilma hade just begett sig av till biografen Zeta för att titta på en film med Hugh Grant. Valdemar avskydde Hugh Grant. Signe hade av alla tecken att döma skaffat sig en ny pojkvän under lördagskvällen och hade inte hörts av på ett dygn.

”Kan jag lita på dig?” sa Valdemar.

”Nej”, sa Espen Lund. ”Jag skulle sälja min mormor för en dosa snus.”

Det var ett typiskt Espen Lundskämt. I varje fall hoppades Valdemar det. Espen brukade alltid säga tvärtemot vad som förväntades av honom – i privatlivet vill säga, inte i sitt yrke, där han alltid var tvungen att säga precis vad som förväntades. Han påstod att det var detta trista faktum fenomenet vilade på. Om man sa att det var vackert väder, svarade Espen Lund gärna att han för sin del tyckte att det regnade och blåste något så ända iniförbannat. Påpekade man att han såg ut att må bra, kunde han dra till med att han just fått veta att han hade en hjärntumör och hade två månader kvar att leva.

”Jag skulle behöva din hjälp”, förklarade Valdemar.

”Då ligger du illa till”, sa Espen.

”Jag vill att det sköts snyggt och att ingen får reda på det.”

Espen hostade en stund i luren och Valdemar kunde höra hur han tände en cigarrett som motgift. ”Allright”, sa han till sist. ”Låt höra.”

Bra, tänkte Valdemar. Slutskämtat.

”Jag är på jakt efter ett hus.”

”Tänker du skilja dig?”

”Naturligtvis inte. Men jag behöver ett litet hus där jag kan dra mig undan... med ett projekt.”

Det sista kom till honom ur tomma intet. Projekt? tänkte han. Ja, varför inte? Det kunde ju betyda vad tusan som helst. Till exempel att sitta på en stol och iaktta förändringarna i tid och rum.

”Vad hade du tänkt dig?” sa Espen Lund.

”Ett ställe ute i skogen”, sa Valdemar. ”Så ensligt som möjligt. Men inte alltför långt från stan.”

”*Hur* långt från stan?” frågade Espen.

”Ett par mil kanske”, sa Valdemar. ”Inte mer än tre, tror jag.”

”Storlek?” sa Espen.

Valdemar funderade. ”Litet”, sa han. ”Det behövs bara en liten kåk. Ett torp eller så. Inga bekvämligheter, fast det gör förstås ingenting om det finns el och vatten.”

”Avlopp?” sa Espen.

”Skadar inte”, sa Valdemar.

”Prisläge?”

Valdemar kunde höra hur han började tugga på någonting. Antagligen en halstablett, Espen Lund konsumerade i genomsnitt två askar per dag.

”Tja”, sa han, ”jag betalar väl vad det kostar. Men ingenting orimligt, förstås.”

”Har du kommit på grön kvist?”

”Har lite undanlagt”, sa Valdemar. ”Men det är alltså viktigt att... ja, att Alice inte får reda på det här. Och ingen annan heller. Går det att sköta på det viset?”

”Köpet måste registreras i laga ordning”, sa Espen. ”Men det är allt, man behöver inte annonsera. Ja, sen får du förstås ta upp det i deklarationen så småningom.”

”Den tiden, den sorgen”, sa Valdemar.

”Hm”, sa Espen. ”Hur är det, är det ett fruntimmer med i bilden?”

”Ingalunda”, sa Valdemar. ”Jag är för gammal för fruntimmer.”

”Säg inte det. Har du tillgång till Internet?”

”Ja. Hurså?”

”Du kan gå in på våran hemsida och titta själv. Allt ligger där och jag tror det kan finnas ett par objekt som kunde intressera dig. Smart att köpa på hösten också, det är fan så mycket billigare.”

”Jo, jag tänkte väl det”, sa Valdemar.

”Om du gluttar på nätet så kan du ringa mig om du hittar nånting. Sen åker vi ut och ser efter. Eller om du hellre åker själv. Ska vi säga så?"

"Utmärkt", sa Valdemar. "Och inte ett ljud. Sköt om dig."

"Skulle aldrig falla mig in", sa Espen Lund, uppgav nätadressen och så lade de på.

När de gått till sängs hade han svårt att somna.

Alice låg på rygg vid hans sida och drog sina vanliga, lätt ansträngda andetag, hon behärskade den svåra konsten att somna in så fort huvudet landade på kudden. Valdemar hade å andra sidan lätt för att falla i sömn lite varsomhelst – och vid vilka tider på dygnet som helst – men när det verkligen gällde, när han äntligen krupit ner under täcket och släckt ljuset efter en lång och meningslös dag, hände det då och då att det knöt sig.

Som en kork som vill sjunka men inte kan, brukade han tänka, för ungefär så kändes det. Sömnen fanns därnere i djupet, den goda, stärkande sömnen, men uppe på den blanka, vakna ytan flöt Ante Valdemar Roos omkring och visste sig ingen råd.

Just ikväll fanns det förstås goda skäl. Imorgon skulle det vara den första dagen i resten av hans liv, som det stått på en sådan där fånig dekal, redan någon gång på åttiotalet, om han inte tog fel. Resten av mitt liv? tänkte han nu. Hur ska det bli med alla dessa dagar? Han mindes hur Alexander Mutti, deras stoiske filosofilärare på gymnasiet, försökt hamra in sin gyllene regel i deras långhåriga huvuden.

Det är bara du själv som kan skapa mening i ditt liv. Om du lägger besluten i andras händer, är likväl detta ditt eget beslut.

Espen? tänkte han oförmodat. Har han sitt liv i egna händer?

Kanske, kanske inte. Gå på krogen, titta på fotboll, spela bort pengar. Läsa Hemingway, för det gjorde han också, samma böcker år ut och år in. Ranta runt och visa hus och lägenheter för griniga spekulanter fyrtio-femtio timmar i veckan.

Kunde det vara någonting?

Möjligen för Espen, trots allt, tänkte Valdemar. För honom men inte för mig.

Så vad är det jag vill göra då?

Vad i hela friden är det du vill krama ut ur dina återstående år här på jorden, Ante Valdemar Roos?

Frågan skrämde honom en smula, det gjorde den. Eller kanske var det svaret som skapade det där trycket i bröstet på honom.

För det fanns ju inget svar. Eller inget som lät riktigt klokt i varje fall.

Jag vill sitta på en stol utanför mitt hus i skogen och se mig omkring. Kanske ta en promenad emellanåt. Gå in om det blir kallt.

Tända en brasa.

Skulle detta vara poängen? Hur fan skulle det se ut om alla människor bara satt på en stol och såg sig omkring och tände brasor?

Nåja, tänkte Valdemar, det är inte mitt problem. Jag är säkert inte som andra, men jag hoppas i alla fall att jag har lite godhet kvar någonstans längst därinne.

Något litegrann.

Han visste inte varför det där med godheten dök upp, men efter denna lägessummering dröjde det inte mer än några minuter förrän han föll i en djup och barmhärtig sömn.

5

Måndagen började med ett par lättare regnskurar; både Alice och Wilma hade regnjackor på sig när de travade iväg hemifrån, men när han själv sneddade över gatan bort till parkeringsplatsen på Liljebageriets baksida, hade himlen stabiliserat sig. En jämn, blekgrå smet sträckte ut sig från horisont till horisont, temperaturen verkade ligga runt tjugostrecket och han trodde inte att den tjocka tröja som han fått med sig i matsäcksväskan skulle behöva komma till användning.

Det verkade inte bli mer regn heller och den ljumma vinden var svag och sydvästlig. När han låste upp bilen kände han den där sprittningen i kroppen igen, den som hade drabbat honom när han kom ut från banken och ville dansa på torget. Någonting håller på att hända med mig, tänkte han. Vad var det de kallades, de där växterna vars frön bara kunde skjuta fart efter en omfattande skogsbrand? *Pyrofila*, var det inte så?

Jag är en pyrofil människa, tänkte Ante Valdemar Roos, det är där problemet ligger. Jag vaknar bara till vart hundrade år ungefär.

Han körde norrut till Rockstarondellen, samma invanda väg som han kört i tjugoåtta år, men istället för att fortsatta rakt fram, tog han av åt vänster, västerut, och denna obetydliga lilla nyhet fick honom att ropa "Tjo flöjt!" rakt ut genom det till hälften nervevade fönstret. Det gick liksom inte att hejda, själen darrade av välmåga i bröstet på honom.

Han återvann kontrollen och såg på klockan. Den var precis halv nio, som den alltid brukade vara när han farit igenom Rockstarondellen. Men det var glesare trafik här på 172:an, noterade han; betydligt glesare än det vanligtvis var på Svartövägen. Mest fordon som var på väg in mot stan också, bara en och annan i riktning bort.

Som han själv. Bort.

Vid Flatfors kom han ut till Kymmen, och ett par kilometer senare, i samhället Rimmingebäck, stannade han på Statoilmacken och tankade. Köpte lite proviant också, en inplastad smörgås med köttbullar och rödbetssallad, en Ramlösa och en chokladkaka. Han hade ju sin vanliga matsäck i väskan, men man visste aldrig. Kanske skulle den stärkande utomhusvistelsen en hel dag göra honom hungrigare än normalt.

Innan han körde vidare tog han fram kartorna. Både sin egen bilkarta och de två han skrivit ut från nätet. Det borde inte vara svårt att hitta till något av ställena. Det första hette *Rosskvarn* och låg nästan ända ute vid Kymmens strand – den norra, cirka femton kilometer från stan, om han gjort en riktig bedömning. Lite väl öppen terräng kanske, och antagligen fanns det grannar.

Han trodde nog att det andra objektet, som benämndes *Lograna* i mäklarinformationen, var det som var intressantast, men han hade bestämt sig för att ändå åka förbi och titta på Rosskvarn först.

Han hade ju tid.

All tid i världen hade Ante Valdemar Roos, och när han för andra gången startade sin bil denna historiska morgon, fick han samtidigt syn på sitt ansikte i den felställda inre backspegeln, och han upptäckte att han satt och log.

Det finns ingen, tänkte han, inte en djävul i hela världen som vet var jag är.

Och någonstans i trakten av struphuvudet, där alla starka känslor får sin näring och finner sitt uttryck, kände han en svirrning av något som måste ha varit lycka.

Föraningarna visade sig stämma rätt väl.

Rosskvarn var ett hus som låg i en långsträckt svacka ner mot sjön, vilken skymtade på några hundra meters håll genom en gles ridå av lövträd. En skock får gick och betade och ett vasst ljud som från en moped hördes över nejden. Eller kanske var det en sågklinga. Det var i och för sig inget fel på huset, tycke Valdemar medan han rullade förbi det i maklig fart, men det låg alldeles invid vägen och åtminstone tre andra kåkar fanns inom synhåll. Han klev aldrig ur bilen, fortsatte förbi, bara, och några minuter senare var han ute på stora vägen igen.

Han såg på klockan. Inte mer än tio över nio, han bestämde sig för att fortsätta till Lograna med en gång. Det borde ligga ytterligare tjugo-tjugofem kilometer bort, först ett stycke till längs 172:an, därefter, strax före Vreten, väg 818 norrut upp mot Dalby. Han hade glömt nollställa mätaren när han startade hemifrån, men på kartan hade han uppskattat hela avståndet till någonstans mellan tre och en halv och fyra mil. Inifrån Kymlinge, alltså.

Kanske i längsta laget, tänkte han, men det var förstås inte avståndet det kom an på. Nej, det var läget som var a och o, precis som han hade förklarat för Espen Lund. Eller hade han inte det? Hursomhelst, tänkte Valdemar, hursomhelst är jag beredd att köpa rena rucklet, bara det ligger på en plats där jag får vara i fred.

Han märkte att det fanns en säkerhet i hans tankar denna morgon som han inte var riktigt van vid. En sorts kraft. Men i beaktande av omständigheterna var det förmodligen inget att förundras eller oroas över. Money talks, som någon hade väst ur mungipan i en gangsterkomedi han sett på teve tillsammans med Alice för några dagar sedan; alldeles i början av filmen, förmodligen, han mindes ingenting av den fortsatta handlingen.

Det hade funnits två dåliga foton på nätet på Lograna, det ena taget utifrån, det andra inuti, men de sa inte särskilt mycket. Och det stod bara "torp" i beskrivningen; det begärda priset var inte mer än 375 000, drygt hälften av vad man ville ha för Rosskvarn. Han antog att det berodde på att det inte fanns någon sjö i närheten.

Efter knappt tjugo minuter, alldeles efter samhället Rimmersdal, var han framme vid avfarten mot Dalby, och han svängde in på en betydligt smalare men fortfarande asfalterad väg. Började känna sig en smula kaffesugen och insåg att den ordinarie kafferasten på Wrigmans skulle infalla om en liten stund. Nio fyrtiofem. Det var förstås inte konstigt om han hade utvecklat en inre klocka efter alla dessa år.

Inte konstigt alls. Jag har förstört mitt liv i det där förbannade termosgrytet, tänkte Valdemar Roos. Hoppas det inte är för sent att reparera mig.

Han höll på att missa nästa avfart och det var heller inte särskilt konstigt. Alldeles efter en högerkurva kom den – med tät och ogallrad granskog på båda sidor – en liten väg med en rostflagig skylt där det stod *Rödmossen*. Han svängde in på den och stannade. Kontrollerade på kartan och på beskrivningen. Det stämde; han skulle följa den här vägen, nu var det grus och så smalt att man måste planera om det blev ett möte. Efter ungefär sjuhundra meter skulle det komma en ännu mindre väg, till vänster alldeles efter ett litet gärde. Ingen skylt, bara en smal skogsväg, och så ytterligare cirka femhundra meter. Där skulle det ligga. *Lograna.*

Idealiskt, tänkte Valdemar. Det verkar idealiskt tamejtusan.

Han mötte inget fordon och behövde inte planera några möten på de sjuhundra meterna fram till den sista avfarten, och när han tänkte efter var det längesen han sett till någon bil överhuvudtaget. Säkert tio-femton minuter. Tänk att Sverige kunde vara så ödsligt, trots att man inte befann sig i Norrland.

Och så fullt av skog. Han mindes stormen Gudrun som hade dragit fram för några år sedan och åstadkommit stor skada för skogsägarna. Här verkade det mesta ha klarat sig, men så befann han sig också på lite nordligare breddgrader än de värst drabbade trakterna.

Skogsvägen där han nu försiktigt guppade fram brukades nog inte särskilt ofta. En kraftig grässträng löpte i mitten, han kunde höra stråna viska och raspa mot bilens underrede. Fin skog på båda sidor, konstaterade han; man hade avverkat på ett par ställen, men bara gallrat, en trave timmer låg prydligt upplagd vid sidan av vägen. Han fortsatte förbi den och kände upphetsningen ticka i kroppen.

Runt en liten bergknalle, här var det en smula öppnare, här skulle man kunna ta sig upp och få en överblick över landskapet, tänkte han. Sedan en lång högerkurva, en smula utför och så en sista liten vänsterknix.

Där låg det.

Jag tar det, tänkte han innan han ens stängt av motorn och kommit ur bilen.

Den första halvtimmen satt han stilla och iakttog. Lyssnade

och drog in lukter. Knäppte händerna och kände sinnena morna sig och vakna. De pyrofila fröna i hans inre pickade sönder sina skal.

På en huggkubbe satt han. Den var låg och månghuggen, stod invid ett litet uthus, där det också fanns en försvarlig vedkast uppstaplad längs väggen.

Drack en kopp kaffe, ett par klunkar Ramlösa och tuggade långsamt i sig köttbullssmörgåsen.

Efter ett tag började han gråta. Det hade han säkert inte gjort på tjugo år och först försökte han hejda det; snöt sig resolut i näven och gnuggade ögonen torra med skjortärmen.

Men så lät han det rinna.

Jag sitter här och gråter, tänkte han och under en lång stund var det den enda tanke som fick plats i hans huvud.

Sitter här och gråter.

Sedan mindes han någonting han läst i en bok för många år sedan; det var inte en av hans vanliga mer eller mindre komplicerade romaner, det var en reseskildring. Han kom inte ihåg författarens namn, men en engelsman var det bestämt och han skrev om aboriginerna, urinvånarna i Australien. Det påstods om dem att de såg livet som en lång vandring, och att när man kände slutet nalkas, så gällde det att hitta fram till den plats där man skulle dö. Den förutbestämda platsen.

Song-lines, visst hette den någonting sådant?

Lograna, tänkte han. På vilka underliga vägar har jag inte hittat hit.

Stort var det inte. Ett ynkans torp med stengrund och tegeltak, bara. Såg ut som alla andra torp i det här landet, mer eller mindre. Falu rödfärg och vita knutar, en smula avskavt här och var. Ett rum och kök, antagligen, kanske en liten kammare också. Kanske hade det bott en soldat här för hundrafemtio år sedan, tänkte Valdemar. En soldat och hans hustru.

Den omgivande tomten – där gräset växte högt under två knotiga äppelträd och runt några vinbärsbuskar – var inte större än tjugofem gånger tjugofem meter. I ett väderstreck, söder, såvitt han kunde bedöma, var ett ungefär lika stort fält uppbrutet, men det var täckt av björk- och aspsly som vuxit sig manshögt. I de tre andra väderstrecken, och bortom fältet, var det bara skog. Gran och tall mest, men inslag av björk och kanske någon annan sorts lövträd. Alldeles i kanten av tomten, mot norr, en jordkällare.

Och så det fallfärdiga uthuset där han satt, med dass på gaveln. Det var det hela.

Han undrade hur länge det varit till salu. Såg inte ut att ha varit bebott på många år i alla händelser. Det löpte en ledning utifrån vägen in till den tegelmurade skorstenen, antagligen fanns det elektricitet. Eller om det var en gammal telefonledning, han visste inte. En pump mitt på gården vittnade om att det var här man tog vatten. Det var nog inte indraget.

Djupborrad brunn? Det var ett uttryck han hade hört. Hoppas vattnet går att dricka, tänkte han, märkte att gråten upphört och att han redan satt och planerade.

Sedan drabbades han av en rädsla. Tänk om någon annan redan varit framme och köpt det? Tänk om det var för sent? Han reste sig, fick upp mobiltelefonen ur fickan, men kunde bara konstatera att det inte fanns täckning.

Lugna ner dig, tänkte han. Vem mer än jag skulle vilja äga någonting sådant här?

En sådan som jag? Det finns inte så många av oss.

Men kanske en och annan ändå. Bäst att inte ropa hej.

Han gick en försiktig runda runt huset. Prövade att glutta in; kände på dörren också, men den var låst. Det fanns bara fyra fönster, för tre av dem var rullgardiner neddragna – men i det fjärde hade den tydligen åkt upp. När han tryckte ansiktet mot rutan och skuggade med handen, kunde han se ett och annat därinne.

Ett bord med virkad duk och tre stolar.

En byrå.

En säng.

En tavla och en spegel på väggen och en dörröppning ut till det som måste vara köket.

En murstock med en eldstad. Så farligt slitet såg det ändå inte ut. Och rutorna var hela. Takteglet verkade också hyfsat, kanske var det en och annan panna som behövde bytas ut.

Han gick bort till pumpen. Drog ett par gånger i handtaget upp och ner. Det gnisslade och brummade och rosslade därnere i djupet, säkert var det ingen som rört vid den på länge och han visste att pumpar behövde tid på sig.

Varifrån han skaffat denna kunskap visste han däremot inte.

Pumpar som behöver tid?

Han blev stående i det höga gräset. Såg sig på nytt om åt alla håll. Blundade och försökte skärpa hörseln.

Skogens vaga susande, det var allt som hördes. Som ett hav nästan, fast långt, långt borta.

Doften av gräs och jord. Och av någonting som antagligen bara var skog. En sorts allmän skogslukt. Plötsligt bröt solen fram, han öppnade ögonen, blev tvungen att kisa. Gick tillbaka till uthuset och fick upp dörren, det var bara ett bleck och en spik i en märla. Ett rum fullt av bråte därinnanför, här luktade det mögel och fukt. Han hittade en gammal ihopfällbar stol. Fällde ut den och satte sig invid väggen.

Vände ansiktet mot solen.

Blundade igen och hörde sin fars röst genom tiden.

Aldrig bättre än så här.

En timme senare stod han uppe på den lilla bergknallen han passerat på vägen. Det var god utsikt åt alla håll, inte milsvid men ändå. Inte en enda byggnad så långt ögat såg. Lograna låg skyddat av liten ås och bara allra längst i norr kunde han skymta öppna fält, säkert var det två kilometer dit bort. I övrigt skog och åter skog.

Och precis som han räknat ut fungerade mobilen häruppe. Han slog numret till upplysningen och bad att få bli kopplad till Lindgren, Larsson och Lund.

Det var Lindgren som svarade, Lund var ute med kunder, lät han meddela.

Han fick mobilnumret och knappade in det omedelbart. Espen Lund svarade efter åtskilliga signaler.

"Lund. Jag är lite upptagen."

"Valdemar här", sa Valdemar och satte sig på en stubbe. "Jag köper Lograna."

"Tyvärr, bäste bror", sa Espen. "Det såldes i morse."

Ante Valdemar Roos föll framåt och landade på knäna i en hög med kvistar, ris och fnas. Kände hur blodet rusade från huvudet på honom och hur synfältet hastigt krympte ute i kanterna.

"Inte möjligt...", fick han fram. "Inte..."

"Skämtade bara", sa Espen. "Du är den första spekulanten sen i våras."

"Fy fan", flämtade Valdemar och tog sig upp på stubben igen. "Fast tack."

”Problemet är att tanten inte går ner i pris”, fortsatte Espen obekymrat. ”Du blir nog tvungen att betala trehundrasjuttifem.”

”Det möter inga hinder”, sa Valdemar. ”Inga som helst hinder. När kan vi göra affär?”

”Het på gröten som en marskatt”, sa Espen. ”Kan du komma in imorgon förmiddag... nej, du jobbar, förstås.”

”Jag kan ta ledigt ett par timmar”, försäkrade Valdemar. ”Hur dags?”

”Måste tala med tanten först. Om du inte hör nånting kan du komma klockan tio.”

”Jag vill...”

”Ja?”

”Det var det här med diskretionen.”

Espen gjorde ett kort uppehåll och hostade några gånger. ”Det är ingen fara”, konstaterade han sedan. ”Både Lindgren och Larsson är ute vid det laget. Det blir bara du och jag och tanten.”

”Utmärkt”, sa Valdemar. ”Vad... vad heter hon?”

”Anita Lindblom, faktiskt”, sa Espen Lund. ”Precis som sångerskan. Men det är inte hon. Den här är över åttiofem. Hon har bara en arm, förresten. Vete fan varför, men så kan det gå.”

”Sånt är livet”, sa Valdemar.

”Just precis”, sa Espen.

När de avslutat samtalet såg han på klockan. Kvart i ett. Hög tid att återvända till torpet och inta lite lunch.

Han tyckte att det sjöng i kroppen när han klättrade ner mot vägen. Nästan som Anita Lindblom.

6

Sent på kvällen den 28 augusti brann Friheten.

Det var en vitmålad, mindre träbyggnad, någonting mittemellan ett lusthus och en lekstuga, ungefär, och belägen intill ett syrenbuskage ett tiotal meter från sjökanten. Egentligen bestod den bara av ett trägolv och ett trätak som hölls ihop av fyra grova stolpar i hörnen. Två låga bänkar mittemot varandra och ett minimalt bord däremellan. Flickorna brukade sitta här och prata och röka. Var namnet kom ifrån visste inte Anna, man kallade det för Friheten, så var det bara.

Alla flickorna på hemmet rökte, drogmissbruk var ganska otänkbart om man inte först hade börjat använda vanlig tobak. Anna mindes hur det varit på högstadiet när skolledningen fått för sig att registrera alla elever som rökte; man hade skickat brev hem till föräldrarna och antytt att deras ungdomar kunde befinna sig i den så kallade riskzonen. Det hade blivit ett helvetes liv. Brott mot den personliga integriteten, facistfasoner, falsk tillvitelse; några av rökarna var medlemmar i SSU och hade varit på kurs i demokratiska rättigheter. Det hade till och med resulterat i en halv dags skolstrejk.

Ändå hade ju den stackars rektorn haft rätt på sätt och vis, Anna hade tänkt på det efteråt. Unga människor som inte började röka, började heller aldrig knarka.

Fast det fanns förstås folk som rökte utan att också använda starkare saker. Gott om folk, de flesta, om man ville vara noggrann.

I alla händelser var rökning tillåten på Elvaforshemmet. Utomhus och under tak i Friheten; att få flickorna att sluta med både droger och tobaken på samma gång skulle ha varit att gapa över för mycket. En sak i taget, först de stora problemen, sedan de små, brukade Sonja Svensson säga. Hon rökte inte själv, men flera av de andra i personalen gjorde det, och såvitt Anna visste, var det ingen av dem som tyckte det var något fel med det.

Det tyckte inte hon själv heller, frånsett att det kostade pengar. De fick ett slags veckopeng på hemmet. Tvåhundra kronor, att lära sig sköta ekonomin var en grundsten när det gällde att få ordning på sitt liv. Alla flickorna, utan undantag, hade skulder; inkassobrev och obetalda räkningar i stora högar. Under de första veckorna genomförde Lena-Marie, en kusin till Sonja som hade en sorts ekonomiutbildning – åtminstone hade hon gått tvåårig ekonomisk linje på gymnasiet – enskilda samtal med var och en för att försöka reda ut detta trassliga hörn av deras trassliga tillvaro. Så småningom var det meningen att flickorna själva skulle ta kontakt med dem de stod i skuld till, för att försöka upprätta någon sorts avbetalningsplan. Det lät hisnande krångligt, det tyckte Anna och det tyckte alla de andra också.

Hursomhelst, av veckopengen gick mer än hälften till cigarretter, det var som det var.

Det var dock inte på grund av slarv med cigarretter som Friheten brann ner. Tvärtom, redan nästa morgon visste alla att någon hade tänt på.

Det var Conny, Sonjas man och den ende av sitt kön som satte sin fot på Elvafors, som hittade en tom bensindunk bakom ett förråd. Dunken kom ursprungligen inifrån samma förråd, där det förvarades lite allt möjligt som behövdes på hemmet: redskap, storförpackningar av toalettpapper och annat.

Dörren hade inte varit låst, det brukade den inte vara för det fanns inget stöldbegärligt därinne. Vem som helst kunde ha smugit sig in vid elvatiden på kvällen, elden hade börjat runt kvart över, tagit dunken, skvätt innehållet över Friheten och satt en tändare till. Conny var frivillig brandman och hade sett en del, det rådde inget tvivel om hur det hade gått till.

Någon av flickorna, således. I teorin kunde det förstås ha varit någon förbipasserande, men det var bara i teorin. Sonja Svensson avfärdade bestämt det alternativet; vad skulle det finnas för motiv för en främmande att sätta eld på Friheten?

Vad det fanns för motiv för någon av flickorna att göra samma sak gick hon inte in på. Under samlingen efter frukost höll hon ett skarpt tal och förklarade att om inte den skyldiga under dagens lopp kom till henne och erkände, så skulle det gå ut över dem allesammans.

Om man inte tog sitt individuella ansvar, måste hela gruppen göra det, sa Sonja. Det var en enkel regel, den gällde i livet och den gällde på Elvaforshemmet.

På eftermiddagen stod Anna nere vid sjön och rökte tillsammans med Turid, en flicka från Arvika som bodde i mellansluss, och hon frågade henne om hon trodde att polisen skulle kopplas in.

”Polisen!” fnös Turid. ”Aldrig i livet. Sonja är skiträdd för allt som kan ge Elvafors dåligt rykte, fattar du inte det?”

”Varför då?” undrade Anna.

"Därför att om soss-nissarna får klart för sig att det inte funkar här, kommer dom inte att skicka hit några. Vi är värda tusen spänn om dan, kom ihåg det. Och det är ju inte fullbelagt precis."

Anna tänkte efter och nickade. Det stämde, efter att Ludmilla försvunnit var de nu bara fem flickor i stora huset, det fanns plats för fyra till. Och Turid och Maria skulle snart flytta till utsluss i Dalby enligt vad det ryktades.

"Det kanske börjar bli ont om knarkarbrudar i landet", sa hon i ett försök att skämta.

"I helvete heller", sa Turid, som nästan aldrig skrattade åt någonting, och Anna tänkte att med hennes bakgrund var det kanske inte så konstigt. "Men dom tycker väl inte att det lönar sig att satsa pengar på såna som oss. Bättre om vi dör unga och inte ligger samhället till last."

Anna fick en klump i halsen och svalde den.

"Vem tror du det var som tände på?" frågade hon.

"Ja, vem fan tror du?" sa Turid och slängde ut sin fimp i vattnet. "Tokiga jävla Marie förstås, det fattar väl vem som helst."

"Marie?" sa Anna häpet. "Är du säker?"

"Jag såg henne", sa Turid, vände ryggen åt Anna och började gå upp mot huset.

Marie? tänkte Anna och klumpen i halsen kom tillbaka. Varför skulle Marie tända på Friheten? Om hon hade fått välja en av flickorna att anförtro sig åt – eller att dela mellanslusslägenheten med så småningom – så skulle hon ha tagit Marie. Utan särskilt mycket tvekan. Hon tyckte om henne, och det var ju på det viset det var. Vissa människor tyckte man om, helt enkelt, andra inte. En sådan som Turid skulle Anna aldrig kunna älska om hon så tränade hela livet.

Marie var född i Korea, hon var söt som en docka och hade adopterats av svenska föräldrar när hon var två eller tre år. Hon visste varken på vilken dag eller vilket år hon var född. Hon var tystlåten och vänlig, men hade missbrukats både av killar och av en morbror; hade ett litet barn dessutom som hon fråntagits vårdnaden om. I samband med att hon kom till Elvafors – ett par veckor innan Anna anlände – hade hon börjat tro på Gud. Det påstod hon i varje fall, på sitt stillsamma och blyga sätt. Anna hade också sett henne sitta och läsa i Bibeln.

Varför i hela friden skulle Marie tända på Friheten?

Men Anna insåg att hon egentligen inte kände henne. Insåg plötsligt att hon inte kände någon av de andra tjejerna. Vem som helst skulle kunna säga vadsomhelst om någon annan, och hon skulle inte veta om det var sant eller inte.

Och det berodde till rätt stor del på henne själv, hon insåg det. Medan hon långsamt följde efter Turid upp mot huset, kom hon att tänka på vad hennes kusin Ryszard, han som bodde i Canada och försökte se ut som Johnny Depp, hade sagt åt henne den där enda sommaren de hade träffats.

Jamen, du är ju en loner, Anna, så är det bara. Du och din jävla själ, ni har så mycket att prata om att ni aldrig har tid med någon annan.

Han hade sagt det på engelska, för han kunde inte längre prata riktig polska.

You and your fucking soul, Anna.

Var det så? Jo, erkände hon tyst för sig själv. Det kanske var så.

Kanske kunde man byta ut en bokstav i det engelska ordet *loner* också.

Loser.

Samma kväll kom Sonja till hennes rum och meddelade att hon hade telefon inne på kontoret.

Det var hennes mor. Anna hörde omedelbart på hennes röst att någonting var fel. Någonting som för en gångs skulle inte berodde på Anna själv.

”Jag kan inte komma och hälsa på dig i nästa vecka.”

Det hade varit avtalat att hon skulle komma på en halv dags besök följande fredag. Få information om hur det gick för Anna, se vilka framsteg hon gjort under sina första veckor på Elvafors och få tillfälle att bara umgås med henne en smula. Det var ingen anhörigdag, men det var brukligt att någon förälder eller närstående gjorde en kort visit efter ungefär en månad.

”Varför inte?” sa Anna och snyftade till mot sin vilja. Hoppades att modern inte skulle märka det.

Det gjorde hon inte heller. ”Mamma”, sa hon, ”... din mormor, alltså, är sjuk. Jag måste åka till Warszawa och ta hand om henne.”

”Är hon... är det...?”

”Jag vet inte”, sa hennes mor. ”Nej, hon kommer nog inte att dö. Så allvarligt verkade det inte. Men jag är ändå tvungen att åka, Wojtek säger att han inte orkar ta hand om henne längre och jag är ändå sjukskriven för knäna. Nej, jag har faktiskt inget val, Anna, du får förlåta mig.”

”Klart jag förlåter dig. Hur blir det med Marek?”

”Han får bo hos Majka och Tomek så länge. Och Anna?”

”Ja?”

”Jag lovar att komma och hälsa på dig så snart jag är tillbaka.”

Innan de lade på pratade de några minuter till och Anna kämpade hela tiden med gråten. Men hon höll sig, tack och lov, det sista hon ville var att ge sin mor mer dåligt samvete än hon redan hade. När de lagt på satt hon kvar en stund på det halvmörka kontoret och försökte samla sig. Försökte förstå varför hon plötsligt kände sig så övergivet ledsen. Naturligtvis var det många saker inblandade; den nedbrunna Friheten, Turids påstående att det var Marie som tänt på, hennes stackars mor och mormor och lille Marek, det hopplösa livet i allmänhet – trots att hon hade fått tillbaka sin gitarr – ja, det var mycket.

En sak till; hon kom på det i efterhand, som om hon inte riktigt velat erkänna det. Men kanske var det detta som kändes svårast.

Hennes mor hade inte varit nykter. Hade säkert hällt i sig fyra eller fem glas rödvin innan hon ringde.

Hon också, tänkte Anna när hon sneddade över gårdsplanen. Jag har det från båda håll.

När hon kommit i säng en stund senare låg hon länge vaken och tänkte på sin familj. Låg på sidan, stirrade ut genom fönstret, bort mot skogsranden på andra sidan vägen och de enstaka stjärnor som hade börjat tändas där ovanför.

Sin familj och sitt liv.

Att det kunde hända så mycket mellan generationerna. Att det gick så fort. Hennes mormor, som nu alltså var allvarligt sjuk, hade fötts 1930 i den lilla polska by några mil söder om Warszawa där hon fortfarande bodde. Anna hade besökt den två gånger, bägge gångerna hade det känts som om hon färdats både till 1930 och ännu längre tillbaka. En annan tid och ett helt annat liv. Sammanlagt hade hon bara träffat sin mormor vid fem eller sex tillfällen, och varje gång hade hon tyckt att det fanns något lite skrämmande över henne. Påminde om Mårran i Muminböckerna nästan. Det var någonting fel med hennes huvud också, med hennes psykiska hälsa, mer hade hennes mor aldrig sagt.

Och nu låg hon på ett sjukhus i Warszawa, tydligen. Och hade en dotterdotter som satt på ett behandlingshem för kvinnliga missbrukare i en liten håla i Sverige – ett land som hon tyckte mer och mer illa om för varje gång hon tvingades besöka det. Här fanns ingen religion och ingen heder, brukade hon säga. Gud hade övergivit det. Och hålan där dotterdottern hölls fången var ju ännu mindre än den där polska byn, faktiskt.

Hölls fången? Anna ruskade på huvudet och försökte skratta, men det ville sig inte.

Hennes mor hade kommit till Sverige 1984. När Anna föddes 1987 hade hennes pappa Krzysztof redan ihop det med en annan kvinna. Men skilsmässan hade dröjt tills Anna var sex år. Av någon anledning; hennes mor hade aldrig riktigt lyckats förklara det där. Innan Krzysztof fyllde fyrtio hade han barn med fyra olika kvinnor, hursomhelst, samtliga polskor som invandrat till Sverige under 1980-talet. Samtliga boende i Örebro eller Västerås och däromkring. Han var en vacker och vek man, kvinnor drunknade gärna i hans vemodiga ögon, hade hennes mor sagt en gång. Själv drunknade han i spriten.

Född med en stor konstnärssjäl, hade hon också sagt. Tyvärr i avsaknad av all talang.

Kanske är det likadant med mig, tänkte Anna. Med min gitarr och mina patetiska jävla sånger.

Marek, hennes lillebror, hade en annan pappa som hette Adam; en annan opålitlig man, enligt hennes mor. Det verkade vara så med alla män i den polsk-svenska miljö där Anna vuxit upp. Det var kvinnorna som var de starka, det var de som höll ihop familjerna och nätverken, tog hand om barnen och gick vidare med livet. På något sätt. Männen drack, var djupsinniga och missförstådda och pratade politik.

Men Anna hade inte varit stark, och hon undrade hur det egentligen stod till med hennes mor. Den där vinklangen i hennes röst som funnits under telefonsamtalet hade svårt att lämna henne någon ro.

Och om inte hennes mor hade styrkan, hur skulle hon själv någonsin kunna hitta sin?

Svensk eller polsk, det kvittade faktiskt. Medan hon gick och vantrivdes på gymnasiet, innan hon äntligen hoppade av, hade hon tyckt om att skylla allt på sin dubbla identitet. Men senare, och i ärlighetens namn, förstod hon att det bara varit en feg undanflykt. Så stor skillnad var det faktiskt inte på Sverige och Polen. Det gick till exempel inte att se på henne var hon kom ifrån, hon kunde lika gärna ha varit född av ursvenska föräldrar i Stockholm eller Säffle.

Hon hade sitt liv i sina egna händer, så var det. Om hon ville kasta bort det var det hennes eget val – precis som de alltid sa när de satt i ringen och analyserade sina tillkortakommanden. Det var inte omständigheterna det kom an på. Det var en själv.

Så jävla enkelt att säga, så svårt att leva efter.

Om man inte följde tolvstegsprogrammet, vill säga, det var det som var räddningen. En kraft starkare än jag själv…

Så dök Steffo upp i huvudet på henne. Det var också en kraft.

Hur fan hade hon kunnat släppa in en sån som Steffo i sitt liv? Det var den obehagligaste av alla frågor, den som hon avskydde mest och inte ville ta i med tång. Hon hade aldrig varit i närheten av att vara förälskad i honom. Inte ens tyckt att han var särskilt snygg.

Fast svaret var enkelt. Han hade hållit henne med droger, i och med det var han viktigare än allt annat. Det var likadant med de andra tjejerna, det var det mönster man oundvikligen hamnade i om man var drogberoende och av det svagare könet. Som det hette. Alla tjejerna på Elvafors hade varit tillsammans med killar som var skitstövlar, den ena elakare och mer egoistisk än den andra. Steffo var kanske inte den värsta, de hade bara varit ihop några månader, så hon visste ju inte hur han skulle ha utvecklats om det fortsatt.

Fast nog var han elak. Hon mindes plötsligt en episod, och när hon tänkte närmare på den, förstod hon att den nog sa en hel del om honom.

Det var en sak han hade berättat. Han hade varit hos någon sorts psykolog, en kvinna som han uppenbarligen föraktade. Hon hade pratat med honom om empati, om förmågan att förstå hur andra känner och tänker inför olika saker.

När en del barn skadar djur, till exempel, hade hon tydligen sagt, så förstår de inte att djuren känner smärta. Och det finns människor som inte förstår det senare i livet heller.

Tror du jag är en sån människa? hade Steffo frågat psykologen. Hon hade svarat att hon hoppades att han inte var det.

Då hade Steffo sagt att det hade hon alldeles rätt i, för när han var tolv år och bröt vingarna av sin lillasysters bägge kanariefåglar, hade han visst fattat att det gjorde ont.

Det var ju för fan det som var poängen.

Han hade skrattat när han berättade det för Anna. Som om han var stolt över det. Både vad han gjort med de stackars fåglarna och vad han sagt åt den löjliga psykologen.

Hon fick knottror på underarmarna när hon tänkte på det. Så är det, tänkte hon. I takt med att gifterna försvinner ur mitt blod förstår jag hur rädd jag är för honom. I själva verket.

Aldrig mer. Vad som helst men aldrig mera Steffo.

Ingen av flickorna hade erkänt att hon tänt på Friheten.

Detta förklarade Sonja vid samlingen följande morgon. Men fallet skulle komma att lösas ändå. Bara de andra flickorna bestämde sig för att samarbeta.

Och de hade ju alla gått med på att följa tolvstegsprogrammets och Elvaforshemmets regler, var det inte så? Förstod inte var och en av dem – innerst inne – att just detta var den enda vägen för dem ut ur det helvete de levt i under flera år?

Anna begrep inte vad hon pratade om. Vad hade tolvstegsprogrammet med branden att göra? Vad menade Sonja med att de måste samarbeta eller gå under?

Hon sa faktiskt så. *Samarbeta eller gå under.* Anna såg sig om och upptäckte att de andra flickorna såg lika förvirrade ut som hon själv kände sig. Utom möjligen Turid.

Men efteråt var det bara Anna som blev ombedd att stanna kvar. De andra reste sig, ställde i ordning stolarna och gick ut för att röka. Anna satt kvar och väntade på vad Sonja skulle säga till henne den här gången.

Den här gången, det kändes så. Hon märkte att hon inte var förvånad, och hon behövde inte vänta länge för att få klarhet i vad det var frågan om.

”Jag vet att du vet vem som tände på Friheten”, sa Sonja. ”Varför berättar du det inte för mig?”

”Det vet jag inte alls”, sa Anna.

”Du behöver inte ljuga”, sa Sonja. ”Tala om sanningen för mig nu, annars kommer du bara att ställa till det för dig.”

”Jag ljuger inte”, sa Anna.

”En av de andra flickorna har sagt att du vet. Att du berättat det för henne.”

Då begrep hon vad som hänt.

Turid.

Hur fan... hur fan kunde hon? Först hade hon angivit Marie för Anna, sedan hade hon... ja, sedan hade hon sagt till Sonja att Anna visste vem den skyldiga var.

Så var det. Så måste det hänga ihop, och så... ja, precis så taskig och uträknande kunde Turid antagligen vara. Anna skakade på huvudet och undrade hur hon var funtad egentligen. Varför man gjorde en sån sak? Hon måste ju vara ute efter Marie. Efter henne själv också kanske. Varför? Var det bara för att Marie var så söt och omtyckt av alla?

Hon tänkte efter. Ja, det räckte nog. Turid var inte särskilt snygg, bar på några kilon för mycket runt midjan och hade redan lyckats skaffa sig den typiska, dåliga missbrukarhyn. Såvitt Anna visste var det ingen som gillade henne särskilt mycket. Var det så enkelt?

Ja, tänkte hon, så jävla banalt och enkelt var det antagligen. Tjugotvå år och redan bitter. Kanske var det rentav hon som tänt på?

”Jag väntar”, sa Sonja. Hon hade lagt armarna i kors över bröstet och satt och gungade på stolen. Såg ut att vara mäkta nöjd med sig själv och sin hårda men rättvisa hållning. Anna fick en hastig impuls att spotta på henne men tryckte tillbaka den.

”Tyvärr”, sa hon istället och rätade på ryggen. ”Jag är rädd för att du blivit förd bakom ljuset. Det var inte jag som tände på Friheten och jag har ingen aning om vem som gjorde det.”

”Jag vet att du ljuger”, sa Sonja Svensson.

”Du får tro vad du vill”, sa Anna. ”Kan jag gå nu?”

”Du kan gå”, sa Sonja. ”Det var tråkigt att du vägrade samarbeta. Tråkigt för dig själv.”

När hon kom ut på gården hade det börjat regna. De andra flickorna hade rökt färdigt och var på väg in igen. Det var bara Marie hon lyckades få en smula ögonkontakt med. Hon såg gråtfärdig ut.

Nej, tänkte Anna. Varför skulle jag stanna här? Min själ håller redan på och gräver ner sig.

7

De fyra följande dagarna, tisdag till och med fredag, körde Ante Valdemar Roos de trettioåtta kilometerna mellan Fanjunkargatan i Kymlinge och Lograna. Fram och tillbaka varje dag. Tillbringade åtta timmar i närheten av torpet utan att gå in – utom på onsdagen, då de skrev under papperen inne på Espen Lunds kontor i stan och han bara hann med fem. Tillträdet på dessa papper var satt till den första september; Anita Lindblom ruckade inte på principer för ruckandets skull och hade ingen tanke på att lämna ifrån sig nycklarna i förtid.

Han utnyttjade dessa ljumma och behagliga sensommardagar till att ömsom vandra i den omgivande skogen, ömsom sitta i stolen invid uthusväggen med solen i ansiktet. Drack termoskaffe och tuggade smörgåsar, en dubbel med ost, en dubbel med prickig korv, medan han funderade över vilka vändningar livet kunde ta.

Och det kvittade vilket. Antingen han bara satt där mot den faluröda uthusväggen, eller om han vandrade – under de ståtliga furorna ut mot Rödmossevägen, genom de lite sankare gran- och slymarkerna söderut eller upp mot det högläntare landskapet i väster – så var det någonting i honom som pockade.

Ja, *pockade* var nog rätt ord, tänkte Ante Valdemar Roos. Som om han blivit befruktad nästan, fått ett dittills okänt tomrum inom sig fyllt med nytt liv. Gravid, skulle man kunna säga. På gamla dar, det var sannerligen inte för tidigt.

Så kan det vara, tänkte han med ett skrockande, inre leende. Till och med dylika märkunderligheter kan inträffa med oss pyrofiler och sånt är livet, som sagt.

Han hade skaffat ett kartblad över trakten. Ett så kallat grönsaksblad, skala 1:50.000, där han kunde se alla små detaljer i landskapet; skogar, öppna fält, bebyggelse ner till enstaka gårdar och hus. Vägar, stigar, vattendrag och höjdkurvor, han kunde inte minnas att han studerat just den här typen av karta sedan de obligatoriska höstorienteringarna under gymnasietiden på Bungeläroverket.

Han kontrollerade kartan mot verkligheten också, och kunde till sin förnöjelse konstatera att Logrange låg precis så ensligt till som han hade föreställt sig. En liten svart prick i en stor, stor skog. Närmaste gård fanns mer än två kilometer bort, det var just det Rödmossen som angavs på den rostiga skylten ute vid Dalbyvägen. Han hade gått dit genom skogen en morgon, stått och betraktat hemmanet ifrån skogsbrynet, ett ganska ordinärt lantbruk såvitt han kunde bedöma, med mangårdsbyggnad, ladugård och någon sorts maskinhall. Fälten runtomkring var nyskördade, utom i väster där ett tiotal kor gick och betade. Två hundar skällde i en hundgård.

Den smala och knaggliga vägen som själva Logrange låg utefter fortsatte i en långsträckt U-kurva och kom tillbaka ut på Rödmossevägen något hundratal meter från denna gård, och förutom hans eget hus stötte han bara på en annan byggnad utefter denna skogsväg; ett gammalt torp av ungefärligen samma storlek som Logrange, men i betydligt sämre skick. Det låg en knapp kilometer västerut, längre in i skogen, skorstenen hade rasat in till hälften, man hade spikat masonitskivor för fönstren och han tvivlade på att någon människa satt sin fot där de senaste tjugofem åren.

Där var ont om andra vägar, en dag försökte han hålla rak kurs söderut för att komma ner till 172:an, landsvägen mellan Kymlinge och Brattfors i höjd med Vreten, det borde vara ungefär två och en halv kilometer dit enligt kartan – men terrängen var alltför oländig; ogallrad snårskog och sanka myrar, han blev tvungen att vända om efter en timme.

På tisdagen och torsdagen företog han två vandringar om dagen. En längre på morgonen, en kortare om eftermiddagen. Jag erövrar mitt landskap, tänkte han. Det är så här det går till, det här är den springande punkten och det som jag saknat.

Varje dag föll han också i sömn en stund; tjugo minuter eller en halvtimme i stolen efter att han ätit lunch; han hade lite svårt att orientera sig alldeles i uppvakningsögonblicket efter dessa tupplurar men det gick över. På fredagen visste han omedelbart var han befann sig när han slog upp ögonen.

Lograna. Hans plats på jorden.

På fredagen tog han heller ingen eftermiddagspromenad. Blev sittande i stolen istället, och tänkte över stort och smått; det gjorde han i och för sig medan han var i rörelse också, men den här dagen var det någonting alldeles särskilt med att bara sitta där med den lagom värmande solen i ansiktet och inte ha annat för sig än att andas och finnas till.

Inget syfte. Om äppelträden eller vinbärsbuskarna eller pumpen haft talets gåva, kunde vi ha språkats vid en smula, tänkte han.

Inte för att det behövdes, men det kunde ha varit intressant att höra vad de hade att säga. Kanske kunde de ha lärt honom ett och annat. Han passade på att smaka av äpplena också, men de var sura och hårda. Något slags vinterfrukt antagligen, gissade han; kanske skulle man plocka av dem, lägga dem i papperspåsar och ta fram till julen. Han mindes att det förekommit någonting sådant under hans barndom i K–.

Hans tankar vandrade gärna bakåt, men då och då också framåt. Överhuvudtaget märkte han att han tycktes befinna sig i en väl avstämd skärningspunkt mellan nuet, det förflutna och det som skulle komma, och han anade att det både hade med hans ålder och med de nya livsomständigheterna att göra.

Här och nu. Det som ligger framför mig. Det som varit.

Allt vägde lika tungt. Och dessutom: det föreföll helt och odelbart på ett sätt som han inte varit med om tidigare. En sorts treenighet nära nog.

Sina kvinnor, även på dem tänkte han. Lisen och Alice. Båda fanns ju med såväl då, som nu, som i framtiden. Tankarna på dem, vill säga, Lisen var förvisso död, det skulle inte förnekas – men när han funderade närmare på saken, insåg han att han nog var benägen att skjuta ner dem i baktiden, bägge två. Inte bara Lisen, utan också Alice. Både hon och döttrarna var faktiskt alldeles oförenliga med hans nya tillvaro i Lograna. Inkompatibla, som det hette numera, det lät som någon sorts förstadium till inkontinens, han hade tänkt på det förr.

Vilka misslyckade ord det fanns nuförtiden. Vad var det för fel på osams och svårt att hålla tätt?

I synnerhet när han slutit ögonen efter den sista kaffeslurken och bara väntade på att sömnen skulle erövra honom, fick tankarna en sorts frisk och oförvägen frihet.

Jag borde be Alice fara och flyga, kunde han till exempel få för sig. På samma sätt som jag bad Wrigman fara och flyga. Om de inte haft så förbannat idiotiska kundvagnar på ICA skulle jag ha sluppit henne helt och hållet.

Och hon mig, framförallt det.

Det var så det gått till. En fredag för tolv och ett halvt år sedan hade han kommit körande med sin kundvagn på ICA Stubinen vid Norra torg i Kymlinge, och när han svängde till höger in på Soppor och Såser kom där en kvinna dundrande rakt in i honom. Hon kom från vänster i på tok för hög fart och deras vagnar hade fastnat i varandra.

Det var obegripligt, det hade personalen intygat, någonting sådant hade aldrig inträffat förr, hennes krossade ägg rann ut över hans prinskorvar, och det tog nästan en halvtimme innan de lyckats koppla isär vagnarna från varandra. Vid det laget hade Valdemar och Alice börjat konversera, de var båda ensamstående, visade det sig, det ena ledde till det andra och åtta månader senare gifte de sig i Helga Trefaldighets kyrka. Ingen av dem var särskilt troende, men kyrka skulle det vara, menade Alice. Förra gången hade hon nöjt sig med borgerlig vigsel och titta bara som det hade gått.

Vad beträffade Lisen var det så längesen att Valdemar nästan inte kunde minnas hur de träffats. De hade nog snarare flutit ihop som två roderlösa maneter i det sena sextitalets hav av love, peace and understanding. Vad nu det hade varit för någonting? I varje fall hade de kopulerat första gången på en gräsmatta i Göteborg efter en utomhuskonsert med något engelskt rockband och ett par inhemska, och eftersom Lisen blivit gravid hade de flyttat ihop. Sedan hade hon fått missfall, men eftersom de nu redan var ett par hade de fortsatt på den inslagna vägen och Greger hade kommit till världen bara något år senare.

Har jag verkligen varit med om det där? var en tanke han gärna återkom till. Är det där mitt liv?

Det kändes inte så, varken det ena eller det andra.

Och om det nu ändå förhöll sig på det viset, så kunde det väl i varje fall inte ha varit meningen?

Men vad var då meningen?

Det var förstås så dags att ställa sig den frågan när man snart skulle fylla sextio år. Folk brukade klara av sådant där när de gick på gymnasiet eller gjorde lumpen, för att sedan kunna ägna sig åt vettigare saker under resten av sina liv. Hem, arbete, barn och vad det var.

Antog Ante Valdemar Roos. Han hade aldrig frågat sina kvinnor, varken Lisen eller Alice – inte sin son eller sina styvdöttrar heller för den delen – hur de såg på den där frågan om meningen.

Och han kände på sig att åtminstone Alice skulle bli förbannad om han gjorde det.

Du är snart sextio, skulle hon antagligen tala om för honom. Tänk på vad du säger.

Nej, när det gällde det existentiella sökandet var det nog mer givande att vända sig till pumpen och äppelträden och vinbärsbuskarna.

Det skulle säkert hans far ha hållit med om. Innan han hängde sig hade han jobbat som lagerförman på en skofabrik. Det var förstås ett arbete så gott som något, men Eugen Sigismund Roos hade inte haft sin själ bland skorna.

Så hade hans äldre bror Leopold sagt på begravningen, Valdemar kunde fortfarande komma ihåg det ordagrant.

En stor människa var du, Eugen, min bror, alldeles för

stor för din omgivning. Och inte fick din själ plats på Larssons förgrämda skofabrik, nej, din själ måste vi leta efter på helt andra platser.

I skogarnas sus, i älvarnas brus, i människohjärtats obotliga ensamhet. Där den nu också funnit sitt slutgiltiga hemvist.

Då, när han bara var tolv år, hade Valdemar tyckt att *skogarnas sus* och *älvarnas brus* klingade så vackert, och det hade irriterat honom att *hjärtats ensamhet* inte alls lät lika bra, eller ens rimmade med det andra. Nog kunde väl Leopold ha ansträngt sig och fått till det lite bättre på slutet.

Men kanske var det också så, hade han tänkt när han blev äldre, att med just detta – hjärtats obotliga ensamhet – rimmade ingenting annat, och att det i själva verket varit det som var avsikten.

Leopold hade dött bara ett år efter sin yngre bror; det hade aldrig blivit tillfälle att fråga honom.

Inte tillfälle att fråga pappa Eugen heller, förstås, om vad som var viktigt och mindre viktigt. Det var synd, för Valdemar kände på sig att hans far vetat en del om sådant. Att han bestämt sig för att inte leva längre när han var femtiofyra år gammal var just ett tecken på detta: att man insett vissa saker.

Bättre än så här blir aldrig livet.

Han mindes en episod, det var om hösten och de bodde på Väster. Det var innan det brann i källaren, han måste ha varit sju eller åtta.

Hade varit ute på någonting, kanske sparkat boll med grannpojkarna i parken, han kom in i köket, det var skymning i luften både ute och härinne, och hans far satt vid köksbordet. Hade antagligen tagit sig ett par supar, det stod en flaska och ett glas framför honom på den rutiga vaxduken och han sög på sin krokiga pipa.

Blå skymning, min pojk, sa han. Du känner väl till varför skymningen är blå?

Valdemar hade erkänt att det gjorde han inte.

Därför att den sörjer dagen, hade fadern förklarat och blåst ut ett rökmoln. På samma sätt som en man kan sörja en kvinna som håller på att gå förlorad.

Det hade hörts på hans röst att han var lite full, men så här egendomliga saker brukade han inte säga ens då. Valdemar hade inte vetat vad han skulle svara, och behövde heller inte ta till orda, eftersom hans mor i samma stund kom in i köket.

Det märkliga var att hon var naken.

Du kunde väl ha talat om att pojken var hemma, sa hon till sin make, men han bara log och betraktade henne med kisande blick och pipan hängande i mungipan.

Och hon gjorde ingenting för att skyla sig, gick runt ett slag medan hon tycktes leta efter någonting i skåp och lådor; hennes bröst dinglade vackert och mjukt och hennes rödbruna hårbuske mellan benen såg ut som... ja, som motsatsen till en blå skymning.

Det var fadern som formulerade detta också, naturligtvis var det så.

Där ser du själva motsatsen till den sorgliga blå skymningen, min pojk, sa han och pekade med pipskaftet.

Valdemar svarade inte nu heller, men hans mor gick fram till fadern och daskade till honom i huvudet. Det var ingen riktig örfil, men det var heller ingen vänlig klapp, hennes halvknutna hand träffade honom i nacken, och efteråt, när hon lämnat dem ensamma i köket igen, hade fadern suttit och gnuggat sig en god stund där han tagit emot slaget.

Han sa heller ingenting mer till Valdemar. Hällde upp

en ny sup åt sig, och fortsatte att se ut genom fönstret, bara. Det blånade och blånade därute. *Aldrig bättre än så här?*

Det som hjälpte till att spika fast denna episod extra hårt i Ante Valdemar Roos, var antagligen att det var enda gången under hela sin barndom som han såg sin mor naken.

Och han kunde inte för sitt liv begripa vad som hade föregått den korta scenen i köket.

Begrep det varken då eller senare. Fadern hade varit fullt påklädd, det var svårt att tro att hans mor kommit från badet. Dusch hade man inte tillgång till på den tiden på Väster, och ner i karet kröp man en gång i veckan. Vare sig det behövdes eller inte, föräldrarna alltid på lördagskvällarna efter att Valdemar gått och lagt sig.

Men den lätt berusade fadern vid köksbordet, hans prat om blå skymning och sorgen efter en kvinna, moderns nakenhet, hennes rödbruna motsats och slaget i nacken – långt senare brukade Valdemar tänka att om han bara hade förmått tolka denna märkliga scen från sin barndom, så skulle han också ha lyckats hantera sitt eget liv med betydligt större framgång.

Och nu, nu när han satt här utanför sitt ännu så länge igenbommade torp ute i en främmande skog, hade det gått ett halvt sekel sedan den där dagen i köket. Vart hade åren tagit vägen?

På Wrigmans Elektriska brukade han sluta klockan halv fem – det hade väl hänt att han arbetade över, men det var sällsynt och aldrig mer än en timme eller två.

De här första dagarna tog han också för vana att lämna Lograna vid samma tid. Varje gång var det med lite blå saknad i bröstet, men han stod ut med det. Visste ju att han skulle komma tillbaka följande morgon.

Utom på fredagen. Det var med en icke försumbar klump i halsen som Ante Valdemar Roos kröp in i sin bil och lämnade Lograna fredagen den 29 augusti. Den instundande helgen tycktes honom oändligt lång och dyster, och han kunde inte låta bli att fråga sig hur det skulle te sig i framtiden.

Skulle han aldrig få tillbringa natten härute? Aldrig vakna upp i gryningen till fåglarnas kvitter, tända i spisen och sätta på morgonkaffet?

Nåja, den tiden, den sorgen, tänkte han. Man måste kunna skjuta saker lite på framtiden också, alla beslut behöver inte fattas här och nu – och måndagen den första september, strax efter klockan nio på morgonen, satte Ante Valdemar Roos för första gången nyckeln i låset och tog torpet Lograna i besittning.

8

Under veckan som gått sedan han skrev på papperen och blev torpägare, hade inte en droppe regn fallit, och även denna måndag bjöd på ett strålande väder. Inte en molntott på himlen; efter att han hämtat nycklarna hos Espen Lund, medan han ännu satt i bilen och körde de numera rätt så välbekanta fyra milen västerut, kom han på sig med att sjunga.

Sånt är livet, den hade bitit sig fast verkade det som, och det var förstås inte så konstigt med tanke på omständigheterna. Han mindes att farbror Leopold en gång förklarat – när han varit lite på kanelen, antagligen, och när Valdemar på sin höjd kunde ha varit nio eller tio – att livet, själva livet, tvärtemot vad många trodde, inte pågick hela tiden. Ett par timmar i veckan, det var vad man fick räkna med, fjorton dagar om året om man slog samman, och att den där andra tiden, det där gråa, sega, jävla eländet, var någonting totalt annorledes och eljest. Som kallnad gröt i väntan på kaffet eller en efterhängsen förstoppning.

Men det gäller, hade farbror Leopold understrukit och knackat med sitt nikotingula pekfinger i bröstet på Valdemar, det gäller att begripa när det är dags. Att hänga med när livet verkligen sätter fart. Annars gick man ju liksom miste om hela karamellen. Tamejfan.

Dörren kved när han sköt upp den. Med åren hade den uppenbarligen slagit sig en smula, den tog i golvbräderna därinne och han blev tvungen att sätta axeln emot och trycka till ordentligt. Det var förstås inte annat att vänta.

Men i allt övrigt såg det fint ut. En liten förstuga, ett kök, ett rum. Det var det hela. Breda gråmålade tiljor på golvet. Ett par trasmattor. Ljusbruna väggar. Järnspis i köket, men också två elektriska plattor. Ett litet kylskåp, ett bord med två pinnstolar, diskbänk med skåp ovanför. I rummet, som han ju tidigare kikat in i utifrån, fanns en eldstad, en säng i en alkov bakom denna eldstad, ett bord, tre rakryggade stolar, en korgstol, samt en skänk med en liten väggfast bokhylla ovanför.

På väggarna i rummet hängde förutom spegeln två små tavlor, såvitt han förstod oljor i original, båda med naturmotiv. En äng om vintern med en hare, en strand med vass och betande kor. I köket fanns en köksklocka som stannat på kvart i fyra, en almanacka från Sigges & Bennys Bilreparationer AB från 1983, samt en broderad bård med devisen ”Man ska leva för varandra”.

Det hade ingått i köpeavtalet att han skulle få med allt lösöre. Änkefru Lindblom hade inget intresse av att åka ut till Lograna och rota. Jajamän, tänkte Ante Valdemar Roos och såg sig omkring, vad mer kan en människa behöva?

Han provade korgstolen. Den knarrade.

Han provade sängen. Den var tyst, men lite knölig.

Han släppte upp rullgardinerna, öppnade fönstren och vädrade. De kärvade en smula men gled upp utan större mankemang, både i köket och i rummet. Han sniffade och konstaterade att det luktade lite instängt, men inte mer än så. Ingenting ruttet. Ingen råttskit. Öppnade dörren också, så att vinden fick bättre tag.

Satte sig vid köksbordet, skruvade locket av termosen och hällde upp kaffe.

Aldrig bättre än så här. Han kände hur gråten sköt upp i honom, men när han tog en tugga av ostsmörgåsen gick det över.

Under resten av dagen var han praktisk. Gick igenom vad som fanns av husgeråd och annat användbart. Han hittade det mesta som kunde behövas, i lådorna och i köksskåpen, i skänken inne i rummet. Porslin, bestick, kastruller och en stekpanna. Lakan, filtar, kuddar, han sniffade på alla textilier, de behövde vädras förstås, men han trodde nog att det kunde räcka med det. För övrigt var det ju inte tänkt att han skulle övernatta härute, men det kunde förstås vara skönt att sträcka ut sig i sängen en stund på dagen också.

Fast när han tänkte den tanken, att han inte skulle komma att tillbringa någon natt härute, blev han återigen sorgsen, och han förstod att han måste hitta en lösning på det problemet. Helst inom en inte alltför avlägsen framtid.

Ty natten är dagens moder.

Elektriciteten var ännu inte påkopplad, men det skulle komma ut en man under tisdagen och titta till läget. Det var Espen som ordnat med det också, inte för att det egentligen ingick i hans uppgifter som mäklare, men för att han var en hederlig karl. Valdemar funderade ett slag på om han skulle försöka tända i spisen, men beslöt att skjuta upp det ett par dagar. Han förstod att det var ett grannlaga företag, det kunde finnas fågelbon och gudvetvad i skorstenen efter alla dessa år.

Han företog ingen vandring i skogen denna första dag, men unnade sig sin vanliga tupplur ute i solskenet efter lunch. När han vaknade vid kvart över ett, kände han att han fått lite ont i ryggen och bestämde sig för att skaffa en bekvämare vilstol. Lade till denna artikel på den inköpslista han redan börjat författa, och eftersom det fanns både det ena och det andra som behövde handlas lämnade han Lograna lite tidigare än vanligt, för att hinna ombesörja en del av detta innan det var dags för honom att komma hem till Alice och döttrarna.

Kanske ingen vilstol idag, den skulle vara svår att få in i bilen, men ett par kassar med andra allmänna förnödenheter kunde han gott ha liggande i skuffen över natten. Alice hade sin egen bil, det fanns ingen risk att hon skulle komma på honom.

Ingen risk alls.

Elektrikern kom på tisdagens förmiddag, en surmulen, långhårig ung man, som macklade en stund i proppskåpet, tog betalt och åkte därifrån. Valdemar kontrollerade att det gick att tända lamporna, både i köket och i rummet, och att spisplattorna fungerade. Han satte igång kylskåpet, det vaknade med ett förvånat brummande men visade alla tecken på att vara vid god hälsa.

Sedan tog han itu med pumpen. Prövat att få upp vatten hade han gjort redan under föregående vecka, men utan framgång. Han mindes att han hört att man måste fylla på vatten ovanifrån för att sätta fart på den här typen av gamla mekanismer, och nu gjorde han så. Hällde försiktigt på ur dunken han fyllt vid Statoilmacken i Rimmingebäck, och redan efter ett par liter kunde han höra hur någonting hände därnere i djupet. Det blev en annan, djupare klang i väsandet, och redan efter tjugo-trettio tag med pumpen kom de första dropparna.

Och snart flödade det. Till en början var vattnet brunsvart, men det övergick snart till ljusare brunt, till grågult och slutligen till klart och genomskinligt. Han kupade vänstra handen medan han fortfarande pumpade med den högra, fyllde den och smakade.

Jord och järn, tyckte han. Kanske något annat mineral också, det var inte som vattnet inne i stan, eftersom det överhuvudtaget hade en smak. Men det smakade inte illa. Och det var kallt och klart.

Han drack några djupa klunkar. Ingen tvekan, tänkte han. Det här är vattnet som släcker törst. Han kände hur någonting rördes inuti honom vid denna tanke, en sträng som började vibrera med en grundton så låg och så välljudande att han förstod att den var knuten till själva livet. Han tog de två hinkar han köpt, fyllde dem och bar in dem i köket.

Sådär ja, tänkte han. Dags att ta itu med spisen.

Det tog en stund. Men inte så farligt länge; han hade befarat att det skulle bli nödvändigt att bege sig upp på taket – och det fanns en brukbar stege ute i boden – men det visade sig att det inte behövdes. När han tände de första tidningssidorna märktes där inte tillstymmelse till drag i skorstenspipan, men efter att han med hjälp av ett kvastskaft fått ner en stor kaka av någonting ganska oidentifierbart – möjligen ett gammalt övergivet getingbo – blev det hål och så småningom brann det rejält både i köksspisen och i eldstaden i rummet. Han tvättade av sig soten, tömde baljan med smutsvatten genom köksfönstret och när han sedan stod ute på gårdsplanen och såg röken ringla sig ut ur skorstenen och förflyktigas i den klara höstsolen, kom han att tänka på faderns pipa.

Och han önskade att han själv hade varit rökare. Att han

just nu, i denna stund, kunde ha plockat upp tobak och pipa ur byxfickorna, stoppat och tänt. Det var något med dessa varliga handgrepp som kändes så märkvärdigt fullödiga. Som om de redan fanns nedärvda i hans händer och därför också var i samklang med någonting livsviktigt och samtidigt hemlighetsfullt.

Han visste inte varifrån han fick dessa tankar, men han bestämde sig för att om de visade sig vara återkommande, skulle han också se till att ta upp piprökandet. Det var förstås aldrig för sent i livet att börja njuta tobak; tvärtom, om man satte igång så här högt upp i åren löpte man betydligt mindre risk att drabbas av någon av de omtalade skadeverkningarna. Ingen risk alls, egentligen.

Ante Valdemar Roos hade naturligtvis rökt en och annan cigarrett i sin ungdom, men det hade aldrig blivit riktigt på allvar.

Samma sak med drickandet. Det där med alkohol och fylla hade liksom aldrig roat honom. Att han råkat peta i sig lite för mycket på det där outhärdliga hummelbergska kräftkalaset härförleden var verkligen fråga om en engångsföreteelse.

Nej, det är som det är, tänkte han medan han stod därute i gräset och betraktade de tunna rökspiralernas färd mot högre luftlager. Med mycket i mitt liv har det inte blivit allvar.

Inte som det borde och inte som det var tänkt.

På onsdagen gjorde han ingen matsäck. Simulerade visserligen de vanliga ritualerna i köket hemma på Fanjunkargatan för att inte väcka undringar, men så snart Alice och döttrarna kommit iväg slutade han upp med bestyren. Tog ändå med sin vanliga väska, men han fyllde den inte förrän han kom till den lilla ICA-butiken i Rimmersdal. Köpte kaffe, smör, bröd och pålägg. Ett paket ägg också, salt, peppar och lite frukt, och när han betalade och tackade den vänliga kvinnan i kassan, tyckte han sig ana ett slags samförstånd i hennes varma leende.

Här sitter jag och där står du, tycktes hon vilja säga Jag ser på dig att du är på väg in i en god dag, välkommen åter, jag kommer att sitta här imorgon också. Och alla andra dagar.

I Alice ålder verkade hon vara, men inte alls samma typ. Kanske var hon en invandrarkvinna, hennes hår var mörkt och halvlångt, hennes ögon bruna och lite spelande. Nästa gång jag handlar ska jag prata lite med henne, bestämde Ante Valdemar Roos.

Inte mycket, bara säga någonting om vädret eller om samhället Rimmersdal. Fråga om det var ett trevligt ställe att bo på, kanske.

Och du själv? skulle hon fråga. Är du nyinflyttad eller?

Har ett ställe ett stycke härifrån, kunde han svara då. Men ni har en välsorterad butik här, du kommer nog att se mig fler gånger.

Hon skulle le mot honom och säga att han alltid var välkommen in.

Alltid, kanske skulle det finnas en undermening i det.

Han hade köpt en korsordstidning i Rimmersdal också, och på eftermiddagen låg han i sängen och sysselsatte sig med den. För första gången på flera veckor var himlen mulen och strax före halv ett kom de första regnstänken. Men han hade vandrat en timme i skogen på morgonen, och kunde gott unna sig lite vila inomhus. En sällsamt behaglig känsla kom också krypande över honom medan han låg där och försökte lösa konstruktörernas klurigheter. Han var ingen hängiven korsordslösare, men alldeles oerfaren var han å andra sidan inte. Då och då hade han – liksom både Nilsson och Tapanen – ryckt in och hjälpt Red Cow när hon gått bet på någonting i lunchrummet på Wrigmans.

Men aldrig Wrigman själv. Han var ingen ordens man, hade svårt att stava rätt och den vokabulär han brukade till vardags skulle ha rymts på baksidan av ett plåster. För övrigt hade Red Cow de senaste åren glidit mer och mer över åt horoskophållet, och där tarvades sällan någon assistans.

Så behagligt avlägset det kändes. Så främmande och fjärran. Och nuet, det pågående, kändes på motsvarande sätt så behagligt närvarande. Här ligger jag i mitt torp och löser korsord, tänkte Ante Valdemar Roos. Mitt på blanka eftermiddagen i mitt sextionde år. Om en stund ska jag ta mig en lur, sedan ska jag tända i spisen och koka mig lite kaffe.

Behöver inte åka tillbaka än på fyra timmar.

Imorgon ska jag köpa två nya kuddar och en filt, konstaterade han vidare. Kanske en liten radio också; hade jag haft en nu, kunde jag ha lyssnat på Dagens Eko.

Han tänkte en stund på det där med de olika tiderna – den som bara tickade på och den som kunde stanna upp och ge en människa lite andrum, och på vad farbror Leopold sagt den där gången – men innan han kommit särskilt långt i dessa funderingar, hade han somnat in och börjat drömma om Bodensjön.

Han brukade göra det. Inte ofta, men då och då; fyra-fem gånger om året, kanske. Det glesade ut också, förstås, med tiden blev det längre och längre avstånd mellan Bodensjön och Bodensjön; då, när det just hade hänt, återkom bilderna och drömmen med betydligt kortare intervall än nuförtiden.

Det var sommaren 1999, de hade varit gifta i två år och Hummelbergs hade tagit hand om flickorna. Valdemar och Alice hade bilat ner på egen hand till Bayern, planerade kanske ett par avstickare in i Schweiz och Österrike också. Man fick väl se, de hade inte bokat någonting i förväg; det hela var tänkt som ett litet romantiskt äventyr, i varje fall hade Alice tänkt det så. En vecka, tio dagar om de behövde det, Hummelbergs hade lovat att det gick bra.

De hade tagit in på ett litet hotell i Lindau, om eftermiddagen strövade de runt i den pittoreska staden och på kvällen åt de gott på en dyr restaurang med utblick över sjön och det vackra schweiziska bergslandskapet på andra sidan. Alice var utan vidare den yngsta kvinnan i hela lokalen; de hade inte vetat om att Lindau var ett utpräglat pensionärstillhåll, men märkte det nu.

Någonting hade gått på tok. Kanske fick Alice i sig lite för mycket alkohol, det var en sjurättersmeny med nya viner till varje ny tallrik som kom på bordet. Säkert satt de och åt och drack i tre timmar och när de kom ut på den stensatta promenaden som löpte utefter stranden, hade en präktig fullmåne seglat upp över sjön. Valdemar hade tyckt att alltihop såg ut som en skäligen medioker hötorgsmålning, men det sa han inte, och Alice föll omedelbart i någon sorts romantisk trance. Kysste honom passionerat och bad honom att de skulle älska i vattenbrynet. Det hade de gjort en gång på Samos och det hade varit en synnerligen minnesvärd händelse.

Valdemar hade inte tyckt det var någon vidare bra idé. Visserligen såg det ganska folktomt ut; de flesta pensionärerna hade väl krupit till kojs och där fanns ett och annat skyddande buskage, men ändå. Det var faktiskt en viss skillnad mellan en ensligt belägen grekisk strand och Bodensjön. Kanske kunde det till och med vara straffbart.

Han framförde dessa synpunkter utan att vara burdus, men Alice tog emot det på fel sätt. Började storgråta, förklarade att han inte älskade henne längre, att hon var gift med en oromantisk, impotent åsna, samt att hon inte ville leva längre. Därefter tog hon av sig alla kläderna utom trosor och behå, vek prydligt ihop dem på en sten och kastade sig ut i vattnet.

Valdemars första åtgärd blev att nypa sig i näsvingen för att försäkra sig om att han inte låg och drömde. Detta hade han lärt sig i tidiga pojkår av farbror Leopold. Vanliga dumskallar nyper sig i armen och tror att de ska vakna av det, hade han förklarat, vi som väljer näsvingen, tumnagel och pekfinger, vi vet säkert. Ingen, inte en enda djävel, kan sova efter ett sådant nyp.

Han sov inte. Han stod vid kanten av Bodensjön och såg sin storvuxna hustru simma ut på det månbelysta vattnet. Lugnt och målmedvetet, såg det ut som, med kraftfulla bröstsimstag. Han försökte bestämma sig för hur han egentligen kände sig och konstaterade att han var alldeles perplex.

Vad skulle han göra?

Vad förväntade hon sig att han skulle göra?

Fanns det ett korrekt sätt att handla i situationer som den här?

Medan han stod och övervägde dessa frågor, hann Alice komma ett gott stycke ut i vattnet. Det är i varje fall för sent att börja simma efter henne, tänkte Valdemar. Och om han skulle försöka ropa henne tillbaka, måste han i så fall höja rösten rätt ordentligt för att hon överhuvudtaget skulle höra honom – och en skrikande man på stranden, bara ett trettiotal meter från närmaste restaurang, där han kunde se att det fortfarande satt gäster kvar, ja, det skulle utan tvivel dra till sig uppmärksamhet.

Han bestämde sig för att återvända till hotellet. Det verkade vara den smidigaste lösningen, åtminstone för hans egen del. Ändå ville han inte utan vidare lämna sin hustru åt sitt öde, i varje fall kände han att han borde meddela sig med henne innan han gick iväg. Han funderade ett kort ögonblick, sedan kupade han händerna runt munnen och ropade med full kraft.

”Alice, jag behöver gå på toaletten! Jag kommer ner om en stund och ser hur det går för dig!”

Han hade inte varit tillbaka på rummet i mer än tio minuter, förrän hon dök upp. Hon hade dragit på kläderna igen, men inte brytt sig om att torka sig först och vattnet hade trängt igenom både kjol och blus inifrån. Håret hängde platt och sorgset som uppspolat sjögräs, och de ljusa mockaskorna hade blivit leriga. Vårtgårdarna på hennes tunga bröst framträdde genom både behå och blustyg och tycktes blänga på honom som två ilskna pannbiffar. Valdemar tänkte att hans hustru verkligen såg ut som om hon hade drunknat.

Hon ställde sig bredbent mitt på golvet och stirrade på honom med mörk blick, mascaran hade försvunnit i vågorna, men inte riktigt allt, högra ögat liknade en färsk blåtira och i det vänstra hade den lösa ögonfransen farit all världens väg. Överhuvudtaget verkade hon vara i obalans.

Efter att ha stirrat färdigt sparkade hon av sig skorna, kastade sig på mage på sängen och började hulka.

Valdemar tvekade några sekunder. ”Seså”, sa han sedan, medan han strök henne lite valhänt över ryggen. ”Nu spelar vi ett parti yatzy och tänker inte mer på det här."

Det fick henne att tystna. Hon lutade sig upp på armbågen, tittade på honom med sina skevande ögon och en min han aldrig sett hos henne tidigare, och så klippte hon till honom med knytnäven rakt över näsan.

Han började blöda som en stucken gris. Fick lov att stoppa upp flödet med ett örngott, eftersom Alice omedelbart efter slaget sprang och låste in sig i badrummet – och när allt så småningom lugnat ner sig, tänkte Ante Valdemar Roos att deras rum såg ut som om någon hade blivit mördad i det.

Så hade det gått till på riktigt. När Valdemar drömde om den minnesvärda kvällen kunde dock scenariot se ut på lite andra sätt.

Ibland hävde han sig ut i vattnet efter sin hustru. Ibland tog han hjälp av några förbipasserande turister, som alltid snart visade sig vara gamla ovänner eller lumparkompisar eller – i något fall – lärare han haft på Bungeläroverket för fyrtio år sedan. En gång drömde han att han sprang runt halva Bodensjön och tog emot Alice på den andra – den schweiziska – sidan.

Men vilken regi drömfilmen än följde, så var det en sak som var sig lik.

Det slutade aldrig lyckligt. Hur han än bar sig åt, kom man förr eller senare fram till det ögonblick då hon klippte till honom och hans näsa sprang i blod.

Vid det laget brukade han också vakna, men just idag avbröts drömmen medan de fortfarande befann sig nere på stranden. Av någon anledning var det han själv som den här gången klätt av sig; spritt språngande naken stod han till knäna i Bodensjöns kalla vatten och stirrade upp mot den osedvanligt stora månen – den tycktes le bekymrat, men också på något vis avståndstagande mot honom – när hans mobiltelefon ringde.

Det var Wilma.

”Är du på jobbet?” frågade hon.

Valdemar såg sig omkring i rummet. Satte sig upp på sängkanten och gäspade. ”Naturligtvis”, sa han. ”Var skulle jag annars vara?”

Han tittade på klockan. Den var halv tre, så det var alldeles korrekt. Var skulle han vara om inte på jobbet?

”Vad vill du?” sa han. Det var sällsynt att någon av dem – hans hustru eller döttrarna – ringde honom medan han befann sig på Wrigmans, men de få gånger det skedde, var det alltid på hans mobil. Han trodde inte ens att Alice hade numret till fabriken uppskrivet eller inprogrammerat på något vis, och antagligen mindes varken Wilma eller Signe var han egentligen jobbade. Som sagt. Just nu fanns det förstås goda skäl att vara tacksam över att det förhöll sig på det viset. Han drog en belåten suck.

”Jag tänker sova över hos Malin i natt”, förklarade Wilma.

”Då är det bäst att du talar med mamma”, sa Valdemar.

”Jag får inte tag i henne.”

”Du får väl försöka tills det lyckas.”

”Det går inte”, sa Wilma.

”Varför går det inte?”

”Därför att vi slutar om en kvart och Malins pappa kommer och hämtar.”

”Sitter du och telefonerar mitt under pågående lektion?” frågade Valdemar förvånat.

”Vi har en vikarie”, förklarade Wilma. ”Jag har snart slut

på batteriet. Du säger åt mamma att jag sover hos Malin, då?"

"Vore det inte bättre om...?"

"Var inte så jävla seg", sa Wilma. "Hej då, jag kan inte snacka längre nu."

Ante Valdemar Roos tryckte på nej-knappen och stoppade undan mobilen. Kom på fötter och gick fram till fönstret. Gnuggade ögonen.

Det stod två rådjur därute. Regnet hade upphört och solen höll på att bryta igenom molnen.

Herre, du min skapare, tänkte han och nöp sig i näsvingen. Låt mig aldrig behöva gå miste om det här.

9

Det gick en vecka innan hon kom iväg, hon förstod egentligen inte varför.

Å andra sidan, när beslutet väl var fattat, var det ingen brådska. Lika bra att vila ut ordentligt först; bli av med en förkylning som hon gått och dragits med och samla lite mod.

Kanske hade hon också en tanke om att reda ut det där med Marie och Turid och Friheten, men så blev det inte. Det rann ut i sanden. Sonja återkom inte i saken, varken till Anna eller till hela gruppen, så vem det än var som var den skyldiga, så slapp hon undan.

Om det nu verkligen var någon av flickorna. Anna hade svårt att tro det, men vem skulle det annars ha varit? Hursomhelst var ärendet lagt till handlingarna, nu var det dags att göra samma sak med själva Elvafors.

Det gjorde henne en smula sorgsen att hon inte kunde få med allt.

Hon hade kommit till hemmet i bil med sin mamma, hon skulle lämna det till fots. Ryggsäcken och gitarren, mer kunde hon omöjligt bära. Sent på fredagskvällen, när alla de andra förhoppningsvis sov, packade hon och försökte gallra bort sådant som hon inte trodde sig behöva, och sådant som hon inte var alltför känslomässigt fäst vid.

Problemet var att hon inte hade någon plan. Hon kunde

inte bedöma vad som kunde komma till användning, och egentligen ville hon inte lämna kvar någonting alls. Hon tyckte till och med synd om sina gamla gummistövlar, som var alldeles för stora och knöliga för att få plats. Böcker var det också svårt att göra sig av med, även om man hade läst dem både en och två gånger och säkert kunde skaffa nya exemplar om man någon gång i framtiden kände att man ville läsa om dem.

Till slut var det ändå klart. Ryggsäcken bågnade och var rätt tung, men hon orkade bära den. Sex böcker, en jacka, stövlarna och två tjocka, fula tröjor fick stanna på Elvafors. Det var allt som skulle finnas kvar efter henne, när Sonja eller någon annan tittade in i hennes rum imorgon bitti för att undersöka varför hon inte kommit ner till frukosten.

Hon hade inte berättat för någon att hon tänkte ge sig iväg, men hon undrade om inte Marie förstått det ändå. Hon borde åtminstone inte bli förvånad. De hade suttit nere vid sjön och rökt och pratat en god stund under eftermiddagen. Marie hade varit ganska låg, både för de där outtalade anklagelserna om branden och för annat. Hon kände att hon hade de andra flickorna emot sig, inte bara Turid. Det hade alltid varit så, påstod hon. Ända sedan hon började på högstadiet i en ny skola och i en ny klass hade det varit omöjligt för henne att knyta vänskapsband med andra tjejer. Trots att hon ingenting hellre önskat än att få en bästis.

Så det hade gått som det gått. Hos pojkarna hade hon alltid varit populär och det var dit hon vände sig. Lärde sig röka, dricka och hascha. Lärde sig vad det var de ville ha av henne. Hennes mjuka, vackra ansikte, hennes undergivenhet, hennes fitta. Hon hade mist oskulden på hösten i åttan och innan hon gick ut nian hade hon legat med tio olika killar. Eller män, den äldste hade varit över trettio.

Anna hade inga svårigheter att förstå var problemet låg. ”Du är för vacker och för snäll”, sa hon. ”Det är en hopplös kombination.”

”Tycker du om mig?” hade Marie frågat med troskyldig blick.

Kanske lite för osmart också, tänkte Anna och kramade om Marie. Och för svag, framförallt det, alldeles för svag. Men var i hela friden skulle sådana som Anna och Marie hitta styrka i en värld som den här?

”Jag skulle vilja att du var min vän här på Elvafors”, hade Marie sagt åt henne. ”Jag tycker du är den snällaste av allihop.”

Men inte ens det hade hon kunnat lova henne. Att vara hennes vän. Hon hade fått ur sig någonting vagt och till intet förpliktigande, bara, sedan hade de gått tillbaka upp till huset för att ta itu med matlagningen.

Kanske hade hon ändå förstått.

Om inte skulle hon förstå imorgon.

Det vill säga idag.

Hon hade satt klockan på halv fem, men vaknat av sig själv tre minuter för tidigt. Klätt sig hastigt och smugit nerför trappan med sin rygga och sin gitarr i det mjuka, svarta fodralet. Ingen hade hört henne och kvart i stod hon redan ute på vägen. Gjorde halt några sekunder, rättade till ryggan och blickade tillbaka på de gula byggnaderna, som tycktes ligga och kura därinne i daggen och morgondimmorna som smög upp från sjön.

Huttrade till och svalde några gånger för att bekämpa gråten. Vad ska det bli av mig? tänkte hon. Vad tusan är det jag gör?

Vem som helst fattar väl att det här kommer att gå åt helvete?

Ändå började hon gå.

Åt vänster. Söderut, inte åt Dalbyhållet. Hon visste att Göteborg inte låg mer än tio-femton mil bort, och utan att hon formulerat det ens i tanken, var det antagligen det som avgjorde riktningen. Hon hade bara varit i Göteborg två gånger i sitt liv, bägge gångerna innan hon blev tonåring, bägge gångerna på Liseberg. Men Göteborg var ändå en stor stad, och i en sådan fanns det möjligheter.

Och omöjligheter, det var ingen idé att skönmåla. Om hon ville gå ner sig igen, fanns det ingen säkrare plats att göra det på än en storstad.

Så var det med den saken, men ännu så länge var hon långt ifrån allt vad stad hette. Hon traskade fram på en smal väg som slingrade sig genom en tät skog. Backe upp, backe ner, kurva efter kurva; gran och tall, nästan inga raksträckor och efter en halvtimme hade hon inte passerat ett enda hus och inte en enda öppning i landskapet.

Och inte ett enda fordon åt någotdera hållet. En slinga gick runt i hennes huvud, det var två rader från en låt hon suttit och kämpat med under några kvällar.

Young girl, dumb girl, dreaming in the grass
Sad girl, bad girl, wannabe a dead girl

Hon gick i takt till det också. Ibland bytte hon ut *wannabe* mot *gonnabe*, hon kunde inte bestämma sig vilket som lät bäst. Eller värst, snarare. Det var en skitdålig text, det visste hon, men hon hade en melodislinga som inte lät så dumt. Och hon behövde någonting mekaniskt att fylla huvudet med, så hon slapp tänka på att hon redan började bli både svettig och törstig, trots att det var molnigt och inte särskilt varmt.

Och trött. Det hade varit en sak att stå stilla i rummet med ryggsäcken på ryggen, en helt annan att gå med den. Axelremmarna skavde in och någonting utstickande och hårt, som antagligen var hennes necessär, stötte in i svanken för varje steg hon tog.

Young girl, dumb girl... hon hade etthundratjugo kronor i plånboken och sex cigarretter kvar i paketet. Efter precis en timme satte hon sig på en sten vid vägkanten och rökte upp den första. Häktade av sig ryggan under tiden, och när ciggisen var utrökt förbannade hon sig själv för att hon inte tagit med en flaska vatten åtminstone. Hur dum fick man bli? Allra helst skulle hon ha velat ha en cola och en... en stor, mjuk säng att krypa ner i.

Så kommer jag aldrig att få det i livet, tänkte hon plötsligt. Om jag ens kommer att få sova i säng igen, så kommer den att vara knölig och full med skitiga lakan som en massa andra människor redan sovit i, och colaburken kommer de också att ha druckit ur.

Hem? konstaterade hon. Vore bra om det ordet betytt någonting; om det haft ett innehåll. Lägenheten som hon bott i det senaste halvåret hade återgått till den ursprunglige ägaren, och hennes fåtaliga tillhörigheter var undanstuvade i ett förråd, det hade hennes mor sett till. Jag skulle önska att jag haft någonting att rymma till, tänkte hon. Inte bara ifrån.

Och vart är jag på väg egentligen? Tänker jag försöka lifta eller ska jag bara fortsätta att gå och gå tills jag blir upplockad i solnedgången av en riddare på sin vita springare?

Eller av polisen? Avsvimmad av trötthet i ett dike.

Det verkade fan så mycket troligare. Hon förstod att det hursomhelst var bättre att gå än att sitta stilla. Rörelsen höll gråten och uppgivenheten i schack. Ramsan också... *Sad girl, bad girl*... till och med skavet i axlarna och dunket i svankryggen var nyttigt, eftersom det flyttade tankarna bort från det förtvivlade läget.

Från självömkans träsk, som hennes mor brukade säga. Hon visste en del om livet, hennes mor, ingen tvekan om den saken. Sånt där som man egentligen mådde bäst av att inte känna till.

Hon krängde på sig ryggan, tog fatt i gitarren och fortsatte sin vandring. Om en timme är klockan sju, tänkte hon. Då är jag säkert framme vid en bensinstation eller ett café. Då kommer jag också att vara i form för att fatta ett beslut.

Det blev inte så.

Strax efter att hon passerat en ödegård och strax efter att hon känt ett kallare vinddrag och ett regnstänk mot kinden, kom morgonens första bil.

Den körde i rätt riktning och nästan utan att tänka satte hon upp handen. Inte mycket, det var ingen riktig liftargest, mera en tvehågsen viftning utan innehåll eller avsikt.

Bilen var en blå Volvo, inte särskilt ny, inte särskilt gammal. En man i femtioårsåldern satt bakom ratten, hon hann skymta hans ansikte när han körde förbi. Eller kanske var han äldre ändå, hon var urusel på att bedöma människors ålder.

Han stannade intill vägkanten tio meter framför henne. Vevade ner sidofönstret och stack ut huvudet.

”Vart är lilla fröken på väg, då?”

Hennes första instinkt sa henne att hon inte skulle bry sig om honom. Hans ansikte såg lite plufsigt ut men han var inte direkt ovårdad. Glasögon, kortklippt, råttfärgat hår, skjorta och skinnkavaj. Normal på det hela taget. Men det var någonting med hans röst och hans blick. När hon kommit fram till bilen såg han på henne uppifrån och ner, värderande liksom, innan han tittade henne ordentligt i ögonen.

Först måste man se folk i ögonen, brukade hennes mor säga. När det är gjort kan man titta var man vill.

”Hoppa in så kör jag dig en bit.”

”Tack, men...”

”Jag ska bara till Norrviken men du slipper en halvmil i alla fall. Nå?”

Han trampade lätt på gaspedalen och hon förstod att hon måste bestämma sig. Det var hon som behövde hjälp, inte han.

”Okej.”

Hon gick runt bilen, öppnade bakdörren först och fick in ryggan och gitarren. Det låg redan en brun väska där, gammal och sliten. Han sträckte sig över passagerarsätet och öppnade åt henne. Hon tog plats och knäppte fast säkerhetsbältet, han satt stilla ett ögonblick och betraktade henne från sidan, innan han nickade för sig själv, släppte upp kopplingen och körde iväg.

”Spelar du?”

”Va?”

Han tecknade mot gitarren i baksätet. ”Den där.”

”Litegrann. Jag håller på och lär mig.”

”Jag lirade i ett band en gång.”

”Vad då för någonting?”

”Trummor. Jag var trummis.”

Han slog en virvel med fingrarna på ratten. ”Du är en Elvaforsbrud, eller hur?”

”Elva... varför tror du det?”

Han skrattade till. ”På rymmen, eller hur? Ja, det är väl inte så jävla svårt att räkna ut. Måste säga att jag inte trodde ni var så morgontidiga. Varför har du stuckit, alltså? Du behöver inte vara orolig, jag tänker inte anmäla dig.”

Hon funderade hastigt. Förstod att det var meningslöst att neka. Om han kände till vad Elvaforshemmet var för någonting, och det gjorde antagligen alla i bygden, så var det förstås inte svårt att dra rätt slutsats.

”Jag är på väg hem. Det är ett frivilligt ställe, och det passade mig inte.”

”Vad är det som passar lilla fröken, då?”

Han klappade henne två gånger på låret och flyttade sedan tillbaka handen till ratten. En rysning drog igenom henne och hon frågade sig plötsligt om det var nu det skulle hända.

Det värsta.

Det hade aldrig hänt henne. Hon hade legat med killar fast hon inte haft lust, det hade hon naturligtvis, men riktigt våldtagen hade hon aldrig blivit. De där lätta klappningarna skickade ilningar som gjorde att allt drogs samman inuti henne. Åtminstone kändes det så. SSS, tänkte hon. Det var första regeln, det hade hon lärt sig av den där självförsvarstjejen som varit och snackat i skolan.

Spring Som Satan.

Jo, det gick ju an, men vad gjorde man om man satt i en bil som var i rörelse.

”Hur skulle det vara att tjäna lite pengar?”

Han sa det i ett alldeles neutralt tonläge. En oskyldig arbetsfråga, som om det hade gällt att hoppa in och diska på ett fik. Eller dela ut tidningar.

Men det gällde varken det ena eller det andra, det var hon rätt säker på.

”Kan du stanna, jag vill kliva av här.”

Han verkade inte ha hört henne.

”Femhundra spänn för en halvtimmes jobb, vad säger du om det?”

”Nej tack. Kan du vara snäll och stanna.”

”Snäll kan jag vara, men stannar gör jag när det passar mig. En tjej som du har väl varit med om en del?”

Han ökade farten lite. Hon grävde in naglarna i handflatan och bet sig i kinden. Bestämde sig för att vara tyst.

”Ett litet fotojobb, bara. Jag har en kamera där bak Jag kommer inte att röra dig.”

Hon kastade en blick på hans kraftiga händer på ratten. Förstod att hon inte skulle ha en chans emot honom. Han var stor men inte tjock. Minst femtio, som sagt, kanske skulle hon ha kunnat springa ifrån honom, men att rå på honom? Och lämna sina saker? Glöm det, tänkte hon. Hon undrade om det där med kameran var sant. Kunde det vara så? Att han bara ville se henne naken? Att han var en sån där som nöjde sig med att flukta?

Hon drog ett djupt andetag och sneglade på honom. Han sneglade tillbaka och drog upp ena mungipan i ett flin. Hon såg att han hade ganska jämna och vita tänder. Han var ingen slusk i alla fall, men det visste hon redan.

Bara ett äckel. Ett medelålders, någotsånär välbärgat äckel. Kanske hade han barn som var äldre än vad hon var. Kanske hade han både fru och villa och ordnade förhållanden.

Sad girl, bad girl, tänkte hon. Hur fan kunde du vara så dum att du klev in i den här bilen? Du har varit borta från Elvafors i mindre än två timmar och redan har du ställt till det för dig.

Ställt till det så inihelvete.

”Ska vi säga så?” sa han.

”Stanna och släpp av mig”, sa hon. ”Jag känner igen dig och jag kan ditt bilnummer.”

Samtidigt som hon sa det insåg hon att det förmodligen var ännu en dumhet. Om han verkligen förgrep sig på henne, skulle han vara tvungen att också döda henne. *Gonnabe a dead girl*, plötsligt kändes den där usla textraden hur verklig som helst.

”Trams”, sa han. ”Du är på rymmen, jag vill bara ta några foton av dig. Du får femhundra spänn, det kan du säkert behöva, eller hur?”

Hon hade i varje fall inte skrämt upp honom. Å andra sidan visade han inga tecken på att stanna eller ens sakta farten. Satt där lugnt med händerna på ratten, höll blicken på vägen men kastade då och då ett öga på henne.

”Får jag se på kameran”, sa hon efter att det varit tyst i en halv minut.

Han sträckte sig över till baksätet och grävde med ena handen i den bruna väskan. Fick fram en systemkamera, den såg rätt gammal ut. Men samtidigt proffsig, kanske var han någon sorts fotograf på riktigt. Han räckte över kameran till henne, samtidigt som han saktade farten och styrde in på en skogsväg till höger. Det var inte mycket mer än två hjulspår med en grässträng i mitten. Hon insåg att hon antagligen skulle kunna öppna dörren och kasta sig ut utan att skada sig alltför mycket, men vad skulle han göra då? Om hon sprang in i skogen och han struntade i att följa efter henne, skulle hon gå miste om både ryggan och gitarren.

Och hennes plånbok med den samlade förmögenheten på hundratjugo kronor låg i ryggan.

”Stanna”, sa hon, hon visste inte för vilken gång i ordningen, och nu gjorde han henne till viljes. De hade säkert inte kommit mer än hundra meter, han körde in i en liten glänta mellan fyra tallar, backade och vände runt bilen, så att den stod med nosen ut mot vägen igen. Hon försökte öppna dörren men fick inte upp den; någon sorts centrallås förstås, inte ens det hade hon kunnat räkna ut. Han tog fram sin plånbok ur innerfickan, plockade upp en femhundring och placerade den på panelen framför ratten.

”Seså, gå ut och ta av dig kläderna. Jag sitter kvar här och väntar, och så får du den här när vi är klara. Tjugo minuter, du behöver inte jobba en halvtimme ens.”

Hon funderade.

”Jag vill att du ställer ut mina grejer ur bilen först”, sa hon. ”Jag tänker inte åka en meter med dig sen.”

Han nickade. ”Jag plockar ut det medan du klär av dig.”

Han tryckte på en knapp och låste upp hennes dörr. Hon öppnade den, satte ner ena foten på marken och sedan fattade hon ett beslut som hon efteråt inte kunde förstå var det kom ifrån.

Hon hade fortfarande hans kamera i knät. Innan hon klev ur bilen tog hon den ganska tunga pjäsen i höger hand, låtsades lämna över den till honom, men istället slog hon den med full kraft i huvudet på honom.

Slaget träffade snett i hans högra tinning, hon kunde höra ljudet när glasögonen krossades och hur luften plötsligt tycktes försvinna ur honom. Som en djup suck, det lät olycksbådande och egendomligt. Han föll bakåt mot ryggstödet och sidofönstret och blev sittande där med öppen mun och blodet forsande ner utefter sidan av ansiktet och vidare längs skinnkavajen och ut på sätet. Han höll händerna på låren framför sig, det ryckte lite i dem.

För en sekund trodde hon att hon själv skulle svimma,

men så tog hon sig ur bilen, öppnade bakdörren och fick ut sina saker. Krängde på sig ryggan, tog gitarren i handen och började springa. Rakt in i skogen.

Det var inte lätt. Hon höll på att snubbla i riset och över tuvorna flera gånger, men hon såg sig inte om. Hjärtat dunkade i bröstet på henne, hon flåsade med öppen mun, men hon stannade inte. Hittade ingen riktig stig, men sprang ändå, vacklade och släpade sig fram tills hon inte orkade längre. Sjönk ner bakom en mossbelupen sten och väntade. Så här känner sig ett jagat djur, for det genom hennes hjärna, precis så här är det att vara ett villebråd.

Hon satt kvar i flera minuter. Kommer han, så kommer han, tänkte hon. Jag orkar inte längre. Inte ett steg till, är det så att han dyker upp, så får det bli så. *Young girl, dumb girl.*

Till slut hade pulsen sjunkit under hundra och hon vågade sig på att resa sig och spana runt stenen. Kontrollera hur det såg ut i den riktning hon kommit ifrån.

Sikten var inte mer än tjugo-trettio meter men där syntes inte ett liv. Björksly och stenar och ris, ingen särskilt fin skog, bara en och annan högre gran och tall. Kanske var det ett gammalt hygge. Hon höll andan och lyssnade. Skogens ljud, som ett slags andning nästan, ingenting annat.

Det kunde väl inte...? Inte kunde hon väl...? Tanken ville inte riktigt få fäste i henne, men till slut formulerade hon den i alla fall.

Han kunde väl inte ha dött?

Hon sjönk ner med ryggen mot stenen igen och kände hur en matthet sköljde över henne. Synfältet började krympa, gula fläckar dansade i utkanterna och på nytt kom där ett ögonblick då trodde hon att hon skulle svimma. Eller kräkas. Eller bådadera.

Tänk om hon hade dödat en människa?

Tagit hans liv.

Han hade levt i femtio eller femtiofem eller sextio år här på jorden, varje dag och varje timme under alla dessa år hade han levt, men så hade han stött på denna Elvafors-flicka på rymmen. Tagit upp henne i sin bil och nu var han död.

Hon visste inte vad han hette. Kanske hade han bara velat fotografera henne, när allt kom omkring. Kanske skulle han aldrig ha rört henne, precis som han sagt.

Och vad i hela friden skulle polisen tro när de hittade honom? Vad skulle hans fru och barn inbilla sig, om han nu hade några sådana? Kunde det rentav gå så att...?

Hennes tankar avbröts av ett ljud. En bil som startade och körde iväg. Herregud, hade hon inte kommit längre? Det lät inte som mer än femtio meter bort? Hade hon sprungit i cirkel?

Hon hörde det dö bort. Det måste... det måste väl ha varit han i alla fall? Inte kunde det ha funnits en annan bil i närheten? Hon hade ju inte sett ett enda fordon förutom den där Volvon på hela morgonen.

Hon märkte att det hade slutat regna. Eller också hade det aldrig börjat på riktigt? Hon kunde inte minnas att han haft vindrutetorkarna på. Eller hade han det?

Vad fan sitter jag och tänker på vindrutetorkare för? undrade hon. Jag är bestämt inte riktigt klok.

Innan gråten övermannade henne hann hon tända en cigarrett. Samtidigt såg hon på klockan, den var precis sju.

Det var ju det hon bestämt. En ny cigg och nya beslut.

Fast inte riktigt som det var tänkt. Istället för den där bensinstationen och det där caféet befann hon sig i halvt chocktillstånd bakom en sten ute i skogen och hade just undgått att bli våldtagen.

Just undgått att bli en mördare.

Nej, tänkte Anna Gambowska och drog ett djupt halsbloss, det har inte börjat bra, det här. Inte alls bra.

En stund senare var hon tillbaka på den plats där han parkerat bilen. Den stod inte kvar; det var som hon trott, han hade kvicknat till och kört därifrån. Blodig och omtumlad men ändå vid liv. Tack och lov.

När hon tänkte efter måste hon också säga att hon förstod honom. Eller hur? Hellre ge upp, hellre ta sin mats ur skolan än ranta ut i skogen och leta efter en galen Elvaforsbrud, som tydligen kunde vara hur livsfarlig som helst.

Hon ruskade på huvudet. Började traska tillbaka ut till vägen och försökte karska upp sig. Trots allt, tänkte hon med en sorts desperat optimism, trots allt hanterade jag ju det där rätt så bra.

Han fick sig en minnesbeta och jag behöll min värdighet. Det var förstås så man skulle se på saken.

När hon kom ut på vägen igen, stannade hon inte upp. Rättade till ryggsäcken bara, och fortsatte söderut. Eller västerut eller vad det nu var? Textramsan kom tillbaka så fort hon hittat sin gamla lunk, men hon ändrade på den en smula. Rättare sagt ändrade den sig själv, det kändes tydligt att hon haft nog med död och elände för den här dagen.

Sad girl, bad girl, gonnabe a good girl.

Bättre så, avgjort mycket bättre.

Men tröttheten låg på lur; hon hade inte hunnit många hundra meter förrän hon insåg att hon måste få en chans att vila sig ordentligt. Dricka och äta någonting också, men framförallt var det tröttheten som började kännas som ett blylod inuti henne. Får jag bara sova ett par timmar, så kommer jag att kunna ta itu med saker och ting sedan, tänkte hon och kastade en blick upp mot himlen. Molnen hade börjat hopa sig igen. Utan tvivel skulle hon ha regnet över sig rätt snart.

Inomhus, bestämde hon. Jag måste komma inomhus. Under tak åtminstone; om jag lägger mig och slaggar ute i skogen kommer jag att ha lunginflammation innan jag vaknar.

Hon kom fram till en avtagsväg åt höger. *Rödmossen* stod det på en lite avflagnad skylt som stack upp ur diket.

Hon svängde in på den smala vägen utan att egentligen förstå varför.

10

Torsdagen gick och fredagen gick.

Sedan blev det veckända – styvdöttrarna brukade få något trött i blicken när han använde det uttrycket – och den pågick i åratal. Aldrig i sitt liv hade Valdemar Roos varit med om någonting så fruktansvärt utdraget och uddlöst.

Efter lördagens förmiddagskaffe, och efter att han flera gånger fått förklara hur han råkat trampa sönder glasögonen i duschen, kom dagen att sönderfalla i tre delar.

Först åkte de ut till Coopvaruhuset i Billundsberg och inhandlade förnödenheter för runt tvåtusen kronor. Det tog tre timmar. Sedan åkte de hem och började hacka sönder och anrätta dessa förnödenheter på olika sätt. Det tog ungefär lika länge.

Därefter duschade de och gjorde sig i ordning. Det tog en kvart för Valdemar, en och en halv timme för Alice. Valdemar hann med en tio minuters tupplur.

Klockan sju ringde det på dörren, Alices gamla studiekamrat Gunvor Sillanpää och hennes nye sambo Åke Kvist gjorde entré.

Så umgicks de och satte i sig alla de anrättade varorna – plus ett varierande utbud av vin och sprit – i fyra timmar och fyrtiofem minuter. Kvällens samtalsämnen vandrade mellan fyra hörnpelare: lerduveskytte, TV-programmet ”Vem vill bli misantrop?”, personlighetsstörningar samt det allmänna skattetrycket, och klockan var kvart över ett när allt var avdiskat och klart. Valdemar hade halsbränna när han tumlade i säng, ingen av döttrarna hade varit synlig i hemmet sedan klockan sexton. Ett glas i den nya Kosta-Bodaserien hade gått sönder.

"Vad tyckte du?" ville Alice veta.

"Om vad då?" sa Valdemar.

"Om honom, förstås", sa Alice.

Valdemar funderade.

"Han var lite kort."

"Kort?" sa Alice och tände sänglampan som hon just släckt. "Vad menar du med att han var kort? Det spelar väl ingen roll hur lång man är?"

"Allright", sa Valdemar. "Nej, du har rätt. Han var nog ganska lagom."

"Jag förstår mig inte på dig", sa Alice.

"Det var intressant att få veta så mycket om lerduveskytte", sa Valdemar. "Jag hade ingen aning om att det fanns så många utövare. Och det är nog en fördel om man inte är så storväxt när man ska..."

Han tystnade eftersom Alice lutade sig upp på armbågen och betraktade honom från tjugo centimeters avstånd. "Tycker du att du är rolig, Valdemar?"

"Nej, jag försöker bara..."

"För det tycker inte jag."

Hon vände ryggen åt honom och släckte lampan.

Imorgon är det söndag, tänkte Ante Valdemar Roos. Då ska jag vara noga med vad jag säger.

På söndagen åkte de till Västra Ytterbodarna och hälsade på Alices pappa Sigurd, som låg på ett sjukhem där. Det var hans åttiosjätte födelsedag, men det var han lika omedveten om som om allt annat. Han kände inte igen Valdemar och han kände inte igen Alice, men Wilma – som hade övertalats att följa med om hon fick en iPod (en ny sorts musikmaskin som alla gick omkring med nuförtiden) på sin födelsedag (vilken skulle infalla om bara två veckor) – kunde han omedelbart identifiera som Katrina från Karelen, en kvinna som han varit svårt betuttad i i sin ungdom. Hon var inte Alices mor, som hade gått bort för ett antal år sedan, nej, Katrina var ett mycket bättre fruntimmer. Av en helt annan kaliber, i synnerhet i sänghalmen, det förklarade Sigurd med hög röst trettio gånger under den timme de stannade på hemmet. Vid upprepade tillfällen försökte han också komma åt att klämma Wilma på brösten, men hans skröplighet och Wilmas klart demonstrerade ovilja satte stopp för hans framfart.

”Jag tänker aldrig mer åka och hälsa på den där äckliga gubbjäveln”, sa hon när de åter satt ute i bilen.

”Han är din morfar”, sa Alice.

”Det skiter jag i”, sa Wilma. ”Han är ett perverst gammalt pucko.”

”Det är synd om honom”, sa Alice.

”Det är synd om alla som behöver vara i närheten av honom”, sa Wilma.

Valdemar hade knappt yttrat ett ord under besöket och han gjorde det inte nu heller. Höll samma tysta linje hela den tretton mil långa vägen hem.

Jag befinner mig i inre exil, tänkte han.

Jag måste hitta på ett sätt att komma ifrån några timmar under helgerna också, tänkte han sedan. Jag står inte ut med det här.

Innan han gick till sängs på kvällen låg han länge i badkaret och funderade. Han hade låst dörren, tänt ett stearinljus i hållaren på väggen, dess fladdrande låga kastade vackra, dansande skuggor över det italienska kaklet som Alice var så stolt över, och det som framförallt sysselsatte hans tankar var proviantering.

Morgondagens proviantering. Vad han skulle stanna och köpa i ICA-butiken i Rimmersdal med den trevliga kassörskan. I huvudet försökte han göra upp en lista och memorera den: kaffe, filter, melitta, mjölk, socker, salt, svartpeppar, bröd, kex, skorpor, smör, ost, frukt, prinskorv, ägg, konserver, yoghurt, toapapper... det idealiska, tänkte han sig, vore om han kunde nöja sig med att handla en gång i veckan, på måndagsmorgnarna, sedan borde förrådet räcka i fem dagar. Han kunde för sitt inre öga se en räcka av små samtal med den där kassörskan med de mörka ögonen, det var inte svårt att föreställa sig hur deras kontakt fördjupades, hur varje måndagsmöte med tiden blev någonting mer än bara ett möte mellan en kassörska och hennes kund... hur hon en dag anförtrodde honom ett och annat om sitt eget liv, lite torftigt var det bestämt, undra på det med en sådan knöl till make, och Valdemar skulle säga henne att han förstod henne, en gång i tiden hade han också levt ett torftigt liv, men man ska inte tro att allt behöver vara för evigt, det gäller att ha tålamod, och så småningom, om något år, eller kanske bara några månader, skulle han fråga henne om hon inte hade lust att följa med honom och titta på hans ställe ute i skogen. Hon skulle först tveka, någon vecka, någon månad kanske, men till slut skulle hon säga att jovisst, varför inte, den som inte vågar något vinner heller aldrig något, och han skulle instämma och säga att precis så förhåller det sig med livet. Och hon skulle kliva ut ur sitt bås och följa med honom, han skulle hålla upp bildörren för henne och de skulle tillsammans åka ut till Lograna och när hon fick syn på det skulle hon först bli alldeles förstummad, därefter slå händerna för munnen, därefter lägga en av dem på hans arm och säga att… att i hela sitt liv hade hon längtat efter ett ställe som det här. Och då skulle han inte kunna hålla sig längre, utan…

Han vaknade av att det bultade på dörren. Vattnet var kallt och han förstod att han legat och drömt en god stund.

Signe ropade något, han kunde inte uppfatta vad.

"Jag befinner mig i inre exil", ropade han tillbaka.

"Va?"

Valdemar reste sig och klev ur badkaret. "Jag sa bara att jag är klar om ett par minuter."

"Jag behöver komma in!"

"Det finns en annan toalett, om du frågar din mamma kan hon säkert visa…"

"Jag behöver inte gå på muggen, fattar du ingenting? Jag måste ha lite grejer i skåpet."

"Fem minuter", sa Valdemar.

"Fan också", sa Signe.

Han hörde henne avlägsna sig, drog proppen ur karet och började torka sig. Blåste ut ljuset så han slapp se sin blekfeta lekamen i spegeln. Människosläktet skulle må bättre om alla vore blinda, tänkte han.

"Valdemar, det är en sak jag måste fråga dig om", sa Alice när de äntligen kommit i säng på söndagskvällen.

"Jaså?" sa Valdemar. "Vad då för någonting?"

"Jag tycker du är så förändrad. Har det hänt något?"

"Inte vad jag vet. Jag tycker allting är precis som vanligt."

"Flickorna säger också att de inte riktigt känner igen dig."

”Känner igen mig?”

”Ja, Wilma sa precis så. Det är som om du går och döljer någonting, Valdemar.”

”Vad i hela friden skulle jag ha att dölja?”

”Det är det bara du som kan veta, Valdemar.”

”Alice, jag förstår faktiskt inte vad du pratar om.”

Hon låg tyst en stund. Satte in sin bettskena och tog ut den igen.

”Vi talar inte längre med varandra, Valdemar.”

”Det har vi väl aldrig gjort, Alice?”

”Skulle det där vara roligt?”

”Vilket då?”

”Att vi aldrig talat med varandra. Jag förstår inte varför du säger sådana saker. Vad ska det tjäna till?”

”Det ska inte tjäna till någonting. Men det är likadant med allt jag säger och har sagt. Inget har tjänat någonting till. Så det finns verkligen ingen förändring att prata om.”

Alice vred på huvudet, han kunde känna hennes blick som en fläck av värme i vänster tinning och han anade att det sista han sagt varit en smula oövertänkt. Det gick två, kanske tre, minuter utan att någon av dem yttrade någonting; för att ha något att sysselsätta hjärnan med började han gå igenom proviantlistan i minnet: kaffe, filter, melitta, mjölk, socker, salt, svartpeppar, bröd, kex, skorpor, smör, ost…

”Jag tror du är deprimerad, Valdemar”, sa Alice till slut. ”Ja, jag tror faktiskt att du har råkat ut för en klassisk depression.”

Han avbröt provianteringen och funderade. Kanske var det ingen dum idé när allt kom omkring?

”Ja, Alice”, sa han. ”När du säger det så… jag har känt mig lite hängig den sista tiden.”

”Då så”, sa Alice. ”Det förklarar saken. Du får börja medicinera imorgon.”

Hon stoppade in bettskenan och släckte lampan på sin sida. Valdemar tog fatt i boken som låg på nattygsbordet, en roman av en rumänsk författare som han hållit på och läst under två månaders tid. Det var en smula oklart vad den handlade om och orsaken till att han fortsatte läsningen var tudelad: dels tyckte han inte om att lägga ifrån sig halvlästa böcker, dels dök där då och då upp meningar i texten som tycktes honom alldeles extraordinärt sanna. Som om författaren på något egendomligt vis vände sig direkt till honom, och bara till honom. Den här kvällen hade han inte läst mer än en halv sida förrän han stötte på följande formulering:

Som en por som råkar uppstå i det hårda elfenben som omger ens inre reservoar av levande ljus, en vindlande por lik en trägnagargång, kan plötsligt en tunnel öppnas för ens syn, in mot den odödliga elden där inne, medan man i drömmar och drömsyner oroligt kretsar varv efter varv kring Gåtan.

Hur kan någon människa tänka det där? tänkte Valdemar. Och hitta ord för det?... *det hårda elfenben som omger ens inre reservoar av levande ljus*, hur kunde man komma på någonting sådant? Han hade hittat boken i en ståltrådskorg på Åhléns i början av sommaren, den hade kostat tjugonio kronor.

Han läste om meningen tre gånger och försökte memorera den, sedan fick han en ingivelse och lade till en artikel på inköpslistan: en anteckningsbok.

Varje dag jag tillbringar i Lograna, bestämde han, ska jag skriva en sådan där mening. Väga varje ord och få till en riktigt fullödig tanke om livet och villkoren. Skriva upp det med dag och datum i en bok, alltså, en vanlig linjerad anteckningsbok med mjuka svarta pärmar, som det säkert finns att köpa på ICA i Rimmersdal.

Nöjd med detta beslut, och med att det äntligen skulle vara måndag morgon när han vaknade, lade han rumänen åt sidan, släckte lampan och gjorde sitt bästa för att falla i sömn.

Sista gången han öppnade ett öga och tittade på klockan hade den hunnit bli 01.55.

11

Alice hade inte glömt depressionsdiagnosen under natten. Men hon hade reviderat behandlingsprogrammet.

”Jag tror det är fel att börja med medicinering utan vidare”, förklarade hon när Valdemar sjunkit ner vid frukostbordet och gömt sig bakom morgontidningen. ”Jag ordnar en tid med Faringer istället.”

”Det är inte nödvändigt”, sa Valdemar.

”Det är nödvändigt”, sa Alice.

”Det går över av sig självt”, sa Valdemar.

”Sådant är man inte i stånd att bedöma på egen hand”, sa Alice.

”Vad är det som är nödvändigt och vad är det man inte kan bedöma?” frågade Wilma. ”Vem är Faringer?”

Valdemar kisade över tidningskanten. Wilma både lät och såg osedvanligt pigg ut med tanke på att det var måndagsmorgon. Det hörde inte till vanligheten att hon överhuvudtaget talade så dags på dygnet.

”Bekymra dig inte om det, min älskling”, sa Alice. ”Såg du om Signe hade stigit upp?”

”Hur ska jag veta det?” sa Wilma. ”Hon är i alla fall inte på sitt rum.”

”Vad menar du med att hon inte är på sitt rum?” sa Alice och sprutade ner en lång mask av kaviar i sitt ägg.

”Att hon sovit hos Birger Butt, till exempel”, sa Wilma.

”Säg inte så”, sa Alice. ”Vad heter han egentligen? Han

har väl ett vanligt namn?"

"Inget som jag känner till i alla fall", sa Wilma. "Alla kallar honom så. Eller Birger med baken."

"Kära nån", sa Alice. "Hur kan man... jag menar, varför då?"

"Han vann en tävling om stans snyggaste häck för ett tag sen. Fast han hade visst mutat tjejerna som satt i juryn. Du kan väl fråga Signe när hon kommer hem om du är intresserad."

"Snälla Wilma", sa Alice. "Nu räcker det. Har vi ingenting viktigare att prata om?"

"Jo, jag har slut på pengar på busskortet", sa Wilma. "Och så behöver jag femhundra till dom där gympaskorna. Jag måste hinna in och köpa dom på lunchrasten idag."

Ante Valdemar Roos höjde tidningen och drog slutsatsen att doktor Faringer på något sätt försvunnit från dagordningen.

En kvart senare var han ensam i lägenheten. Han bredde pliktskyldigast sina smörgåsar – eftersom Alice köpt ett nytt slags hälsobröd som hon absolut ville höra hans uppfattning om – paketerade dem och stoppade dem tillsammans med den tomma termosen och en banan i sin bruna skinnväska, samma som han använt sedan 2002, då han fick den i julklapp av sina bägge styvdöttrar. Satte ny tejp på glasögonen, han måste förstås se till att lämna in dem hos en optiker, men det kunde anstå några dagar. Funderade på om han behövde skriva upp allt han tänkte handla i Rimmersdal, eller om han kunde lita på sitt minne; och beslöt sig för det senare. Skulle han glömma något väsentligt, kunde han ju alltid titta in en av de andra dagarna i veckan, det vore säkert inget bortkastat schackdrag.

Han undrade vad hon hette, hans kassörska. Kanske kunde han fråga henne rent ut, men det var svårt att veta hur sådant uppfattades. Förmodligen var det klokast att vänta några måndagar.

Han kom iväg nästan tio minuter tidigare än vanligt, kände redan medan han promenerade över gården bort mot bilen hur han fylldes – både till kropp och till själ, det var inte lätt att separera dem en sådan här morgon faktiskt – av en känsla av lätthet och upprymdhet, och han försökte erinra sig de där orden... *en tunnel in mot den odödliga elden där inne*... ja, det var ingen dum beskrivning av läget. Längst inne i honom, i ett rum som legat slutet och tillbommat under så många år, hade sedan en tid en dörr börjat dras upp på glänt... på tröga och rostiga gångjärn, förvisso, men med envis och okuvlig möda som också den legat obrukad under hela denna långa tid, alla dessa dagar och dessa bortkastade år...

Med dessa märkliga tankar sjönk han ner bakom ratten och påminde sig att även om han glömde bort både det ena och det andra som han tänkt handla i Rimmersdal, så fick han i varje fall inte försumma den där svarta anteckningsboken. Han kunde inte riktigt göra klart för sig varför den måste vara svart, men icke desto mindre var det nödvändigt att det var på det viset. Vissa tankar och vissa formuleringar låter sig helt enkelt inte fästas inom vilka ramar som helst, tänkte han, och det var just sådana ord han hade för avsikt att fånga och nagla fast. Ord som kastades upp ur hans odödliga eld, varken mer eller mindre, för att landa mellan svarta, mjuka pärmar, just så förhöll det sig faktiskt.

Skulle komma att förhålla sig, om inte annat.

Bättre än så här blir aldrig livet, det var det första han skulle skriva ner, det skulle vara själva anslaget; kanske kunde han lägga till att man måste stanna upp också, för om man inte gjorde det, om man inte stannade upp och liksom dröjde i steget, skulle man aldrig lägga märke till det där ögonblicket när det var som allra bäst.

Han log ett allvarligt leende mot sig själv i backspegeln, startade bilen och backade ut från parkeringen. Vevade ner sidofönstret helt och hållet, körde ut på Regementsvägen, sensommaren hängde kvar, hans tunna hår rufsades lätt av den ljumma vinden och av någon anledning dök namnet Lucy Jordan upp i huvudet på honom. Vem tusan var Lucy Jordan?

Men hon sjönk tillbaka ner i glömskans anonyma brunn; när han svängde ut på Rockstavägen, noterade han att solen just klättrat upp över skogsranden uppe på Kymlingeåsen och fick det nylagda koppartaket på Johanneskyrkan att glöda. Fåglar seglade över de nyskördade sädesfälten, en ung flicka trampade cykel i vägkanten så att kjolarna fladdrade.

Aldrig bättre än så här.

Det fanns inte bara en sorts svarta anteckningsböcker i ICA-butiken i Rimmersdal, utan två. En i A4-format, en i A5, samma fabrikat, samma mjuka pärmar; han valde efter en viss tvekan den mindre varianten. Anspråkslöshet är en dygd. Redan när han gick in i affären hade han lagt märke till att hans kassörska var på plats; han såg henne, men hon såg inte honom, eftersom hon satt med ryggen åt och just var i färd med att expediera en kund.

Efter tjugo minuters spankulerande bland hyllorna var han klar, det var nästan folktomt i butiken, bara ett par äldre, lite ihopsjunkna kvinnor rörde sig sakta och gravitetiskt som två sorgsna himlakroppar mellan mandelkubbarna, lågpriskaffet och strömmingsfiléerna. Vanliga människor befann sig förstås på sina arbeten, tänkte Valdemar, det här var de timmar på dygnet då de ovanliga människorna passade på.

Jag är en ovanlig människa, tänkte Ante Valdemar Roos. En intressant människa, säkert är det precis den reflektionen som nu far igenom hennes huvud när hon får syn på mig.

"Godmorgon", hälsade hon och log mot honom.

"Godmorgon", hälsade han tillbaka. "Ja, det är sannerligen en god morgon."

Hon skrattade till och började dra hans varor förbi det elektroniska ögat. Valdemar plockade ur korgen, långsamt och värdigt, han lade sig vinn om att inte ha för bråttom, såg till att de höll ungefärligen samma takt. Som om de i själva verket var arbetskamrater, slog det honom. Som om de stod vid samma löpande band och utförde samma handgrepp som de utfört dag ut och dag in under en lång räcka av år. Inte så konstigt om man kom varandra en smula nära under sådana omständigheter. Nio av tio romanser börjar på arbetsplatsen, det hade han läst i tidningen för inte alls länge sedan.

"Var det bra så?"

"Tack, alldeles utmärkt."

Hon log på nytt när han räckte över pengarna. Han nickade vänligt och tog emot växeln. Kom i hastig beröring med hennes hand, den kändes varm och varsam. Han började plocka ner varorna i en av de två papperskassarna; hon tycktes tveka en sekund, sedan reste hon sig ur båset och hjälpte honom fylla den andra. Det stod ändå inga andra kunder och köade.

"Tack", sa han. "Det var vänligt av dig."

”Jag behöver räta på ryggen lite granna”, sa hon och nu hördes hennes brytning ganska tydligt. ”Jag sitter hela dagarna, det är inte så nyttigt.”

”Jag känner till det”, sa han. ”Nej, frisk luft och rörelse är vad kroppen behöver.”

Han sträckte lite på sig medan han sa det och hon skrattade igen. ”Ni har så rätt”, sa hon. ”Luft och rörelse...”

När kassarna var fyllda nickade han på nytt mot henne. ”Det är en vacker dag därute.”

Hon suckade och ryckte lite på axlarna. ”Jag vet. Jag var ute och vandrade hela eftermiddagen igår. Det är en så vacker årstid. Jag älskar hösten faktiskt, bäst av allt.”

”Du har alldeles rätt”, sa Valdemar. ”För min del fick det gärna vara höst hela året om.”

En av de gamla kvinnorna hade graviterat färdigt bland hyllorna och hunnit fram till kassan; kassörskan gick tillbaka och satte sig på sin stol och gav Valdemar ett sista leende.

”Ha en trevlig dag.”

”Tack detsamma.”

Han lämnade butiken och Anita Lindblom sjöng i bröstet på honom. Hennes mörka sensuella röst var inte olik kassörskans, faktiskt, det var märkligt hur saker och ting kunde sammanfalla.

Nej, tänkte Ante Valdemar Roos, det är inte sammanfallen som är märkliga, det är observatören det kommer an på. Det gäller att hålla sinnena öppna och upptäcka alla de korrespondenser som omger oss och bombarderar oss i varje enskilt ögonblick. Så ligger det till.

Han lastade in kassarna i skuffen, tog fram anteckningsboken och skrev upp det där sista.

Rimmersdal måndagen den 8 september om morgonen:

Att observera de korrespondenser som presenterar sig för oss i varje enskilt ögonblick, det är att leva.

Kanske inte riktigt de rätta orden, inte alldeles så träffande som han hade hoppats, men det var fångat i ögonblicket och det var inte det minst viktiga.

Han stoppade tillbaka anteckningsboken i kassen, startade och fortsatte färden mot Lograna.

Redan när han klev ur bilen fick han en föraning.

Eller också fick han ingen föraning, kanske var det bara något han i efterhand tyckte om att inbilla sig. Men när han trevade efter nyckeln i takrännan och upptäckte att den inte låg där, var det förstås ett tecken som inte kunde misstolkas.

Någonting hade hänt.

Han tryckte försiktigt ner handtaget. Dörren var öppen. Hade han glömt att låsa i fredags?

Det föreföll inte rimligt. Han var övertygad om att han känt på dörren både en och två gånger, sedan sträckt sig upp och placerat nyckeln längst ut till vänster under takskägget; det hade redan hunnit bli en ritual under de få dagar han tillbringat i torpet. Men det var naturligtvis inte möjligt att minnas att han verkligen gjort det i fredags också; det gick inte utan vidare att skilja den ena dagen från den andra, eftersom det var fråga om precis samma handling, precis samma invanda rörelser vid varje enskilt tillfälle – men att han skulle ha försummat ett så viktigt moment i rutinerna föreföll honom ändå högst osannolikt. Särskilt som det varit fredag och han visste att huset skulle stå obevakat under helgen.

Obevakat? Som om någon skulle bry sig om ett torp som stått orört i åratal.

Visst fasen låste jag dörren, muttrade han och klev in i köket. Nog fasen gjorde jag det.

Nyckeln låg på köksbordet. I sitt skosnöre och med den lilla träklampen, som det stod Lograna på med snirkliga gammaldags bokstäver.

Mitt på bordet? Skulle han bara ha lämnat den där och glömt bort att låsa?

Han satte ner kassarna på golvet och fortsatte in i rummet.

Ett fönster stod på glänt, lutad mot murstocken stod en ryggsäck. I sängen låg en del kläder och en gitarr.

Någon hade varit här.

Någon *var* här. Vad i helvete? tänkte Ante Valdemar Roos. Vad är... vad är meningen med det här? Han fick en kort och hastig yrsel och lutade sig med handen mot murstocken.

Den var varm. Någon hade eldat.

Han såg sig om. På bordet låg en uppochnervänd pocketbok, ett kollegieblock och två pennor.

En urdrucken kaffekopp.

Vem? tänkte Valdemar. Varför?

Frågorna bubblade upp i honom och yrseln ville inte helt ge med sig. Han drog ut en stol och satte sig. Lutade huvudet i händerna, blundade och försökte koncentrera sig. *Någon* fanns här i huset. *Någon* hade tagit sig in i hans Lograna, hade tagit det i besittning, och nu... ja, vad då? tänkte Ante Valdemar Roos. Vad i hela friden betyder det här? Vad ska jag göra?

Vem?

Och framförallt *Var*? Var är han nu?

Någonting som påminde om rädsla grep tag i honom. Han kom på fötter, gick tillbaka till köket, återvände till rummet, kikade ut genom fönstren.

Var befann sig inkräktaren i detta nu?

Vem han än var så fanns han inte kvar i huset. Uppenbarligen hade han begivit sig ut i ett kortare ärende. Den uppslagna boken, kaffekoppen, kollegieblocket... allt vittnade om att han hade för avsikt att snart vara tillbaka. Eller också...

Eller också hade han helt enkelt flytt ut i skogen när han såg Valdemar komma med bilen? Kunde det vara så? Var inte det den troligaste förklaringen?

Han gick mellan rummet och köket en god stund, fram och tillbaka, medan han försökte väga dessa funderingar. Var det han själv som skrämt iväg den objudne gästen – vem han nu var – eller hade han bara lämnat huset tillfälligt och skulle dyka upp igen vilken minut som helst?

Bara att vänta och se, tänkte Ante Valdemar Roos. Antingen kommer han snart eller också väljer han att hålla sig undan.

Han återvände till köket och började packa upp varorna han köpt på ICA i Rimmersdal. När det var klart gick han ut på gården och såg sig om. Inte tillstymmelse till inkräktare – han pumpade upp en hink friskt vatten, återvände inomhus och satte på kaffe.

Bara att vänta och se, upprepade han tyst för sig själv. Märkte att den lilla oron, eller rädslan, börjat lämna honom. För varje minut som gick verkade det allt tydligare att det var han själv som skrämt besökaren på flykten – och av en sådan besökare hade han förmodligen ingenting att frukta.

Hur han än vände och vred på detta resonemang, hade

han svårt att hitta något fel på det. Ingenting att frukta.

Det som däremot föreföll en smula märkligt, var att han inte kände någon ilska. Han bar inte på något omedelbart agg mot den som olovandes tagit sig in i hans Lograna. Nog borde han ha blivit rätt så irriterad åtminstone. Förbannad rentav.

Men så var det alltså inte.

Och i en sorts respekt för denne okände någon beslöt han också att inte ge sig till att rota i hans tillhörigheter – på jakt efter det ena eller det andra som kunde ge en fingervisning om hans identitet. Pocketboken på bordet hette *De sorgsna riddarna*, skriven av någon som hette Barin. Kollegieblocket var stängt, han öppnade det inte.

Istället tog han med sig sina smörgåsar, en kopp kaffe och gick ut och satte sig i stolen vid uthusets vägg. Vände ansiktet mot solen och kände en behaglig dåsighet komma krypande.

Det som sker, det sker, tänkte han. Herren skapade ingen brådska.

Dagen gick.

Med tanke på den objudne gästen beslöt Valdemar att inställa alla vandringar i skogen. Istället höll han sig inne i huset eller ute på gården under hela förmiddagen, vädret var behagligt med en temperatur runt tjugo, förmodligen – han gjorde en minnesanteckning om att skaffa en termometer med det snaraste – sol och moln avlöste varandra och bara en svag vind hördes i trädkronorna. Han sysselsatte sig genom att lösa korsord, göra upp eld i köksspisen, plocka rent lite på tomten; letade en stund efter en gräsklippare eller åtminstone en lie i uthuset, men hittade ingenting i någondera vägen och funderade på om han också borde gå in i en järnaffär någon av de närmaste dagarna och utrusta sig med de mest rudimentära trädgårdsredskapen. En räfsa, en spade, en yxa, en såg.

Och en lie, som sagt, det fanns en tilltalande urkraft både i ordet och i föremålet. För att inte tala om *orv*. Fast kanske fanns det inte liar att få tag på längre. Det var som med vissa djurarter, det fanns inte plats för alla; när mobiltelefonerna kom försvann liarna. Det lät tråkigt men knappast orimligt.

Ett par arbetshandskar i vilket fall som helst, de kunde säkert komma till användning.

Samtidigt insåg han att mycket av detta egentligen var onödigt. Det var den trägne odlaren som gjorde intrång i honom, men han orerade inte oemotsagd. Ingalunda. Gräset kunde gott få växa som det ville, tänkte Valdemar, vinbärsbuskarna och träden också, men han förstod att vedförrådet, som ännu så länge såg relativt oändligt ut, inte kunde räcka i evighet. Där fanns också något tilltalande i att hugga ved, att lägga upp den kapade klabben på kubben, måtta noga och sedan klyva den med ett välriktat hugg.

Räta på ryggen när arbetet var klart, kisa upp mot himlen för att bedöma väderleken och tända pipan.

Återigen det där med pipan. Ante Valdemar Roos fattade ett preliminärt beslut om att de första arbetsredskap han skulle införskaffa var en pipa och ett paket tobak. Kanske redan imorgon på ICA i Rimmersdal.

Hade de pipor till försäljning i ICA-butiker? Han var högst osäker på hur det förhöll sig med den saken, men det var förstås bara att gå in och höra efter. Kunde inte skada.

Vid tolvtiden åt han lunch. Makaroner och falukorv och efter att han diskat undan bestämde han sig för att ta en tupplur i sängen. Flyttade först undan gitarren och klädespersedlarna, och det var inte förrän nu han upptäckte att inkräktaren måste vara en kvinna. En tunn tröja, ett par trosor därunder; och ett par sockor som definitivt inte kunde rymma ett par mansfötter.

En kvinna? Han lade sig på rygg, knäppte händerna bakom nacken och försökte skärskåda denna nya och oväntade omständighet.

Under hela förmiddagen hade han förutsatt att den objudna gästen måste vara en man. I Ante Valdemar Roos värld sprang inte kvinnor omkring ute i skogen och tog sig in i ensligt belägna torpstugor, så enkelt var det. Det var en företeelse med rakt igenom manliga förtecken, sådant som rymlingar och hemlösa poeter och andra vinddrivna karlar kunde ägna sig åt, men inte kvinnor. Det må ha varit fördomsfullt tänkande, men han kunde inte skaka av sig sin spontana förvåning. En kvinna?

Vem var hon?

Vad hade hon för bakgrund och för anledning?

Hur gammal kunde hon vara?

Trots att svaren på dessa frågor – eller åtminstone ledtrådar som kunde peka i rätt riktning – säkerligen stod att finna i den mörkblå och välfyllda ryggsäcken, eller i kollegieblocket som fortfarande låg på bordet, avhöll han sig från att se efter. Respekt, tänkte han. Man måste alltid visa människan respekt, till och med under sådana här omständigheter.

Man går inte och rotar i någon annans ryggsäck även om någon annan gjort intrång.

Kanske hade någon annan ett gott och anständigt skäl för sitt handlande, det kunde man aldrig veta, och då skulle Valdemar kunna hamna i ett läge där han fick skämmas.

Jag är en gentleman, tänkte han. Och en gentleman tar

sig inte friheter bortom anständighetens gräns. Så är det.

Nöjd med dessa enkla överväganden och beslut somnade han in.

När han vaknade hade klockan blivit halv tre. Han hade sovit i över en timme. Fönstret stod fortfarande öppet och han kunde höra ljudet av en skogsduva som hoade därute.

Ryggsäcken stod kvar och kläderna som han placerat ovanpå den var orörda. Likaså boken och blocket på bordet. Den inkräktande kvinnan hade inte varit inne i huset medan han sov. För om hon hade varit det, skulle hon naturligtvis ha sett att han sov, plockat med sig sina pinaler och givit sig av. Det fanns ingenting som tydde på annat än att hon var en mycket skygg varelse, att hon under inga förhållanden ville ha någon kontakt med honom. Under snart sex timmar nu hade hon hållit sig undan; antagligen fanns hon någonstans ute i skogen, troligtvis alldeles i närheten av huset, så hon kunde kontrollera vad han hade för sig. Men ändå med något slags säkerhetsavstånd, tänkte Valdemar och satte sig upp. Så att hon kunde ta till schappen och hinna undan om han fick för sig att ge sig ut och leta efter henne.

Men han tänkte inte leta efter henne. Han stod fast vid sitt gentlemannabeslut att på intet vis störa henne, och medan han gjorde i ordning eftermiddagskaffet, märkte han att han kunde förnimma hennes närvaro.

Just så. *Förnimma.* Det var en skillnad mellan att ta till sig verkligheten via sina vanliga sinnen; lukt och syn, hörsel, smak och känsel – och att bara förnimma den. Det var som ett sjätte organ som kopplades in, en sorts försiktig tentakel som tog sig ut i det omgivande och registrerade det lilla och det skygga.

Som till exempel en närvaro.

Medan han drack sitt kaffe tog han fram anteckningsboken och försökte formulera just detta. Men hur han än ansträngde sig ville inte de rätta orden infinna sig. Han började också få svårt att inte kasta en blick i det andra blocket – *hennes* anteckningsbok – men han motstod frestelsen och höll impulserna i styr.

Det enda han slutligen skrev ner var:

Lograna den 8 september om eftermiddagen:

Jag har fått en besökare. En kvinna med gitarr, jag vet ännu inte vad det betyder eller vart det i sinom tid kommer att leda. Föga anar schackbonden mästarens avsikter.

Den sista meningen förstod han inte riktigt själv. Men han lät den stå; den hade kommit spontant och kanske skulle han en dag komma att begripa sig på den. Det hände att orden föregick meningen, detta hade han läst någonstans, han mindes inte var men kanske var det rumänen som påstått det också.

Innan han satte sig i bilen för att åka tillbaka till Kymlinge, övervägde han också att skriva någon sorts meddelande till henne, men inte heller här tyckte han sig hitta den rätta tonen, och han lät det vara.

Han låste dörren och placerade nyckeln på det vanliga stället i takrännan.

För säkerhets skull lät han dock fönsterhasparna hänga och dingla, utan tvivel skulle det gå att ta sig in den vägen om det visade sig nödvändigt.

12

Hon räknade till tvåhundra efter att bilen försvunnit, innan hon vågade sig ut ur gömstället.

Inte var det mycket till gömställe, för övrigt; om han hade satt igång att leta efter henne, skulle han säkert ha hittat henne utan problem. Några yviga och låga grangrenar, en mossig sten, en omkullfallen trädstam. Hon hade tillbringat de senaste tre timmarna här, efter att först ha irrat omkring i skogen i ett tillstånd av obeslutsamhet och halv panik. Sedan hade hon lagt sig här. Avståndet till huset var inte mer än trettio-fyrtio meter, hon hade koll på dörren och hon hade koll på bilen.

Ja, vad hade hon väntat sig egentligen? Det var den fråga som surrade i huvudet på henne hela tiden. *Vad hade hon väntat sig?*

Att hon skulle få vistas här ostört hur länge som helst?

Att det aldrig kom någon till det här lilla torpet? Att det inte fanns någon ägare?

Hur dum får man vara? tänkte Anna Gambowska. Jag är bestämt inte riktigt klok. *Dumb girl.*

Hon hade givit sig ut en bit i skogen för att förrätta sina behov, så enkelt var det. Hon tyckte inte om utedasset, det luktade illa och kändes äckligt. Hellre huka i guds fria natur, även om det inte var något större nöje det heller.

Och medan hon suttit där med byxorna neddragna hade han kommit. Först hade hon hört bilen, sedan sett den, sedan sett mannen kliva ur och gå in i huset med två tunga kassar.

Satan också, hade hennes första tanke varit. Nu är det kört. Nu ringer han polisen, och jag har klantat bort både packningen och gitarren.

Portmonnän med de hundratjugo kronorna också. Anna Gambowska, du är en megaloser, hade hon tänkt, ingen idé att du försöker inbilla dig nånting annat. Vem som helst kunde ha räknat ut att det skulle gå så här.

Ändå hade hon dröjt sig kvar i närheten av huset. Sandaler utan strumpor, jeans, en t-shirt och en tunn kofta, det var hela hennes utrustning. Vad var det för poäng att ge sig ut i världen med det bagaget? På rymmen från ett behandlingshem.

Ingen poäng alls, det begrep till och med hon. Enda lösningen, alltså, var att hänga kvar och se vad som skulle hända. Hur det utvecklade sig. Skulle en polisbil dyka upp? Hon hade trots allt gjort intrång. Inte slagit sönder någonting förstås, inte förstört något, men ändå. När hon hittade huset i förrgår hade hon varit intill döden trött, och det var en barnslig tanke som fått henne att treva efter nyckeln uppe under taket ovanför dörren. Bara för att det var där farbror Julek brukat gömma den i sitt hus utanför Kołobrzeg; alldeles i närheten av havet, hon hade tillbringat några veckor där under ett par somrar när hon var i tiotolvårsåldern, och Juleks hus hade faktiskt påmint lite om det här. Åtminstone inbillade hon sig det, och det måste ha varit denna inbillning som fått henne att hitta nyckeln.

Eller också hade väl Gud bestämt sig för att hjälpa henne lite på traven.

Det första hon gjort var att sova i fem timmar. När hon vaknade hade det redan varit sent på eftermiddagen, hon hade varit hungrig som en varg och efter att ha köpslagit med sitt samvete under en halvtimme hade hon tagit för sig av den mat som hon hittat i kylskåp och skafferi. Hon mindes en saga som hon läst som barn och där det stått att den som stjäl för att mätta sin hunger inte kan räknas som en tjuv.

Där hade funnits bröd och smör och ost. Kaffe och skorpor, marmelad och kex. Några paket pulversoppa och ett dussin konservburkar med olika innehåll. Det fanns inget vatten i huset, men hon hade hittat pumpen på gården.

Jag äter mig mätt och sover över natten, så hade hennes tanke varit, men när hon på söndagsmorgonen vaknat till fågelkvitter och av att solen stack henne i ögonen, hade hon ändrat sig.

Det finns en mening med att jag hittade hit, tänkte hon istället. Jag kom till det här lilla huset för att jag skulle stanna här en tid, det känns så.

Stanna här och bestämma vad jag ska göra med resten av mitt liv.

Hon hade bara rökt tre cigarretter under lördagen, hade tre kvar. En om dagen beslöt hon, det kändes nästan heroiskt, och när hon på söndagskvällen satt i stolen invid uthusväggen och rökte, tänkte hon att hon skulle kunna bli lycklig på en plats som den här.

Mer begär jag ju inte, konstaterade hon. I varje fall inte för tillfället. Att få vara i fred med sig själv i ett litet hus ute i skogen. Läsa, skriva, spela gitarr och sjunga, vandra omkring litegrann om vädret var vackert, varför kunde man inte få leva på det enkla viset?

Young girl, dumb girl... nej, hon kände sig faktiskt varken ung eller dum. Mogen och klok, snarare. När mörkret fallit på söndagskvällen och hon gjort upp eld i spisen, skrev hon några nya rader, som hon sedan nästan omedelbart hittade en enkel melodi till. Spelade den några gånger och tänkte att om det fanns en Gud i himlen, som hon egentligen trodde längst därinne i sin mjuka själ, så lyssnade han och nickade vänligt åt henne och tyckte att det inte lät så dumt.

House in the forest
Heaven on earth
Soul is a phoetus
Waiting for birth

Melodin var förmodligen bättre än orden, och hon var inte säker på hur *phoetus* stavades eller uttalades. Men det betydde foster, det visste hon, och när hon krupit till sängs tänkte hon att hon egentligen inte var mycket mer än ett foster – barnslig och outvecklad och med händerna instoppade mellan knäna – men precis som hon skulle till att somna in sa Gud till henne att just detta var en missuppfattning, som många människor tyvärr brukade hemfalla åt.

Att det var just det enkla och det rena som höll på att gå förlorat i världen. Och att man därför måste vara rädd om det.

Och så blev det alltså måndag. En smörgås, en kopp kaffe, kissa och bajsa i skogen – och sedan sju timmars väntan, det var vad denna dag hittills bjudit på. Hungern hade rivit i henne under eftermiddagstimmarna och det enda hon hittat att stilla den med var blåbär. Hon hade alltid älskat blåbär, men det var inte precis det man valde när man ville äta sig mätt.

Men frånsett hungern och att hon var lite dåligt klädd

hade det inte gått någon större nöd på henne. Det var väl så det var, tänkte hon; kroppens behov först, sedan själens.

Fast när hon vacklade tillbaka ner till huset, kändes det som om benen inte riktigt ville bära henne. I den mån hon alls hade någon tanke i huvudet så var det att få i sig vatten, en näve skorpor eller vad som stod att finna. Packa ihop sina pinaler och ge sig iväg.

Han hade i varje fall inte tagit dem med sig, varken gitarren eller ryggsäcken, det hade hon sett från sitt gömställe bakom jordkällaren. Hon undrade vem han var, det hade hon gjort hela dagen. Var han ond eller god? En vänlig människa eller en sådan där som hon råkat ut för i Volvon? Honom som hon nästan slagit ihjäl.

Kanske hade han bara låtsats ge sig av? Kanske skulle han återkomma så snart han gissade att hon vågat sig tillbaka in i huset? Stod han gömd någonstans uppe i skogen och iakttog henne?

Han hade placerat nyckeln på samma ställe där hon redan hittat den en gång. Varför? Varför hade han inte helt enkelt tagit den med sig?

Oron och frågorna surrade i huvudet på henne, men det var ändå hungern och törsten som måste stillas först. Som sagt. Om han kom tillbaka och ertappade henne, ja, då fick hon väl ta itu med det problemet då. Berätta som det var och hoppas att han kunde förstå henne på något vis.

Ryggsäcken stod bredvid sängen. Gitarren också; fodralet och de kläder hon lämnat hade han vikt ihop och lagt på en stol.

Boken och kollegieblocket på bordet verkade han inte ha rört. Inte rotat i hennes saker.

Det var märkligt. Eller var det inte det? Hennes portmonnä låg i ytterfacket på ryggan, hon kunde inte bedöma om han tittat i den eller inte. Borde han inte åtminstone ha försökt ta reda på hennes identitet?

Hade han gjort det? Hade han plockat fram hennes id-kort, ringt polisen och meddelat dem alltihop?

Efterlyst? Kanske var hon efterlyst.

Det var hon väl redan sedan tidigare, för övrigt? Nog måste väl Sonja Svensson på Elvafors ha kontaktat myndigheterna redan i lördags, när man upptäckte att hon saknades?

Fast av någon anledning kände hon på sig att Sonja inte gjort det. Hon förstod inte riktigt varifrån denna känsla kom, men det var ingenting hon hade lust att fundera över för tillfället. Vad det nu gällde var att stilla hungern.

Hon åt sex skorpor och två smörgåsar med leverpastej, drack en halv liter vatten. Satte på sig strumpor, gympaskor och en tjockare tröja. Det hade inte varit direkt kallt ute i skogen, men hon hade nästan inte rört sig under de sista timmarna och det hade gjort henne frusen.

Varför ger jag mig inte iväg? tänkte hon lite irriterat. Varför packar jag inte mina saker och drar härifrån innan det är för sent?

Varför är jag så trög?

Jag har gjort intrång i ett hus, jag har sovit här i två nätter, jag har tagit av hans mat. Nu har han upptäckt mig och ändå sitter jag kvar och väntar på att bli infångad som en korkad råtta.

Hon skakade på huvudet åt sin egen obeslutsamhet. Tittade på klockan. Den hade blivit nästan sex, solen hade sjunkit ner bakom trädranden i väster och hela gården låg i skugga.

Kaffe, tänkte hon plötsligt. Kaffe och en cigarrett.

Hon skrattade till när hon insåg att det var precis så hennes mor skulle ha tänkt. Och sagt.

Kaffe och en cigg först, Anna, brukade hon förklara. Man ska inte fatta viktiga beslut på fastande mage.

Hon gick ut på gården med koppen och sin näst sista cigarrett. Stod där i det höga gräset medan hon läppjade, rökte och lyssnade till det svaga susandet från den omgivande skogen.

Han kommer inte tillbaka, tänkte hon. Inte idag, det har gått en timme sedan han åkte. Jag kan vara trygg här tills imorgon.

Hon förstod att det var önsketänkande. Hon hade inte lust att packa och bege sig härifrån, så var det förstås. Börja traska längs den tröstlösa vägen med sin alldeles för tunga rygga och sin otympliga gitarr. Om ett par timmar skulle det vara mörkt.

Hon tänkte tillbaka på lördagen. Det var någonting som lett henne till den här platsen, visst var det så? Både när hon svängde in på den där vägen mot Rödmossen, och sedan, när hon nästan vindögd av trötthet tog av in på den sista smala skogsvägen. När hon fick syn på huset hade det känts som... ja, vad då? Som om hon var en stackars flicka i en saga? Som tvingats iväg hemifrån av elaka styvsystrar eller någonting, och som befann sig ensam och övergiven på sin vandring i den stora farliga världen.

Men under Guds beskydd, och det var hans finger som pekat ut vägen till det här huset.

Det fanns förstås en annan sorts sagor också. Där det bodde häxor i sådana här ensligt belägna hus i skogen och där det inte alls slutade lyckligt.

Och hon hade inte precis blivit ivägkörd hemifrån av några styvsystrar, det hörde också till saken. Hon var på rymmen från ett hem där de sociala myndigheterna betalade tusen kronor om dagen för att hon skulle ha det bra och ta sig ur sitt drogmissbruk. Det var så hennes saga såg ut, kunde vara värt att ha det i minnet.

Hon huttrade till, drog sista blosset och fimpade cigarretten. Gick inomhus, märkte att gråten höll på att ta henne i besittning och gjorde i ordning en kopp kaffe till.

Satte sig vid bordet inne i rummet och knäppte händerna. Försökte be till Gud, men kände istället hur rädslan och övergivenheten liksom tätnade inuti henne.

Och så dök Marja-Liisa upp i huvudet på henne. Och Steffo. Det gjorde inte saken bättre.

Ett par veckor efter att han flyttat in hos henne hade hon träffat Marja-Liisa. Det var i Stadsparken en kväll efter en sådan där sorglös dag som var missbrukarens *raison d'être*, det var ett uttryck hon lärt sig under en av de fåtaliga fransklektioner hon bevistat på gymnasiet – raison d'être, skäl att finnas till. Hon och Steffo och några till hade rökt på under eftermiddagen och druckit ett par öl, men nu i parken lämnade Steffo gänget för att ta itu med affärer.

Han hade sagt så. Affärer, det rådde inte mycket tvivel om vad det betydde. En stund efter att han gått hade två fnittriga tjejer kommit och slagit sig ner, en av dem var Marja-Liisa. Hon var späd som en fågelunge, hennes ansikte vara bara ögon. Men fnittrade gjorde hon, det var uppenbart att hon var lite hög. Av någon anledning hade Anna börjat prata med henne, och det framkom snart att hon var en av Steffos gamla tjejer. När det stod klart för henne att Anna bodde ihop med honom, dog Marja-Liisas fnitter ut. Hon blev nervös och allvarlig.

”Fy fan”, sa hon. ”Fy fan, fy fan, akta dig.”

”Varför då?” hade Anna velat veta. ”Vad är det jag ska akta mig för?”

”Var är han nu? Han kommer väl inte hit?”

Anna förklarade att Steffo just dragit och att han nog skulle bli borta ett tag. Marja-Liisa slog armarna om sin tunna kropp, som om hon frös fast det var en ljum försommarkväll och hon hade en tjock tröja på sig.

”Du ska inte vara ihop med honom”, sa hon. ”Han är så jävla otäck. Han försökte döda mig.”

”Döda dig? Vad snackar du om?”

”Hör vad jag säger, han försökte döda mig.”

”Varför då?”

”För att jag gick ut med några tjejkompisar istället för att vara med honom. Vi drack ett par vinare och när jag träffade honom senare på natten misshandlade han mig så jag kunde ha dött. En gubbe med en schäfer hittade mig i ett buskage, jag låg två veckor på sjukhus.”

Anna hade stirrat på den skrämda fågelflickan. ”Jamen... jag menar, du anmälde honom väl?”

Men Marja-Liisa hade bara skakat på huvudet.

”Vågade inte. Om jag gjort det skulle han ha dödat mig på riktigt. Du måste akta dig, Steffo är inte riktigt klok.”

Sedan hade hon rest sig och gått därifrån.

Hon hade svårt att skaka av sig tankarna på Steffo under resten av kvällen. Han fanns där inuti henne som en värkande böld och den gav näring åt andra mörka och ruvande tankar, som hon snart identifierade som det klassiska drogsuget.

De hade pratat om det på Elvafors. Suget efter drogen; vad man än gjorde, hur man än bar sig åt, så skulle det dyka upp förr eller senare. Och det var inte lätt att komma till rätta med det; i själva verket var det just detta som var det allra värsta och lömskaste, alla var medvetna om det, men

Anna hade inte känt av det på allvar under de fyra veckor hon varit intagen.

Inte förrän nu. Man måste erkänna det, det var första regeln. Inte försöka förneka det. Prata om det, se det i ögonen och bekämpa det... en kraft starkare än du själv.

Men vem skulle hon prata med? Med vad skulle hon bekämpa? Ensam, på rymmen i en främmande torpstuga i en främmande skog?

Tyck inte synd om dig! tänkte hon och rätade på ryggen. Sjunk inte ner i självömkans träsk, gör nånting!

Hon skrattade till. Den enda drog hon ägde var en ynkans cigarrett, så några närliggande frestelser hade hon i varje fall inte tillgång till. Alltid något.

Hon gick ut i köket och tittade i kylskåpet. Det var ganska välfyllt, han hade stoppat in både det ena och det andra; om hon stannade över natten och gav sig av imorgon bitti, kunde hon åtminstone äta sig mätt först.

Fast vad betydde det att han handlat mat?

Svaret var så givet att inte ens hon kunde undgå att hitta det.

Han tänkte komma tillbaka. Om inte ikväll, så imorgon. Man stoppar inte in fil och smör och frukt och bröd i kyl och skafferi, om man inte har för avsikt att äta upp det.

Tur att han inte köpt öl eller sprit i alla fall, tänkte hon. För i så fall skulle hon ha druckit upp det, och sedan skulle hon ha varit på väg ner i avgrunden igen.

Men vad var han för sorts människa egentligen?

Som vanligt hade hon svårt att bedöma åldern. Hon hade sett honom ganska tydligt, både när han kom på morgonen och senare under dagen när han befunnit sig ute på gården. Femtio kanske? Eller sextio? Två-tre gånger så gammal som hon själv i alla händelser. Nåja, åldern spelade förstås ingen roll, och hon hade inte tyckt att han gjorde något särskilt hotfullt intryck.

Det hade hon inte tyckt att Volvomannen gjort heller.

Förstod han att hon bara var en ung flicka? Han tycktes inte ha rotat i hennes saker, men det hade han kanske räknat ut i alla fall. Han måste ha sett hennes trosor. Och hennes gitarr, gamla kvinnor drog väl inte omkring på gitarrer?

Tänk om han var en Steffotyp, bara trettio år äldre?

Nej, tänkte Anna Gambowska och bestämde sig för att tända en brasa istället. Jag måste sluta vara rädd för allt möjligt. Ska jag klara det här får jag inte måla fan på väggen hela tiden.

Strax efter klockan tio kröp hon till sängs. Lade sig fullt påklädd under filten; ryggsäcken packad, gitarren i fodralet. Om hon blev tvungen att fly skulle hon i varje fall inte behöva springa runt och leta efter sina tillhörigheter först.

Innan hon somnade bad hon en bön till den välvillige gud som hjälpt henne så här långt. Det hon önskade sig var en god natts sömn, så att hon kunde fortsätta sin vandring i någotsånär god balans nästa morgon.

Och att hon skulle slippa sällskap under natten. Hon hade låst dörren med nyckeln sittande kvar på insidan; inte för att det var mycket till skydd, men ändå.

Förtröstan, tänkte hon. Det var ett ord hon tyckte mycket om och hon höll det kvar i huvudet ända tills hon somnade in.

Förtröstan.

Hon hade bestämt sig för att vakna halv sju, och det gjorde hon också. Hennes inre väckarklocka hade fungerat som den brukade göra.

Hon gick ut och kissade. Tvättade sig och borstade tänderna vid pumpen. Kokade kaffe och åt två smörgåsar. Vädret var lika vackert som under gårdagen; blå himmel och enstaka tunna, höga moln. Hon lyfte ut ryggsäcken och gitarren på gården, men istället för att ta med dem och ge sig ut på vägen, fattade hon ett helt annat beslut.

Ställde packningen bakom uthuset. Där växte sly och brännässlor och den stod hur skyddad som helst från världens ögon. Sedan gick hon in i huset, satte sig vid bordet med en penna och en sida utriven ur kollegieblocket.

Skrev ett meddelande och lämnade det mitt på bordet.

Tack. Jag heter Anna.

Därefter fyllde hon en plastflaska med vatten, tog ett äpple och en banan, bredde fyra nya smörgåsar och begav sig ut i skogen.

13

"Jag har ordnat en tid åt dig hos Faringer."

"Jag behöver ingen tid hos Faringer."

"Det är du inte i stånd att bedöma, Valdemar. Du får lita på mitt omdöme."

Han hade på tungan att säga att han aldrig mått bättre i hela sitt liv, men höll inne med det. Det kunde ha lett till missuppfattningar. Hon kunde börja tro att han inte bara var deprimerad, utan att han gått och blivit manodepressiv också, eller någonting ännu värre.

"När då?" frågade han.

"Torsdag i nästa vecka", sa hon. "Det gick inte tidigare än så. Folk mår sämre än någonsin."

"Det vore kanske bättre om han tog sig an någon som verkligen behöver hjälp?"

Alice tog av sina läsglasögon och sög tankfullt på ena skalmen. "Vad är det med dig?" sa hon. "Det är någonting som inte stämmer, jag märker det på dig hela tiden."

"Struntprat", sa Valdemar.

"Är det något på jobbet?"

"Naturligtvis inte."

"Du pratar aldrig om ditt jobb."

"Du frågar aldrig om mitt jobb, Alice lilla."

"Det har väl inte med saken att göra."

"Jaså? Ja, hursomhelst är det precis som vanligt på jobbet. Är det inte dags för dig att ge dig iväg snart? Klockan är kvart i åtta."

”Vi måste börja prata med varandra, Valdemar.”

”Kan det inte vänta till nästa vecka?”

”Men vad är det du säger, Valdemar? Märker du inte hur du låter?”

”Jag har alltid låtit på det här viset, Alice. Är du säker på att det inte är du som är förändrad?”

Hon såg ut att tänka efter för en sekund, sedan suckade hon tungt, reste sig och lämnade frukostbordet.

Han skulle egentligen ha velat gå in på Wettergrens Tobak för att välja ut tobak och en pipa åt sig, men de öppnade inte förrän tio. Istället fick han tag på en krokig snugga och ett paket Tiger Brand i videobutiken på Selanders väg.

Tänk att det fortfarande fanns Tiger Brand. Hans far hade inte rökt det märket – hade föredragit gamle Greve Hamilton – men han hade talat om det med respekt, det mindes Valdemar. Tiger Brand och Skipper Shag och Borkum Riff. Vilken klang fanns det inte i dessa namn. Vart hade allt detta gamla klangfulla tagit vägen?

Han hade hoppats på att få fatt i en Ratospipa, eller en Lillehammer, men åt detta hade flickan i butiken bara skakat på huvudet. Om hans nyinskaffade snugga överhuvudtaget hade ett namn, så hette den antagligen *Prince*, men texten på skaftet var svårläst. Det kunde lika gärna stå *Pince-nez*. Fast det var en sorts glasögon, var det inte?

Struntsamma, tänkte Valdemar, smakar det inte bra kan jag alltid byta upp mig hos Wettergrens vad det lider. Han beslöt att inte dröja sig kvar i Kymlinge och proviantera i onödan. Bättre att först se efter vad ICA i Rimmersdal kunde bestå honom med, och sedan komplettera inne i stan senare i veckan.

Naturligtvis fanns det också röster i honom som uppmanade honom att inte söla. Att omedelbart ge sig ut till Lograna för att se efter hur det stod till med hans hemlighetsfulla besökare. Nyfikenheten hade tickat i honom både under gårdagskvällen och under natten, då han vaknat upp flera gånger med samma frågor i huvudet.

Vem var hon?

Varför hade hon valt att övernatta i hans torp?

Skulle hon vara kvar idag?

Han märkte att han fruktade att hon skulle ha givit sig av. Ja, faktiskt. Att hon aldrig skulle dyka upp i hans liv igen och att han aldrig skulle få några svar på sina frågor.

Försvinna som ett fotspår i vattnet.

Han bestämde sig för att skriva upp det. Nej, inte vatten, våt sand var bättre.

Vissa händelser och vissa människor försvinner som fotspår i våt sand, så skulle det formuleras. Kanske kunde han lägga till något om tidvattnet som raderade ut också, men av någon anledning fick han inte till det riktigt.

Där fanns varken såg, yxa eller lie på ICA i Rimmersdal.

Men väl en hammare, en stekpanna, en stor kastrull, en diskbalja, såpa, tvättmedel, skurborste, tandborstmuggar, diskställ, en fotogenlampa och fläskkotletter.

Och en kassörska.

”Jag heter Valdemar”, sa han när han tog emot växeln. ”För den händelse du undrar.”

”Valdemar?” sa hon långsamt och med ett försiktigt leende som om hon smakade på en pralin. En pralin med ett nytt och lite överraskande innehåll. ”Det var ett ovanligt namn. Själv heter jag Yolanda.”

”Yolanda?” sa Valdemar. ”Det är väl heller inte speciellt vanligt?”

”Inte i det här landet”, sa Yolanda. ”Men i det land jag kommer ifrån heter många kvinnor så.”

”Verkligen?” sa Valdemar. ”Och vilket land är det?”

”Det hette Jugoslavien när jag lämnade det”, svarade hon och såg med ens sorgsen ut. ”Jag är hälften serb, hälften kroat.”

”Jag förstår”, sa Valdemar för det gjorde han. ”Ja, livet blir inte alltid som vi tänkt oss.”

På det svarade hon ingenting, men hon log sitt varma leende mot honom och började ta sig an nästa kund.

Yolanda? tänkte han när han kommit ut ur butiken. Yolanda och Valdemar. Det lät vackert, som ett kärlekspar ur en gammal saga, nästan. Eller ett skillingtryck.

Valdemar och Yolanda. Klangfullt.

Han läste meddelandet och försökte förstå vad det var för en känsla som fyllde honom.

Sorg? Saknad?

Dumheter, tänkte han. Man kan inte sakna det man aldrig haft.

Eller var det i själva verket det man kunde? Var det en sorts besk sanning om livet, att man hela tiden gick omkring med en ospecificerad saknad i bröstet? En längtan efter någonting som man bara kunde ana men inte riktigt få syn på?

Nej, bestämde sig Ante Valdemar Roos, så jävla illa fick det ändå inte förhålla sig.

Besvikelse, då? Jo, det stämde bättre. Det var en enklare och mer hanterbar känsla. Den okända kvinnan hade funnits i hans omedelbara närhet – och i hans medvetande – under ett dygn, och nu var hon borta. Undra på att det kändes en smula tomt. En… en parentes utan innehåll, tänkte han, någonting som tagit slut innan det ens hunnit börja.

Han satte sig vid bordet och antecknade det där han tänkt ut i bilen imorse.

Lograna den 9 september:

Vissa människor och vissa händelser försvinner som fotspår i våt sand.

Efter en stund lade han till:

Vissa liv försvinner också på det viset.

Därefter blev han sittande en stund medan han funderade på hur nära varandra förväntan och besvikelse bodde i själen. Som två grannar – eller tvillingar till och med – som aldrig riktigt kunde stänga dörren till den andres rum.

Och på hur lätt det var att tankar vände inåt istället för utåt. Det var inte för att få tid att grubbla över sitt inre som han skaffat det här torpet. Tvärtom, att få betrakta och tänka över det omgivande, det var det som varit poängen. Att vandra i skogen. Lyssna till vinden i träden, se djur och växter och fåglar; komma hem, göra upp eld, äta sig mätt, sova en vederkvickande sömn, det var de beståndsdelarna som skulle bygga mening i livet. Att liksom ingå i allt det andra.

Så var det, tänkte han. *Ingå.* Det var så självklart att han inte ens behövde skriva upp det.

Tack. Jag heter Anna.

Han vek ihop papperet och stoppade det längst bak i anteckningsboken. Tog med sig pipa, tobak och tändstickor och begav sig ut i skogen.

Han vandrade först söderut, sedan västerut och en aning norrut och efter en timme hade han kommit upp på den lilla åsen med glesa björkar och utblick över Rödmossens gård. Han slog sig ner på en omkullfallen trädstam och tog itu med rökandet. Stoppade med ovana, fumliga fingrar, klämde till med tummen som han mindes att hans far brukat göra, tände och sög. Det gick lätt att få fyr, först puffade han bara, men så småningom vågade han sig på att dra ner röken i lungorna.

Det kändes som en spark i bröstet och för ett par sekunder svartnade det för ögonen. Hoppsan, tänkte han när han återhämtat sig en smula, det var som fan, det kräver en del träning, det här.

Men det smakade inte oävet, bara han såg till att inte dra i sig för mycket. Under hela sitt liv hade Ante Valdemar Roos bara rökt under något halvår, den allra första tiden med Lisen, och då hade det aldrig varit fråga om pipa. Bara tillfälliga filtercigarretter, och han förstod att det här var en sysselsättning av en helt annan dignitet.

Han satt kvar en stund efter att han rökt färdigt och kände den kvardröjande, milda yrseln ebba ut. Reste sig på lite ostadiga ben och började återvända till Lograna.

Hade inte hunnit mer än några hundra meter, ner i svackan med älggräs och pors och det sönderfallna jakttornet, förrän han förnam en rörelse mellan träden. Det var inte mycket, bara ett hastigt intryck av någonting som dök upp och försvann, säkert inte mer än under bråkdelar av en sekund; ändå kunde han ha svurit på att det inte var ett djur.

Det var en människa. Han mindes att han läst någonstans – eller att någon hade sagt, antagligen Tapanen i så fall, han brukade alltid påstå saker om världen och villkoren som han egentligen inte själv begrep – att det är just så våra förnimmelser fungerar.

För det första att det är själva rörelsen vi omedelbart registrerar, även om den omges av ett virrvarr av föremål och stillastående stimuli. Det är därför det är bättre att ligga still om man är ett villebråd. Jägaren kan uppfatta rörelsen av ett huvud eller en svans på hundra meters håll, men han kan stå alldeles intill ett orörligt byte och inte ana det minsta.

För det andra att vi omedelbart ser skillnad på djur och människa. Fast han undrade hur pass sant detta egentligen var, med tanke på hur många som blev vådaskjutna under älgjakten varje år. Kanske var det bara ett påhitt. En sådan där karaktäristisk halvsanning som så gärna biter sig fast i kretis och pletis förmenta livskunskap, tänkte Valdemar. Till exempel Olavi Tapanens.

Han stannade upp i steget. Höll sig stilla och väntade på nästa rörelse medan han gjorde dessa reflektioner, men där kom ingenting. Inte så mycket som vingslaget från en fågel. Skogen stod orörlig och hemlighetsfullt ruvande åt alla håll.

Ändå visste han. Under hela vandringen tillbaka till Lograna visste han att där varit en annan människa i hans närhet, att denna människa röjt sin närvaro av misstag och absolut inte ville bli upptäckt.

Vissa saker vet man, tänkte Ante Valdemar Roos. Utan att man förstår hur man vet dem.

Återstoden av dagen förflöt utan intermezzon. Han åt en fläskkotlett med mycket lök och tre kokta potatisar till lunch, drack kaffe, tog en försiktig pipa rök i stolen vid uthusväggen, löste korsord och sov i fyrtiofem minuter.

Ändå var där någonting. Inte samma starka känsla som under gårdagen, men innehållet, känslans kärna, var detsamma.

Förnimmelsen av en närvaro.

Hon har inte givit sig av, tänkte han. Det var henne jag skymtade borta vid Rödmossen.

Och tvillinggrannarna i hans luttrade själ, förväntan och besvikelse, knackade på hos varandra och samsades.

Innan han satte sig i bilen för att återvända till Kymlinge, rev han ut en sida ur *sitt* anteckningsblock och skrev ett enkelt meddelande.

Lämnade det på bordet och när han placerade nyckeln under takskägget märkte han att han hade hjärtklappning.

14

Hon räknade till tvåhundra, precis som igår. Klockan var fem den här dagen också, hon undrade om det var hans regelbundna rutin. Han dök upp runt halvtio på morgonen, stannade hela dagen och åkte härifrån vid fem.

Varför i så fall? Varför stannade han inte över natten?

Hon väntade med att ta in ryggsäcken och gitarren. Plockade först fram nyckeln från det vanliga stället ovanför dörren, gick in för att se efter om någonting var förändrat. Om han åtminstone läst hennes meddelande och reagerat på det på något sätt. Eller om han bara kastat bort det.

Han hade varit nära att få syn på henne ute i skogen, hon förstod det. Under förmiddagen hade hon strövat omkring lite planlöst, mest för att inte förlora värmen. Suttit och läst ett par gånger i soliga gläntor, men inte mer än tio minuter eller en kvart vid varje tillfälle. Även om hon var bättre klädd än under gårdagen, hade det varit svalare idag. Medan hon gick var hon noga med att lägga olika saker på minnet, så hon inte kom vilse. Det stora flyttblocket. Myrstacken. Vägen förstås, stigningen upp mot de tre höga tallarna, kärret med sly och snårskog där nedanför – och plötsligt hade hon sett honom komma gående nästan rakt emot henne. Han var ganska långt borta, och hon hade genast tagit skydd bakom en ridå av unga granar. Men han hade passerat förbi henne på ett avstånd av bara tio-femton meter, och för säkerhets skull hade hon legat kvar i mossan och blundat långt efter att han försvunnit.

Det jag inte ser, ser heller inte mig, det var en gammal god regel som man inte skulle skratta åt.

Det låg ett papper på bordet. Hon höll andan medan hon tog upp det och läste:

Hej Anna.

Jag heter Valdemar. Du kan väl stanna kvar tills imorgon så får vi talas vid. Jag kommer vid halvtiotiden som vanligt.

Varma hälsningar

V.

Valdemar? tänkte hon. Vilket egendomligt namn, hon hade aldrig i sitt liv träffat någon som hette så. Trodde inte hon hört talas om någon, ens.

Hon gick ut och hämtade ryggan och gitarren. Tände en brasa i eldstaden, det gick lättare nu, första gången hade hon gjort av med en halv ask tändstickor innan det tog fyr. Han hade plockat in mer ved, lagt upp en trave under fönstret, som om han ville försäkra sig att hon hade det varmt och skönt under natten.

Hon kokade kaffe och satte en stor kastrull med vatten på den större spisplattan; det var en ny kastrull, han måste ha tagit med den idag. Hittade en plastbalja och ett paket tvättmedel under diskbänken och under en halvtimme ägnade hon sig åt att tvätta och skölja smutsiga kläder. Trosor, strumpor och linnen. Letade efter en lina att hänga de rena plaggen på, men fann ingen; förresten skulle det inte hinna bli torrt utomhus under natten, tänkte hon; bättre att placera dem över stolsryggar i rummet framför elden.

Det låg en ensam fläskkotlett i kylskåpet, men hon tyckte inte om fläskkotletter. Gjorde i ordning en pulversoppa istället och två smörgåsar med leverpastej och gurka.

Fyra dagar, konstaterade hon medan hon satt vid köksbordet och tuggade i sig mackorna. Jag har bara varit här i fyra dagar, ändå känns det som om jag bodde här på riktigt. Åtminstone ibland.

Åtminstone just nu.

Det var märkligt, men kanske var det så det låg till: att på vissa platser hörde man hemma, på andra kunde man aldrig känna sig tillfreds hur lång tid man än tillbringade där.

Jamen, jag är ju en jävla enstöring, tänkte hon sedan. Elvafors-Sonja hade alldeles rätt. Såna som jag passar inte bland människor, det är det som är mitt stora problem.

Visst stämde det? Hon hade vistats två hela dagar i skogen nu, sju-åtta timmar varje dag, och på något vis bekom det henne inte. Bara hon hade tillräckligt med kläder på sig och någonting att äta, så trivdes hon med att vandra omkring bland träden, de mossklädda stenarna, tuvorna med lingonris, utan andra planer än att göra just detta. Hon kände sig trygg. Lugn och tillfreds.

Vilket var ännu märkligare egentligen; hon var född och uppvuxen i stadsmiljö, hade aldrig tillbringat mycket tid på landet. De där somrarna i Juleks hus i Polen, förstås, och hos mormor. Några utflykter med skolan, mer var det inte.

Jo, några nätters tältande med Jossan och Emily också, kom hon på. De hade liftat söderut en sommarvecka för några år sedan; tanken hade varit att de skulle komma till Danmark, men de hade hamnat vid en sjö i en skog i Småland istället. Det hade varit så totalt annorlunda jämfört med här och nu, tänkte hon. Det kändes som hundra år sedan och hon kunde inte låta bli att le åt det. De hade druckit öl och rökt hasch hela tiden och Jossan hade varit så mörkrädd och nojjig om nätterna att de varit tvungna att ligga vakna och hålla om henne och prata med henne hela tiden.

Hon undrade hur det gått för Jossan. Hon hade blivit gravid och fått barn innan hon fyllt nitton. Flyttat till Stockholm med pappan och dottern. Hallonbergen, var det visst; pappan kom från Eritrea och hade sin familj där. I Hallonbergen, alltså. Kanske hade Jossan kommit på fötter tack vare barnet, tänkte Anna, men det var minst lika troligt att det gått åt andra hållet.

Hursomhelst skulle hon inte ha passat in här. Att leva ensam i ett litet hus ute i skogen, nej, det var nog en tillvaro de flesta skulle tacka nej till. Åtminstone om man var kvinna och inte mer än tjugoett.

Fast jag bor ju inte här, tänkte hon sedan. Det är bara tillfälligt. Hade jag bara ett mål, skulle jag naturligtvis inte stanna på ett sånt här ställe.

Hon gick ut och rökte upp sin sista cigarrett. När hon fimpat den drabbades hon plötsligt av en stark känsla av övergivenhet. Höll på att falla i gråt men lyckades samla ihop sig. Det är så det också är, konstaterade hon. Det där med kroppens och själens behov. Jag kommer att ta mig härifrån bara för att jag måste få tag på cigarretter.

Fem minuter senare hittade hon hans pipa och tobak där han lämnat det på hyllan ovanför sängen.

På natten drömde hon om Marek, sin lillebror. Det var mera ett minne än en dröm, egentligen, men i drömmen gick det betydligt värre än det gjort i verkligheten.

Det handlade om den där gången när han låg på sjukhus. Han var bara fyra år, Anna var sexton. Marek hade haft konstiga smärtor i magen under en tid, inte varje dag, men de återkom med ojämna mellanrum. Man var heller inte säker på om det var verkliga smärtor eller om han bara simulerade, och det var nästan det värsta, hade Anna tyckt.

Varför skulle en fyraårig pojke låtsas att han hade ont i magen?

Det hängde alltid ihop med att han var ledsen också. Annas mor hade varit tvungen att hämta honom från dagis flera gånger, Anna hade också ryckt in, och till slut hade man åkt in på sjukhuset för en ordentlig undersökning. Anna visste inte varför det var nödvändigt för Marek att tillbringa natten där, men så blev det. Och det blev Anna som fick stanna kvar och sova i den andra sängen i det kritvita rummet högt uppe på tionde våningen. Hennes mor hade inte haft möjlighet, helt enkelt, hon mindes inte skälet till detta heller.

Han hade varit så rädd, hennes lille bror, och till slut hade hon krupit ner i samma säng som han; det räckte inte med att hon befann sig en halvmeter bort och höll honom i handen.

Och han hade frågat så egendomliga saker.

Varför är jag så dum och elak?

Kommer ni att lämna bort mig när jag blir lite större?

Varför säger pappa så otäcka saker?

Jag kommer aldrig att bli en vit ängel, eller hur?

Var det normalt att fyraåringar ställde sådana frågor? Hon visste inte, men hon hade svårt att tro det. Och vad det var för otäcka saker hans pappa, som inte var Annas pappa, sa – ja, det hade Marek inte velat tala om.

Berätta inte för mamma vad jag säger, hade han också bett om. Både en och två gånger.

Hon hade gjort sitt bästa för att trösta och lugna honom, förstås. Strax innan han äntligen somnade in hade han frågat om han skulle dö under natten, om det var därför de var här, och hon hade försäkrat honom att han skulle vakna upp nästa morgon och känna sig frisk och glad som en fölunge.

En fölunge? hade Marek frågat.

Pigg och lycklig som en liten häst, hade hon lovat. Han hade tänkt efter en lång stund.

Jag skulle verkligen vilja vara en liten häst, hade han sedan förklarat med allvarlig röst. Hästar har inga händer som kan göra hemska saker.

Så hade det varit i verkligheten. Hon hade legat vaken länge tätt intill honom, lyssnat till hans snusande andetag och funderat över hans frågor, och på morgonen hade en doktor och en hel skock sköterskor kommit och talat om att det inte var det minsta fel på Marek, och sedan hade de åkt hem tillsammans. Hon hade aldrig berättat för sin mor om samtalet med Marek i sjukhussängen och Marek hade inte återkommit till det heller. Hans magonda hade dykt upp en eller två gånger den närmaste tiden efteråt, sedan hade det upphört.

I drömmen utvecklades det på annat sätt. När hon vaknade i sjukhussängen på morgonen, var Marek borta. Hon försökte ta reda på – av alla dessa vitklädda människor – vart hennes lillebror tagit vägen, men ingen kunde ge henne några vettiga svar. Hon sprang omkring överallt på det stora sjukhuset och frågade och frågade, men de flesta hade inte tid att lyssna till henne, ens. Genom långa korridorer och mörka kulvertar tog hon sig fram, men ingenstans fanns någon fyraårig pojke som kommit in med magsmärtor föregående dag. Och ingen visste någonting.

Till slut hittade hon honom i ett stort rum djupt nere i källaren, mera ett slags förråd, egentligen; där var fullt av små, vita kistor och i varje kista låg ett dött barn. Där fanns verkligen en oändlighet av kistor, de stod uppstaplade i långa rader utefter väggarna, och det var inte förrän hon öppnade locket på den allra sista, som hon stötte på sin lillebror.

Han var inte bara död, han hade dessutom en snara runt halsen och på hans bröst låg hans älsklingsnalle med huvudet avskuret.

Hon vaknade av att hon grät. När hon insåg att det bara varit en dröm, kom förstås lättnaden över henne, men tårarna fortsatte ändå att rinna en lång stund.

Varför drömmer jag sådana drömmar? tänkte hon. Hur ska det gå för Marek i livet och varför blir det nästan alltid så otäckt när vi inte är på vår vakt?

Hon såg på klockan. Den var tjugo minuter i åtta.

Hög tid att stiga upp. Äta frukost och bestämma sig för om hon skulle ge sig av eller stanna kvar.

När hon kom ut genom dörren – för att gå och kissa borta vid jordkällaren – märkte hon att det regnade.

15

Utmärkt, tänkte Ante Valdemar Roos. I det här vädret ger hon sig inte iväg.

Men knappt hade Wilma lämnat honom ensam vid frukostbordet förrän regnet upphörde, och bara tio minuter senare sken solen. Han förstod att det var ett gott bevis för alltings obeständighet; ingenting var vad det syntes vara, inte ens från den ena minuten till den andra. När han satt i hallen och knöt skorna, stack Signe ut huvudet från sitt rum. Hon såg ut att ha vaknat för tio sekunder sedan.

”Kan jag åka med dig?”

”Vart då?” frågade Valdemar.

”Till Billundsberg, bara”, sa Signe. ”Jag ska på en jobbintervju på Mix, du åker väl förbi där?”

”Nej”, sa Valdemar. ”Jag menar... inte idag. Har ett par saker att ordna med i... på stan först.”

”Varför då?” sa Signe.

”Det råkar vara på det viset”, sa Valdemar.

”Fan också”, sa Signe. ”Jag är skitsen, alltså.”

”Du får väl stiga upp lite tidigare, då”, sa Valdemar. ”Och gå och lägga dig före midnatt.”

Fast då hade hon redan stängt dörren.

Men den där lilla felsägningen irriterade honom. Måste hålla koncentrationen bättre i fortsättningen, tänkte han. Inget slarv med detaljerna. De har öron och hjärnor de här små liven också, man får inte glömma bort det.

Det hade inträffat en olycka strax före Rimmersdal. Ingenting dödligt allvarligt, såg det ut som, men en röd bil låg uppochner i diket och två polisbilar var på plats. När han tänkte efter kom han också ihåg att han mött en ambulans några minuter tidigare, vid kyrkan i Åkerby ungefär.

Det tog en liten stund att komma förbi, och bara några hundra meter längre bort fick han syn på någonting annat i diket. Först förstod han inte vad det var, men just som han passerade såg han att det var en älg. En stor älg som låg på sidan, den rörde huvudet fram och tillbaka, det tycktes ånga av kroppen och ena frambenet stack upp i en egendomlig vinkel.

Så var det förstås, tänkte Valdemar. Den röda bilen hade krockat med en älg; antagligen hade djuret sedan sprungit vidare ett stycke, svårt skadat, och så hade det säckat ihop här i diket. Han hade läst om att det kunde gå till just på det viset.

Han överlade några sekunder med sig själv, sedan plockade han fram mobilen ur bröstfickan och slog 112. Det var första gången. En gång för tjugo år sedan hade han ringt 90 000, en sommarkväll när han och Espen Lund suttit och druckit öl på dennes balkong och upptäckt att det brann i grannfastigheten.

Vid det tillfället hade brandkåren redan varit på väg – om dagens döende älg hade det uppenbarligen inte kommit in någon rapport.

”Får jag be om ert namn?” bad kvinnan i polisväxeln som han kopplats till.

”Jag föredrar att vara anonym”, förklarade Ante Valdemar Roos.

”Jag behöver ert namn”, sa kvinnan.

”Varför då?” undrade Valdemar. ”Jag vill bara att man ser

till älgen så den slipper lida i onödan. Det spelar väl ingen roll vad jag heter."

"Det kan tyckas så", sa kvinnan. "Men vi har särskilda rutiner för sådant här."

Valdemar drog ett djupt andetag. "Jag skiter högaktningsfullt i era rutiner", sa han. "Jag är bara en hederlig skattebetalare som gjort min plikt och meddelat att det finns ett skadat djur intill olycksplatsen vid Rimmersdal. Polisen är ju redan där, det är bara att du ringer och meddelar dem. Jag tänker inte tala om vad jag heter."

Det blev tyst i luren några sekunder och han trodde att hon kanske lagt på.

"Valdemar Roos?" sa hon. "Det stämmer, eller hur? I varje fall om du äger mobiltelefonen som du ringer ifrån."

Innan han hann svara hade hon tackat för samtalet och klickat bort honom.

Det där var onödigt, tänkte han. Onödigt att jag var så stöddig mot henne. Nu har polisen mitt namn.

Fast vad tusan gör det? frågade han sig sedan. Det spelar väl ingen roll om jag rapporterar in en skadad älg i Rimmersdal, när jag inte satt min fot på Wrigmans på över två veckor? Jag lever på tunn is under alla omständigheter, ingen idé att inbilla sig någonting annat.

Under det korta samtalet hade han hunnit passera både ICA-butiken och större delen av samhället; han hade visserligen tänkt gå in och köpa lite frukt och en ny korsordstidning, men när han nu missat avfarten bestämde han att det kunde vänta till morgondagen.

Men den skadade älgen stannade kvar på hans näthinna ända tills han svängde in på Rödmossevägen. Ångan från den stora kroppen och huvudet som rört sig så meningslöst från sida till sida; som om det döende djuret försökt säga något till honom. Komma med en sorts upplysning om… ja, vad? tänkte han.

Dagens tonart?

Livets inneboende bräcklighet? Den väg vi alla skall vandra?

Märkliga tankar igen, konstaterade han och stötte bort dem. Och ofruktbara. Är hon kvar så är hon, det finns ingenting jag kan göra som påverkar hur det faktiskt förhåller sig med den saken.

Mer än möjligen att hoppas lite grann, lade han till när han fick huset inom synhåll.

Hon såg honom komma från sin gamla position i skogsbrynet ovanför jordkällaren. Hade bestämt sig för att hon inte ville vara kvar inomhus när han anlände; det var ett sent beslut, hon hade rafsat ihop sina saker i all hast, den inte riktigt torra tvätten också, och knölat ner det huller om buller i ryggsäcken. Stoppat gitarren i fodralet – hon hade spelat lite på den under gårdagskvällen – och burit ut alltihop till uthuset. Eftersom det var vått i det höga gräset efter regnet, hade hon valt att ställa packningen under tak istället för utomhus. Alldeles innanför dörren, det skulle räcka med att han öppnade den för att han skulle förstå att hon var kvar.

Om han nu inte lyckades räkna ut det ändå. Hon hade känt sig tvehågsen. Skulle hon tillbringa ännu en dag i skogen? Hon trodde inte det, och hon hade ingen lust att göra i ordning matsäck. Men det fick bli hans avgörande; när hon stuvat undan sina saker hade hon återvänt in, funderat en halv minut och skrivit ett nytt meddelande.

Lämnat det mitt på bordet som de brukade göra. Det var sannerligen ett egendomligt sätt de hade att tala med varandra, tänkte hon, och på något vis kändes det redan som en gammal vana.

Han stannade på precis samma ställe som under måndagen och tisdagen. Invid äppelträdet, bara några meter från vägen. Stängde av motorn, klev ur och sträckte lite på sig. Han hade ingenting med sig idag, inga kassar, inte ens den bruna väskan. Innan han gick in i huset blev han stående och tittade sig omkring. Lite osäkert, såg det ut som, som om han försökte avgöra någonting. Han försöker gissa om jag är kvar eller inte, tänkte hon. Och det är förstås inte så konstigt. Vem han än är, så måste han ju tycka att det här är helknäppt.

Han var klädd som de tidigare dagarna. Ljusa byxor, skjorta och en tunn blå jacka. Han såg ut att vara ganska... vad var det för ord hon letade efter? Oförarglig? Ja, just det, det var exakt ett sådant intryck han gav. Oförarglighet. En människa man säkert inte skulle lägga märke till i en folksamling. Ingen att vara rädd för, ingen som ville en något ont.

Han påminner om Reinhold, tänkte hon plötsligt, och tanken gjorde henne både glad och lite sorgsen. Reinhold var en lärare de haft under en termin i femman, deras ordinarie fröken var ledig för att ta hand om sitt nyfödda barn och Reinhold hade dykt upp i januari efter jullovet.

Han hade varit så snäll. Alla hade tyckt om honom, några av tjejerna, kanske hon själv också, hade varit lite förälskade i honom. Ändå hade de varit så taskiga mot honom; främst killarna, naturligtvis, tjejerna hade som vanligt mest suttit där och låtit det ske. Njutit av det i smyg, som om det inte räckte med att vara snäll. Reinhold hade gjort allt för dem; bjudit hem hela klassen på tårtkalas, varit på bio med dem, ordnat discon, och de hade tackat honom genom att långsamt och metodiskt bryta ner honom.

Det hade varit för jävligt, helt enkelt, tänkte Anna, och när Reinhold blev sjukskriven tre veckor före sommarlovet, hade det varit för sent att göra någonting åt saken.

Och nu stod en annan Reinhold, en Valdemar, utanför sitt lilla hus i skogen och väntade på att få träffa henne. Många år äldre visserligen, kanske dubbelt så gammal som Reinhold hade varit, men det var någonting i hans hållning och hans sätt att se sig omkring, som avslöjade att han inte var någon människa som tyckte om att göra väsen av sig.

Vilken psykolog jag är, konstaterade hon och fnittrade till. Behöver inte ens säga hej till folk för att fastställa deras karaktär.

Nu plockade han fram nyckeln. Stack den i låset, sköt upp dörren och gick in i sitt torp.

Vänta och se, tänkte hon och kände att hon började bli våt om knäna.

Det såg rent och snyggt ut. Som om hon faktiskt lämnat Lograna, städat och tackat för sig.

Men så såg han meddelandet på bordet.

Är du inte arg på mig?

Jag törs inte riktigt träffa dig, men om du kommer ut på gården och ropar att jag är välkommen, så kanske jag vågar.

Vänliga hälsningar

Anna

Han läste det två gånger och märkte att han log. Gick ut i köket och satte på vatten. Väntade tills det kokat upp, stängde av plattan, drog kastrullen åt sidan.

Därefter gick han ut på gården. Såg sig om igen men

kunde inte märka någonting särskilt. Kände sig plötsligt fånig, han visste ju inte ens åt vilket håll han skulle vända sig. Han antog att hon höll till någonstans i skogen, alldeles i närheten av huset, förmodligen, annars skulle det ju inte vara möjligt för henne att höra honom.

Var skulle han ställa sig? I vilken riktning skulle han titta? Han körde händerna i fickorna och försökte se lite lagom sorglös ut. Som om det här var någonting som hände honom både dagligen och stundligen. Att det inte alls var någonting märkvärdigt med en situation som den här.

Han harklade sig ett par gånger, tittade bort mot bilen, sedan sa han med hög röst:

”Välkommen in, Anna. Jag har just kokat kaffe.”

Ingenting hände. För säkerhets skull bytte han position, gick bort till jordkällaren och ropade en gång till, med lite högre röst:

”Hej Anna! Välkommen in, jag har kokat kaffe!”

Stod stilla och väntade i tio sekunder, sedan ryckte han på axlarna och återvände inomhus.

16

"Hej."

"Hej."

Han satt vid köksbordet, hon stod i dörröppningen.

"Det är jag som är Anna."

"Jag heter Valdemar."

Han reste sig, de tog varann i hand. Han nickade åt henne att slå sig ner och de satte sig på var sin stol. Två koppar stod på bordet, han hade redan hällt upp i sin egen. Ett fat med den mjuka pepparkakan och några kardemummaskorpor.

"Du vill väl ha kaffe?"

"Ja tack."

Han hällde upp ur kannan. De satt tysta några sekunder utan att riktigt se på varandra.

"Förlåt", sa hon sedan. "Jag är ledsen för att jag tog mig in här."

Han rättade till glasögonen och tittade på henne.

"Det är inte så farligt."

"Är du inte arg på mig?"

Han skakade på huvudet. "Nej."

"Varför då?"

"Du kanske har dina skäl?"

Hon funderade en stund. "Ja", sa hon. "Det är riktigt. Jag har mina skäl."

Han satt tyst medan hon hällde socker och mjölk i kaffet

och rörde om. ”Du är väl inte så gammal?” sa han.
”Tjugoett.”
”Tjugoett?”
”Ja, jag fyllde för en månad sen ungefär.”
”Jag skulle ha gissat på arton eller nitton.”
”Jag är ganska barnslig, det kanske syns.”
En fluga kom och slog sig ner på kanten av hans kopp, han viftade undan den. Den flög en lov, satte sig på hennes hand; han betraktade den och harklade sig.
”Jag har en dotter som är i din ålder.”
”Jaså?”
”Inte min riktiga dotter. Jag är hennes styvpappa, bara.”
”Jag förstår.”
”Så är det, ja.”
Han tog en skorpa, doppade den hastigt i sitt kaffe och tog en tugga. Hon valde en skiva pepparkaka och tuggade i sig den utan att först doppa den. Det gick en halv minut.
”Du kanske vill veta varför jag kom hit?”
”Ja, du får gärna berätta det.”
”Jag är på rymmen.”
Nu lutade han sig framåt och kikade på henne över kanten på glasögonen. Såg ut som en farbror som skulle till att berätta en saga på TV, tyckte hon. Fast dom hade glömt sminket.
”På rymmen?”
”Ja. På sätt och vis i alla fall. Jag var intagen på ett hem, men jag kunde inte vara kvar där.”
”Inte på rymmen från fängelset i alla fall?” frågade han och han skrattade lite nervöst efter att han sagt det.
”Nej”, sa hon. ”Jag är ingen brottsling.”
”Bra”, sa han. ”Jag är glad att du inte är någon brottsling.”

Hon log försiktigt. ”Och jag är glad om du inte är arg på mig. Jag hade bara ingenstans att ta vägen, det var därför jag tog mig in här.”

”När kom du?”

”Jag kom i lördags. På förmiddagen. Jag tänkte egentligen bara sova några timmar, jag var dödstrött.”

”Och så blev du kvar?”

”Ja. Jag har liksom...”

”Ja?”

”Liksom inte kommit mig för att fortsätta.”

Han funderade.

”Vart då? Vart är det du ska fortsätta?”

”Jag vet inte.”

”Du vet inte?”

”Nej.”

”Har du inget hem? Jag menar...?”

Hon skakade på huvudet. ”Inte för tillfället. Jag hade en lägenhet innan jag åkte in på det där hemmet, men inte nu längre.”

”Dina föräldrar, då? Din mamma och pappa?”

Ny huvudskakning. Han rörde om med skeden i kaffet en stund. Höll blicken riktad ner i koppen.

”Det där hemmet. Vad var det för sorts hem?”

”För missbrukare. Jag är missbrukare.”

Han såg förvånat på henne. ”Det kan du väl inte vara? Du är ju bara... jag menar, du är ju så ung.”

”Ja, så gammal är jag ju inte.” Hon drack en klunk kaffe och placerade en hårslinga bakom ett öra. ”Jag började för tidigt, det var så det var.”

”Med vad började du?”

”Öl och hasch.”

”Öl och hasch.” Det var ingen fråga, bara ett konstaterande. ”Jaså, minsann.”

”Ja, det har varit mina droger hela tiden, kan man säga. Det har inte varit någon vidare ordning på mitt liv de sista åren.”

Han lutade sig tillbaka på stolen och betraktade henne lätt kisande. Över kanten på glasögonen igen.

”Vet du, jag tror inte riktigt jag förstår vad du säger.”

Hon vred på huvudet och tittade ut genom fönstret. En fågel kom och satte sig på blecket därute. Plötsligt visste hon inte vad hon skulle säga.

”Jag är ledsen...”

”Behöver du inte vara. Det är mycket som jag inte förstår. Fast jag tror inte du är någon dålig människa.”

”Tack. Hur... hurdan är du själv?”

Han skrattade till. ”Jag? Jag är bara en gammal gubbe. Jag är tråkig som en gråsten och jag gör ingen människa glad.”

”Du verkar vara snäll i alla fall.”

”Snäll?”

”Ja.”

”Inte fan är jag snäll. Var har du fått det ifrån?”

”Du har ju låtit mig stanna här. Andra skulle ha kastat ut mig eller ringt till polisen.”

”Jag *har* ringt till polisen.”

Hon tystnade och såg förvånat på honom. Han drog lite på munnen igen, men blev allvarlig.

”Fast inte i det här ärendet. Jag ringde faktiskt till polisen nu på morgonen, det var en älg som låg skadad vid vägkanten.”

”En älg?”

”Ja, den hade blivit påkörd. Det har ingenting med dig att göra, jag skojade bara.”

”Jag förstår. Var den svårt skadad?”

”Jag tror det. Det såg otäckt ut.”

”Vad kommer de att göra med den?”

”Med älgen?”

”Ja.”

”Jag vet inte. Jag skulle tro att de måste avliva den. Eller att de redan gjort det.”

”Synd.”

”Ja, jag tyckte också synd om den.” Han kliade sig i nacken och tänkte efter. ”Den rörde på huvudet och såg så förvirrad ut. Som om den inte fattade vad som hade hänt... det gjorde den förstås inte heller. Dom är väl inte konstruerade för att kollidera med bilar, precis.”

”Skulle inte tro det.”

”Älgar och bilar borde inte finnas på samma planet.”

”Det har du rätt i. Det har jag aldrig tänkt på.”

De drack var sin klunk kaffe. Sedan reste han sig och gick in i rummet. Kom tillbaka med pipa och tobak. Hon satte handen för munnen ett ögonblick.

”Jag har lånat det där också.”

”Det här? Tobaken och pipan?”

”Ja. Förlåt, men jag var så röksugen och mina cigarretter är slut.”

”Det gör ingenting. Tur för dig att jag började röka igår, då.”

”Va? Började du röka igår?”

”Ja.”

”Varför då? Jag började röka när jag var fjorton. Du måste vara... ja, lite äldre i alla fall.”

Han skrattade till. ”Femtinio. Jamen, det är väl aldrig för sent att börja med nånting nytt?”

Hon skrattade hon också. ”Vet du, jag tycker om att prata

med dig. Du verkar så... ja, så vänlig på nåt vis."

"Tja, så värst elak är jag nog inte."

Han plockade med pipan och tobaken.

"Vill du att jag ska tända den åt dig?"

"Kanske det, kanske. Jag är inget riktigt proffs än."

Han räckte över rökdonen till henne. Hon fyllde på tobak och tryckte till med pekfingret. Han betraktade hennes förehavanden och nickade som om han höll på att lära sig något. Hon tände, drog ett par bloss och räckte över pipan.

"Fredspipa", sa hon. "Fast vi kanske ska gå ut så det inte luktar rök härinne?"

De gjorde sällskap ut på gården. Stod och rökte tillsammans en stund vid pumpen. Skickade pipan fram och tillbaka emellan sig. Solen hade försvunnit och mörka moln varslade om att fler regnskurar var att vänta. Ett par skator studsade omkring borta kring jordkällaren.

"Jag tycker det är ett fint hus du har här", sa hon. "Kommer du hit varje dag?"

Han nickade. "Mer eller mindre."

"Men du sover aldrig över?"

"Nej."

Hon funderade en stund.

"Varför då? Jag menar, det har ju inte jag med att göra, men..."

"Jag har inte haft det så länge", förklarade han. "Bara ett par veckor faktiskt. Nej, jag åker mest hit på dagarna."

"Jaha?"

"Så är det."

"Vad... jobbar du med nånting eller?"

Han tänkte efter ett ögonblick innan han svarade.

"Nej, jag har slutat jobba."

Hon drog ett lite för djupt halsbloss och började hosta. "Oj då, den är stark den här tobaken."

"Jag trodde du var van?"

"Bara vid cigarretter. Och haschet förstås, men det är slut med det nu."

"Det var därför som du var på det där hemmet?"

"Ja. Fast att jag rymde betyder inte att jag tänker börja igen. Det var bara att... att jag inte kunde vara kvar där."

Han drog några tag med pumpen, kupade handen och drack lite vatten.

"Dina föräldrar, då... vet din mamma och pappa om var du är?"

Hon skakade på huvudet. "Nej, det finns ingen som vet var jag är."

Han torkade bort vattnet runt munnen och såg lite förbryllat på henne. "Ingen?" frågade han.

Hon ryckte på axlarna. "Nej, jag stack i lördags. Jag har varit här sedan dess och jag har ingen mobil."

"Tror du att dom är ute och letar efter dig?"

Hon tänkte efter. "Jag vet faktiskt inte. Nej, jag tror inte det."

Han körde händerna i byxfickorna och såg upp i himlen. "Blir nog mer regn snart. Ska vi ta oss en påtår?"

De följdes åt in till köket och satte sig vid bordet. Han hällde upp ur kannan. "Vill du att jag ska berätta en sak för dig", sa han.

"Ja?"

"Det finns ingen som vet var jag är heller."

"Va?"

"Det finns ingen som vet var jag är."

"Du skojar."

"Nej. Det är säkert."

Hon bet i ett pekfinger och betraktade honom med en plötslig oro i blicken.

”Det är ingen fara”, sa han. ”Det kanske låter konstigt, men Lograna är liksom min hemlighet.”

”Lograna?”

Han slog ut med armen. ”Det här stället heter så. Lograna. Jag köpte det för tre veckor sen, och jag har inte berättat det för en enda människa.”

”För tre veckor sen?”

”Ja.”

”Du är väl gift?”

”Javisst. Fru och två barn. En son sen tidigare också... han är snart fyrtio, vi har inte så mycket kontakt.”

”Och din fru vet inte om att du har det här huset?”

”Nej.”

”Jag... jag förstår inte riktigt.”

Han lutade sig tillbaka och knäppte händerna över magen. ”Nej, det kan nog tyckas lite konstigt, men så ligger det till i alla fall.”

”Ja, så ligger det faktiskt till”, upprepade han efter en kort stund.

Hon rynkade pannan och funderade. Ingen av dem sa något. Det gick en halv minut.

”Varför vill du inte berätta det för någon?” frågade hon till slut. ”Jag menar, jag kanske skulle göra likadant, men jag undrar... nej, det har ju inte jag med att göra.”

Han tycktes sitta och leta efter svar. Flugan återvände och slog sig ner mitt på bordet, de betraktade den båda två en stund, mötte inte varandra med blickarna. Som om de kommit fram till ett vägskäl och med ens var tvungna att välja en fortsättning.

”Vet du”, sa han efter att först ha viftat undan flugan.

”Jag tycker faktiskt det är trevligt att du tog dig in här och bebodde kåken åt mig litegrann. Riktigt trevligt.”

Hon kände sig nästan gråtfärdig med ens. ”Tack. Men det är ju inte klokt. Jag har snott mat och allt möjligt för dig. Jag ska betala dig, bara jag…”

Han skakade på huvudet. ”Kommer aldrig på fråga. Är man i nöd så är man, och du har ju inte gjort någon skada.”

”Tack.”

”Var har du gjort av dina saker?”

”Jag ställde dem i uthuset.”

”Varför då?”

”Jag tänkte… nej, jag vet inte.”

De satt tysta igen, och så kunde de plötsligt höra regnet komma störtande. Mot taket, mot fönsterblecken, mot äppelträdens lövverk, det var som tre olika röster, alla kom de från himlen och vad de sade var inte lätt att uttolka.

Han reste sig. ”Jag tror vi tänder en brasa”, sa han. ”Eller vad tycker du?”

”Jo”, sa hon. ”Det är kanske lika bra.”

17

Regnet fortsatte under resten av förmiddagen. Tunga skurar som avlöstes av tunnare, drivande slöjor, men det upphörde aldrig helt. Hon hämtade in sin ryggsäck och gitarren. Hängde sin fuktiga tvätt över stolsryggarna igen, frågade först om det gick bra och han sa att det gjorde det.

Sedan låg han i sängen och löste korsord, hon satt vid bordet och läste. De pratade med varandra, men inte mycket. Enstaka repliker med långa mellanrum och tystnader. Hon tänkte att det kändes som den naturligaste sak i världen.

”Var kommer du ifrån?”

”Örebro. Min mor är från Polen.”

”Polen? Där har jag aldrig varit.”

”Jag är född i Sverige, men jag pratar polska också.”

”Mhm.”

En stund senare:

”Det är många som råkar ut för drogerna nuförtiden.”

”Ja.”

”Det är inte lätt.”

”Nej.”

”Inget att skratta åt? Fyra bokstäver, slutar på -g. Vad tror du om det?”

”Sorg, kanske?”

”Det har du rätt i.”

”Eller krig.”

Strödda frågor, strödda svar. Ganska jämnt fördelade också; det var inte bara han som undrade över henne.

”Vad jobbade du med när du jobbade?”

”Ekonomi. Jag skötte ekonomin på ett litet företag utanför Kymlinge.”

”Var det ett trevligt jobb?”

”Nej.”

”Det var därför du slutade?”

”Ja. Är inte din mamma orolig för dig?”

Hon berättade om sin mamma. Att hon var i Warszawa för tillfället för att se efter sin sjuka mor.

”Din mormor?”

”Ja.”

”Så det är inte troligt att hon känner till att du rymt?”

”Nej.”

”Och din pappa, honom träffar du aldrig?”

”Nästan aldrig.”

”Det är som det är.”

”Ja.”

Vid halvett åt de lunch. Pulversoppa och smörgås och var sin morot.

”Jag har aldrig varit särskilt förtjust i matlagning”, sa han. ”Det har inte blivit så.”

”Inte jag heller”, sa hon. ”Jag äter rätt mycket mackor, är jag rädd.”

”Samma här”, sa han. ”Men det är inte det sämsta.”

”Nej”, sa hon. ”Mackor är inte det sämsta.”

Hon diskade, han återvände till sängen och korsordstidningen; när hon kom in från köket såg hon att han hade somnat. En plötslig villrådighet kom över henne när hon satt sig ner vid bordet igen. Vad är det jag håller på med? tänkte hon. Jag sitter i ett rum i ett hus mitt ute i skogen. I samma rum ligger en man som är äldre än min far. Han heter Valdemar, jag träffade honom för första gången idag. Han snarkar en smula.

Hon tog fram sitt kollegieblock och skrev ner det. Som hon tänkt det, mening för mening, precis som det var. *Jag sitter i ett rum...* Hon visste inte riktigt varför hon gjorde det; kanske tänkte hon att det kunde bli en sångtext så småningom, eller kanske fanns där andra skäl. Efter en stund kom hon ihåg någonting som morbror Julek förklarat för henne en gång.

Det finns många frågor i livet, Anna, hade han sagt; det måste ha varit en jul eller en påsk, hela familjen hade varit församlad. Piroger, bigos, brödbrytning och hela baletten, men han hade dragit sig undan med henne, som han tyckte om att göra när han var trött på de andra vuxna och deras politiska pladder.

Många frågor men bara tre viktiga.

Var har du varit?

Var är du?

Vart är du på väg?

Kan du svara på de tre, så har du ditt liv i dina händer, Anna, hade han sagt. Skrattat sitt bullriga skratt och knackat henne med ett pekfinger i pannan så att det skulle fastna.

Det gällde mer än själva platsbestämningarna, det hade hon förstått. Det gällde att tala om varför också. Framförallt det.

Varför har du levt i missbruket, Anna?

Varför sitter du i det här huset just nu?

Varför ska du gå dit du väljer att gå?

De två första kan jag inte svara på, tänkte hon. Och den tredje – ännu värre.

Kanske var hon inte på väg någonstans alls? Och i så fall kunde det vara en mening med att hon stannade här tills vidare. Eller hur?

Om man inte vet vart man ska gå, är det bäst att stå stilla. Det lät ganska självklart.

Hon betraktade Valdemar borta i sänghörnet under några ögonblick. Han hade tagit av sig skorna och hon såg att han hade ett hål på ena strumpan. Han höll händerna knäppta över magen och hans lätta snarkningar lät betryggande på något vis. Passade ihop med regnets milda viskande mot fönsterblecken och takpannorna; hon undrade om han förväntade sig att hon skulle ge sig av nu, när de äntligen hade träffats. Hon visste inte och han hade inte sagt någonting i den vägen. Hon skulle fråga honom när han vaknade, bestämde hon sig för, kanske kunde hon be att få stanna en natt till om regnet fortsatte. Eller kanske kunde han köra henne till Kymlinge, så hon kunde lifta vidare därifrån.

Göteborg? Det var den vaga idén hon haft i lördags morse. Idag, fem dagar senare, kändes det inte alls särskilt tilltalande. Vad hade hon i Göteborg att göra?

Om jag åtminstone kände mig sugen på att sticka härifrån, tänkte hon. Om där åtminstone fanns lite vilja i mig.

Men det enda hon egentligen hade lust med – om sanningen skulle fram – var att kura ihop sig under en filt och sova en stund, hon också.

Fast de var ju upptagna, både sängen och filten. Ja, jag ber att få stanna tills imorgon, bestämde hon en gång till. Frågar i alla fall, det värsta som kan hända är att han säger nej.

Frågar om han har lust att röka en till fredspipa med mig också.

Han vaknade utan att vara helt på det klara med att han gjorde det. Hade drömt att han satt bakom sitt vanliga skrivbord på Wrigmans, och när han slog upp ögonen kunde han inte identifiera rummet han befann sig i. Det satt en flicka vid ett bord och läste i en bok, hon var liten och späd, hade tjockt rödbrunt hår, hon tuggade på en knoge och såg mycket koncentrerad ut.

Var är jag? tänkte Ante Valdemar Roos. Vad har hänt? Är jag död eller ligger jag kanske på sjukhus?

Eller drömmer jag fortfarande, som sagt?

Det dröjde inte mer än några sekunder innan han hade läget under kontroll, men det kändes längre. Han låg stilla och tittade på henne en stund.

Lika gammal som Signe, alltså. Det var märkligt, de verkade så olika att man kunde tro att de kom från skilda planeter. Vad kunde det bero på? Den här flickan föreföll honom mycket äldre. Äldre än hon egentligen var. Samtidigt, om man bara kastade en hastig blick på henne, såg hon närmast yngre ut.

Det finns en speciell sorts erfarenhet i henne, tänkte han. På gott och ont, hon har förstås varit med om en del.

Och hon läste och skrev. Det gjorde aldrig Signe; Wilma var lite bättre härvidlag, hade åtminstone tagit sig igenom Harry Potter.

Jag vet inte vad jag ska säga till henne, tänkte han plötsligt. Jag undrar om hon tänker ge sig av idag, i så fall skulle jag gärna vilja förklara att hon gott kan få stanna några dagar.

Kommer hon att missuppfatta det? Tror hon att jag vill

ha något av henne om jag låter henne bo här en tid? Ja, vad är det… vad är det jag egentligen vill?

Tanken gjorde honom sorgsen.

Men att bara sticka iväg från ett sådant där hem utan några planer? Varför hade hon gjort det? Var hon verkligen inte efterlyst? Begick han kanske en brottslig gärning om han hyste henne här?

”Anna”, sa han.

Hon ryckte till och såg på honom. ”Du har vaknat?”

”Ja.”

”Sovit gott?”

”Jadå. Jag antar att jag snarkat också.”

”Bara litegrann.”

”Då så. Anna, får jag fråga dig en sak?”

”Javisst.”

”Varför rymde du från det där hemmet?”

Hon tvekade en stund och sög på pennan som hon höll i handen.

”Jag skulle inte ha blivit frisk där.”

”Jaså?”

”Nej.”

”Varför då?”

”Man fick inte vara sig själv, alla skulle vara likadana och föreståndarinnan tyckte inte om mig.”

”Du har väl inte gjort något brottsligt, Anna?”

Hon skakade på huvudet. ”Inte mer än att jag använt narkotika. Och sålt lite, men det är slut med det nu. Polisen är inte ute efter mig, om det är det du undrar.”

Han satte sig upp på sängkanten. Tog på sig glasögonen som han lagt ifrån sig på fönsterbrädet.

”Bra”, sa han. ”Förlåt att jag frågade.”

”Tack för att du säger förlåt”, sa hon.

Han sträckte armarna över huvudet, gäspade och rätade på ryggen. ”Det känns lite konstigt”, sa han.

”Att du och jag sitter här?” sa hon.

”Ja. Tycker inte du det?”

”Jo, det tycker jag förstås.”

”Vad kan vi ha att prata om, sådana som du och jag?”

”Jag vet inte riktigt”, sa hon. ”Har du några hobbies?”

Han tänkte efter. ”Jag brukar titta på sport på teve”, sa han. ”Men annars är det väl inte så mycket. Vad tycker du om?”

Hon drog fingrarna genom håret och funderade.

”Läsa”, sa hon.

Han nickade. ”Jag tycker också om att läsa.”

”Spela gitarr”, sa hon. ”Sjunga.”

”Kan du inte spela lite för mig?”

”Vill du det?”

”Det är klart att jag vill.”

”Jag är inte särskilt duktig.”

”Det behöver du inte vara. Skriver du låtar själv också?”

”Jag försöker. Men jag kan några riktiga också.”

”Riktiga?”

”Sådana jag inte gjort själv.”

Han reste sig och stoppade in ett par vedträn i elden. ”Om du sjunger en låt, så tar vi lite eftermiddagskaffe sen?”

”Och en fredspipa?”

”En fredspipa också.”

Hon tog fram gitarren och började stämma den. ”Jag tror jag tar en riktig först. Hur gammal sa du att du var?”

”Vad spelar det för roll?”

Hon skrattade lite. ”Tänkte bara att du kanske känner igen den här. Den är från sextiotalet. As tears go by.”

”As tears go by? Ja, den minns jag. Är det inte en gammal Stones-låt?”

"Jag tror det. Okej, då försöker jag."

Och så sjöng hon As tears go by. Han insåg omedelbart att han kunde texten, åtminstone början av den.

It is the evening of the day
I sit and watch the children play
Smiling faces I can see
But not for me
I sit and watch as tears go by

Hon hade en vacker röst. Sträv och mörk – mörkare när hon sjöng än när hon talade. Om han bara hade hört den, inte haft henne för ögonen också, skulle han ha gissat att den kom ur en kvinna som var åtminstone dubbelt så gammal som den som nu satt framför honom och med koncentrerad min skiftade mellan de olika ackordgreppen på gitarrens hals – och innan han visste ordet av vällde tårarna upp i honom. Hon såg det, men hon slutade inte sjunga. Log mot honom, bara, och han tänkte att om han dog just nu, just i det här ögonblicket, så skulle det inte göra så fasligt mycket.

Ja, precis den tanken var det faktiskt som rann upp i huvudet på Ante Valdemar Roos, och han gjorde ingenting för att förringa den. Skratta åt den eller snyta bort den med förnuftets beskäftiga näsduk. Som man oftast gjorde när sådant trängde sig på, tänkte han.

När hon sjungit färdigt, satt de båda tysta ett slag och tittade in i brasan.

"Tack Anna", sa han sedan. "Det var det vackraste jag hört på mycket, mycket länge."

"Den passar min röst", sa hon. "Jag är alt, till och med låg alt."

Han nickade. ”Ska vi ta lite kaffe, då?”
”Och fredspipa?”
”Och fredspipa.”

När han passerade Rimmersdal på hemvägen, såg han att de forslat bort älgen. Det fanns förstås en liten möjlighet att den repat sig och tagit sig ur diket av egen kraft också, men han hade svårt att tro det.

Det hade varit en märklig dag. När han parkerade på sin vanliga plats på Liljebageriets gård, förstod han att det skulle bli svårt att möta Alice och flickorna. Det kändes som om de inte riktigt hörde hemma i hans värld för tillfället – eller han i deras, det var förmodligen en riktigare beskrivning – och han hoppades att våningen skulle vara tom. I så fall skulle han låsa in sig i badrummet, släcka ljuset, lägga sig i varmt, varmt vatten och tänka över livet. Det föreföll som det enda någotsånär meningsfulla han skulle kunna ägna sig åt de närmaste timmarna.

Men våningen var inte tom. I köket satt både Alice och Signe – och en främmande ung man med långt mörkt hår och urringad gul skjorta.

”Valdemar, det här är Birger”, sa Alice. ”Signes fästman.”

Valdemar tyckte inte att Birger Butt – för det var väl så han hette? – såg ut som en fästman. Mera som någon som satt och försökte hålla masken efter att just ha kommit på sista plats i uttagningen till Eurovision Song Contest, tänkte Valdemar. Eller vad det hette nuförtiden. Signe hade placerat en hand högt upp på hans ena lår, antagligen för att han skulle begripa att han inte behövde resa sig när Valdemar sträckte fram handen. Hans byxor var lika röda som skjortan var gul.

”Trevligt att råkas”, sa Valdemar.

”Öh, tjena”, sa Birger Butt.

”Han stannar på middag”, sa Alice.

Han kan ta min plats, tänkte Valdemar. ”Jag förstår”, sa han. ”Så ni har förlovat er, alltså?”

”Valdemar”, sa Alice.

”Kom Birger, vi går in på mitt rum”, sa Signe.

De lämnade köket.

”Idiot”, sa Alice till Valdemar.

”Jag trodde fästman betydde att man var förlovad”, sa Valdemar.

”Jag förstår mig inte på dig”, sa Alice. ”Tyckte du inte han var gullig?”

”Nej”, sa Valdemar. ”Men han kanske passar bra ihop med Signe.”

”Vad skulle det där betyda?” sa Alice.

”Det skulle betyda att de kanske passar ihop”, förtydligade Valdemar.

”Vi får prata om det här sedan”, sa Alice. ”Nu måste du hjälpa mig göra i ordning maten. Jag vill att vi gör ett gott intryck, hans pappa äger en framgångsrik firma.”

”Utmärkt”, sa Valdemar. ”Vad sysslar den med, då?”

”Jag tror de distribuerar tillbehör till gatukök”, sa Alice. ”Gurkmajonnäs och räksallad och sådant. Över hela landet, alltså.”

”Intressant”, sa Valdemar.

”Ja, visst är det skojigt att hon äntligen har hittat nån.”

”Verkligen på tiden”, sa Valdemar.

18

Torsdagen blev onsdagen ganska lik. När hon var ute och kissade vid halvåttatiden på morgonen var det visserligen uppehåll, men gräset var genomblött och bara en kort stund senare satte regnet igång igen.

Och det pågick hela dagen, mer eller mindre. Valdemar anlände vid samma tid som vanligt, de hjälptes åt att lasta ut kassarna ur bilen och skyndade in med dem i köket. Han hade provianterat ordentligt; förutom tre ICA-kassar med livsmedel medförde han också en såg, en yxa, en påse torvströ till dasset, ett par gummistövlar, raggsockor och lite annat smått och gott.

En stor burk vit målarfärg, till exempel. Penslar och roller och tråg.

”Tänkte jag skulle måla väggarna inuti”, förklarade han. ”Så det blir lite mindre murrigt.”

”Låt mig göra det”, föreslog hon omedelbart. ”Som... ja, som tack för att jag fått vara här.”

”Inte ska väl du...?” försökte han, men hon avbröt honom.

”Varför inte? Jag är duktig på att måla. Har gjort det både hemma hos min mor och i lägenheten där jag bodde.”

”Hm”, sa han och betraktade henne över kanten på glasögonen.

”Dessutom tycker jag du gör rätt i det”, sa hon. ”Det blir mycket fräschare härinne om man målar vitt.”

”Tja”, sa han. ”Jag vet inte riktigt...”

”Jamen, jag vill göra nånting för dig. Snälla?”

Han ryckte på axlarna. ”Ja, inte fan är jag så road av att måla att jag tigger om att få göra det. Du skulle faktiskt kunna klara av det i helgen.”

”Du kommer inte hit då?”

”Nej.”

”Varför då?”

”Jag har en del annat för mig.”

”Jag förstår.”

”Ditten och datten. Som sagt.”

”Jaså? Ja, jag kan måla på lördag och söndag. Om du låter mig stanna så länge, alltså?”

”Jag får väl lov att göra det, då.”

Han drog upp ena mungipan när han sa det, och hon tänkte att det var synd att han inte var hennes pappa. Det var en tanke som kom utan förvarning, och hon blev tvungen att skratta lite hon också.

Sedan packade de in i kyl och skåp och drack förmiddagskaffe.

”Får jag fråga dig om en sak?”

”Det kan du väl få.”

”Det var nånting jag tänkte på igår kväll, efter att du åkt härifrån. Du behöver inte svara om du inte vill.”

”Det är väl en rättighet man alltid har.”

”Va?”

”Att bara svara om man vill.”

Hon tänkte efter. ”Det har du förstås rätt i. Jo, det jag undrar över är alltså om du åker hit till Lograna varje dag?”

”Ja, det gör jag nog. I veckorna, alltså.”

”Och din fru vet inte om det?”

”Nej.”

”Vad heter hon, förresten?”

”Alice. Hon heter Alice.”

”Men vart tror Alice att du åker varenda morgon, då?”

Han knäppte händerna, stödde armbågarna mot bordet och lutade hakan mot knogarna. Verkade leta efter de rätta orden. Det gick några sekunder, sedan suckade han, som om han gav tusan i att leta vidare.

”Till jobbet, naturligtvis.”

”Till jobbet?”

”Ja.”

”Men du har ju slutat jobba.”

”Jag har inte berättat det för henne.”

Hon betraktade honom förbryllat. ”Nu hänger jag inte med riktigt.”

”Nej”, sa han och lutade sig tillbaka. ”Jag förstår att du inte gör det. Fast det var ju inte meningen att jag skulle träffa dig och behöva förklara allt möjligt, heller.”

”Nej, det förstås.”

Han tog av sig glasögonen och suckade igen. ”Livet är inte alltid så jävla muntert, det borde väl du veta?”

”Ja”, sa hon. ”Det är klart att jag vet.”

”Ibland är det svårt att stå ut.”

”Mhm?”

”Det var väl så det var, helt enkelt. Jag stod inte ut längre, och så slutade jag jobba och skaffade det här.”

”Varför stod du inte ut?”

Han funderade igen. Knäppte händerna bakom nacken som omväxling och såg upp i taket.

”Jag vet inte. Det blev så.”

”Det blev så?”

”Ja. Jag har nog inte gått till botten med det riktigt.”

”Mhm.”

”Jag skiter väl i det också, egentligen”, fortsatte han. ”När man har blivit så gammal som jag, får man acceptera en del saker utan att gräva i dem. Att man är som man är, till exempel.”

Hon höjde ögonbrynen i förvåning. Sedan skrattade hon.

”Vet du, Valdemar, jag är glad att jag träffade dig. Jätteglad, du är så...”

”Ja?”

”Uppfriskande, tror jag.”

”Uppfriskande?”

”Ja.”

”Du är inte riktigt klok, Anna.” Men han drog på munnen, han också. ”Om du tycker att jag är uppfriskande, då är det synd om dig. Jag är ungefär lika uppfriskande som en soptipp. Nu tänker jag lägga mig och lösa korsord en stund. Det är för blött för att gå omkring ute i skogen idag, eller vad tror du?”

Hon tittade ut genom fönstret. ”Ja”, sa hon. ”Det har du rätt i. Fast jag tänkte be dig om en sak till... om du inte blir arg.”

”Arg? Varför skulle jag bli arg? Nå?”

”Du har en mobil, eller hur?”

Valdemar klappade med handen ovanpå bröstfickan. ”Jodå, den ligger här och sover idag också.”

”Jag undrar om jag skulle kunna få låna den och ringa till min mor. Jag ringer bara upp, så ringer hon tillbaka. Det kostar nästan ingenting för dig.”

Valdemar nickade och räckte över mobilen. ”Sitt här i köket och prata, du. Jag sträcker ut mig en stund därinne, som sagt.”

Han gick in i rummet och drog igen dörren efter sig.

”Ania, har det hänt nåt?”

”Kan du ringa upp mig på det här numret?”

Hon klickade bort henne och väntade. Det dröjde nästan fem minuter innan signalen kom.

Varför? hann Anna tänka. Varför kan hon aldrig ringa med en gång? Det är alltid någonting annat som är viktigare.

”Ania, har det hänt nåt?”

Samma öppning, ord för ord.

”Ja”, sa Anna. ”Det har det.”

”Jag är fortfarande hos mamma i Warszawa, vet du. Det kostar mycket att ringa.”

”Jag vet. Jag skulle bara säga att jag inte är kvar på Elvaforshemmet.”

”Är du inte kvar? Herregud, Anna, varför är du inte kvar?”

”Så dom har inte ringt och berättat för dig?”

”Nej. Men varför är du…?”

”Jag rymde därifrån. Det var ett skitställe, men du behöver inte oroa dig för mig. Jag har det bra.”

”Var är du nu, då?”

Hon fick leta efter namnet en stund. ”Jag är på ett ställe som heter Lograna.”

”Lograna? Vad är det?”

”Det är ett hus ute i skogen. Jag bor här ett tag, sen får vi se. Hur länge kommer du att vara i Polen?”

Hennes mor suckade och Anna kunde höra hur någon satte på en teve i bakgrunden. Modern sa åt någon som hette Mariusz att dra ner ljudet.

”Jag vet inte hur länge jag måste stanna, Anna. Mamma är ganska dålig. Hon ligger på sjukhus, de vet inte om hon kommer att klara sig den här gången.”

Anna kände hur det brände till i halsen och bakom ögonen. ”Och Marek?”

”Han är hos Ewa och Tomek. Han har det bra. Fast han kanske får komma ner också, jag vet inte.”

”Då så”, sa Anna.

”Men det där... Lograna?” sa hennes mor. ”Var ligger det? Vem är det du bor hos?”

”Jag har det fint”, sa Anna. ”Du behöver inte vara orolig. Jag ringde bara för att säga att jag inte är kvar på Elvafors.”

”Anna, du har väl inte... du har inte börjat...?”

”Nej”, sa Anna. ”Jag har inte börjat igen. Hej då, mamma.”

”Hej då”, sa hennes mor. ”Var rädd om dig, Anna.”

Hon skyndade sig att klicka bort samtalet innan gråten var över henne.

Fan också, tänkte hon. Varför måste det vara så här?

Han åkte hem klockan fem som vanligt, och han lovade att ha med sig sandpapper och en rulle maskeringstejp nästa dag.

De hade inte pratat så mycket under eftermiddagen, det hade regnat nästan hela tiden och de hade eldat ordentligt. Läst och löst korsord, och hon hade sjungit en sång till för honom. En annan sextiotalare som han också känt igen. *Are you going to Scarborough Fair.*

”Du sjunger så vackert att jag tror jag är i himlen, Anna”, hade han sagt.

”Det kanske är så här det ser ut i himlen”, hade hon svarat och skrattat.

”Varför inte?” hade han hållit med. Sett sig omkring i det enkla rummet och skrattat han också. ”Anna och Valdemar i himmelriket Lograna.”

Hon kände sig lite sorgsen när han åkt. Himmelriket? tänkte hon. Ja, kanske hade de rätt. Kanske var det så enkelt.

"Aldrig bättre än så här", hade han också sagt, det var just innan han klev in i bilen och körde iväg. "Men du är för ung för att veta om det."

Hon förstod inte vad han menat – eller också gjorde hon det. Men det var i så fall en så dyster kunskap att hon inte ville ta den till sig.

Precis som han också hade påpekat. Hon var för ung. Hon tänkte att hon borde ha känt sig glad. Hon skulle få stanna här i åtminstone tre dagar till. Måla väggar och göra lite nytta; hon tyckte om att måla, och var det så att hon ville fortsätta att bo här, skulle han antagligen inte neka henne det heller. Några dagar till i varje fall. Någon vecka. Så vad var det för fel, alltså? Var kom denna plötsliga dysterhet ifrån?

Hon hade inte tröttnat på himmelriket Lograna, det var inte det som sänkte livsandarna i henne – även om hon förstod att de första dagarnas eufori inte kunde vara för evigt. *Eufori*, hon tyckte om det ordet. För om det fanns ett sådant ord måste det också finnas en sådan känsla. Hon mindes den där dikten av Gunnar Ekelöf de läst på gymnasiet; det var synd att man inte fått ägna sig åt bara poesi på svensklektionerna, då skulle hon inte ha vantrivts så mycket som hon faktiskt gjort.

Men nu var det en annan känsla som gällde. En sorts sorgsenhet, som sagt, och hon förstod att det var samtalet med hennes mor som dröjde sig kvar inuti henne och gjorde henne ledsen. Framförallt detta; när tillvaron blev skör hade modern alltid varit den viktigaste livstråden, och om hon märkte att den tråden var i tunnaste laget, att den inte riktigt höll att hänga i, ja, då kom mörkret och avgrunden plötsligt farligt nära.

Young girl, dumb girl, try to be a brave girl, försökte hon intala sig. Satt en stund med block och penna och skrev och kryssade över den ena fåniga textraden efter den andra. Det ville sig inte, orden på papperet såg banala och meningslösa ut så fort hon kastade en blick på dem, och hon gav upp efter tjugo minuter. Gick ut och ställde sig under det lilla taket som sköt ut ovanför dörren; rökte ett helt pipstopp, tills hon blev yr i huvudet och lätt illamående. Regnet var ihärdigt och omgav henne som en gles men fientlig mur, och hon förstod att om hon bara haft tillgång till en drog, någonting starkare än tobaken, skulle hon ha tagit den utan att tveka en sekund.

Så är det, tänkte hon när hon fått fart på en ny brasa och kurat ihop sig under filten. Det räcker inte med att vara stark nittionio gånger, man måste klara det den hundrade också.

Trots att klockan inte var mer än sju, somnade hon, och när hon vaknade två timmar senare, var det mörkt i rummet och elden hade slocknat. Hon kände att hon frös; utan att tända ljuset drog hon på sig den tjockare tröjan som hängde över en stolsrygg, och det var när hon sedan tittade ut genom fönstret, som hon såg att det stod en man därute på vägen och betraktade huset.

19

Valdemar vaknade med en påtaglig oro i bröstet.

Nästan som en andnöd, han knöt händerna och drog flera djupa andetag med öppen mun, innan han vred på huvudet och tittade på klockan. Kvart över fem. Han undrade om han drömt något, om det var någonting sådant som var roten till det onda.

Svårt att säga; inga drömbilder infann sig, han nöp sig i näsvingen och konstaterade att han verkligen var vaken. Låg sedan kvar och funderade några minuter, och när han märkte att sömnen inte hade för avsikt att återvända steg han upp och gick ut i badrummet.

En kvart senare satt han fullt påklädd vid frukostbordet och kände sig flyktberedd. Det var ett starkt ord, men när han tänkte efter insåg han att det stämde. Flyktberedd? Herregud.

Det förhöll sig faktiskt på det viset; för varje dag som gått de senaste veckorna – ända sedan tipsraden slagit in och han kommit i besittning av Lograna – hade det blivit allt svårare att uthärda sällskapet av Alice och döttrarna. Det var som en tilltagande klåda, tänkte han; ackompanjerad av en stark och berättigad skamkänsla, förvisso, men att han nu skulle behöva ta sig igenom hela morgonen i sällskap av sina nära och kära föreföll honom plötsligt i det närmaste outhärdligt.

Han tänkte på något som hans far sagt en gång: Det är

inte veckorna och åren som är det svåra, min pojke, det är minuterna och timmarna.

Och oron, den som han vaknat upp med, hängde kvar. På något egendomligt vis tycktes den blandas med andra bilder av fadern. Sena bilder; framförallt från den där allra sista tiden, då Eugen Roos varit så dyster att han inte längre orkade tala. Valdemar mindes dessa månader mycket väl. Hur fadern suttit nästan hela dagarna framför köksfönstret, stirrat ut mot de trista fabrikslängorna på andra sidan järnvägsspåren och inte verkat bry sig om någonting som skedde runtomkring honom.

Att hans fru eller hans son försökte prata med honom.

Att där kom besök. Att våren var på väg i björkarna därute. Att syrenerna blommade.

Som om han satt och drunknade i sitt eget inre mörker.

Och nu satt hans son och stirrade ut genom ett annat köksfönster. Fyrtiosju år senare, ingen järnväg och inga fabriksbyggnader, ett rött tegeltak och några nerklippta lindar istället – medan han frågade sig om han verkligen skulle behöva vänta i två plågsamma timmar innan han gav sig iväg till den plats där numera allt som var det minsta väsentligt i hans liv ägde rum.

När klockan blivit tjugo minuter i sju, och risken för att Alice skulle börja stiga upp och göra sig påmind kändes överhängande, bestämde han sig. Hämtade ett papper inifrån arbetsrummet, skrev hastigt ner ett meddelande om att han hade mycket att göra på jobbet och därför givit sig av lite tidigare den här dagen.

Undertecknade med sitt vanliga V. och skyndade ut i hallen. Noterade att Birger Butts ljusblå sandaler stod där, satte på sig jackan och lämnade hemmet.

Liljebageriet hade just öppnat, doften av nybakat bröd strömmade ut genom den gavlade dörren som ett ospecificerat löfte, och på en sekund förflyktigades Ante Valdemar Roos oro. Färska frallor till frukost i Lograna, tänkte han och steg in i butiken.

Han köpte inte enbart frallorna, utan också ett rågbröd och en påse småskorpor. Tyckte bestämt att han kände igen kvinnan bakom disken; det var något avgjort bekant med henne, och medan han körde ut ur staden på i det närmaste bilfria gator – det var verkligen skillnad på fem över sju och kvart över åtta – funderade han på var han sett henne tidigare. Han hade inte varit inne på Liljebageriet på ganska länge, och han var säker på att hon härrörde någon annanstans ifrån.

Mitt i Rockstarondellen kom han på att hon var Nilssons fru. Den frikyrkliga sexbarnsmodern – hon hade varit på besök på Wrigmans en gång för ett par år sedan, och det var någonting med hennes röda hår och hennes brinnande blick, som bitit sig fast.

I synnerhet det senare; det var väl sådana ögon man förväntades ha om man var en kvinna som skådat Kristus, antog Valdemar och undrade om han borde le åt tanken eller inte. Det var förresten något speciellt med Nilssons blick också, när han tänkte närmare på saken; det gällde förmodligen inte bara de troende kvinnorna, utan männen också.

Det där positiva hinsides.

För egen del trodde inte Valdemar Roos på Gud. Inte på den där vanliga, vitskäggiga himlafadern åtminstone. Kanske fanns det någonting annat, brukade han tänka. Någonting högre, som vi inte kunde begripa och som det heller inte var meningen att vi skulle begripa. Månaderna efter att hans far tagit livet av sig hade han då och då knäppt händerna och skickat iväg en tvehågsen bön, det kom han ihåg – men han hade aldrig märkt av någon respons och sedan dess hade det fått vara. Livet var en sak, vad som eventuellt kom efteråt var någonting annat. Varför ska jag tänka på sådant som jag inte ens kan göra mig en föreställning om? hade han ibland frågat sig. När jag har så svårt att begripa det som finns alldeles inpå mig.

Hursomhelst var detta ingen morgon att ägna åt förment teologi; det märktes tydligt när han kommit ut på 172:an – när han såg Kymmens mörka vatten skymta mellan träden och när solen började bryta igenom molnen i backspegeln.

En morgon att dricka kaffe och äta färska frallor, snarare. Tillsammans med sin unga gäst ute i Lograna. Två stolar och en pall invid uthusväggen, en pipa rök till påtåren... fy satan, tänkte Ante Valdemar Roos och ökade farten, ibland är livet så enkelt att det nästan är skrattretande.

Och var den där oron han vaknat med för ett par timmar sedan kommit ifrån och vart den tagit vägen, ja, det kunde man verkligen låta bli att fråga sig.

Han parkerade intill äppelträdet och klev ur bilen. Intet liv förmärktes, förutom några sena humlor som surrade i resedan vid stenfoten. Kanske sov hon fortfarande, klockan var ännu inte åtta. Unga människor brukade sova länge om morgnarna, det visste han – Wilma och Signe var något av världsmästarinnor härvidlag – och hon väntade honom inte förrän vid halvtio.

Han kände på dörren. Låst.

Trevade efter nyckeln, men den låg inte på sin plats. Naturligtvis, tänkte han. Hon låser förstås inifrån om natten, det skulle jag också göra.

Han knackade några lätta knackningar, men det kom ingen reaktion inifrån. Han bultade med knytnäven också, innan han gick bort till ett av fönstren i rummet och rappade ett par gånger med fönsterhaken som hängde och dinglade i sin krok. Egendomligt att den satt på utsidan, han hade inte tänkt på det förut.

Det gick fem sekunder, sedan slog hon upp fönstret och stack ut huvudet.

”Förlåt, det var inte meningen att låsa dig ute. Jag hade så svårt att somna igår.”

”Det gör ingenting”, sa Valdemar. ”Klockan är bara åtta, jag kommer lite tidigare idag.”

”Bara åtta? Vänta, så går jag och öppnar.”

”Det är en fin morgon”, konstaterade han när han satt ner brödpåsen på köksbordet. ”Jag köpte några färska frallor åt oss. Varför hade du svårt att sova?”

Hon bet sig i läppen och tvekade.

”Jag var lite rädd”, sa hon.

”Rädd? Varför då?”

”Precis när jag skulle gå och lägga mig upptäckte jag en man som stod och tittade på huset.”

”Va?” sa Valdemar.

Hon nickade allvarligt.

”Men vad i hela friden är det du säger?” sa Valdemar.

”Ja, han stod därute på vägen och glodde rakt in, bara. Jag blev skitskraj.”

”Vad hände?”

Hon ryckte på axlarna. ”Ingenting. Jag hade inte tänt, så jag vet inte om han såg mig. Jag gömde mig liksom, och när jag tittade efter lite senare var han borta.”

Valdemar funderade en stund. ”Det var nog inte så farligt,

ska du se. Kanske var det bara bonden borta i Rödmossen som var ute på en promenad. Eller en svampplockare."

"Jag vet, jag tänkte också så. Fast klockan var nästan nio, det var ganska mörkt. Ja, jag blev lite rädd i alla fall, det var därför jag inte kunde somna."

Valdemar skrattade och klappade henne på axeln. "Vet du vad jag ska göra? Jag ska skaffa hit ett gevär, en riktig hagelbössa, så att du kan försvara dig om det kommer objudna gäster."

Anna skrattade, hon också. "Gör det", sa hon. "Förresten, skulle inte du ha med sandpapper och sånt idag?"

Valdemar harklade sig. "Nja, jag tänkte så här", sa han. "Nu äter vi frukost och röker en pipa, sedan åker vi in till stan och handlar tillsammans."

Hon kunde inte hålla tillbaka sin förtjusning. Slog armarna om halsen på honom och gav honom en stor kram. Som en tioåring på julafton, hann han tänka. Vart är det här på väg egentligen?

Men det blev inte tid att reflektera över den frågeställningen.

"Tack, Valdemar", sa hon. "Vet du, jag har haft en sån himla tur som träffade dig. Det är inte klokt, helt enkelt."

Han kände att han rodnade – en sysselsättning som han trodde han slutat med för fyrtio år sedan – och kliade sig lite generat i nacken. "Äsch fan", sa han. "Nu sätter vi på kaffe."

"Vad säger du om att äta lunch medan vi ändå är i stan?"

Klockan var halv tolv. De hade handlat inte bara sandpapper och maskeringstejp, utan också en del annat som Valdemar ansåg kunde behövas: två trasmattor, en röd-och-vitrutig duk, grytlappar, en träskål, ett par ljusstakar, en dörrmatta, krokar att sätta på väggen, handdukar, kaffemuggar, en vattenkokare, två ihopfällbara trädgårdsstolar och ett tillhörande bord. Bilen var knökfull. Anna hade inte varit i en stad på en och en halv månad, hade nästan inte handlat i en affär på lika länge – undantagandes cigarretter och choklad när man åkt med Elvaforshemmet till Dalby – och kände sig uppspelt och vimmelkantig efter två timmars flängande mellan olika butiker och Norra torg i Kymlinge, där de hade parkerat.

Nästan lycklig. Jag är som ett barn på ett nöjesfält, tänkte hon, och den där idén om att han borde ha varit hennes pappa återkom med viss envishet.

”Lunch?” sa hon. ”Men inte kan vi väl...?”

”Klart vi kan”, sa han. ”Nu går vi på Ljungmans och äter strömming med potatismos. Du gillar väl strömming?”

”Jag vet inte”, sa Anna. ”Jag tror inte jag har ätit det någon gång.”

Valdemar stirrade på henne.

”Du är tjugoett år och har aldrig ätit strömming? Du ska tacka din lyckliga stjärna för att du träffade mig.”

”Det är ju det jag säger”, sa hon. Stack handen under hans arm, och så styrde de stegen snett över torget bort mot Ljungmans restaurang.

”Gott?”

”Jättegott.”

”Där ser du. Men det måste vara lingon till. Helst rårörda.”

”Jag trodde inte du brydde dig om mat?”

”Ibland”, sa Valdemar. ”När det gäller strömming och potatismos är jag väldigt noga.”

Anna drack ur sin cola och såg sig om i den fullsatta lokalen. ”Vad tror du dom tror?” frågade hon.

”Om vad då?” sa Valdemar.

”Om oss”, sa Anna. ”Om dom tror du är en pappa som är ute och äter lunch med sin dotter? Eller...?”

Valdemar tänkte efter. ”Varför inte? Men vi skulle ju kunna vara arbetskamrater också.”

”Ja, fast du arbetar ju inte längre. Men det kan förstås inte dom veta. Är... är det inte några som du känner härinne?”

”Jag hoppas inte det”, sa Valdemar och såg sig lite bekymrat omkring. ”Och jag skulle inte tro det. Jag har inte så många bekanta, jag är en enstöring, har jag ju förklarat.”

”Jag tycker inte du är det minsta enstörig”, sa Anna, placerade handen på hans arm och log brett mot honom.

Jag tycker om att hon vågar le så där öppet mot mig, tänkte Valdemar. Det gör jag verkligen.

”Det är bara för att jag har så förtjusande sällskap”, sa han. ”Men vi kanske skulle pallra oss iväg ut till Lograna nu, eller vad säger du? Så jag hinner få min eftermiddagslur åtminstone.”

”Alla gånger”, sa Anna. ”Sen ska jag börja måla när du har åkt. Det är lite tråkigt att...”

”Ja?”

”Att du inte kommer och ser hur det går för mig förrän på måndag.”

”Vi får se”, sa Valdemar. ”Får jag en möjlighet, kanske jag tittar ut en sväng på söndag.”

”Hoppas det”, sa Anna.

De lämnade bordet och gick mot utgången; i dörren stötte de ihop med ett par som var på väg in, en man och en kvinna i femtioårsåldern.

”Hej Valdemar”, sa kvinnan och såg förvånad ut.

”Hej”, sa Valdemar.
”Allt väl?”
”Jadå”, sa Valdemar och trängde sig förbi med Anna i släptåg.
”Vilka var det där?” frågade hon när de kommit ut på torget.
”Mannen vet jag inte vem det var”, sa Valdemar. ”Men jag är rädd för att kvinnan var en av min frus bästa väninnor.”
”Aj då”, sa Anna. ”Tror du... jag menar...?”
”Vi skiter i det så länge”, sa Valdemar. ”Var dag har nog av sin egen plåga, nu pratar vi om nånting trevligt.”

Han lämnade Lograna strax efter klockan fem, och en plötslig känsla av övergivenhet föll över henne. Som en våt filt, som det brukade heta.

Jag är löjlig, tänkte hon. Jag har bara träffat honom under tre dagar och redan tyr jag mig till honom som en hundvalp till sin mamma. Hur trodde jag någonsin att jag skulle klara mig på egen hand i världen? Young girl, dumb girl.

Hon satte sig i en av de nya stolarna ute på gården och tände pipan. Solen hade ännu inte gått ner bakom trädranden och det var varmt och skönt. Jag önskar att jag verkligen bodde här, tänkte hon. Och att Valdemar, min extrapappa, också gjorde det. Och att... att jag hade ett jobb som jag kunde cykla eller åka moped till varje morgon, och att jag inte behövde oroa mig ett dugg för framtiden.

Hon visste att det var barnsliga tankar, och att just barnsligheten hängde ihop med drogerna.

Att man hade så svårt att bli vuxen. Alla hennes missbrukande kompisar hade varit likadana, de ville stanna kvar i någon sorts barndomstillstånd, kanske för att de aldrig fått uppleva något riktigt sådant tillstånd när de var små.

Ja, just så enkelt var det antagligen. Att de av någon anledning blivit berövade allt det där som var så viktigt i tidiga år – lekarna, skratten, friheten och sorglösheten – och att det var detta de nu sökte kompensera genom att dra i sig den ena drogen efter den andra. Det var så jävla tragiskt, tänkte Anna, och så hundraprocentigt dömt att misslyckas.

Åtminstone var det ju den här analysen alla förståsigpåare tyckte om att presentera, tänkte hon också. Hon brukade inte hålla med förståsigpåare, men i det här fallet gjorde hon det. Om det fanns en gemensam nämnare för alla losers i världen, så var det väl att de hade en stulen barndom i bagaget.

Hon lade undan pipan och knäppte händerna. Käre, gode Gud, bad hon. Kan du inte se till att hålla ett vakande öga över mig. Jag vill verkligen inte trilla dit en gång till, jag vill leva ett värdigt liv. Det är inte så kinkigt med detaljerna, men jag tror att jag skulle behöva en stor dos trygghet, åtminstone den närmaste tiden. Tack för att du sände Valdemar i min väg. Han får gärna stanna kvar i mitt liv länge, länge, och jag tror faktiskt att jag är lite nyttig för honom också. Tack på förhand, varma hälsningar från Anna. Amen.

Hon satt kvar i stolen ytterligare en stund, tills solen försvunnit bakom skogen i väster och kvällskylan börjat komma smygande. Då gick hon in i huset för att ta itu med målningen.

20

”Faringers kommer hit ikväll. Det var väl bra?”

”Va?”

”Så behöver du inte gå till hans mottagning på måndag.”

Det var lördag morgon. Valdemar låg i sängen med tidning, brödsmulor och kaffe. Alice hade just kommit ut ur duschen.

”Ja, vi skulle ju bort och träffa Mats och Rigmor”, fortsatte hon. ”Men det var någonting med deras hundar, så jag ringde Faringers istället.”

”Ringde du medan du duschade?”

”Nej, jag ringde igår kväll.”

”Du sa inget igår kväll.”

”Nej, jag gjorde inte det.”

Valdemar väntade på en förklaring, men där kom ingen. Alice klev upp på vågen istället och betraktade resultatet med bekymrad min. ”Satans förbannade skitvåg”, muttrade hon ur ena mungipan. Sedan klev hon av och upprepade proceduren. Såvitt Valdemar kunde bedöma var resultatet lika nedslående den här gången.

”Jaha ja”, sa han. ”Så då ska vi ägna sex timmar åt proviantering och matlagning, då?”

”Nej”, sa Alice. ”Vi har tänkt så här, det får bli musslor och vitlöksbröd, bara. Jag och Ingegerd gör i ordning allting, medan du pratar med Gordon. Jag frågade honom och han är med på det."

Valdemar drack ur sitt kaffe och blundade.

"Jag förstår", sa han. "Så medan du och fru Faringer fixar mullor och provar vinet ute i köket, så sitter herr Faringer och jag i arbetsrummet och utreder min depression."

"Precis", sa Alice. "Vad är det för fel med det?"

Valdemar tänkte efter.

"Ingenting, kära Alice. Det låter ju som en strålande idé. Var får du allt ifrån?"

"Va?" sa Alice.

"Jag hoppas Wilma och Signe och Birger Butt kommer att vara med också", fortsatte Valdemar inspirerat. "Gordon kanske kunde passa på och undersöka Birger när han ändå är i farten, jag tror han skulle vara betjänt av det. Fast han kanske inte har något psyke?"

Alice satte knytnävarna i det som en gång varit en midja och blängde på honom.

"Nu är du sådär orättvis igen, Valdemar! Det är klart att han har. Men ingen av dom kommer att vara hemma. Wilma och Signe ska åka till Stockholm och gå på Wallmans salonger med sin pappa, det har jag berättat tio gånger för dig."

"Jaså, var det idag?" sa Valdemar.

"Ja", sa Alice. "Det var idag."

"Jag trodde det var nästa helg."

"Det är en del av depressionen", sa Alice. "Att man är okoncentrerad och glömmer."

"Jag har faktiskt känt mig lite glömsk på sistone", erkände Valdemar och gick ut i badrummet.

"Hur har du det?" undrade Gordon Faringer tio timmar senare. "Ja, se det inte som någon officiell konsultation, det här. Men vi kan väl prata lite eftersom Alice så gärna vill det."

"Vi slipper skrubba musslor i alla fall", sa Valdemar.

"Precis", sa Faringer. "Och jag håller på tystnadsplikten. Om du vill vräka ur dig, så varsågod."

"Finns nog inte så mycket att vräka ur är jag rädd", sa Valdemar. "Det är Alice som påstår att jag är deprimerad, inte jag."

"Jag har förstått det", sa Faringer. "Fast lindriga depressioner är faktiskt lättare att upptäcka hos andra än hos sig själv. Dom är inte så roliga att gå och dras med heller."

"Jag är införstådd med att depressioner inte är roliga", sa Valdemar.

"Nu ska du inte vara ironisk", sa Gordon Faringer, blinkade med ena ögat och höjde sitt glas. "Skål, förresten."

"Skål", sa Valdemar.

De drack och satt tysta en stund.

"Vill du att jag ska ställa lite frågor?" sa Faringer sedan.

"Ja, gör det", sa Valdemar.

"Du vet att psykiatrin inte är fråga om någon exakt vetenskap, som du med dina siffror. Men det rör sig ändå om klart iakttagbara fenomen."

"Naturligtvis", sa Valdemar. "Du behöver inte be om ursäkt."

"Tack", sa Faringer. "Nå, om vi börjar med humöret. Känner du dig nedstämd?"

Valdemar funderade. "Ibland", sa han. "Men det har jag gjort i fyrtio år."

"Ingenting extra den senaste tiden?"

"Inget som jag tänkt på."

"Hur har du det med sömnen?"

"Jag är rätt trött."

"Men när du sover, så sover du?"

"Ja."

"Har det förändrats på sistone?"

"Jag tror inte det. Fast man blir ju inte piggare med åren."

"Jag känner till det", sa Gordon Faringer och ryckte ut ett näshår. "Koncentrationen, då? Hur har du det med den? Funkar det bra på jobbet?"

Valdemar smuttade på vinet. "Tja", sa han. "Det är i stort sett som vanligt där också. Och något koncentrationsfenomen har man väl aldrig varit. Alice påstår att jag glömmer och det har hon antagligen rätt i."

"Mhm?" sa Faringer. "Men du kan fortfarande glädjas åt saker och ting?"

"Nja", sa Valdemar. "Vete fan, hur har du det själv?"

"Tackar som frågar", sa Faringer. "Jo, jag har båten och havet, vet du. Och barnbarna, det ger mig en hel del faktiskt. Men om jag pressar dig lite, hur är det med själva livsgnistan?"

"Livsgnistan?"

"Ja. Det är klart som fan att det är tungt emellanåt, men kan du fortfarande känna att vissa saker är rätt kul?"

Valdemar tog av sig glasögonen och började putsa dem på en flik av skjortan. "Hördu Gordon", sa han, "om det nu verkligen är så att jag är deprimerad, vad skulle man i så fall kunna göra åt saken? Jag har ingen lust att börja trycka i mig en massa mediciner. Lyckopiller och sånt där skit."

Gordon Faringer nickade och såg professionellt allvarlig ut. "Det förstår jag mycket väl att du inte vill, Valdemar. Men det går att höja nivån en smula, det kan faktiskt betyda rätt mycket. Att man får tillbaka lite glädje och lite mening, fler människor än du tror går på milda doser. Livskänslan är förbannat viktig, det begriper ju vem som helst. Att gå omkring och tycka att allt bara är botten, ja, det bryter ner oss, helt enkelt. Tänker du ofta på döden?”

”Till och från”, sa Valdemar. ”Men det är likadant där, det har jag alltid gjort.”

”Din far tog livet av sig, var det inte så?”

”Det har du rätt i”, sa Valdemar. ”Tack för att du påminde mig.”

Faringer satt tyst och betraktade sina naglar några sekunder.

”Varför säger du så?” sa han.

”Hur?” sa Valdemar. ”Vad var det jag sa?”

”Du sa: ’Tack för att du påminde mig.’ Om din fars död, alltså.”

”Ursäkta”, sa Valdemar. ”Jag vet inte varför jag sa så.”

”Hrrm”, sa Faringer. ”Men du går inte och tänker på att göra samma sak i alla fall?”

”Ingalunda”, sa Valdemar. ”Har man hållit det ifrån sig så här länge, kan man nog göra det de år som är kvar också.”

”Är det så du ser på det?”

”Jag vet inte riktigt hur jag ser på det. Livet är en förbannat komplicerad potatis... ja, det är väl snarare det som är problemet. Och det är svårare att ljuga för sig själv ju äldre man blir.”

”Nu är jag inte riktigt med”, sa Faringer. ”Har det verkligen inte hänt något den senaste tiden som gör att du tycker det känns tyngre?”

”Nej”, sa Valdemar.

”Är det riktigt säkert det?” sa Faringer.

”Jag förstår inte vad det skulle vara i så fall. Ska vi inte gå och se efter hur det går ute i köket nu?”

”Gärna det. Det är bra om du har aptit i alla fall, det är

ett gott tecken. Men vet du, jag skulle inte ha något emot att träffa dig en gång till och göra det här lite mera formellt och på riktigt. Hur har du det nästa vecka?"

"Nästa vecka är det mycket", sa Valdemar.

"Nästnästa?"

"Allright", sa Valdemar. "Om du tycker det är någon poäng med det."

"Det tycker jag absolut", sa Gordon Faringer. "Skål på dig, nu går vi ut till fruntimren och tar oss en mussla."

Hon blev klar med målningsarbetet sent på lördagskvällen.

Åtminstone bedömde hon att det var klart, det var svårt att se när det inte var ordentligt dagsljus. Hon skulle kontrollera läget imorgon, det fanns gott om färg kvar om hon behövde dra över några skavanker.

Fast hon visste att det inte var så kinkigt, han hade sagt så, och det var bara fråga om den allra billigaste täckfärgen. Men det skulle inte vara tipptopp, det hade Valdemar också poängterat; hon tyckte om ordet *tipptopp*. Det lät så gammaldags och betryggande på något vis. I synnerhet att det *inte* behövde vara det.

Som med livet, tänkte hon, det behövde heller inte vara tipptopp, men det skulle vara lite stil på det ändå. Som de här väggarna ungefär, rent och snyggt, men inte överdrivet blankt och märkvärdigt.

Hon hade tyckt om arbetet också. Tejpandet, penselmålandet i hörn och vrår, sedan tråget och rollern, uppifrån och ner i långa jämna tag; man såg resultat hela tiden, det blev snyggare och snyggare, decimeter för decimeter, meter för meter. Det fanns nog inte många jobb där man fick en så omedelbar belöning för det man gjorde som när man målade, tänkte hon. Och det gick bra att fundera lite allmänt över livet medan man höll på; inga djupdykningar, halva koncentrationen på vad man gjorde, halva på vad som helst som dök upp i skallen på en. Det var en bra fördelning. Och så fanns förstås den där kopplingen till att måla över all gammal smuts och börja på någonting nytt. Se framåt.

Men nu var det lördag kväll och jobbet var färdigt, både köket och rummet. I varje fall skulle hon inte göra någonting mer åt det nu. Hon tog på tjocktröja och jacka, gick ut och satte sig i mörkret i en av de nya stolarna på gården. Tände pipan och tänkte att där borde ha funnits en knutlampa, eller någon sorts utomhusbelysning åtminstone; kanske kunde hon ta upp det med honom på måndag. Föreslå att de satte upp en lampa, helt enkelt.

Eller imorgon, hon hoppades att det skulle bli som han sagt – att han fick tid att komma ut en stund redan på söndagen. Hon huttrade till, trots kläderna; det märktes tydligt att hösten var på väg, det var inte många grader över noll såhär sent på kvällen och mörkret kändes tätare på något vis. Som om kylan packade samman det och gjorde det svårare att ta sig igenom.

När det inte finns ljus, är det viktigare att kunna lyssna än att se, tänkte hon. På natten är det ljuden som gäller, inte bilderna; hon försökte skärpa hörseln men kunde inte uppfatta annat än skogens vanliga dova susande. Hon undrade vad för slags djur som fanns därute. Älg och räv, det kunde man nog vara säker på. Grävling också, och en massa mindre arter: möss och sorkar och allt vad det hette. Och fåglar förstås; hon var ganska dålig på djur, utom på ormar, eftersom hon gått en och en halv termin på en Montessoriskola, och där hade man sysslat med ormar nästan hela tiden av någon anledning. Fast det fanns inte många arter i Sverige. Huggorm och snok och kopparorm, om hon mindes rätt. Och kopparormen var visst en ödla när det kom till kritan.

Varg? tänkte hon plötsligt. Tänk om det finns varg därute i skogen? Kanske står det en stor hanne med gula ögon och dreglande käftar och stirrar på mig därborta vid jordkällaren.

Fast det skrämde henne inte; inte ens om det verkligen skulle ha förhållit sig så. Vargar anföll inte människor, det visste hon. Det gjorde för övrigt nästan inga andra djur heller, det hade åtminstone hennes biologilärare på högstadiet påstått. Nej, det var människan som var människans värsta fiende, hade han sagt med sitt typiska, sorgsna tonfall – han hade varit nyskild och kommit flyttande från någon annan stad. Hon förstod att hans fru var en av de där fienderna.

Det var nog den enda art på jorden som hade det på det viset, hade han lagt till och låtit ännu ledsnare. Svante Mossberg, med ens dök hans namn upp också. Killarna hade förstås kallat honom Svante Mossig.

Hon flyttade sig några meter bort mot vinbärsbuskarna, drog ner byxorna, hukade och kissade.

Människan är människans fiende? Det stämde utan tvekan. Varför är vi så himla duktiga på att vara taskiga mot varandra och skada varandra? Hon tänkte på detta och så dök den där pingvinfilmen hon sett för några år sedan upp i huvudet på henne. Kejsarpingviner hade det handlat om, dessa lustiga djur som levde under de kärvaste förhållanden nere vid Antarktis. Som vaktade sina ägg, ömsom var det hannen som var ansvarig, ömsom var det honan, och de vandrade fram och tillbaka över isen för att skaffa föda och var helt och hållet beroende av varandra för att överleva. Även om de nästan aldrig träffades.

Hon drog upp byxorna och gick in. Låste dörren och tänkte att det var just det han var. Valdemar, hennes pingvin.

Kejsarpingvin till och med.

Hon tvättade sig, borstade tänderna och kröp i säng. Måste komma ihåg att säga det åt honom, tänkte hon.

Valdemar, the Penguin. Kanske kunde hon försöka skriva en låt om honom? Varför inte?

Hon somnade in med en pirrande känsla av förväntan i magen.

Vaknade några timmar senare med en helt annan känsla. Låg stilla på sidan med händerna instuckna mellan knäna och försökte begripa vad det rörde sig om. Vad det var som väckt henne. Om det var någonting yttre eller någonting inre; ett ljud från huset eller skogen, eller något hon drömt. Det var kolmörkt runtomkring henne, inte en strimma av gryningsljus; hon förstod att klockan inte kunde vara mer än tre eller fyra, men dumt nog hade hon lagt sitt armbandsur borta på bordet, som inte ens gick att urskilja i det kompakta svarta, hur mycket hon än kisade. Om hon höll ögonen öppna eller stängda, så var det sak samma. Mörker, bara mörker.

Men oron darrade i henne. Kanske behövdes det inte ens en orsak? tänkte hon. Kanske kunde man vara rädd och ledsen utan att där fanns en anledning? Som om det vore en sorts grundtillstånd, åtminstone den här tiden på dygnet.

Kunde det vara så enkelt? Att när man sänkte garden, när man inte var stridsberedd, då kom det otäcka och det skrämmande och trängde in under skalet. Alldeles namnlöst. Kanske var det så de små djuren kände sig, när de låg i sina halvskyddade hålor ute i skogen och tryckte, medan rovfåglar kretsade under himlen med sina skarpa näbbar och klor och försökte få syn på dem.

Rädslans ständigt tickande klocka. Den ospecificerade oron. Livets bräcklighet: när som helst kunde det gå sönder, när man som minst anade det kom döden och knackade på dörren.

Skit också, tänkte hon. Varför ligger jag och grubblar över sånt här? Inte blir det bättre om man tror att man är ett litet djur som ligger och darrar och väntar på höken. Vad är det med mig? Vad var det som väckte mig?

Hon hade inte känt på det här sättet någon tidigare natt i Lograna. Inte ens då den där mannen stått och glott på huset; då hade hon vetat vad det var som skrämt henne, nu var det liksom formlöst och oförklarligt. Och mörkrädd hade hon aldrig varit.

Så det är väl ensamheten, tänkte hon. Förr eller senare driver den en till vansinne; det hade hennes mor sagt någon gång, och hon kunde inte komma ihåg om det var riktat just till henne eller om det var ett mera allmänt påstående. Man måste ha andra människor i sitt liv, hade hon förklarat i alla fall, det går inte att klara sig själv i längden.

Precis som pingvinerna, alltså, tänkte Anna. En ensam pingvin är en död pingvin. Och var det inte just denna varning som Sonja på Elvafors försökt rikta till henne? Att hon inte fick dra sig undan, att det var umgänget med de andra som var vägen till läkedom?

De andra som satt i samma båt. Ändå klippte man alla trådar till det gamla missbrukarumgänget. Det var på sätt och vis nödvändigt, det förstod hon, men nog uppmuntrade det till att söka ensamheten. I synnerhet för en som redan trivdes så bra med den.

Fast det var förstås skillnad på människor och människor. Det enda man egentligen behövde vara rädd för var vissa andra människor, tänkte hon. Och det enda man absolut inte kunde vara utan var... vissa andra människor.

Sensationella slutsatser jag kommer fram till, konstaterade hon. Det finns folk som heter Valdemar och det finns folk som heter Steffo. Vilken nyhet.

Hon suckade och steg upp. Letade fram tröja och jacka utan att tända ljus. Pipa, tobak och tändstickor; sedan klev hon i Valdemars stövlar och gick ut i den kolsvarta höstnatten.

21

ICA-butiken i Rimmersdal hade söndagsöppet, precis som han hoppats. Bara några timmar visserligen; de stängde klockan fyra, men den var åtta minuter i när han parkerade på grusplanen utanför, så de skulle inte behöva stanna kvar extra för hans skull. Idag skulle han bara handla ett par småsaker.

Yolanda skulle inte behöva stanna. Det var lustigt; han hade inte varit inne hos henne på flera dagar, och han insåg att han nästan inte ägnat henne en tanke på lika länge. Det är så det är, tänkte han, när man väl tar tag i sitt liv fylls det också med innehåll.

Aldrig bättre än så här.

Han hade inte talat om för Alice att han tänkte vara borta ett par timmar, och det var heller inte nödvändigt. Tillfället hade yppat sig ändå; Alice hade träff med sitt kvinnliga nätverk Ärkenymferna på eftermiddagen, och Wilma och Signe hade ännu inte återkommit från besöket hos sin pappa och Wallmans salonger.

Lite kaffebröd, lite frukt, en liter mjölk till kaffet och en kvällstidning, det var det hela, men när han kom fram till kassan såg han att det var en ny kassörska som satt där. En lite blek, ung kvinna, säkert inte mycket äldre än Anna eller Signe. Men naturligtvis, tänkte han, naturligtvis måste Yolanda ha sina lediga dagar, hon också.

Hon som alla andra.

Han betalade, plockade ner varorna i en plastkasse och lämnade butiken. Just som han satt sig i bilen och dragit igen dörren kom där ett pip på mobiltelefonen. Ett SMS-meddelande hade flutit in; det var inte ofta Valdemar fick ta emot SMS, och ännu mer sällan hände det att han skickade iväg något.

Även om han trodde att han fortfarande mindes hur man gjorde. Han satte nyckeln i tändningslåset utan att starta, tog upp mobilen ur bröstfickan och klickade fram budskapet.

Varför har du gömt dig för mig? Du är min, jag kommer snart till dig. S

Han stirrade på texten. Begrep inte ett dugg. Vem var S? Vem skulle han ha gömt sig för?

Du är min? Det lät som... som ett kärleksbudskap. En kvinna som skrev till honom och som tänkte komma till honom? Herregud, tänkte Ante Valdemar Roos, det är väl ändå inte möjligt att...?

Nej, bestämde han. Absolut inte. Hur mycket man än hade sitt liv i egna händer, så fanns det gränser för vad som kunde inträffa. Han befann sig fortfarande i den så kallade verkligheten; att en kvinna med ett namn som började på S skulle vara hemligt förälskad i honom... gått och trånat efter honom under lång tid, och nu tänkte komma till honom på det ena eller andra sättet... nej, det var helt enkelt för mycket.

Ingen kvinna som började på någon annan bokstav heller för den delen.

Man måste förstå livets möjligheter, tänkte Ante Valdemar Roos, men också inse dess begränsningar. Dra upp en tydlig rågång däremellan, däri ligger konsten.

Fel adressat, således. Så enkelt var det. Avsändaren hade slagit fel nummer, det brukade han själv göra ganska ofta, mycket beroende på att hans fingerblommor gott och väl kunde täcka in tre eller fyra knappar samtidigt.

Han nollställde mobilen, startade och körde ut från parkeringen. Märkte att det susade svagt i tinningarna, kanske hade han fått i sig ett par glas för mycket under gårdagskvällen med Faringers, men i så fall var han i gott sällskap. De hade inte gått hem förrän efter ett, och även om det bara varit fråga om musslor, och glass med bär till efterrätt, hade det dröjt till kvart över två innan han och Alice diskat färdigt och kommit i säng.

Alla dessa förbannade glas, hade Valdemar tänkt. Varför kunde inte folk dricka ur samma glas hela tiden, och skölja ur det mellan varven om de tyckte att det behövdes?

Men han hade fått i sig minst en liter vatten under förmiddagen, så förhoppningsvis skulle det tystna i tinningarna bara han kom ut till friska luften i Lograna.

Tänk om jag helt enkelt kunde sova över, tänkte han plötsligt. Bara ge fan i att åka tillbaka ikväll, vi kunde nog tränga ihop oss och rymmas i sängen, både flickungen och jag?

Han kastade en blick på sig själv i backspegeln och påminde sig det där han nyss tänkt om rågången. Mellan möjligheter och begränsningar.

Det får räcka med kaffe och en pipa rök, bestämde han. Och inspektion av målningsarbetet, förstås.

"Men det är ju färdigt."

"Ja, det tycker jag också."

”Vilken skillnad det blev. Du borde...?”

”Vad då?”

”Du borde bli inredningsarkitekt eller nåt.”

Hon skrattade. ”Inredningsarkitekt? Men Valdemar, jag har ju bara målat väggarna. Det krävs nog lite mer innan man kan kalla sig arkitekt.”

”Må så vara”, nickade Valdemar. ”Förbannat snyggt blev det i alla fall. Men vad har du tänkt dig för yrke egentligen? Även om du varit lite på glid, måste du väl ha planer?”

Anna körde händerna i jeansfickorna och funderade. ”Nja, jag vet inte”, sa hon. ”Kanske borde jag plugga. Göra färdigt gymnasiet först, åtminstone. Jag har nog lite svårt att bestämma mig.”

”Det är inte så lätt”, sa Valdemar. ”Det var enklare på min tid.”

”Jaså?” sa Anna. ”Hur då?”

Han suckade. ”Man hamnade nånstans. Hur man än bar sig åt, jag råkade läsa ekonomi, men inte fan var jag intresserad av det. Pengar är väl bra att ha, men att sitta och räkna dom hela dagarna, nej, vet du vad.”

”Så vad skulle du ha velat göra istället, då?”

Han ryckte på axlarna. ”Jag vet inte. Jag är nog bara en rätt vanlig typ, som går och blir lite missnöjd med åren.”

”Hur menar du?”

Han svarade inte, och efter en stund manade hon på honom. ”Vad är det du vill säga egentligen, Valdemar?”

Han suckade igen. ”Det har du väl märkt. Jag har svårt att få kontakt med folk, svårt att få kontakt med själva livet, kan man nog säga. Ja, det är väl det som är den stora frågan, egentligen...”

”Vilket då?”

”Vad i helvete det varit för mening med ens liv.”

Hon satte sig vid köksbordet och han gjorde detsamma. Hon betraktade honom med lätt flackande blick, oroligt såg det ut som, och han undrade varför i hela friden han sagt det han sagt åt henne. Hon var åtminstone femton år yngre än hans son.

”Är du olycklig, Valdemar?”

”Nejdå.”

”Säkert?”

”Tja, det finns väl dom som mår bättre. Hoppas jag i varje fall. Annars är det ju riktigt för jävligt.”

”Vad skulle du vilja göra, då?”

”Göra?”

”Ja.”

Han satt tyst en lång stund. Tittade runt på de nymålade väggarna, kliade sig i nacken och sprack så småningom upp i ett försiktigt leende.

”Verkligen fint, Anna.”

”Ja”, sa Anna. ”Men du har inte svarat på min fråga.”

”Om vad jag skulle vilja göra?”

”Mm.”

Han harklade sig. ”Det är kanske det som är problemet”, sa han och såg ut genom fönstret. ”Om det verkligen fanns en längtan, så skulle det väl inte vara så svårt att bara sätta igång. Fast när man inte vet, när man bara vantrivs och inte har en aning om vart man egentligen vill ta vägen... ja, då blir det liksom lite dystrare.”

”Men du har ju det här.” Hon slog ut med händerna. ”Du har ju skaffat det här. Är det inte det som är din längtan?”

Valdemar lutade sig tillbaka. ”Jo”, sa han. ”Visst sjutton är det det. Men mycket vill ha mer, som dom säger.”

”Nu förstår jag inte.”

Han tänkte efter igen. ”Jag vill inte åka härifrån, Anna.

Det är där taggen sitter. Det känns inte som om det räcker att bara få vara här under veckodagarna."

De satt tysta i några sekunder.

"Hur har du det med din familj?"

"Dåligt", sa Valdemar och ruskade på huvudet. "Det har du väl redan räknat ut. Flickorna ger fullkomligt tusan i mig. Alice är trött på mig och det kan jag verkligen förstå, men..."

"Men?"

Han skrattade till. "Lilla Anna, jag förstår verkligen inte varför jag sitter och beklagar mig för dig. Jag är nästan fyrtio år äldre än du, men det var du som började. Det är liksom... ja, det är du som drar det ur mig."

Hon drog på munnen. "Jag kanske skulle bli psykolog eller nåt."

"Varför inte? Du verkar ha kläm på det."

Hon tänkte efter. "Ja, det brukar i alla fall vara dom andra som kommer till mig med sina problem. Inte tvärtom, fast det kanske borde ha varit så."

"Jaså?"

"Jag har alltid suttit och lyssnat på olyckliga kompisar, känns det som."

"Säger du det?" sa Valdemar. "Ja, det gäller att inte tappa bort bruksanvisningen till livet, det brukade min farbror alltid påpeka. Vet du förresten vad som hände mig på vägen hit?" Han plockade upp mobilen och blängde på den. "Vad säger du om det här?"

Det tog en stund innan han lyckades hitta meddelandet, men när han fått fram det räckte han över mobilen till henne. Hon tog emot den och läste. Först med förväntansfull nyfikenhet i ansiktet, sedan hände något.

Leendet försvann, hon satte handen för munnen och

stirrade på honom.

”Vad är det?” sa Valdemar.

Hon skakade på huvudet och tittade på displayen igen. ”Det här...”

”Ja?”

”Det här är nog inte till dig, Valdemar. Jag tror...”

”Inte till mig?”

”Nej, fast jag förstår inte hur...?”

Hon reste sig och började gå fram och tillbaka över golvet. ”Jag fattar inte hur han har fått...? Vänta ett tag, det måste ju stå ett avsändarnummer.”

Hon tog fatt i mobilen och klickade några gånger medan hon stirrade på displayen. ”Javisst! Fy fan, det är han. Hur i hela...?”

Hon tystnade och blev stående med halvöppen mun och ett blandat uttryck av förvirring och koncentration i ögonen. Små, små pupiller som försökte borra sig fram till något slags sammanhang. Valdemar betraktade henne och märkte att han höll andan.

”Så måste det vara”, sa hon till slut.

”Har du något emot att förklara för mig vad tusan det är som händer?” sa Valdemar.

”Snart”, sa Anna. ”Snart, det lovar jag. Får jag ringa ett samtal till min mor först?”

”Ja... javisst.”

Hon började knappa in numret och Valdemar reste sig. ”Jag går in i rummet så länge.”

Hon nickade och satte mobilen till örat. ”Skit också! Ingen täckning.”

Valdemar vände sig om i dörröppningen. ”Nej, just det, det fungerar rätt dåligt här i huset. Jag förstår inte hur du lyckades förra gången.”

Hon bet sig i läppen och han såg plötsligt att hon inte hade långt till gråten – av någon anledning som han inte kunde begripa, men som han hoppades att hon skulle avslöja för honom så småningom. Allra helst skulle han ha velat ge henne en kram, hållit om henne en stund – det var den första impuls han fick, men han förstod att det inte låg inom möjligheternas ram.

Den där rågången igen.

”Du kan prova en bit uppåt höjden”, sa han. ”Du vet, vägen ett par hundra meter tillbaka, och så till vänster vid timmerhögarna... jag har ringt därifrån några gånger.”

Hon nickade igen. ”Jag ringer bara upp, så ringer hon tillbaka.”

”Det behövs inte”, sa Valdemar och så försvann hon ut genom dörren.

Det dröjde nästan en halvtimme innan hon var tillbaka. Under tiden låg han utsträckt på sängen, tittade på väggarna och försökte glädjas åt att de var nymålade. Med rätt så dålig framgång, men det berodde inte på färgen eller hantverket. Naturligtvis inte.

Vad är det som har hänt? tänkte han. Vad i helvete betydde meddelandet?

Hon hade sagt att det var till henne. Det var Anna som hade gömt sig för någon som hette S, och det var hon som hade besök att vänta. Hon hade förstått det med en gång.

Men det var ingenting som gladde henne. Tvärtom, hennes reaktion hade varit mer än tydlig på den punkten. SMS:et hade skrämt henne, inget tvivel om saken. Den där S var ingen hon ville träffa.

Nu är de goda dagarna över, tänkte Valdemar Roos, och han undrade varför just den formuleringen bet sig fast i skallen på honom. *Nu är de goda dagarna över.*

Det hade ju inte gått en vecka, ens.

Men det var förstås typiskt. Det var inte mycket man hade rätt att begära.

”Han heter Steffo”, sa hon när hon kom in i rummet.

Han satte sig upp på sängkanten. ”Steffo?”

”Ja. Han var min kille.”

”Jag förstår.”

”Han fick numret av min korkade morsa.”

”Numret till min mobil? Hur gick det till?”

Hon sjönk ner vid bordet och lutade huvudet i händerna.

”Jag ringde ju till henne från den förra gången. Sedan ringde han till henne och frågade var han kunde få tag på mig. Och min tokmorsa gav honom numret.”

”Och du vill inte...?”

”Aldrig i livet”, sa Anna. ”Han är inte klok. Jag är skiträdd för honom. Han tror... nej.”

”Fortsätt.”

”Han tror att han äger mig bara för att vi varit ihop några månader.”

”Men du har gjort slut med honom?”

Hon suckade och bet sig i läppen. ”På sätt och vis”, sa hon. ”Ja, det har jag, förstås. När jag åkte in på det där hemmet bröt jag all kontakt med honom, han måste begripa att det är över. Fast...”

”Fast vad då?”

”Han är så jävla otäck. Jag har gjort många dumheter i mitt liv, att jag var ihop med Steffo är den värsta.”

Hon knäppte händerna i knät och för ett ögonblick trodde han att hon satt och bad.

”Du får väl säga det åt honom.”

”Vad då?”

”Förklara för honom att du inte vill ha mer med honom att göra.”

Hon skakade på huvudet. ”Du förstår inte”, sa hon.

”Jaså?” sa Valdemar.

”Steffo tror att man kan äga människor som man kan äga saker. Och han skriver att han tänker komma hit.”

Valdemar skrattade till. ”Hit? Men hur i hela friden skulle han kunna hitta hit?”

Anna såg på honom, tuggade på en knoge och tvekade. ”Jag vet inte om han verkligen skulle kunna det”, sa hon, ”men min mor talade om vad det hette också.”

”Vilket då?”

”Det här. Lograna. Jag berättade för henne att jag var på en plats som hette Lograna, jag vet inte varför jag gjorde det. För att hon frågade och jag ville lugna henne lite, antar jag. Hon blev uppskärrad när jag sa att jag hade rymt. Hursomhelst vet Steffo att jag är på ett ställe som heter Lograna.”

Valdemar funderade en stund. ”Jamen”, sa han. ”Inte står väl Lograna på några kartor?”

”Det är det jag är osäker på”, sa Anna. ”Du har inte provat att klicka in det på nätet?”

”Nej”, sa Valdemar.

”Det kanske kommer upp”, sa Anna. ”Och i så fall kan han hitta hit. Jag måste åka härifrån, Valdemar.”

”Vänta nu”, sa Valdemar. ”Nu sätter vi på kaffe och pratar igenom det här.”

”Vad finns det att prata om?”

”En hel del. Du kan inte hålla på att fly från den här Steffo, det förstår du väl?” Han gjorde en paus och tänkte efter.

”Jag menar, vad får du då för slags liv? Han får väl se till att begripa att du inte vill ha mer med honom att göra.”

”Jag önskar att det var så enkelt”, sa Anna. ”Att det bara var att säga åt honom.”

”Har du försökt?”

Hon ryckte på axlarna. ”I och för sig inte. Tycker du att vi ska skicka ett svar till honom?”

Valdemar kände hur någonting varmt klack till inuti honom, och han förstod vad det kom sig av. Hon hade använt det lilla ordet *vi*. Ska *vi* skicka ett svar till honom?

”Vi sätter på kaffe och diskuterar saken”, upprepade han. ”Jag tror i alla fall inte att han hittar hit. Det här stället har gömt sig för världen i bra många år. Och jag tänker absolut inte låta dig sticka iväg i rena paniken.”

Anna nickade och de följdes åt ut i köket. ”Jag är tacksam för att du finns”, sa hon.

Hennes ögon var blanka när hon sa det. Han tittade på klockan. Den var redan halv sex; han undrade hur länge det där kvinnliga nätverksmötet kunde tänkas hålla på.

22

Det blev inget svars-SMS.

Men om hon ber mig stanna kvar, så gör jag det, tänkte han flera gånger medan de fikade och pratade och rökte pipa tillsammans. Jag skiter i vad som händer, jag måste bete mig som en moralisk människa. Inte fan kan jag lämna kvar en förskrämd jäntunge mitt ute i skogen.

Om hon ber mig, alltså.

Uttryckligen ber mig.

Men hon gjorde inte det. Kanske var det nära, han kunde inte riktigt bedöma det. Vid flera tillfällen tyckte han att frågan fanns där i hennes blick, men den formulerades aldrig i ord. Han tog löfte av henne att hon skulle stanna kvar ett par dagar, åtminstone. Det var svårt att övertala till det, men till slut gick hon med på det, och när han vinkat farväl till henne och satt sig i bilen, kom det över honom att hon bara gjort det för att slippa diskutera saken. Kanske skulle hon vara borta när han kom imorgon bitti?

Det var en tanke han nästan inte kunde stå ut med. Helt plötsligt kändes det så. Outhärdligt. Vad tusan är det som håller på att hända med mig? tänkte Ante Valdemar Roos när han svängde ut på Rödmossevägen. Vart har hela mitt gamla liv tagit vägen?

För sitt inre öga kunde han se hur det skulle te sig imorgon förmiddag.

Hur han pillade fram nyckeln ur gömstället, hur han låste upp dörren, hur han steg in i det nymålade och alldeles tomma huset. En lapp på bordet bara: *Jag bestämde mig för att sticka, trots allt. Tack Valdemar, lycka till med Lograna och allt annat. Kram, Anna.*

Fy satan, tänkte han. Det får inte bli så. Så jävligt kan inte livet bete sig. Inte ens mitt liv.

Och de målade väggarna, som för alltid skulle påminna honom om henne och de märkliga dagar de haft tillsammans.

En vecka, det var förra måndagen han upptäckt att någon bodde i huset, men det var inte förrän på onsdagen hon vågat sig fram. Fyra dagar, med idag var det faktiskt inte mer än så.

Hon hade spelat gitarr och sjungit för honom. Det hade ingen annan gjort i hela hans liv, i synnerhet ingen annan kvinna. Han hade gråtit och hon hade låtit honom gråta utan att ställa frågor.

As tears go by.

Han ruskade på huvudet och bet ihop tänderna så att det värkte i käkarna. Han visste inte varför han gjorde det, men han kramade hårdare med händerna om ratten också, kunde se hur knogarna långsamt vitnade – och så dök hans far upp igen.

Den där vandringen i skogen. De höga, raka tallarna. Stenarna och tuvorna med lingon. Här brukar älgen stå.

Aldrig bättre än så här.

Jag håller på att gå sönder, tänkte Ante Valdemar Roos. Nu är jag nära sammanbrottet.

Hon stod kvar i fönstret en god stund efter att han åkt. Försökte hitta en någotsånär stabil känsla bland allt som virvlade runt inuti i henne. En tyngdpunkt.

Men ingenting verkade ha lust att stabilisera sig, allt bara fortsatte att snurra och dansa som dammkorn i en solgata. Inte förrän hon satt sig ner vid bordet igen och slagit upp en ny kopp kaffe fick hon fatt i någonting konkret. Mycket var det inte, men det gick att formulera i ord åtminstone.

Det första var en fråga: Vad i helsike ska jag göra?

Det andra var en uppmaning: Bestäm dig, Anna Gambowska!

Det tredje en gammal låt: *Should I stay or should I go?*

Hon kom inte ihåg vad gruppen hette, men det kvittade och det var väl så det var: vilka kval man än satt i, vilka dumheter och vilket elände man än trasslat in sig i, så fanns det alltid någon banal rocklåt som stämde in på läget.

Fast det var kanske inte så konstigt. Allting handlade om liv och död och kärlek i musiksvängen, och när det brände till på riktigt i verkligheten, så var det förstås lika allvarligt här. Precis lika allvarligt och lika banalt.

Should I stay or should I go?

Vart i så fall? om hon nu valde det senare alternativet.

Det var samma gamla fråga som vanligt. Fast nu var det plötsligt sju resor värre, om Steffo verkligen var på väg. Vad som helst, tänkte hon, jag står ut med vad som helst, utom att träffa Steffo just nu.

Det var i alla fall en känsla som föreföll någotsånär stabil.

Det värsta var att hon också mycket väl kunde föreställa sig att han letade upp henne. Han var sån. Han skulle gilla det på sitt perversa vis. Gå in på nätet, söka på *Lograna*. Hitta det på kartan, packa en rygga med lite öl och lite hasch, sätta sig på skotern och dra iväg.

Stay or go?

Hur långt kunde det vara mellan Örebro och Lograna?

Tjugo mil? Trettio, kanske? Hursomhelst skulle det inte vara för långt för Steffo om han gett sig fan på det.

Om Steffo kommer hit är det slutet för mig, tänkte hon. Så är det bara. Då ger jag upp.

Hon gick ut på gården och tände pipan. Det hade redan börjat skymma, himlen var täckt av tunga moln, det hjälpte mörkret på traven, förstås. När hon dragit ett par bloss, kom hon att tänka på det där som Marja-Liisa berättat.

Det hjälpte också mörkret på traven.

Go, tänkte hon. Jag vågar inte stanna en natt till.

Och om Valdemar verkligen önskat att hon skulle bli kvar, frågade hon sig sedan, varför hade han då lämnat henne? Han måste ha förstått att hon var rädd. Hon ville inte erkänna det för sig själv, men hon insåg ändå att det var detta som var tungan på vågen.

Han ville egentligen inte ha henne kvar.

Och varför skulle han ha velat det? Vad var det hon inbillade sig? Hon hade målat väggar och gjort rätt för sig. Betalt sin tacksamhetsskuld, nu var de kvitt.

Go, alltså.

Hon svalde klumpen i halsen och gick inomhus.

Och det var bara en kort stund senare, medan hon stod i rummet och packade ryggsäcken, som hon kastade en blick ut genom fönstret och lade märke till två saker.

Dels hade det börjat regna.

Dels stod där en skoter parkerad ett stycke bort på vägen.

Hon hade inte hört den. Han måste ha rullat den sista biten, tänkte hon. Det var ganska typiskt, det också.

23

Han hade just passerat Rimmersdal när mobilen ringde.

Han såg att det var Alice och efteråt visste han inte vad det var som fick honom att överhuvudtaget svara.

"Var är du?"

"Jag tog en tur med bilen, bara."

"Tog en tur med bilen?"

"Ja."

"Det har du väl aldrig gjort förr?"

"Jag åker bil varenda dag, Alice lilla."

"Ja, men idag är det söndag. Jag vill tala med dig, Valdemar."

"Jaså? Hur var mötet med nymferna?"

"Intressant. Om man ska uttrycka det lite milt."

"Jaha?"

"Var befinner du dig? Är du ensam i bilen?"

"Vad sa du?"

"Är du ensam i bilen?"

"Det är klart jag är ensam. Jag är hemma om en kvart. Tog en tur utåt... ja, utåt Kymmen, bara. Vad var det du ville tala om?"

Hon gjorde en kort paus. Han hörde hur hon drack någonting.

"Vad gjorde du i fredags, Valdemar?"

"I fredags?"

"Ja."

”Ingenting särskilt, skulle jag tro.”

”Du var inte inne i stan eller så?”

”På dagen?”

”Ja, på dagen.”

”Nej, varför skulle jag ha varit det?”

”Inte på Ljungmans och åt lunch?”

”Ljungmans? Nej, det var jag naturligtvis inte.”

”Det var egendomligt. För det råkar vara så att Karin Wissman såg dig där. Kan du förklara det här för mig, Valdemar?”

Han funderade ett kort ögonblick.

”Jag förstår verkligen inte vad du talar om, Alice.”

”Inte? Och du hade en ung kvinna i sällskap, säger Karin. En *mycket* ung kvinna.”

”Va?”

”Du hörde nog.”

”Det är obegripligt, Alice. Jag förstår faktiskt inte hur hon kan ha tagit...”

”Hon såg er på en meters håll, Valdemar. Du hälsade på henne. Vad i helvete är det du håller på med?”

Han tog bort mobilen från örat och betraktade den lilla tingesten med avsmak. Sedan tryckte han på nej-knappen så mycket han orkade, slängde in apparaten i handskfacket och körde in till vägkanten.

Stängde av motorn och lutade huvudet mot nackstödet.

Sådärja, tänkte han och tog av sig glasögonen. Nu är vi där. Dags att bestämma sig.

Och de första tunga regndropparna landade på motorhuven.

II.

24

Kriminalinspektör Barbarotti satt vid ett pokerbord.

En lågt hängande lampa kastade ett gulaktigt ljus över en grön filtyta. En större pott, både mynt, marker och sedlar tronade mitt på bordet och slingor av rök från cigarrer och cigarretter steg långsamt upp mot taket och förflyktigades i skumrasket ovanför lampskärmen. Svag musik, en len kvinnoröst som sjöng jazz, hördes från osynliga högtalare och långsamt, långsamt smög han fram ett tredje ess bakom en tia och förvandlade två par till en hög kåk.

De var tre som spelade. Förutom Barbarotti själv var där två andra herrar, vars ansikten han inte riktigt kunde få syn på eftersom den fördömda lampskärmen hängde så lågt ner, men han var säker på att de var värdiga, för att inte säga övermäktiga, motståndare.

Å andra sidan: hade man en ess-kåk, så hade man. Han trevade i kavajens fickor efter ytterligare pengar att kasta in i potten, men upptäckte snart att det enda som återstod av hans kassa var några utgångna och värdelösa polska zlotysedlar samt ett frimärke av högst tvivelaktig valör. Han såg också att hans motspelare uppfattat hans prekära läge, och innan han hunnit komma till något slags beslut, böjde den ene av dem in sitt huvud i ljuskretsen och log ett mycket sardoniskt leende, utan att ta cigarren ur munnen.

”Det är er själ ni skall satsa, monsieur Barbarotti”, sa han med utstuderad oljighet. ”Ingenting annat än er själ.”

Den andra herren böjde aldrig fram sitt ansikte till beskådande, nöjde sig med att instämma medelst ett kort "korrekt", och Gunnar Barbarotti förstod plötsligt vilka det var han satt och spelade med. Det var Djävulen och Gud, inte vilka lirare som helst med andra ord, och i samma stund som denna insikt kom till honom, befann han sig inte längre kvar på sin stol, utan låg och sprattlade bland mynten och markerna och sedlarna i den stora potten under lampan, en stackars ömklig lilleputtfigur, iklädd endast sin stolthet, sitt armbandsur och sina kalsonger, och utan minsta möjlighet att påverka skeendet.

"Just det, lille vän", muttrade Vår Herre förstrött. "Du är inte mer än en bricka i spelet, hade du glömt den enkla förutsättningen?"

"Prata inte med potten, bäste bror", förmanade Djävulen. "Är den där lille ynkryggen allt du vill satsa? Det pekar sannerligen på vartåt det här partiet lutar."

"Han är som han är", kommenterade Vår Herre med ett lite dystert tonfall. "Man får ta det onda med det goda."

"Ibland slår du huvudet på spiken, det vill jag faktiskt tillerkänna dig", skrockade Djävulen.

Gunnar Barbarotti försökte komma på fötter, men halkade på en slarvigt spelad femkrona, ramlade pladask på baken och vaknade.

Vita väggar, vitt tak. Starkt ljus, lukt från någon sorts desinficeringsmedel och en smak av metall på tungan. Han låg på rygg och mådde illa; hans ena ben var tungt som bly, det hördes avlägsna röster och fotsteg som försvann bort i en korridor.

Jag ligger på sjukhus, var hans första tanke sedan Gud och Djävulen övergivit honom. Jag har just vaknat, någonting har hänt, men det är inget fel i huvudet på mig. Det är det där benet förstås.

Nöjd med dessa slutledningar somnade han om för att vakna en tidsrymd senare, antagligen bara någon minut eller några sekunder, för han kunde utan svårigheter ta fatt i tanketråden där han släppt den.

Benet. Det var gipsat. Vänster ben, hela foten, hela underbenet upp till knät. Men armarna gick att röra, han kunde knyta händerna och när han gav order om att tårna på den paketerade foten skulle vicka, så vickade de.

Alltså, tänkte Gunnar Barbarotti och slöt ögonen, alltså har jag brutit vänster ben. Det händer i de bästa familjer. Allt annat är som det ska. Man har opererat mig och jag har blivit sövd eftersom det rörde sig om en komplicerad operation.

Sedan somnade han om på nytt.

När han vaknade för tredje gången mindes han hela historien. Drömmens pokerparti kom också tillbaka och på något vis kändes det som om det ena hängde ihop med det andra.

Att han ramlat ner från taket, och att Gud och Djävulen satt och spelade poker om hans själ.

Trams, tänkte han irriterat. Så nära döden kan det ändå inte ha varit, och Vår Herre skulle utan tvivel ha varnat mig om det varit så mycket fara å färde.

Vår Herre låg för närvarande tretton poäng över existensstrecket... Barbarotti förvånades ett kort ögonblick över hur tydligt han kom ihåg den exakta siffran... och hade all anledning att hålla sig väl med inspektören. Så var det med den saken.

Han insåg att resonemanget inte var helt oantastligt ur logisk synvinkel, men den där skarpa metallsmaken i munnen gjorde honom en smula okoncentrerad utan tvivel. Fast någon narkos var det knappast frågan om, han insåg plötsligt att han mindes hela operationen, den ena plågsamma detaljen efter den andra; kanske hade han fått någonting lite lugnande efteråt, jo, så var det nog. Hade han själv fått bestämma, skulle han alla gånger ha föredragit att få sova sig igenom alltihop, men sådana beslut låg nu inte hos patienten utan hos tjänstgörande ortoped. Vilket hade sina välgrundade skäl, fick man förmoda.

Att han dråsat ner från taket var i alla händelser oomtvistligt. Landat med vänsterbenet före i en skottkärra som någon idiot ställt därnere på den mjuka gräsmattan, förmodligen var det han själv, och det hade gjort så helvetes ont att han svimmat.

Marianne hade kommit undsättande med landsplågan Svåger-Roger i hälarna, så småningom också en granne som hette Peterzén och var pensionerad pilot och AIK-fundamentalist, och sedan ambulansen med personal, som satt igång att vrida foten rätt och då hade han svimmat igen, för det gjorde ondare än det egentligen var möjligt att göra.

Och så smärtstillande och färd till sjukhuset, och en massa sköterskor och läkare som bände och bröt och konstaterade och konfererade och slutligen såg till att han inte tuppade av en tredje gång, eftersom det vore synd om han skulle gå miste om någonting så intressant som sin egen operation.

Och nu var denna operation klar. Nu skulle han bli bra. Nu skulle han ligga i en säng och bli omhändertagen i dagar och veckor, han skulle aldrig... han skulle i varje fall aldrig ge sig upp på taket och spika läkt och försöka inbilla Svåger-Roger att han var en händig djävul. Eller Marianne eller sina barn eller någon annan människa.

Man skall inse sina möjligheter men framförallt sina begränsningar, tänkte Gunnar Barbarotti. Han var visserligen kriminalinspektör och hade en gammal obrukad jur kand sedan studietiden i Lund, men han var född med tummen mitt i handen och lite höjdrädd hade han alltid varit.

Och trots att han varit närmast avsvimmad av smärta hade han inte undgått att höra vad den ena av ambulansmännen sagt till den andra.

"Han har femhundra kvadratmeter mjuk gräsmatta att landa på och han väljer en skottkärra. Smart kille."

Dörren gick upp och en sköterska kom in i rummet.

"Så vi har vaknat?"

Han hade trott att det bara var i gamla filmer och böcker som man talade på det viset, men så var det tydligen inte.

Han försökte instämma i vad hon sagt men hans metalliska mun hade slutat fungera. Det blev ett väsande, åtföljt av en hostattack.

"Drick lite", sa hon och räckte över en mugg med sugrör i.

Han gjorde så. Kastade en menande blick på gipsklumpen och sedan en frågande in i hennes blå ögon.

"Jodå", sa hon. "Det har gått bra. Doktor Parvus kommer snart in och pratar lite med dig. Du har inte ont?"

Han skakade på huvudet.

"Ring på knappen om det är nånting. Doktor Parvus kommer om en liten stund."

Hon studerade ett papper som hängde vid sängens fotända, sedan nickade hon uppmuntrande mot honom och lämnade rummet.

Innan han slumrade in på nytt låg han stilla i sängen och blickade ut genom det frikostiga fönstret, där han kunde iaktta en gul lyftkran som rörde sig sakta och gravitetiskt mot den klarblå hösthimlen. Det såg vackert ut, tyckte Gunnar Barbarotti, majestätiskt på något vis. Och värdigt. I nästa liv vill jag bli en lyftkran, bestämde han, då kommer kvinnorna att flockas omkring mig.

Medan han betraktade detta vackra och värdiga, passade han också på att reflektera en smula över läget; även om fallet från taket inte varit någon nära-döden-upplevelse, så föll det sig naturligt på något vis.

Det egna personliga läget, vill säga – hans plats i det koordinatsystem som kallades livet i hans fyrtionionde år – och vad man än ville anlägga för synpunkter på orsak och verkan och utveckling, så måste man nog skriva under på att det hänt ett och annat den senaste tiden.

Det senaste året, kunde man gott påstå. Förra hösten så här dags – september månad, eller i varje fall slutet av augusti om man ville vara petig – hade han bott mol allena i sin trerumslägenhet på Baldersgatan. Så var det faktiskt, han mindes att han brukat sitta på balkongen om kvällarna, iaktta kajsvärmarna som cirklade över Katedralskolans brant stupande tak, grubbla över egendomliga tilldragelser i Finistère i Frankrike och undra över hur det skulle gå med hans liv. Om han skulle komma att tillbringa också sina resterande tio eller tjugo eller trettio år på samma ensliga, alltmer deprimerande och muggiga vis – eller om Marianne skulle säga ja och han skulle gå en ny vår till mötes.

Ja, det var väl ungefär så optionerna sett ut, tänkte Barbarotti, och lämnade för en sekund den ståtliga kranen med blicken för att istället titta till sin gigantiska – och för all del lite imponerande den också – gipsklump till underben. Det var någonting som kliade därinne, men han antog att det bara var att bita ihop tänderna och vänja sig vid det. Han hade svårt att tro att man skulle bryta upp ett så stort och präktigt paket bara för att en enkel kriminalinspektör skulle komma åt att klia sig.

Han återgick till kranen och livet. Tänkte att Baldersgatan kändes oändligt avlägsen; som någonting han lämnat bakom sig för länge, länge sedan – i ett liv som egentligen bara varit ett väntrum. En andhämtningspaus efter skilsmässan från Helena. Väntan på någonting nytt som skulle vara på riktigt, liksom.

Han hade dvalts där i fem år, tillsammans med älskade dottern Sara, som förvisso varit hans ljus i mörkret; sedan hade... ja, sedan hade faktiskt det nya livet infunnit sig. Hux flux, åtminstone kunde det förefalla så när man tittade i backspegeln. Numera bodde han i en trehundrafemtio kvadratmeter stor träkåk på en strandtomt ute vid Kymmens udde. Grannar på långt och behagligt avstånd, vildvuxen trädgård, en och en halv miljon i lån på Swedbank och en kvinna han älskade.

De många kvadratmeterna behövdes verkligen, eftersom man för närvarande var – han gjorde en kort paus och räknade efter – nio personer som huserade där.

Herregud, tänkte han. Från en enpersonsfamilj till en nia på bara ett år. Tala om utveckling. Han stirrade på kranen och märkte att han log. Det fanns en stillsamt vibrerande tillfredsställelse längst inne i honom, det var ingenting att sticka under stol med, och det handlade ju... ja, egentligen handlade det bara om honom och Marianne. Till syvende och sist.

Sedan hade det kommit en del på köpet, och eftersom inspektör Barbarotti en gång för alla tyckte om att göra listor – det hade varit så sedan långt nere i koltåldern (vad nu det var för någonting?) – så gjorde han en i huvudet nu också.

Över de boende i Villa Pickford, alltså, som den förste ägaren, gamle fabrikör Hugger, döpt sin skapelse till. Han hade varit en tidig filmfreak och gett huset namn efter sin favoritskådespelerska när han uppförde det i mitten av trettiotalet.

Gunnar och *Marianne*, således. De var de som bestämt sig för att slå sina påsar ihop och de levde numera som man och hustru – även om hon valt att behålla sitt flicknamn Grimberg. Han hade aldrig klandrat henne för det, ville hon byta till Barbarotti någon gång i framtiden, skulle det säkert gå att ordna. Vidare då?

Jo, hans egna barn, förstås: *Sara*, 20, *Lars* och *Martin*, 14 och 12.

Mariannes barn: Johan, 16, och Jenny, 14.

Saras pojkvän *Jorge*, 20, bägge två skulle snart flytta ut, eftersom de hade en egen lägenhet, en nedgången men billig etta på Kavaljersgatan på Väster, som de höll på att renovera – ett arbete som gick på sin tredje månad nu, men som enligt alla sansade bedömare borde vara färdigt före jul. Problemet var att båda två hade studier och arbeten och allt möjligt annat att ta hänsyn till, och att de uppenbarligen trivdes rätt så bra i Villa Pickford.

De hade känt varandra i ett halvår och pappa Barbarotti tyckte gott att de kunde vänta ett tag med att flytta ihop, men i det fallet – liksom i en del andra – hade han ingen talan.

Hursomhelst bodde de ännu så länge i Pickford, och eftersom det fanns åtminstone tio rum i kåken innebar det inga problem.

Det som möjligen innebar problem var storfamiljens nionde och sista medlem: *Svåger-Roger*. Landsplågan.

Roger Grimberg var Mariannes tio år äldre bror och det var naturligtvis inte meningen att han skulle bli kvar för evigt, han heller.

Men han var händig som en MacGyver; om man gav honom ett ägg, två blyertspennor och en gummisnodd, kunde han bygga en helikopter på åtta minuter. Det var praktiskt att ha honom i huset så länge renoveringsarbetet pågick, det gick inte att förneka den saken. Och renoveringsarbetet hade pågått ända sedan de flyttade in den första november. Tio och en halv månad nu. Svåger-Roger hade varit på plats på heltid de senaste fem, eftersom han varit arbetslös så länge.

I vanliga fall – när han inte spikade eller sågade eller målade eller bytte fönsterbågar eller lade golv eller drog om ledningar eller installerade kaminer i Villa Pickford – bodde han i Lycksele och arbetade som parkeringsvakt.

Det behövs väl inga parkeringsvakter i Lycksele, brukade Barbarotti tänka. Klart som fan han är arbetslös.

Problemet med Roger Grimberg, frånsett att han var så fruktansvärt händig att Barbarotti ibland fick böjveckseksem av det, var att han också var en smula alkoholiserad och att han tyckte om att kommentera tillståndet i världen.

Alkoholen höll han visserligen under kontroll, han drack jämnt ett sexpack öl per dygn, arbetsdag som vilodag; det var omvärldsanalysen som det var svårare att stå ut med.

Till exempel när man kravlade omkring tillsammans med honom på ett hett tak och spikade någonting som kallades läkt. Var det därför jag ramlade ner? tänkte Barbarotti. Var det för någonting Svåger-Roger kläckte ur sig? Han kunde visserligen inte komma ihåg exakt vad som föregått fallet ner i skottkärran, men han mindes att Roger haft en omfattande utläggning om svenska företag som flyttade sin produktion utomlands – till Östeuropa och Sydostasien – medan de fortfarande befann sig nere på marken och fyllde på spik i maggördlarna. Han och Roger alltså, inte företagen. Det hette antagligen någonting annat än maggördlar, men Gunnar Barbarotti tyckte om att sätta egna namn på en del tingestar i hantverkssvängen. Det var en fråga om integritet och rätten att värna sin livsåskådning, om det dessutom råkade reta Landsplågan en smula så var det bara en liten bonus. Kunde han irritera honom så mycket att han bestämde sig för att flytta hem till sin tvårummare i Lycksele bara taket var lagt, var det en helvetes bonus.

Marianne hade antytt det så sent som häromdagen. Att hennes bror hade hemlängtan.

Vore onekligen rätt så idealiskt, tänkte inspektör Barbarotti och rättade till kuddarna i sängen, om den sopproten kunde spika färdigt taket på egen hand, medan jag ligger på sjukhus och tar igen mig. Och sedan dra norröver till sina parkeringsautomater och stanna där.

Med denna optimistiska tanke i huvudet, och med den ståtliga lyftkranen på näthinnan, somnade han om ännu en gång, och varken Gud eller Djävulen gjorde sig omaket att besvära honom mer den här dagen.

Inte med pokerspel och inte med någonting annat heller.

Istället kom där en kvinna och det tog ett par sekunder innan han förstod att han faktiskt var vaken.

Hon stod vid sidan av sängen och såg ut att vara i femtioårsåldern. Kraftigt byggd utan att vara direkt tjock, och med en hårfärg som påminde om bourgogne och som rimmade ganska illa med hennes ljusblå, lite flackande ögon.

Hon var klädd i vitt, så han förstod att hon ingick i personalstyrkan på något sätt.

”Ursäkta”, sa hon. ”Mitt namn är Alice Ekman-Roos. Jag är sköterska här på avdelningen. Fast jag har inte haft hand om dig, du kanske inte minns mig?”

Han läste på namnskylten som hängde längst ute på hennes ena bröst. Det verkade stämma att hon hette Ekman-Roos, och det stämde också att han inte mindes henne. Han skakade på huvudet och försökte se beklagande ut.

”Tyvärr.”

”Vi gick i samma klass i gymnasiet”, sa hon. ”Ett år, bara, men ändå.”

Alice Ekman? tänkte han. Ja, kanske. Det kanske hade funnits någon med det namnet, men inte med den hårfärgen, det var han säker på… i ettan, förmodligen, han hade bytt linje till årskurs två. Jo, det skulle kunna vara hon.

”Jag vet ju att du är polis och så, och om du är för trött får du säga ifrån. Men jag tänkte fråga dig om en sak.”

Han såg att hon var obekväm. Att hon skämdes över att hon närmade sig honom på det här viset. Kanske hade hon stått och väntat en stund på att han skulle vakna?

”Alice Ekman?” sa han.

”Ja.”

”Jo, jag tror jag kommer ihåg dig. Du hade en kompis som hette Inger, var det inte så?”

Hennes bekymrade ansikte slätades ut för ett ögonblick.

”Det stämmer. Inger Mattsson. Ja, vi hängde jämt ihop.”

”Vad var det du ville?” frågade han. ”Jag är lite nyopererad men det känner du säkert till?”

”Jo, jag vet”, sa hon. ”Det var därför jag tänkte passa på… medan du ligger på min avdelning, så att säga. Du ska snart tillbaka till ortopeden.”

”Var är jag nu, då?”

”På post-op. Du får stanna här några timmar till, bara.”

”På det viset”, sa Barbarotti.

Hon strök sig över håret och kastade ett oroligt ögonkast bort mot dörren.

”Det är... det är alltså så att jag har ett problem, och jag vet inte riktigt om jag ska vända mig till polisen eller inte. Jag känner liksom ingen jag kan fråga heller.”

Barbarotti kastade en blick på lyftkranen och väntade.

”Det är lite pinsamt och jag vill egentligen inte att det kommer ut. Fast å andra sidan...”

”Ja?”

”Å andra sidan kan det ju vara någonting allvarligt också. Jag har funderat på det i två dagar nu, och jag vet verkligen inte hur jag ska bete mig. Och så, när jag såg ditt namn här, så... så tänkte jag att jag kanske kunde be dig om ett råd, åtminstone.”

Hon gjorde en kort paus och harklade sig, det var uppenbart att hon var nervös. ”Du får ursäkta att jag tränger mig på dig så här, det skulle jag naturligtvis inte göra under normala omständigheter, men... ja, jag är en smula desperat, helt enkelt.”

”Desperat?”

”Ja.”

Gunnar Barbarotti fattade tag med händerna i madrassen och försökte komma lite högre upp i sängen.

”Vad är det som har hänt?” frågade han.

Hon betraktade hans gipsade ben en stund innan hon svarade. Bet sig i underläppen också och kliade med bägge pekfingernaglarna längs tummarnas insidor.

”Det är min man”, sa hon. ”Det verkar som om han gått och försvunnit.”

25

”Och varför vill du inte anmäla det, alltså?”

Fyra timmar senare.

En annan sjukhussal och ingen gul lyftkran. Men en grön vikskärm runt två fjärdedelar av sängen, ett lovvärt försök att skapa en illusion av avskildhet.

Men bara en illusion. Det låg två andra patienter i samma rum, med gips på lite olika ställen, men uppenbarligen inom hörhåll om man inte sänkte rösten. En av dem, en herre i åttioårsåldern, pratade högljutt med sin fru i telefon och lämnade inget tvivel i det avseendet.

Marianne hade varit och besökt honom. Sara och Jorge också. Ett antal läkare och sköterskor hade tittat till honom och förklarat att allt gått som det skulle och att han mådde bra. Han skulle bli utskriven imorgon eller i övermorgon, sedan kunde han räkna med fyra till sex veckors gips. Man skulle sannolikt behöva lägga om det en eller två gånger.

Men nu hade Alice Ekman-Roos återkommit, trots att det inte längre var hennes avdelning. Klockan var halvåtta på kvällen, himlen utanför fönstret hade börjat djupna mot violett.

Hon drog ett djupt andetag och betraktade honom allvarligt.

”Därför att det kanske bara är en banal och pinsam historia, alltihop.”

Han dröjde några sekunder med att kommentera.

”Polisen är van vid banala och pinsamma historier.”

Hon suckade och lämnade honom med blicken. Stirrade ut genom fönstret istället. ”Jag förstår det”, sa hon. ”Jag vill bara inte att det kommer ut om det är på det viset... men det kan ju vara allvar också. Som sagt.”

”Allvar?”

”Ja, någonting kan ju faktiskt ha hänt honom. Han kan ha råkat ut för något hemskt.”

”Jag förstår inte riktigt vad det är du vill att jag ska göra”, sa Barbarotti. ”Jag är ju en smula indisponerad, som du ser.”

Han gjorde en gest mot gipset och försökte åstadkomma en ironisk grimas.

”Naturligtvis. Jag går härifrån med en gång om du ber mig. Jag tänkte egentligen bara fråga dig om ett råd. Eftersom vi ändå gick i samma klass en gång, och du är polis och så.”

Gunnar Barbarotti nickade. Så mycket hade hon hunnit säga innan de blev avbrutna borta på post-op.

Inte mycket mer heller. Att den försvunne maken hette Valdemar och att hon inte sett till honom sedan i söndags. Idag var det tisdag. Han drack en klunk vatten från muggen på sängbordet och bestämde sig.

”Allright”, sa han. ”Du får gärna berätta. Jag har ju ändå ingenting annat för mig.”

”Tack”, sa hon och drog stolen lite närmare. ”Tack så hemskt mycket. Ja, jag kommer ihåg att du verkade vara en schysst typ... jag menar då, när vi gick på gymnasiet. Även om vi väl aldrig lärde känna varandra närmare.”

”Söndag”, sa Barbarotti för att slippa mer skolprat. ”Du säger att din man varit borta sedan i söndags?”

Hon harklade sig och knäppte händerna. ”Just det. Jag

pratade med honom i telefon vid sextiden. Sedan dess har jag inte hört ifrån honom."

"I telefon? Han var inte hemma, alltså? Bor ni här i Kymlinge?"

Hon nickade. "Fanjunkargatan. Vi har bott där ända sedan vi gifte oss. För... för tio år sedan ungefär. Vi har var sitt äktenskap bakom oss. Det är ju så det är nuförtiden."

"Jag befinner mig i samma läge", tillstod Barbarotti.

"Jaså? Ja, det har ju aldrig hänt någonting sådant här tidigare. Valdemar är en ganska trygg och... ja, många skulle nog säga tråkig... person. En smula inbunden, om du förstår? Han är verkligen inte en människa man förväntar sig ska försvinna. Det är absolut inte likt honom och han är tio år äldre än jag dessutom."

Barbarotti hade lite svårt att förstå vad åldersskillnaden kunde ha för samband med benägenheten att försvinna, men brydde sig inte om att utreda den detaljen.

"Det du inte kan bestämma dig för", sa han istället, "är om han kan ha gjort det av egen fri vilja?"

Hon ryckte till. "Hur kan du veta det?"

Han slog ut med händerna. "Om du inte misstänkte det, förstår jag inte hur det pinsamma kommer in i bilden."

Hon tänkte efter och han såg att hon köpte resonemanget. "Naturligtvis", sa hon. "Det är naturligtvis inte första gången du stöter på någonting sådant här. Ja, det finns en möjlighet att han håller sig undan för att han vill göra det, det är precis som du säger."

"Hur mycket har du försökt ta reda på?" frågade Barbarotti. "På egen hand, så att säga."

En rodnad sköt upp i hennes stora släta ansikte.

"Ingenting", sa hon.

"Ingenting?" sa Barbarotti.

"Nej, jag tycker..."

"Ja?"

"Jag tycker det skulle vara så förfärligt genant om det vore på det viset. Att han bara lämnat mig. Jag har tänkt att han hör väl av sig..."

"Hans arbetsplats? Han har väl ett arbete?"

Hon nickade och skakade på huvudet i en enda förvirrad rörelse. "Ja, men jag har inte ringt dit."

"Varför då? Var arbetar han?"

"Wrigmans Elektriska. Jag vet inte om du känner till dem. De tillverkar termosar och lite annat, håller till ute i Svartö."

"Jag vet var det är", sa Barbarotti. "Ja, jag kan i varje fall ge dig det rådet. Ring dit och hör dig för innan du kontaktar polisen."

"Jo", sa hon och slog ner blicken. "Det borde jag förstås göra. Och jag vet att jag beter mig lite fjolligt i det här."

Han kände hur en viss sympati för henne började ta plats i honom. Om hennes make verkligen bara lämnat henne utan ett ord till förklaring, fanns det ingen anledning att vara nedlåtande mot henne. Och han hade ju tid, som sagt.

"Det finns alltså speciella skäl som får dig att tro att han själv kan ligga bakom det här?" frågade han. "Tolkar jag dig rätt på den punkten?"

Hon betraktade sina knäppta händer ett kort ögonblick innan hon svarade. "Jo", sa hon. "Det finns sådana skäl. Valdemar har inte uppträtt riktigt som vanligt den senaste tiden. Både flickorna och jag har lagt märke till det."

"Flickorna?"

"Vi har två döttrar. Ja, de är mina bägge två, från mitt förra äktenskap. Men de bor med oss. Signe och Wilma, de är tjugo och sexton."

”Och ni... ni har noterat att din man inte varit som han brukar på sistone.”

”Ja.”

”På vilket sätt?”

Hon försökte rynka pannan, men där fanns alldeles för lite hud och alldeles för mycket pannben för att det skulle lyckas. ”Jag vet inte riktigt”, tvekade hon. ”Det är liksom ingenting som jag kan sätta fingret på, men det har ändå märkts på honom. Saker han sagt och sådant... man undgår ju inte dom här små förändringarna när man levt länge tillsammans. Jag har trott att...”

”Ja?”

”Jag vet inte, men jag fick för mig att han kanske led av en depression. Han trodde själv att det kunde vara så, vi har till och med pratat med en psykiatriker, det är en bekant... men så är det en annan sak också, som jag fick reda på i söndags. Det kanske inte alls har någonting med det här att göra, men jag kan ändå inte låta bli att oroa mig för det.”

”Jag förstår”, sa Barbarotti. ”Och vad var det du fick reda på i söndags?”

Hon svalde och rodnaden kom tillbaka, ackompanjerad av solen, som passade på att skjuta in dagens sista strålar genom fönstret.

”Det var en av mina väninnor som gjort en iakttagelse”, sa hon.

”En iakttagelse?”

”Jag vet inte vad man ska kalla det. Hon berättade i alla fall att hon sett Valdemar i sällskap med... i sällskap med en ung kvinna.”

Jaha, tänkte Barbarotti. Då var vi där. Tänkte väl det.

”Det är förstås möjligt att det är alldeles oskyldigt”, fortsatte Alice Ekman-Roos. ”Jag menar, det kan ju ha varit en arbetskamrat eller vad som helst, men det är alltså så att... ja, att han förnekar det. Min väninna såg dem på en meters håll och de hälsade på varandra. Valdemar och den här kvinnan kom ut från en restaurang. Varför skulle han förneka det, om det vore någonting oskyldigt?"

"Det är en bra fråga", sa Barbarotti. "När var det hon gjorde den här... iakttagelsen, alltså?"

"I fredags. De kom ut från Ljungmans på Norra torg. Du vet väl var...?"

"Javisst", bekräftade Barbarotti. "Men hur reagerade din man när du så att säga konfronterade honom med det här? Det var alltså i söndags du gjorde det, har jag fattat det rätt?"

"Just precis", sa Alice Ekman-Roos. "Men jag vet liksom bara att han nekade till det. Och det är det sista jag har hört av honom."

"Det sista?"

"Ja."

"Vänta nu, det var alltså det här telefonsamtalet på eftermiddagen? Det var då du berättade och då han förnekade?"

Hon nickade och nu hade hon för första gången fått en blank hinna i ögonen. "Jag hade just fått höra det av min väninna. Jag kom hem och han var inte inne. Jag ringde honom på mobilen och talade om vad jag just fått veta, och han... ja, han sa att det var en missuppfattning. Att han inte varit på Ljungmans överhuvudtaget i fredags. Sedan stängde han av mitt i samtalet. Eller kanske bröts det, jag vet inte."

"När på fredagen skulle det ha varit?"

"Under lunchen. Det är också konstigt. Varför skulle han ha varit i stan så dags?"

"Han borde ha varit på sitt arbete i Svartö?"

”Ja.”

”Men det kanske hände att han var i stan ibland?”

”Inte såvitt jag vet.”

Barbarotti funderade och solen försvann.

”Var befann han sig?” frågade han. ”När du ringde.”

Hon suckade. ”Han sa att han tagit bilen och åkt en runda bortåt Kymmen, men jag vet inte. Han brukar aldrig göra sånt. Han sa att han skulle vara hemma snart.”

”Men han kom aldrig hem?”

”Nej. Senare under kvällen ringde jag honom igen, förstås, men jag fick inget svar. Inte igår och inte idag heller.”

”Du har ringt många gånger?”

”Ja.”

”SMS:at?”

”Ja.”

”Jag förstår”, sa Barbarotti. ”Ja, då tror jag att jag har läget klart för mig.”

”Är det så ni brukar säga?”

”Vad då?”

”Hos polisen. Att ni har läget klart för er?”

Han svarade inte. Hon rätade på ryggen, drog ett djupt andetag och han väntade på att det skulle komma någonting mer.

Men det gjorde det inte. Hon satt med blicken riktad ut genom fönstret, ut mot stadsskogen och ån, och brydde sig inte om att tårarna rann nerför hennes kinder. På andra sidan av den skyddande skärmen kom någon in i rummet med en skramlande vagn och han förstod att deras samtal snart skulle vara till ända.

”En sak till”, kom han på. ”Vilka är det som känner till att han är försvunnen?”

”Det är bara jag.”

”Inte dina döttrar?”

”Jag har sagt åt dem att han är på en tjänsteresa.”

”Brukar han åka på tjänsteresor?”

”Aldrig. Men de har liksom fullt upp med sitt. De är i den åldern.”

Barbarotti nickade och funderade ett ögonblick. ”Allright”, sa han. ”Ja, det låter ju som en lite tråkig historia, oavsett vad det är som har hänt. Jag förstår att du känner dig oroad, men jag tycker ändå det bästa du kan göra är att ringa till hans jobb och höra efter.”

Och det var nu hon överraskade honom ännu mer än hon lyckats göra hittills.

”Kan inte du göra det?” sa hon. ”Om jag ber dig.”

Hans eget svar var inte mindre överraskande.

”Okej, om du ger mig numret, så fixar jag det imorgon bitti.”

En halvtimme efter att Alice Ekman-Roos lämnat honom ringde Marianne.

”Hur mår du, min älskade?” ville hon veta.

”Bättre än jag förtjänar”, erkände Gunnar Barbarotti. ”Och dom säger att jag inte behöver arbeta på ett tag.”

”Varken med det ena eller det andra?” frågade Marianne.

”I synnerhet inget slags hantverksjobb”, sa Barbarotti.

”Och du har inte ont?”

”Inte ett dugg.”

”Lucky you”, sa Marianne och skrattade. ”Vet du, jag är så himla glad att du lever. Du är så klantig och det kunde faktiskt ha gått mycket värre.”

”Tack”, sa Barbarotti. ”Jag tycker hursomhelst att det ska bli kul att älska med gipsat ben. Det är någonting jag alltid undrat över... hur det funkar, alltså."

"Vill du att jag kommer upp ikväll?" frågade Marianne.

"Tror inte det har stelnat riktigt än", sa Barbarotti. "Missförstå mig inte, men vi får nog vänta tills jag är hemma igen."

"Jag menade faktiskt inte så", sa Marianne. "Tänkte bara komma och pussa dig godnatt."

"Bättre att du pussar resten av familjen godnatt", sa Barbarotti. "Eller hur?"

"Jaja", suckade Marianne och han kunde nästan höra hur hon himlade med ögonen. "Sex barn och en alkis till brorsa, låter som en film, gör det inte? Ja, det är nog bäst jag stannar kvar."

"Sara och Jorge är inga barn", påpekade Barbarotti. "Inte hela tiden i varje fall."

"Medges. Men Jenny har matteprov imorgon och Martin behöver hjälp med akvariet. Och vi har två ton tvätt, jag slipper sitta och rulla tummarna i alla fall."

"Jag kommer hem och tar itu med tumrullningen imorgon", lovade Barbarotti. "Eller i övermorgon. Säg till Svåger-Roger att han rappar på med taket."

"Han är nästan klar med det. Han säger att det går fortare när inte du är med."

"Fy fan", sa Barbarotti.

"Han kanske skämtade", sa Marianne.

"Självklart gjorde han det", sa Barbarotti. "Nej, jag tror jag behöver knyta mig nu. Sov gott, sköna nymf. Slut mig i dina drömmar in."

"Jag trodde du hade vaknat upp ur narkosen", sa Marianne.

Bara ett par minuter senare var det kriminalinspektör Backmans tur.

”Smart”, sa hon.

”Vad då?” sa han.

”Man tar ledigt en dag för att bygga om sitt slott. Man fejkar ett benbrott och slipper jobba en hel månad.”

”Precis”, sa Barbarotti. ”Jag tycker själv att jag räknade ut det rätt så bra.”

”Fast Asunander säger att du ska få inre skrivbordstjänst så snart gipset stelnat. Jag tror han menar imorgon.”

Barbarotti funderade. ”Du kan hälsa vår övereunuck att jag redan längtar tillbaka”, sa han. ”Men att jag tyvärr känner mig förhindrad att gå emot läkarorder.”

”Jag ska säga det till honom”, lovade Eva Backman. ”Fast jag tror inte han är så förtjust i läkare.”

”Vet du vad han är förtjust i?” frågade Barbarotti. ”Egentligen. Jag har tänkt på det en del.”

”Jag också”, sa inspektör Backman. ”Jag tror att han gillar en viss sorts excentriska och lite argsinta hundar.”

”Han hade ju en sån”, sa Barbarotti.

”Jo, men den dog”, påminde Backman. ”Det kommer du väl ihåg?”

”Klart jag gör”, sa Barbarotti. ”Så numera är han inte förtjust i någonting?”

”Det var dit jag ville komma”, sa Backman. ”I synnerhet inte i lata snutar som ramlar ner från tak och sjukskriver sig.”

”Tack, jag har läget klart för mig”, sa Barbarotti. ”Varför sitter vi och dillar om Asunander?”

”Ingen aning. Är det sant att du landade i en skottkärra?”

”Ja”, sa Barbarotti och insåg att han inte hade lust att

prata om det heller. ”Hur har du det själv?” frågade han.

”Skulle behöva tala med dig”, sa Eva Backman. ”Om Sigurdssonfallet bland annat. De där förhören du gjorde med Lindman och prästen.”

”Jo, jag förstår det”, sa Barbarotti. ”Hur bråttom är det?”

”Hur länge blir du kvar på sjukhuset?”

”De skickar antagligen hem mig imorgon… eller i övermorgon. Men jag är fullt talbar här och nu, det märker du väl?”

”Tycker inte om sjukhus”, sa Backman. ”Men om jag kan komma hem till dig i övermorgon, så är jag fullt nöjd. Så kan åklagaren få sy in den där jävla Sigurdsson i nästa vecka.”

”Vi säger så”, sa Barbarotti och kände plötsligt att han inte orkade prata mer överhuvudtaget. Han var ju nyopererad, var det inte så?

”Ring mig imorgon”, förklarade han. ”Så får vi se hur läget är då.”

”Se till att du inte ramlar ur sängen och skadar dig”, sa Eva Backman, och sedan önskade de varandra godnatt.

Innan han somnade blev han liggande en stund och lät tankarna vandra. Egentligen försökte han styra dem – bort från samtalet med den oroliga narkossköterskan, mot sitt eget liv och sina egna omständigheter.

Vad det skulle innebära att släpa omkring på en bruten fot, till exempel. Det var andra gången i hans liv ett ben gått av någonstans i hans kropp, vid det förra tillfället hade han cyklat rakt in i en mattpiskställning och knäckt nyckelbenet. Det var fyrtio år sedan och det hade läkt utan gips på ett par veckor. Gunnar Barbarotti antog att det var en viss skillnad på läkköttet hos en åttaåring och en fyrtioåttaåring.

Men det ville sig inte. Det var inte dessa reflektioner som tog herraväldet över hans tankar, det var Alice Ekman-Roos. Vare sig han ville det eller inte och hur mycket han än försökte styra.

Kanske för att han tyckte synd om henne, för det gjorde han. Det kunde inte råda mycket tvivel om vad som hänt. Eller hur? frågade han sig. Hennes man hade tröttnat och hittat en annan kvinna. Det var förstås ett jäkla sätt att bara lämna henne utan ett uns av förklaring, men många män fungerade på det viset. Tålde inte att se vad de sysslade med i vitögat, i varje fall inte för tidigt. Valdemar Roos skulle antagligen höra av sig om någon eller några dagar, för tillfället var han alltför upptagen av sitt nya liv och sin nya kvinna.

Skitstövel, tänkte Gunnar Barbarotti. Så beter man sig inte. Man måste se till att... att hålla sådana djupt karaktärslösa handlingar ifrån sig.

Fast inom sig anade han – i någon mörk, manlig vindling – att om det varit han själv som råkat bli gift med en kvinna som Alice Ekman-Roos, så kunde det mycket väl ha hänt att han handlat precis som Valdemar Roos gjort. Lämnat henne utan ett ord. Det var som det var, man ska inte förfalska sina bevekelsegrunder.

Men han var inte gift med Alice Ekman-Roos; han var gift med Marianne Grimberg. Det var en helvetes skillnad.

Vissa skitstövlar har mer tur än andra skitstövlar, tänkte inspektör Barbarotti. Så orättvist går det till i livets lotteri, tack Gode Gud för att du sände henne i min väg.

Efter dessa anspråkslösa funderingar och analyser somnade han in.

26

”Wrigmans, ett ögonblick.”

Det var onsdag eftermiddag. Han hade visserligen lovat att ringa till Wrigmans redan på morgonen, men saker hade kommit emellan. Samtal med läkare. Råd och anvisningar inför konvalescensen. Utprovning av kryckor och toalettbesök, det senare var mer besvärligt än han tänkt sig.

Två besök av Marianne också, hon arbetade ju på BB, det tog inte mer än tre minuter att springa över till ortopeden.

Man skulle hålla kvar honom till nästa dag, hade han fått veta. Ville ha en röntgen till innan man skickade hem honom. Eller om det var någonting annat, han hade lätt att slå dövörat till inför den medicinska vetenskapen. Av någon anledning.

”Kan du verkligen vara utan mig en natt till?” hade han frågat Marianne.

”Man får ta sina smällar”, hade hon svarat.

Till och från hade han haft lite ont också. Benet i den vita gipsklumpen kändes både som något som tillhörde honom och som inte tillhörde honom. Ibland kliade det, klådan tillhörde honom definitivt.

Så klockan hade hunnit bli halv tre, innan han bestämde sig för att ta itu med den förrymda skitstöveln.

”Ja, Wrigmans Elektriska. Ursäkta att ni fått vänta.”

”Jag skulle vilja tala med Valdemar Roos.”

”Valdemar?”

”Valdemar Roos, ja.”

Kvinnan i andra änden skrattade till. Lite hest, lite vasst.

”Jamen, han har ju slutat.”

”Slutat?” sa Gunnar Barbarotti.

”Precis”, sa kvinnan.

”Nu förstår jag inte riktigt”, sa Barbarotti. ”Du säger att Valdemar Roos inte arbetar hos er längre?”

”Det är vad jag säger”, bekräftade kvinnan. ”Vem är det jag talar med?”

”Jag heter Barbarotti”, förklarade Gunnar Barbarotti. ”Men jag ringer egentligen för en god väns räkning. Säg mig, hur länge sedan är det som Valdemar Roos lämnade er?”

Kvinnan hostade och tänkte efter.

”Tja, det är väl en månad sen, ungefär”, sa hon. ”Han bara sa upp sig hux flux. Från den ena dagen till den andra. Och Wrigman lät honom gå.”

”Jag förstår”, sa Barbarotti, samtidigt som han var ganska säker på att det var just det han inte gjorde. ”Vet du om han började arbeta någon annanstans?” frågade han.

”Har inte en susning”, sa kvinnan. ”Han jobbade här i tjugo år, sen sa han upp sig. Så var det, bara.”

Gunnar Barbarotti funderade i all hast.

”Vet du var jag kan få tag i honom?”

”Nej.”

”Du råkar inte ha hans mobilnummer?”

”Jo, jag kanske har det här nånstans. Vänta ett tag.”

Han väntade medan han hörde henne klicka med fingrarna över ett tangentbord. Sedan fick han numret till Valdemar Roos mobiltelefon och de avslutade samtalet. Han förstod att Wrigmans Elektriska inte hörde till de företag som skickade sina anställda på charmkurs.

Han justerade kuddarna bakom ryggen och betraktade sitt ben en stund.

Slutat jobba?

För en månad sedan?

Hans hustru hade inte nämnt ett ord om den saken. Varför?

På impuls slog han det nummer han fått av kvinnan på Wrigmans. Det kunde ju, trots allt, vara så att det bara var sin fru han vägrade prata med.

Inget svar.

Gunnar Barbarotti skakade på huvudet och klickade fram Alice Ekman-Roos nummer istället.

Tjugo minuter senare satt hon vid hans sängkant igen.

”Vad i hela friden är det du säger? Jobbar han inte där längre?”

Han såg på henne att hon hade gråtit. Hennes stora, släta ansikte var en smula uppsvällt och en smula blossande. Om hon känt sig pinsam igår, så var det antagligen sju resor värre idag, tänkte Barbarotti och bestämde sig för att den där slutsatsen om att Valdemar Roos var en skitstövel med största sannolikhet varit alldeles korrekt. Det var inte nog med att han hade en annan kvinna, han hade också fört sin hustru bakom ljuset på det mest hårresande sätt. Sagt upp sig från jobbet utan att berätta ett dyft för henne.

”Jag förstår inte”, sa hon nu. ”Han åkte ju dit varenda morgon precis som vanligt... och kom hem på kvällen.”

”De påstår att han slutade för en månad sedan”, sa Barbarotti.

”Men det är ju... det är inte möjligt. Om han inte åkte till Wrigmans, vart åkte han då?”

”Han brukade köra egen bil fram och tillbaka?” frågade Barbarotti.

”Javisst. Det har han alltid gjort... redan innan vi träffades. Han har jobbat där i... ja, inte vet jag... tjugo år åtminstone.”

”Och han samåkte inte med någon?”

Hon skakade på huvudet. ”Jag tror inte det var någon som ville åka med Valdemar.”

Barbarotti begrundade detta ett ögonblick och kliade sig på gipset.

”Han nämnde aldrig någonting om att han tänkte sluta?”

”Aldrig”, sa Alice Ekman-Roos och stirrade på honom med stora hjälplösa ögon. Som om hon råkat ut för någonting hårresande övernaturligt och inte visste hur hon skulle bete sig. ”Han sa aldrig ett ord om någonting sådant. Herregud, vad är det som har hänt?”

”Jag vet inte”, tillstod Gunnar Barbarotti. ”Har ni... eller han... några goda vänner som kanske känner till någonting?”

Hon tänkte efter ett ögonblick, sedan skakade hon på huvudet.

”Någon bekant som han kanske skulle anförtro sig åt?” lade han till.

”Nej, jag tror inte det”, sa hon efter en liten paus. ”Valdemar har nästan inga vänner. Han är en ganska inbunden typ. Men du menar alltså att han... att han...”

”Ja?” sa Gunnar Barbarotti försiktigt och försökte sig på ett uppmuntrande leende, som nog snarare havererade till en grimas. Alice Ekman-Roos drog ett djupt andetag och samlade ihop sig. Det gick fem sekunder.

”Du säger alltså”, sa hon, ”att han låtsades åka iväg till

jobbet varje morgon i en hel månads tid? Varför... jag menar, varför skulle en vuxen karl bete sig på det viset?"

Det är du som är gift med honom, inte jag, tänkte Barbarotti, medan han försiktigt pillade bort lite gips som fastnat under naglarna och funderade på vad han skulle säga till henne.

"Kanske vore det bäst att kontakta polisen i alla fall", föreslog han till slut. "Om du nu inte kommer på någon som kan tänkas känna till var han håller hus."

Hon satt tyst och betraktade sina knäppta händer en stund. Sedan drog hon en djup suck och rätade beslutsamt på ryggen. "Nej", sa hon. "Han är hos den där kvinnan, förstås. Det är till henne han åkt varenda dag."

"Det är en möjlighet", instämde Barbarotti.

"Jag visste att det var någonting", fortsatte hon. "Han har inte varit sig själv den sista månaden... jag har ju märkt att något måste vara galet. Han har hittat en annan och nu har han stuckit."

Ja, tänkte inspektör Barbarotti. Det är nog den rimligaste tolkningen av läget när allt kommer omkring. Han beredde sig på att hon skulle resa sig från stolen och lämna honom – hennes hållning och det sista hon sagt pekade på det – men istället sjönk hon ihop en smula, flyttade blicken ut genom fönstret och bet sig i underläppen. Satt tyst på det viset en lång stund.

"Men en så ung kvinna?" sa hon till slut med rösten full av tvivel. "Vad i all sin dar skulle en ung kvinna få ut av en sån som Valdemar?"

Barbarotti ryckte på axlarna men svarade inte.

"Och varför sa han upp sig från jobbet? Nej, det är ett och annat som inte stämmer här. Det måste vara någonting mer."

”Jag vet inte om det är så stor idé att…”, försökte Barbarotti, men hon avbröt honom.

”Den där kvinnan kan inte ha varit mer än tjugofem, påstod Karin, min väninna som såg dom. Valdemar är nästan sextio. Han har en son som är trettiosju eller trettioåtta.”

”En son?” sa Barbarotti. ”Han kanske känner till någonting?”

”Det tror jag inte”, sa Alice Ekman-Roos bestämt. ”De har nästan ingen kontakt. Han bor i Maardam.”

”På det viset”, sa Barbarotti. ”Ja, hursomhelst så föreslår jag att du tar kontakt med polisen. Åtminstone om han inte hör av sig någon av de närmaste dagarna. Det kan ju trots allt vara så att han råkat ut för någonting, vi ska inte glömma det.”

Hon skakade på huvudet. ”Jag tvivlar på det”, sa hon och reste sig lite ovigt från stolen. ”Valdemar är inte den typen som råkar ut för saker och ting. Han är mera… ja, som en möbel, kanske man kunde säga.”

”En möbel?” sa Barbarotti.

”Ja, en soffa eller så. Han somnar framför teven varenda kväll och han säger aldrig ett ord om man inte först säger någonting till honom.”

Efter dessa konstateranden tackade hon för hjälpen och lämnade honom.

Skönt, tänkte inspektör Barbarotti och slöt ögonen. Där var vi av med Valdemar Roos. Mannen som var en möbel.

Det var en inte alldeles korrekt förmodan, skulle det visa sig.

Eva Backman drog ut cykeln ur stället vid polishusets entré och tänkte att det skulle bli skönt att komma hem. Oerhört skönt. I två dagars tid hade hon suttit på sitt rum och jobbat, medan den klara höstsolen utanför hennes fönster vandrat från vänsterkant till högerkant på det mest hånfulla och bortkastade vis.

Hon hade inte ens haft tillgång till Barbarotti, eftersom den idioten trillat ner i en skottkärra och brutit benet.

Det var inte det här som var avsikten med mitt liv, tänkte hon och svängde upp på Kvarngatan. Jag skulle ha blivit jägmästare eller arkitekt eller fotomodell istället.

Eller vad fan som helst. Åtminstone en polis som hade vett att skaffa sig utomhustjänst när årets vackraste månad pågick för öppna spjäll.

Det var inga nya tankar, kanske var det fel att kalla dem tankar överhuvudtaget. Gamla klyschor, snarare, som vaknade till liv och susade omkring en stund inne i huvudet på henne så snart hon stängde av hjärnan.

Det blev inte som det skulle, det blev så här istället, fortsatte dessa halvtankar. Eva Backman hade haft alla möjligheter att göra vad hon ville med sitt liv när hon var tjugo; vacker, ambitiös, beläst, långbent och smart – tolv år senare var hon gift, hade tre barn, en polisutbildning och ett hus i stadsdelen Haga, som hon i hemlighet avskydde. Stadsdelen, alltså, huset stod hon ut med.

Shit happens, men det kunde ha varit värre.

Tolv år senare ändå var hon fyrtiofyra, bodde kvar i samma hus med samma familj och med lite tur hade hon halva livet kvar. Nästan halva i alla fall; klaga gjorde bara bittra bitchar.

Och just idag såg hon alltså fram emot att komma hem. Maken Wilhelm, Ville gemenligen kallad, och de tre innebandyspelande sönerna hade gett sig iväg till ett träningsläger i Jönköpingstrakten. Det var säsongsupptakt för KIT, Kymlinge innebandytigrar, och hon skulle ha huset för sig själv ända fram till söndag kväll.

Idag var det onsdag, inte en enda bandyklubba att snubbla över på fyra dagar.

Kunde varit värre, som sagt. Hon ökade farten och försökte bedöma sannolikheten för att Ville verkligen fixat bubbelbadkaret, som han hade lovat.

Hon hade varit hemma i tio minuter när hennes far ringde. Hon såg hans nummer på displayen och efter en kort inre kamp bestämde hon sig för att svara.

"Eva, jag har upplevt någonting förfärligt", började han. "Du kommer inte att tro mig."

Nej, antagligen inte, tänkte hon dystert.

"Eva, jag tror att jag har sett ett mord."

"Snälla pappa, jag är säker på att..."

"Jag vet att jag föreställer mig saker ibland. Det är som det är med mitt huvud, men man blir gammal, Eva. Du kommer också att bli det en dag."

Han tystnade. Höll han redan på att tappa tråden? undrade hon. Men han harklade sig och tog vid igen.

"Det var inte idag. Det var häromdagen, jag har gått och funderat på det och så kom jag att tänka på att du är polis, Eva. Det var dumt av mig, jag borde förstås ha kommit på det med en gång, men det slår lite slint ibland, det har jag ju berättat för dig. Och så blev jag förfärligt upprörd, förstås, det gör det inte lättare, men jag har sovit en stund nu på eftermiddagen... och när jag vaknade kände jag mig alldeles klar i huvudet, och det var då jag förstod att jag måste ringa till dig, Eva."

Hon såg på klockan. Den var kvart i sex. Allright, tänkte hon, han får tio minuter, det är det minsta man kan begära. Om inte annat ger det mig lite bättre samvete.

Det kom och gick, det dåliga samvete som hon kände för sin far. Eller för sin bror, snarare, det var till honom hon stod i tacksamhetsskuld. Till Erik och hans fru Ellen, som såg till att Sture Backman kunde leva en sorts värdigt liv, trots att hans själsförmögenheter höll på att lämna honom. Trots att han långsamt men obönhörligt färdades in mot det slutgiltiga mörkret.

De sista två och ett halvt åren hade de haft honom boende hos sig. Det hade varit enda alternativet till någon form av institution, och Eva visste att beslutet inte varit lätt att fatta. Erik var fem år äldre än hon själv, han och Ellen hade inte fått några egna barn men hade adopterat en pojke och en flicka från Vietnam. Tolv och tio vid det här laget; familjen bodde ute på landet, Erik och Ellen var en sorts halvtidsjordbrukare, kunde man säga, bägge två hade andra jobb vid sidan av och på något sätt gick det runt.

Gick nog mer än runt, när hon tänkte efter. De hade just köpt två nya hästar och den stora SUV:en hade förefallit påtagligt välpolerad senast Eva sett den. Gården hette Rödmossen, var belägen ungefär fyra mil väster om Kymlinge, och nästan varje gång hon varit på besök där hade hon sagt sig att det var så här man skulle leva. Precis så här. I harmoni med sin familj, sin omgivning och sig själv. Varken Erik eller Ellen hade någonsin så mycket som antytt att Sture skulle vara någon sorts belastning för dem.

Och kanske var han det inte heller, brukade Eva tänka. Huset var tillräckligt stort för att rymma honom, han skötte fortfarande sin hygien och höll sig, såvitt hon visste, oftast för sig själv. Låg på sitt rum och funderade eller strövade omkring i skogarna runt Rödmossen. Två gånger hade det hänt att han inte hittade hem igen, men numera var han utrustad med en liten sändare, som gjorde att man kunde lokalisera honom även om han vandrade vilse.

För tankarna kom och gick som de ville hos Sture Backman. Gammalt och nytt blandades, och det var bara styckevis och delt som det gick att genomföra meningsfulla samtal med honom.

Fast vem är det som avgör vad som är meningsfullt och inte? tänkte hon. Vad som är utan mening för Andersson och Pettersson, behöver naturligtvis inte vara det också för Lundström.

Eller Backman. Nu harklade han sig omständligt och tog sats igen.

"Det var borta vid det där torpet. Det ena, inte det andra. Jag brukar gå förbi där då och då, de kom liksom utspringande ur huset, hon först, sedan han. Det var på kvällen, det var så overkligt, Eva, som om... ja, jag tänkte att jag kanske i själva verket satt och tittade på en film på teve, men så var det inte. Jag svär på att det inte var en film, Eva, hör du vad jag säger?"

"Ja, pappa", sa hon. "Jag lyssnar. Vad var det som hände, alltså?"

"Jag blev så rädd, Eva. Kan du förstå hur rädd jag blev? Och att blodet var så rött... jag menar ljusrött, jag har alltid haft för mig att det skulle vara mörkare. Betydligt mörkare, men det kanske beror på att man alltid ser det när det har börjat stelna. När det är lite gammalt. Fast jag kommer ju ihåg när du skar dig på den där hemska förskäraren när du var liten, minns du det? Herregud som du blödde. Vi hade lånat den av lundinarna av någon anledning, och det... ja, det var nog ganska ljust då också. Och din mor svimmade, så rädd blev hon, hon trodde väl att du skulle förblöda, det gjorde hon förstås, hon hade så lätt för att..."

Han började skrocka och hon förstod att han befann sig långt tillbaka i tiden nu.

”Hur står det till med Erik och Ellen?” frågade hon i ett försök att återföra honom till nuet. ”Och barnen?”

Men han ignorerade det. ”En gång när vi var och hälsade på hos Margit och Olle”, fortsatte han istället med plötslig entusiasm, ”då hade en av deras ungar, jag tror det var den där Staffan, han var alltid en omöjlig liten jävel, fast han blev rektor för en folkhögskola sen, visst är det konstigt hur det kan gå? Han hade klättrat ner i en brunn, jag förstår inte vad han hade där att göra... men han hade kanske bara gömt sig där för att skrämma oss, vilket tilltag, va? Det håller du väl med om... Eva?”

Hon anade att frågetonen i hans röst kom sig av att han inte riktigt mindes vem det var han satt och pratade med.

”Ja”, sa hon. ”Jag kommer ihåg Staffan.”

”Staffan?” sa hennes far. ”Vem fan är Staffan? Jag tror inte riktigt att jag... det är väl inte en ny karl du har skaffat dig? Är du inte gift med den där Viktor längre?”

”Pappa”, sa Eva Backman. ”Jag tror vi får sluta prata nu. Det var roligt att du ringde.”

”Ja...?” sa han. ”Tack ska du ha, det händer så mycket hela tiden, jag tror jag behöver gå och lägga mig en stund.”

”Gör det”, sa hon. ”Och hälsa till Erik och Ellen och barnen.”

”Det är klart”, sa han. ”De bor ju också här, det ordnar jag i en handvändning.”

”Hej då, pappa”, sa hon och sedan lade de på.

Återstoden av kvällen ägnade hon uteslutande åt sig själv.

Hon joggade sina vanliga fem kilometer i stadsskogen och utefter ån. Mikrade upp en risotto som hon satte i sig tillsammans med en bit ost och ett glas rödvin. Badade bubbelbad i fyrtiofem minuter, Ville hade lagat motorn trots hennes farhågor om motsatsen, sedan kröp hon ner i sängen och tittade på en gammal Hitchcockfilm som hon hittade i DVD-samlingen.

Mannen som visste för mycket.

Min far, tänkte hon. Han var ung när de spelade in den här. Kanske bara hälften så gammal som jag är nu?

Varför måste människor åldras så mycket fortare än avtrycken de lämnar?

Det var en bra fråga, bestämde hon sig för. Tiden som rusar ifrån oss. Någonting att prata en stund om med Barbarotti kanske. Över en öl på Älgen, varför inte?

Bara han såg till att komma tillbaka med sitt förbannade ben.

27

”Läkekonsten i det här landet ger jag inte mycket för”, sa Svåger-Roger och öppnade en öl.

”Jaså?” sa Barbarotti.

”Det där benet kommer du att halta på resten av ditt liv. Tacka vet jag sjukvården i Tyskland och Frankrike.”

”Säger du det?” sa Barbarotti.

Svåger-Roger petade ner öppningsringen i burken och drack en djup klunk. Det var fredag förmiddag. Barbarotti låg i soffan i vardagsrummet med benet uppallat i högläge på ett par kuddar. Det värkte lite och kliade lite. Svåger-Roger satt i en fåtölj i kalsonger och uppknäppt skjorta, det var tydligt att han inte hade för avsikt att vara händig den här dagen. Kanske var det någon sorts spackel som behövde torktid, det hade hänt förr.

De var ensamma i huset. Alla övriga invånare befann sig på arbeten eller i skolor, och Gunnar Barbarotti insåg plötsligt att han mycket väl kunde bli sittande här – eller liggande – med den arbetslöse parkeringsvakten från Lycksele i... ja, tre-fyra timmar var ingen omöjlighet.

”Dom släpper tamejfan in vadsomhelst på läkarutbildningen i våra dagar”, konstaterade han nu. ”För att inte tala om alla kvacksalvare som kommer indrällande över gränserna. Polacker och araber och gudvetvad. Dom kan inte ett ord svenska och dom kan inte skilja på en njure och ett knä, tamejfan. Vill du inte ha en öl?”

”Nej tack”, sa Gunnar Barbarotti.

Tur att jag inte har en pistol i handen, tänkte han. För då skulle jag skjuta den djäveln. I benet åtminstone, så kunde han ta färdtjänst till Tyskland och få det opererat.

”Jag skulle behöva ringa ett samtal”, sa han. ”Du tror inte att du kan ge mig den trådlösa och lämna mig i fred en stund?”

Svåger-Roger tog en ny klunk och kliade sig på magen. ”Jag har ju just satt mig”, sa han. ”Du är nog inte så djävla orörlig som du låtsas, konstapeln. Jag hörde om en kille hemmavid som dom gipsade för en sträckning. Doktor från Iran eller nånting.”

Barbarotti hade ingen kommentar. Efter en stund hävde sig Svåger-Roger upp ur fåtöljen, rapade och gick och hämtade telefonen.

”Jag sätter mig ute på terrassen så länge”, förklarade han. ”Du kan väl ropa när du snackat färdigt?”

Det kan du lita på att jag inte kommer att göra, tänkte Gunnar Barbarotti.

Han fick fatt i Eva Backman med en gång.

”Tack för igår”, sa hon.

Hon hade varit inne i Pickford en timme på torsdagskvällen och diskuterat Sigurdssonfallet. De hade druckit ett glas vin också; han själv, Marianne och inspektör Backman – landsplågan hade föredragit TV:n och en ölburk – och han hade kommit på sig med att tänka att det egentligen bara fanns två människor i världen som han litade blint på: just dessa bägge kvinnor. Hans hustru sedan ett år, hans kollega sedan tolv.

Han hade också undrat om han någonsin skulle ha vågat fria till Eva Backman. Om det nu inte varit som det var, alltså; om hon inte varit upptagen av sin Ville och tre andra innebandyspelare och om han själv inte hittat Marianne på den där grekiska ön.

Det var en gammal och alltmer hypotetisk fråga, som då och då seglade tvärs igenom huvudet på honom, in genom vänster öra, liksom, ut genom höger, och den krävde inget svar. Skönt att det finns den typen av frågor också, brukade inspektör Barbarotti tänka.

Alternativa livsstigar som man aldrig behövde beträda.

"Tack själv", sa han. "Jo, det var en sak."

"Jaha?"

"Jag har bestämt mig. Jag kommer till jobbet på måndag. Du kan hälsa Asunander det."

"Hoppsan", sa Eva Backman. "Jag menar, varför i hela friden då?"

"Jag tycker det är min plikt att dra mitt strå till stacken", sa Gunnar Barbarotti.

Eva Backman satt tyst en stund. "Är du säker på att det inte var huvudet du landade på i den där skottkärran?" frågade hon sedan. "Varför komma till dårhuset när du kan ligga hemma i soffan och peta dig i naveln?"

"Jag har mina skäl", sa Barbarotti.

"Det hoppas jag", sa Eva Backman.

"Men jag kommer alltså att vara bunden till skrivbordet, och om det gör för ont i benet, åker jag hem. Du kan hälsa Asunander det också."

"Allright", sa inspektör Backman. "Du gör som du vill, och det är väl inte benet man arbetar med i första hand."

"Alldeles riktigt", sa Barbarotti. "Det är nästan omöjligt att arbeta med ett ben i handen."

"Nu har jag inte tid med dig längre", sa Backman och lade på.

"Jag har pratat med honom."

"Det var inte så jag menade."

"Han är min bror, Gunnar. Jag tycker inte om att behöva skämmas för min bror."

"Han är en landsplåga."

"Jag vet. Men du måste acceptera att han är en ofullkomlig människa."

"Till skillnad från dig."

Hon betraktade honom, försökte antagligen hitta någon sorts ironi.

"Det var ärligt menat", förtydligade han för säkerhets skull. "Jag tycker du är fullkomlig."

"Du är som du är", sa hon lakoniskt. "Har du ont?"

"Nej. Inte så farligt i alla fall. Men det känns mera när man inte är upptagen av annat. Man behöver distraktioner, liksom."

"Jag förstår det."

Klockan var fem minuter över midnatt, de hade äntligen kommit i säng. Benet låg i högläge på kuddar igen, det värkte en smula, han antog att han stolpat omkring för mycket under kvällen och fått för mycket blod i det. Älska? tänkte han. Föga troligt, det fick nog anstå några dagar. Eller veckor.

"Jag är ledsen", sa han. "Landsplågan är också som han är, men jag borde ha lärt mig hantera honom. Han har hjälpt oss mer än man kan begära. Kan vi inte prata om någonting annat?"

Hon släckte sänglampan. "Jovisst. Det jag ville säga var bara att han kommer att stanna en vecka till. Vi kom överens om det. Om de där sakerna till bryggan kommer på måndag som de lovade, så behöver han tre-fyra dagar, sedan drar han hem nästa lördag eller söndag. Du får försöka stå ut med honom, helst vara lite snäll också."

"Jag vet", sa Gunnar Barbarotti. "Jag skäms. Och jag åker till jobbet på måndag, hursomhelst."

"Är det så klokt?" sa Marianne. "Du inser väl att du faktiskt har en bruten fot att släpa på?"

"Det blir bara skrivbordsjobb", försäkrade han. "Kan lika gärna sitta där och rota i papper som att sitta hemma och irritera mig på din stackars bror, eller hur?"

"Jo, antagligen", sa Marianne.

Hon lät lite ledsen. Eller kanske bara trött. Det fanns antagligen skäl för bäggedera. De låg tysta en stund, sedan tände hon lampan igen, sträckte ut en hand och drog ut lådan i nattygsbordet.

Tog fram Bibeln, höll den i händerna en stund medan hon blundade och drog några djupa, lugna andetag. Stack in ett finger och klöv boken ungefär på mitten.

Han nickade. "Lite vägledning?"

"Lite vägledning."

Hon lät fingret löpa utefter sidan, stannade på måfå, tittade efter och log en smula.

"Låt höra", sa Gunnar Barbarotti.

Marianne harklade sig och läste.

"Dåren lägger händerna i kors och förtär sig själv. Bättre en handfull ro än båda händerna fulla med möda och ett jagande efter vind."

Gunnar Barbarotti begrundade i några sekunder.

"Jagande efter vind", sa han. "Jag tycker om det uttrycket. Fast jag begriper inte vad det har med Landsplågan att göra."

"Det kanske inte är han som behöver vägledning", sa Marianne.

"En handfull ro?" sa Barbarotti. "Ja, mer vill man ju

egentligen inte ha. Det är väl därför jag åker till jobbet på måndag, antar jag. Vad är det för text?"

"Predikaren", sa Marianne. "Han är ju ingen muntergök precis, men jag håller med dig. Det där om jagandet efter vind är bra. Det är väl inte det vi håller på med?"

"Absolut inte", sa Barbarotti. "Och jag ska vara snäll mot din bror. Jag lovar det. Bara en vecka till, alltså? Sju dagar?"

"På sin höjd tio", försäkrade Marianne.

Sedan berättade han för henne om Alice Ekman-Roos och hennes försvunne make. Han visste inte varför han gjorde det, men Marianne blev omedelbart intresserad.

"Har han varit borta sedan i söndags, alltså?"

"Ja. Fast jag vet inte, han kanske har kommit tillbaka vid det här laget."

"När pratade du med henne senast?"

"Igår eftermiddag. Innan jag lämnade sjukhuset."

"Och då visste hon fortfarande ingenting?"

"Nej."

"Och hon hade inte kontaktat polisen?"

"Nej."

"Jag fattar inte riktigt. Han kan ju vara ihjälslagen eller vad som helst."

"Skulle inte tro det. Och hon skäms, han har ju fört henne bakom ljuset rätt länge."

"Sa du att det var en månad sedan han slutade på sitt arbete?"

"Åtminstone en månad."

Hon funderade en stund.

"Det verkar bara finnas en teori", sa hon sedan. "Eller hur? Att han rymt med den där kvinnan."

”Jo”, sa Gunnar Barbarotti. ”Det är väl det troligaste.”

Marianne låg tyst en stund.

”Men om det inte stämmer”, sa hon sedan, ”då borde det ju vara en sak för polisen i allra högsta grad. Då måste det ligga ett brott i botten på något vis. Rätta mig om jag har fel.”

”Du har säkert inte fel”, sa Barbarotti. ”Nej, jag får antagligen ta och kolla upp det här på måndag.”

”Lova det”, sa Marianne. ”Jag tycker faktiskt du ska ringa henne imorgon. Stackars kvinna, hon måste ju lida alla helvetets kval.”

Han jämkade till kuddarna under benet och tänkte efter.

”Kanske det”, sa han. ”Men med tanke på hur hon beskrev honom, borde hon också tycka att det är ganska skönt att vara av med honom. Hon sa faktiskt att han var en möbel.”

”En möbel?”

”Ja. En soffa närmare bestämt.”

”Hm”, sa Marianne. ”Jag tror nog det är lite mer komplicerat än så. Bedragna kvinnor har en särskild sorts psykologi.”

”Nu är vi inne på frågor som jag inte har förutsättningar att begripa”, konstaterade Gunnar Barbarotti. ”Men visst, jag slår en signal och kollar läget imorgon.”

Det gick fem sekunder. Hon släckte lampan.

”Jag undrar om inte Johan börjat smygröka.”

”Jag kollar upp det också”, sa Barbarotti.

”Tack”, sa Marianne. ”Jag älskar dig. Jag älskar faktiskt hela den här hjorden vi omger oss med, men nu orkar jag inte hålla mig vaken längre.”

Hon gäspade och rullade över på sidan.

”Jag älskar dig också”, sa Barbarotti. ”Hela rubbet på något vis, precis som du säger. Och jag känner på mig att vi inte är några vindjägare.”

”Mhm?” sa Marianne.

28

Kommissarie Asunander såg skeptisk ut.

Det gjorde han i och för sig för det mesta, men idag var det ovanligt tydligt.

”En karl som rymt med sin älskarinna?” sa han. ”Och du menar att det skulle vara någonting att ta upp vår dyrbara tid med?”

”Det kanske inte är så enkelt som det förefaller vid första påseende”, sa Barbarotti. ”Tyckte det kunde vara värt att gå vidare med det... en smula i alla fall.”

”Har frun gjort en anmälan?”

”Nej.”

”Finns det några andra teorier än älskarinneteorin?”

”Egentligen inte”, sa Barbarotti och skruvade lite på sig. Det var inte lätt att skruva på sig med gips och allt, det blev mest ett slags inre skruv.

”Misstänker du någon sorts brott?”

”Jag kan inte utesluta det”, sa Barbarotti.

”Det är inte så att du tror att du kan bete dig lite som du vill, bara för att du kommer hit med den där klumpfoten?”

”Skulle aldrig falla mig in.”

Kommissarie Asunander fnös. Han har blivit vältalig sedan han fick tänderna att sitta fast, tänkte Barbarotti. Obehagligt vältalig, det var faktiskt bättre förr.

”I själva verket förhåller det sig som så”, fortsatte kommissarien, ”att jag har ett ärende som är mer eller mindre skräddarsytt för en pigg inspektör med klumpfot.”

”Verkligen?” sa Barbarotti.

”Jag tror vi kan säga så här: du löser mitt lilla ärende först och när du gjort det, har du fria händer att ta itu med den här rymmaren. Vad var det du sa att han hette?”

”Roos”, sa Barbarotti. ”Ante Valdemar Roos.”

”Intressant namn”, sa kommissarien. ”Men det är antagligen också det enda intressanta i hela historien.”

”Vad var det för ärende du tänkte på?” frågade Barbarotti och kvävde en suck.

”Klotterfrågan”, sa Asunander och Barbarotti kunde ha svurit på att ett leende ryckte till i kommissariens ena mungipa för bråkdelen av ett ögonblick. Samtidigt kände han en kraftig ilning i benet.

”Klotterfrågan?” sa han och försökte undvika att låta som om han ville kräkas. ”Jag tror inte att jag...”

”Det är dags att vi får slut på den följetongen nu”, avbröt kommissarien samtidigt som han lyfte på skrivbordsunderlägget och fiskade fram ett papper. ”Vi har hållit på och jagat den där djäveln – eller de där djävlarna – i snart två år nu, och eftersom inspektör Sturegård kommer att vara mammaledig i åtminstone åtta månader, behövs det någon som tar över.”

Den här gången kunde inte Barbarotti hålla tillbaka sucken. Han var väl medveten om läget med den så kallade *Mästerklottraren.* Alternativt *Mästerklottrarna.* Alternativt *Dom där förbannade småligisterna som borde brännas på bål, tamejfan.* De (eller han, men knappast en hon) hade härjat i Kymlinge i åtminstone två och ett halvt år, men problemet hade inte blivit ordentligt uppmärksammat förrän Lokaltidningens chefredaktör, en viss Lars-Lennart Brahmin, flyttat in i Olympen, ett av de gamla sekelskifteshusen på östra sidan av ån. Han hade omedelbart blivit vald till ordförande i bostadsrättsföreningen, och just den milt gräddfärgade fasaden till Olympen hörde till Mästerklottrarens favoritställen när det gällde placeringen av de förargelseväckande tagsen.

Och varje gång han varit framme, det senaste året i genomsnitt en gång i månaden, var ämnet uppe till debatt i Lokaltidningen. På framskjuten plats.

”Den där satans Brahmin ringer mig sju gånger i veckan”, sa Asunander. ”Jag har sagt upp prenumerationen, jag får knottror av redaktörn.”

”Jag förstår”, sa Barbarotti.

”Jag hade trott att Sturegård skulle klara av det här i en handvändning, men någonting har gått snett, uppenbarligen.”

”Uppenbarligen”, sa Barbarotti.

Han kände inte inspektör Malin Sturegård särskilt väl, men visste att hon varit ensam ansvarig för att få stopp på skadegörelsen. Han visste också att hon inte kommit någonvart trots ihärdiga och långvariga ansträngningar – och om han inte tog fel fanns det ett rykte som sa att hon sett till att bli gravid bara för att slippa ifrån skiten. Hon var över fyrtio och hade redan tre eller fyra barn, så det låg möjligen en viss sanning bakom dessa spekulationer.

Dessa trista fakta seglade hastigt upp i huvudet på inspektör Barbarotti, medan kommissarie Asunander knäppte händerna framför sig på skrivbordet och betraktade honom med en min som... ja, han visste inte riktigt. Man gjorde sällan det med kommissariens miner. Men det var i varje fall tydligt att den inte var avsedd att uttryckta sympati för en av hans underlydande, som råkat ramla ner från ett tak och bryta foten i en skottkärra.

Gunnar Barbarotti hade heller inte förväntat sig någon sådan sympati. Han harklade sig, fumlade med kryckorna och lyckades resa sig.

”Naturligtvis”, sa han. ”Jag ser till att få Sturegårds material översänt till mitt rum.”

”Jag har redan gett order om det”, sa Asunander. ”Skulle tro att pärmarna finns på plats. Se till att vi får den här förbannade saken ur världen nu.”

”Jag ska se vad jag kan göra”, sa Barbarotti och stapplade ut ur kommissariens rum.

”Sedan har du händerna fria att ta itu med den där Roos”, påminde Asunander just som han stängde igen dörren.

Tack snälla chefen, tänkte Barbarotti. Vete fan om inte Landsplågan vore att föredra när allt kommer omkring?

”Hur gick det?” sa Eva Backman. ”Vad är det där för pärmar?”

”Klotter”, sa Barbarotti. ”Inspektör Sturegårds enmansutredning.”

”Vad gör dom på ditt rum?”

”Jag behövde någonting att palla upp benet med”, sa Barbarotti.

”Sånt där går jag inte på”, sa Eva Backman och plötsligt log hon. ”Du menar inte att…?”

”Jo”, sa Barbarotti. ”Om du skrattar slår jag dig med kryckan.”

”Sturegård?” sa Backman. ”Visst sjutton, hon gick ju på mammaledighet förra veckan.”

Barbarotti kastade in två tuggummibitar i munnen och började tugga.

”Så du ska ta över och fixa den där kanaljen nu?”

”Ville du någonting särskilt?” sa Barbarotti.

”Hm”, sa Backman. ”Jag trodde du skulle ägna dig åt den där förrymda karlsloken.”

”Asunander var av en annan uppfattning”, sa Barbarotti.

”Säger du det?” sa Backman och slog sig ner på den nya besöksstolen av stål och gul hårdplast. Lade ena benet över det andra och satte på sig en min av bekymrad skepsis.

Eller vad fan hon nu ville ge sken av.

”Det ligger en hund begraven där”, sa Barbarotti.

”Var?” sa Eva Backman. ”Hos... vad hette han? Ante Valdemar Roos?”

”Precis”, sa Barbarotti.

”Förklara”, sa Backman.

”Gärna. Fast det finns inte så mycket att förklara. Han har varit försvunnen i över en vecka nu. Naturligtvis kan det vara så att han rymt med en älskarinna, men jag tror inte att det ligger till på det viset. Det känns inte rimligt, helt enkelt.”

”Inte?” sa Eva Backman. ”Jag trodde det var vad alla karlar drömmer om. Att bara kunna lämna allting utan förklaring. Gnatig fru, ungar och ett taskigt jobb. Vad är det som säger att den här Roos inte gjorde slag i saken? Helt enkelt, som sagt.”

Barbarotti kliade sig på gipset. ”Handlingskraften”, sa han. ”Det krävs en sjuhelvetes handlingskraft för att genomföra någonting sånt. Hans fru påstår att han inte tänkt en ny tanke sedan 1975.”

”När pratade du senast med henne?”

”I lördags.”

”Och hon hade ingenting nytt att komma med?”

”Inte ett skvatt. Fast hon vill inte göra någon anmälan. Och så länge hon inte vill det, anser Asunander att vi ska ligga lågt.”

”Men det anser inte du?”

”Korrekt”, sa Barbarotti och lyfte försiktigt upp sitt ben på skrivbordet. ”Det anser inte jag.”

”Behöver du hjälp med det där på något vis?” sa Backman.

”På intet vis”, sa Barbarotti.

Backman satt tyst en stund.

”Jag har lite luft i schemat för tillfället”, sa hon sedan. ”Hur är det, tycker du inte att jag ska ta ett förnyat samtal med hans arbetsplats? Du kanske missade nåt. Kanske ringa frun också, det kan ju hända att det är lättare om hon får tala med en kvinna.”

”Hon valde att öppna sig för mig eftersom hon har stort förtroende för mig”, påpekade Barbarotti. ”Ända sedan gymnasietiden.”

”Vad vill du ha sagt med det?” sa Backman. ”Närmare bestämt.”

”Ingenting”, sa Barbarotti. ”Men jovisst, gör en trevare du, så får vi se. Kanske vi kan ta en pratstund under lunchen sen? Kungsgrillen?”

”Vi säger väl så”, sa Backman. ”Nej, nu ska jag inte störa längre. Lycka till med klottraren.”

”Tack, inspektören”, sa Barbarotti. ”Stäng dörren ordentligt, är du snäll.”

Antalet pärmar i fallet Mästerklottraren uppgick till sex. Tre av dem var gula, tre var röda. Gunnar Barbarotti tittade på klockan, den var fem minuter i halv tio.

Då så, tänkte han. Två och en halv timme till lunch, låt

se vad två pigga ögon och ett knippe potenta hjärnceller kan åstadkomma.

Klockan kvart i tolv hade han ännu inget nöjaktigt svar på denna fråga. Att inspektör Malin Sturegård lagt ner mycket möda på att ringa in den gäckande vandalen rådde det inget tvivel om. Hon hade jobbat med fallet i drygt elva månader, det framgick redan av dateringarna på pärmarnas ryggar. Under resans gång hade både den ena och den andra sprayburkskonstnären avslöjats och dömts till välförtjänta böter, men när det gällde den allra mest förargelseväckande aktören hade hon alltså inte nått ända fram.

Eller om det nu rörde sig om två? De så kallade tagsen var två, nämligen, och i nästan alla konstaterade fall dök de upp tillsammans på samma ställe. Morgnarna när de upptäcktes var det ofta ett tiotal fastigheter som blivit drabbade, alltid i centrum av staden – och i nio fall av tio, åtminstone sedan ett år tillbaka, var det ståtliga Olympenhuset på östra sidan av ån en av dessa.

Tagsen var också fullt tyd- och uttalbara, vilket inte alltid var fallet när det gällde den här typen av vandalism, kunde Barbarotti läsa sig till. Enligt inspektör Sturegårds noggranna sammanställning hade de dykt upp samtidigt för lite drygt tre år sedan, oftast var de målade med röd eller blå färg – gärna en i varje kulör på varje vägg – men även svart och mörkgrönt hade förekommit några gånger.

PIZ var det ena.

ZIP var det andra.

Det var ovanligt att ett tag hade så lång livslängd som tre år. Gärningsmännen var nästan alltid tonåringar av manligt kön, och enligt de fåtaliga utredningar som gjorts på området, så tycktes de flesta utövarna tröttna rätt snart på verksamheten och få nya intressen. Konstnärliga eller kriminella, företrädesvis det senare.

För en lekman kunde det kanske förefalla som en relativt enkel match att sätta fast en eller ett par klottrare – och om det rört sig om brott av något grövre kaliber och med strängare straffskala, skulle polisen antagligen också komma till rätta med problemet på ett betydligt mer effektivt sätt. Man kunde ju till exempel ”med ganska stor säkerhet förutsätta att till exempel bostadshuset Olympen skulle få sin fasad fördärvad någon gång (dvs *natt*) under vilken som helst trettiodagarsperiod under det kommande året” (skrev inspektör Sturegård på två olika ställen, där hon förgäves äskade om lite större resurser), men att sätta in polisbevakning för att helt enkelt knipa gärningsmannen (*-männen*) på bar gärning när han (*de*) nu valde att slå till... ja, det var lika ekonomiskt otänkbart i Kymlinge som i alla andra städer i landet. Antagligen i alla andra länder också.

Visserligen hade det förekommit bevakning, initierad av chefredaktör Brahmin själv, men de andra medlemmarna i bostadsrättsföreningen hade snart tröttnat. Att sitta gömd bakom en gardin under två eller tre timmar två nätter i veckan och stirra ut mot en trögflytande å och en ödslig gata med en och annan beskänkt – men i övrigt klanderfri – medborgare, var ingenting den genomsnittlige bostadsrättsinnehavaren räknade som en särskilt meningsfull sysselsättning.

Så ZIP och PIZ hade kunnat fortsätta sin irriterande verksamhet i godan ro. Säkert hade han (eller *de*) ingen aning om att det satt en heltidsanställd inspektör på polishuset och ägnade allt sitt utredningstekniska nit och kunnande åt att sätta stopp för hans (*deras*) verksamhet.

Och om han (*de*) ändå gjorde det, så var det säkert inte så att det bekymrade honom (*dem*) särskilt mycket. Tvärtom förmodligen, han (*de*) skulle antagligen ha skrattat sig fördärvad(*e*).

Inspektör Barbarotti suckade, slog igen pärm nummer 3 och bestämde sig för att äta lunch innan han tog itu med nummer 4, den första av de gula.

Undrar varför hon bytte färg, tänkte han.

Och skulle hon ha fortsatt med ännu en kulör om det blivit fråga om en sjunde pärm? Var det vid det här laget hon bestämde sig för att bli gravid? Mellan trean och fyran?

Han insåg att detta var den minst angelägna fråga som dykt upp under hela förmiddagen. Dags för en paus, utan tvekan. Han lyfte ner sitt ben från skrivbordet och fick fatt i kryckorna.

Inspektör Eva Backman fanns inte på sitt rum.

I receptionen visste man inte besked om var hon höll hus.

På Kungsgrillen satt hon inte. Och hon svarade inte på sin mobil. Gunnar Barbarotti suckade på nytt och beställde Dagens: Biff med stekt potatis och löksås, och slog sig ner vid ett av borden ut mot Riddargatan.

Så kan jag se henne när hon kommer, tänkte han. Klockan var inte mer än tio över tolv. De hade inte gjort upp om någon tid, det var möjligt att hon inte skulle dyka upp förrän framemot halvett, om hon nu råkat ut för någon sorts uppdrag.

Han satt kvar till fem i ett. Ringde ännu en gång till hennes mobil, fick inget svar, men talade in ett meddelande om att hon kunde höra av sig och att biffen varit fina fisken.

Därefter linkade han snett över Riddargatan, snett över Fredsgatan, snett över järnvägsövergången och vid pass åtta minuter över ett satt han åter på sitt rum med de sturegårdska klotterpärmarna.

En stor kopp svart kaffe också. Och en mazarin som han grävde fram ur ett paket i nedre högra skrivbordslådan, och som han insåg att han köpt någon gång i påskveckan. Nu var det september.

ZIP och PIZ, tänkte han. Ett jagande efter vind?

29

På väg från Svartö tillbaka in mot stan funderade kriminalinspektör Eva Backman över två saker.

För det första hur en kvinna som Red Cow egentligen var funtad.

Eller åtminstone grubblade Backman över hur man kunde förhålla sig till sitt öknamn på det viset... i dubbel bemärkelse öknamn, förresten, eftersom det verkligen rörde sig om namn på ett ök. På riktigt hette kvinnan Elisabet Rödko, hade ungerskt eller möjligen transsylvanskt påbrå, det hade inte riktigt framgått – och när något av ljushuvudena på Wrigmans Elektriska kommit på att man kunde ge hennes namn en lite amerikansk touch, hade hon fallit till föga. Inte bara genom att acceptera namnet, utan också genom att färga sitt naturliga, råttfärgade hår illrött.

Idag, fjorton år senare, var det fortfarande illrött och hon hade anförtrott Backman att till och med hennes man och barn kallade henne för Red Cow.

Röd ko, tänkte Eva Backman. Kossa. Inte blev det bättre för att man försökte piffa upp det med lite engelska och lite färg. Eller?

Hursomhelst hade namnet betydelse för trovärdigheten – och detta var den andra, betydligt viktigare, frågan som inspektör Backman satt bakom ratten i den tätnande eftermiddagstrafiken och försökte komma till rätta med.

Kunde man lita på hennes ord och hennes omdöme om

Valdemar Roos, närmare bestämt?

Backman hade inte fått tillfälle att prata med någon av de andra på Wrigmans, så det vore bra om det gick att bestämma sig på den här punkten. Preliminärt i varje fall, det gick naturligtvis att återkomma i ärendet senare, om det skulle visa sig nödvändigt.

Fast varför skulle det visa sig nödvändigt? tänkte hon. Varför i hela friden? Beslutet att åka ut till Svartö hade hon fattat i all hast, när hon inte fått fatt i Alice Ekman-Roos. Kanske var det mest för att överraska Barbarotti, men hon hade en egen nyfikenhet att stilla också. Om man skulle vara ärlig.

Och det hade alltså inte Red Cow gjort. Tvärtom, snarare.

Älskarinna? hade hon fnyst. Valdemar Roos? Dra mig på en liten vagn.

Han tycks ha fört sin fru bakom ljuset, hade Backman påpekat.

Mycket möjligt, menade Red Cow. Men att en yngre kvinna skulle välja en sådan som Valdemar var ungefär lika otänkbart som att Madonna skulle välja att para sig med Bert Karlsson. Om inspektören förstod vad hon menade?

Backman tänkte efter och sa att hon gjorde det. Frågade sedan om Red Cow möjligen hade någon teori om varför Roos utan förvarning bestämt sig för att sluta på Wrigmans Elektriska efter mer än tjugo år, och varför han inte sagt ett ord om saken till sin familj.

Red Cow hade deklarerat att hon inte hade så mycket som en susning i någotdera fallet. De hade pratat en del om det över fikabordet, förstås, särskilt de här senaste dagarna, sedan det framkommit att Valdemar mörkat för sin fru. Och tydligen gått och försvunnit som grädde på moset.

Men ingen hade lyckats kläcka någon vidare trovärdig förklaring, således. Inte Red Cow och inte någon annan heller.

Kanske, hade hon avrundat med illa dold förtjusning, kanske var det Tapanen som kommit sanningen närmast, när han hävdat att den där aphjärnan Roos hade fått sin sista propp och inte längre kunde skilja mellan sitt eget arsel och ett hål i marken.

Detta var visserligen ett citat, men det var Red Cow som återgav det, och hon gjorde det som om det rört sig om en pikant och rätt så träffsäker lustighet.

Vilket alltså också skulle vägas in i frågan om hennes trovärdighet, tänkte Eva Backman, bromsade in bakom en långtradare och såg på klockan.

Den var tjugo över fyra. Hon hade ännu en bit kvar till Rocktstarondellen, och i all hast bestämde hon sig för att fortsätta direkt hem, istället för att återvända till polishuset och göra sin plikt i tio-femton minuter till.

Jag får ta upp det här med Barbarotti imorgon, konstaterade hon. Det ligger en hund begraven här, det är precis som han sa. Möjligen en kvinna dessutom – på det ena eller andra sättet – men definitivt en hund.

Det var med nyfikenhet som med klåda, konstaterade hon också, och det hade hon tänkt på förr. Svårt att ignorera den.

Gunnar Barbarotti kände omedelbart igen mannen som öppnade den mahognyfanerade dörren, men det tog ett par sekunder att placera honom.

Han var kort och kompakt, en sådan där människa med högre specifik vikt än sin omgivning, och han såg inte glad ut.

Det hade han inte gjort förra gången Barbarotti träffade honom heller. Han försökte hastigt räkna ut hur många år sedan det kunde röra sig om. Föräldramöte med Saras åttondeklass inför en förestående skolresa... december 2002 måste det ha varit, det var ett år efter skilsmässan från Helena, han mindes att han haft svårt att stå ut.

Både på mötet och i största allmänhet.

Kent Blomgren hade uppenbarligen också haft problem med att stå ut. Han hade suttit sammanbitet tyst under hela mötet, hade inte röstat vare sig ja eller nej i någon av alla de frågor som kommit upp under diskussionens gång, och när det till slut blivit bestämt att klassen skulle få göra en resa till London instundande maj, hade han beslutsamt skjutit tillbaka sin stol, rest sig och förklarat att hans Jimmy då tamejfan inte skulle åka på någon förbannad lyxresa till London. Det kunde borgarungarna och deras föräldrar göra själva om dom tyckte det var nödvändigt.

Efter detta klargörande hade han lämnat klassrummet och slagit igen dörren efter sig så att det sjöng i väggarna.

Om det berodde på Kent Blomgrens distinkta uppträdande eller om det berodde på annat, visste inte Barbarotti, men istället för den planerade Londonveckan hade det blivit tre regniga dagar i Köpenhamn för Sara och hennes klass. Blomgren junior hade inte följt med.

Och nu stod Blomgren senior här och blängde på Barbarotti och hans kryckor. Såg ut att överväga att drämma igen den här dörren också, men Barbarotti förekom honom.

”Hej”, sa han. ”Jag tror vi haft barn i samma klass. Jag kom inte ihåg det när jag ringde.”

”Jaså”, sa Kent Blomgren.

”Vad var det han hette, din grabb? Jimmy?”

”Jimmy och Billy”, sa Kent Blomgren. ”Jag har två.”

Barbarotti nickade och klev in i hallen med gipset före. Kent Blomgren stängde dörren bakom honom utan att smälla i den.

”Har uppfostrat dom på egen hand också”, lade han till. ”Frugan försvann med en annan när dom var små. Lika gott var det.”

Det var ett oväntat förtroende. Barbarotti harklade sig och tvekade.

”Det är som det är”, sa han. ”Jag lever inte heller med mina barns mor. Livet blir inte alltid som man tänkt sig.”

Varför står jag och jiddrar om livet med den här murbräckan? tänkte han. Var det inte klotter det skulle handla om?

”Du vill väl ha kaffe?” sa Kent Blomgren och gick före ut i ett trångt kök. ”Det är redan klart, så det är inget besvär.”

De satte sig på var sin sida om ett blåmålat köksbord. En decimeterhög kaktus mitt på. Fyra mikrade kanelbullar på ett fat och två muggar med IFK Göteborgs klubbmärke på. Inget socker, ingen mjölk.

”Som sagt”, sa Barbarotti. ”Jag håller på och tittar på klotterproblemet.”

”Du jobbar fast du går i gips”, sa Kent Blomgren och nickade mot Barbarottis fot som han med lite möda lyft upp på en stol. Den var gul. Det fanns bara tre stolar i köket. En gul, en röd, en grön.

”Tycker inte om att gå hemma”, sa Barbarotti.

Kent Blomgren gjorde en svårtolkad grimas, hällde upp kaffe och satte sig på den gröna.

”Du ser en del av den varan, antar jag?” sa Barbarotti. ”Klotter, alltså.”

Kent Blomgren drack en klunk kaffe, torkade sig om munnen med avigsidan av handen och såg ut att tänka efter. Eller leta efter de rätta orden.

"Så inihelvete mycket", sa han långsamt och eftertryckligt. "Finge jag tag i en enda av dom där djävlarna, skulle jag vrida nacken av honom och kasta honom till grisarna."

"Precis", sa Barbarotti. "Friska tag. Hur länge har du haft den här saneringsfirman?"

"Tio år", sa Kent Blomgren. "Jobbade åt Brinks förut, men sen startade jag eget."

"Det är ju framförallt en klottrare som ställer till bekymmer", sa Barbarotti. "Eller om de är två? Tagsen PIZ och ZIP, du har väl stött på dem många gånger?"

Kent Blomgren bet i en kanelbulle, tuggade omständligt medan han stirrade Barbarotti djupt in i ögonen.

"Jag har sprutat bort fler PIZ och ZIP än du kan räkna till", sa han sedan medan han gnisslade tänder och tycktes försöka betona varenda stavelse. "Det är för jävligt. Ska det vara så förbannat svårt att få stopp på en sån där huligan?"

"Jag är ny på det här", upplyste Gunnar Barbarotti försiktigt. "Har inte hunnit sätta mig in i fallet ordentligt. Men det är klart att han är ett problem."

Kent Blomgren fortsatte att blänga och tugga bulle.

"Du har ingen teori?" sa Barbarotti.

"Teori?" sa Kent Blomgren.

"Om vem det skulle kunna vara som ligger bakom den här skadegörelsen. Eller vilka. Jag menar, du har ju varit i branschen ett tag."

"Alldeles för länge", sa Kent Blomgren.

Men någon teori kunde han inte prestera. "Jag tar hand om skiten", konstaterade han lakoniskt. "Dom som skiter ser jag aldrig."

En dörr öppnades någonstans i lägenheten och en långhårig ung man kom ut i köket. Han var klädd i kalsonger och en T-shirt med Homer Simpson på.

"Jimmy?" sa Barbarotti.

"Billy", sa den unge mannen och sträckte fram en hand. Barbarotti fattade den, Kent Blomgren såg på klockan och muttrade någonting.

"Det är lugnt", sa Billy Blomgren, som tydligen uppfattat vad fadern sagt. "Dom sa att det räckte om jag var där efter lunch."

Han öppnade kylskåpsdörren, drack ett par klunkar direkt ur en juiceförpackning och försvann ut igen.

"Svårt", sa Kent Blomgren. "Svårt för dom att hitta jobb i våra dagar. Det håller på att gå åt helvete med det här landet."

Gunnar Barbarotti insåg plötsligt att han antagligen satt mitt emot en åsiktsfrände till Svåger-Roger, och bestämde sig att inte stanna för länge. Han visste inte riktigt varför han åkt hit, men han hade hittat Kent Blomgrens namn i den fjärde av Sturegårdspärmarna och tänkt att det i varje fall inte kunde skada.

"Det har aldrig varit lätt att vara ung", sa han. "Hursomhelst så jobbar jag vidare med det här. Vi ska nog få stopp på PIZ och ZIP på något sätt. Får jag be dig om en sak?"

"Vad då?" sa Kent Blomgren och tömde i sig den sista kaffeslurken. Barbarotti kom på benen och fick fatt i kryckorna.

"Nästa gång du får order om att tvätta bort ett ZIP eller ett PIZ, ring mig så får jag titta på det först."

Kent Blomgren höjde ett ögonbryn, sedan nickade han.

"Gärna det", sa han. "Det blir väl Olympen igen, så man får läsa om det i tidningen. Den där idioten Brahmin verkar inte ha mycket att skriva om."

"Vi får väl se", sa Barbarotti och sedan lämnade han det blomgrenska hemmet.

Jag glömde fråga varför i all världen hans firma heter Kerberos, tänkte han när han kommit ut på gatan. Om han inte tog fel var Kerberos en hund som vaktade överfarten till Helvetet, och vad detta möjligen hade för samband med klottersanering, hade han lite svårt att begripa.

Men så kändes det också att det inte riktigt var hans hemmaplan, dessa blott halvkriminella tassemarker.

Jag är bättre på mördare än på klottrare, tänkte han dystert och krånglade sig in i bilen.

Tur att jag har automatväxel i alla fall, konstaterade han också. Och tur att jag inte bröt höger ben. Han var inte helt på det klara med om det verkligen var lagligt att köra bil med gipsad fot, men det fanns saker man inte nödvändigtvis behövde gå till botten med.

Kanske hörde också Kerberos Sanering AB dit.

"Jag tror jag börjar komma någonvart", sa Eva Backman.

"Med vad då?" sa Barbarotti.

"Med Alice Ekman-Roos", sa Backman.

Klockan var kvart i ett. Det var tisdag, de satt på Kungsgrillen och hade just fått in var sin Dagens: Kalops med rödbetor och kvarntorpare.

"Utmärkt", sa Barbarotti. "På vilket vis då, närmare bestämt?"

"Jag tror hon är villig att komma in med en anmälan", sa Backman. "Jag pratade med henne nu på morgonen."

"På tiden", sa Barbarotti. "Han har ju varit borta i tio dagar nu. Det är skandal om vi inte börjar titta på det här på allvar."

”Jag vet inte precis om det är en skandal”, sa Backman. ”Men jag vet att det är en konstig historia. Tror du han kan ha planerat att helt enkelt gå upp i rök?”

Barbarotti funderade. ”Kan nog vara ett lockande alternativ för många”, sa han. ”Fast jag förstår inte varför han inte gjorde det med en gång i så fall. Varför hålla på och låtsas att han åker till sitt arbete i en månad först, och sedan försvinna? Det låter inte klokt.”

”Han kanske behövde den där månaden på något vis”, föreslog Backman.

”Till vad?” sa Barbarotti och kliade sig på gipset.

”Vad är det för poäng med att klia sig på gipset?” sa Eva Backman. ”Jag har lagt märke till att du gör det rätt ofta.”

”Det är en symbolhandling”, sa Barbarotti. ”När man inte kan utföra det man egentligen vill utföra... av någon anledning... ja, då tar man till en symbolhandling.”

”Som att bränna flaggor?” sa Backman.

”Bränna flaggor?” sa Barbarotti. ”Nja, jag vet inte om det räknas som en symbolhandling... men skit i det. Varför skulle Valdemar Roos behöva en månad innan han kunde göra slag i saken och rymma på riktigt, alltså?”

”Det har jag inte kommit på än”, sa Backman. ”Men han kanske ville ha lite tid för att planera. Eller skaffa pengar. Råna en bank, till exempel?”

”Tror inte vi haft något bankrån sen i januari”, sa Barbarotti.

”Han kanske åkte någon annanstans”, sa Backman.

”Listig typ”, sa Barbarotti.

”Ett kriminellt geni”, sa Backman. ”Tror du på det här?”

”Nej”, sa Barbarotti.

”Vad tror du då på?”

Gunnar Barbarotti lade ifrån sig kniv och gaffel och lutade sig tillbaka. ”Jag vet inte riktigt”, sa han. ”Men om vi betraktar det här som ett polisärende, är det väl också tillåtet att börja snacka med folk. Vem vill du ta först?”

”Den där väninnan”, sa Eva Backman efter ett par sekunders tvekan. ”Hon som påstår att han kom ut från Ljungmans med en ung kvinna i släptåg.”

”Precis”, sa Barbarotti. ”Det är ju helt och hållet på henne som den där älskarinneteorin hänger.”

”Vore bra med en ordentlig efterlysning också”, sa Eva Backman. ”Det kan ju trots allt hända att han varit synlig både här och där. Det är ju bara frun som saknar honom så här långt… så att säga.”

”Så att säga”, instämde Gunnar Barbarotti. ”Jag är med på efterlysning. Se till att du fixar det, jag tror det är bra om jag håller mig borta från Asunander. Hur är det förresten, det är inte så att du vill höra hur det går med jakten på den gäckande klottraren?”

”Inte för tillfället”, sa Eva Backman. ”Om du ursäktar. Jag tycker vi betalar och går tillbaka till våra skrivbord nu. Men jag håller dig underrättad om Roos.”

”Tack ska du ha”, sa Barbarotti. ”Vill du vara snäll och räcka mig kryckorna?”

30

Bilden av den försvunne Ante Valdemar Roos publicerades i Lokaltidningens torsdagsnummer, och klockan halv elva samma förmiddag kom det första telefonsamtalet till polisens växel från Detektiven Allmänheten.

Det var en kvinna som hette Yolanda Wessén; hon arbetade i en ICA-butik i Rimmersdal och hon påstod att mannen på bilden i tidningen varit inne och handlat hos henne vid ett flertal tillfällen den sista tiden. Han hade också presenterat sig som Valdemar.

Fast inte den allra sista tiden. Om hon mindes rätt hade det nog gått en vecka sedan hon såg honom. Kanske till och med tio dagar.

”Rimmersdal?” sa Eva Backman som så småningom fick tala med kvinnan. ”Utåt Vreten, alltså?”

Yolanda Wessén bekräftade att Rimmersdal låg fem kilometer från Vreten, och berättade också att hon hade ett bra minne för ansikten. Hon tyckte om att prata med sina kunder, även om hon bara satt i kassan och det oftast inte blev mer än några ord om vädret.

Backman frågade hur länge sedan det var som hon såg Valdemar Roos för första gången. Yolanda Wessén förklarade att det nog rörde sig om en månad ungefär, och då bestämde sig Backman för att åka ut till Rimmersdal för ett lite mer ingående samtal.

Under tiden, det vill säga mellan klockan elva och klockan halv tolv på torsdagens förmiddag, tog sig inspektör Barbarotti an Gordon Faringer, den psykiatriker som var bekant med familjen Ekman-Roos, och som för ett par veckor sedan haft ett samtal med Valdemar om hans allmänna psykiska tillstånd och eventuella depression.

Gordon Faringer var en gänglig man i femtiofemårsåldern. Han såg solbränd och välmående ut, tyckte Barbarotti, hade en violett näsduk i bröstfickan på kavajen, men hans största tillgång vid patientsamtal var antagligen hans röst.

Den var djup och välklingande, påminde om tonen i en cello och fick allt han yttrade att låta både genomtänkt och vist. Barbarotti insåg att det inte var lätt att tvivla på någonting han sa, inte ens om man ansträngde sig för att göra det. ”Jag samtalade visserligen bara med Valdemar vid ett enda tillfälle om hans känsloläge”, förklarade han till exempel. ”Det var ingen officiell konsultation, men jag gör ändå bedömningen att han inte var deprimerad i klassisk mening.”

”Jag förstår”, instämde Gunnar Barbarotti.

”Han har aldrig varit någon särskilt entusiastisk person, vi är alla olika stämda på det planet. Men nej, jag tror inte hans försvinnande bottnar i någon sorts psykisk instabilitet.”

”Han slutade på sitt arbete för fem veckor sedan”, påminde Barbarotti. ”Utan att nämna det för sin fru.”

”Jo, jag känner till det där”, sa Faringer. ”Alice ringde mig igår och vi hade ett långt samtal. Det är lika obegripligt för mig som för alla andra.”

”Sa hans fru någonting om att det kanske finns en annan kvinna med i bilden?”

Gordon Faringer nickade bekymrat och strök några gånger upp och ner utefter sin högra tinning, en omedveten (eller möjligen högst medveten) gest för eftertanke, antagligen. Harklade sig och justerade glasögonen.

”Jo”, sa han. ”Hon berättade det också. Det var tydligen en väninna som gjort en observation. Mycket märkligt, jag vill inte påstå att Valdemar är en asexuell person, men att han skulle bedra Alice med en ung älskarinna förefaller så osannolikt att vi knappast kan föreställa oss det... när jag säger 'vi' syftar jag på mig själv och min hustru.”

”Hm”, sa Barbarotti. ”Men att han slutade på Wrigmans är ju ett obestridligt faktum. Kanske är det dags att omvärdera hela Valdemar Roos, om du förstår hur jag menar?”

”Jag förstår mycket väl hur du menar”, sa Gordon Faringer och log hastigt. ”Och alla människor har förstås sidor som inte omgivningen är medveten om. Ofta händer det att vi inte ens själva är medvetna om dem.”

”Jaså, minsann”, sa Barbarotti. ”Och i ett visst läge skulle alltså sådana här okända sidor kunna komma upp till ytan och resultera i... oväntade handlingar?”

Faringer snuddade vid tinningen igen. ”Det är ingen dålig beskrivning”, sa han. ”Man kan kanske lägga till att det brukar behövas ett slags utlösande faktor. En katalysator.”

”Och det skulle kunna ligga till så här i Valdemars fall?”

”Vi kan inte utesluta det”, sa Gordon Faringer. ”Fast vad som kan ha varit katalysatorn, har jag naturligtvis ingen aning om.”

Barbarotti funderade ett ögonblick.

”Skulle du vilja påstå att du känner Valdemar Roos väl?”

”På intet vis”, svarade Gordon Faringer omedelbart. ”Jag är mer bekant med hans fru, faktiskt. Vi har känt varandra i åtminstone tjugo år. Valdemar kom ju in i hennes liv för tio år sedan ungefär. Men vi umgås inte så mycket på det hela taget, vi träffas och äter middag hos varandra ett par gånger om året, mer är det inte."

"Jag förstår", sa Barbarotti. "Hur bedömer du förresten hennes reaktion, att hålla tyst om hans försvinnande så länge, innan hon berättade det?"

Faringer ryckte på axlarna. "Det är nog ganska mänskligt", sa han. "Det är naturligtvis förenat med en stor skamkänsla, om ens man går ifrån en utan ett ord."

"Om det nu ligger till på det viset", sa Barbarotti.

För första gången skymtade ett stråk av förvåning i doktorns ansikte. "Hur skulle det annars ligga till?" frågade han.

"Du hävdade ju själv att du hade svårt att tro på en annan kvinna", sa Barbarotti.

"Javisst", sa Gordon Faringer och kostade på sig ett nytt hastigt leende. "Men jag påstod inte att det skulle behövas en annan kvinna för att Valdemar skulle lämna Alice."

Barbarotti tänkte efter igen.

"Det du säger är att du inte skulle bli förvånad om Valdemar Roos just nu sitter och dricker en sangria i Malaga?"

"Eller en Singha Beer i Phuket", föreslog Gordon Faringer och såg på klockan. "Ja, jag skulle nog kunna spela en hundring på det alternativet. Ursäkta, jag har ett möte på sjukhuset om en kvart. Du tror inte...?"

"Självfallet", sa Barbarotti. "Jag kanske hör av mig igen, om det skulle visa sig nödvändigt av någon anledning."

"Det är du alltid välkommen att göra", sa doktor Faringer.

Reste sig, tog i hand och lämnade rummet.

När Barbarotti blivit ensam, lyfte han försiktigt upp sitt gipsben på skrivbordet, lutade sig tillbaka i stolen och knäppte händerna bakom nacken. Blev sittande så i åtminstone tio minuter, medan han försökte få bilden av Ante Valdemar Roos tydlig för sitt inre öga.

Konstaterade till att börja med att de beskrivningar han hittills fått sig till livs – från hustrun, från Red Cow, från Gordon Faringer – var tämligen samstämmiga.

Eller hur, visst var det så? Valdemar Roos var inbunden, tråkig, socialt handikappad och föga omtyckt. En trög, trist och förutsägbar typ, som inte gjorde någon människa glad och som ingen förväntade sig någonting extra eller överraskande av.

Ja, ungefär så såg det väl ut. Men tänk om, motargumenterade Gunnar Barbarotti för sig själv, tänk om Valdemar Roos när det kom till kritan var en betydligt mer komplicerad människa än hans omgivning ville föreställa sig. Vad visste till exempel Alice Ekman-Roos om de djupare skikten av sin mans personlighet? Drömmar och längtan och bevekelsegrunder. Vad visste Red Cow? Gordon Faringer?

Ingen kunde väl ha en insida som motsvarade den utsida hans bekanta skissat åt Ante Valdemar Roos? En möbel? Alla hade väl rätt till sin egen världsbild och syn på livets stora frågor? Yta var yta, men djup var djup, och många valde helt enkelt att inte släppa in vem som helst i sina privataste rum. Av olika, men måhända helt legitima skäl. Vad var det som sa att Roos inte var en intressant och mångfacetterad människa, bara för att han inte gick till torgs med sitt innersta?

I själva verket.

Barbarotti lutade sig tillbaka i stolen och såg ut genom fönstret.

Och vart vill jag komma med det här kvasiresonemanget? tänkte han. Varför kan jag inte acceptera att de flesta träbockar faktiskt är träbockar rakt igenom?

Därför att det är mer spännande om de bär på någonting? Därför att jag vill att livet ska vara beskaffat på det viset?

Livet måste vara en berättelse, annars är det meningslöst. Följaktligen outhärdligt. Eller hur? *Eller hur*?

Det knackade på dörren och Asunander stack in huvudet.

”Hur går det med klottret? Någon lösning i sikte?”

Barbarotti klippte hastigt av alla tanketrådar om Valdemar Roos och själva livet, och försökte räta upp sig i stolen utan att ta ner benet från skrivbordet. Det gjorde ont i ryggen.

”Aj”, sa han. ”Tack, kommissarien, det går utmärkt. Jag sitter just och försöker värdera ett par uppslag.”

”Verkligen?” sa Asunander utan att kliva in i rummet. ”Vad då för uppslag?”

”Det är lite komplicerat”, sa Barbarotti. ”Jag tänkte komma in till dig och redovisa läget imorgon... eller på måndag.”

”Bra”, sa Asunander. ”Det ser jag fram emot. Men jag betackar mig för skitprat och flera pärmar. Jag vill ha stopp på den där förbannade gynnaren och jag förväntar mig att du åstadkommer resultat.”

”Naturligtvis”, sa Barbarotti. ”Jag ser det som en tidsfråga, bara.”

”Det gör du rätt i”, sa Asunander och stängde dörren.

Problemet, tänkte inspektör Barbarotti, det största problemet är att jag är totalt ointresserad av den där klottraren. Vad var det jag just hade kommit fram till om Valdemar Roos?

”Nu ska du höra”, sa Eva Backman. ”Det här är faktiskt intressant.”

Barbarotti nickade och såg på klockan. Den var halv fem. Han hade lovat att hämta Marianne kvart över fem för veckans storproviantering på Coop ute i Billundsberg. Det var det vanliga torsdagsnöjet. Om det fanns någonting i världen Gunnar Barbarotti inte var road av, förutom klottrare och rapmusik och kvällstidningsjournalistik, så var det att storhandla. Men han insåg att för en familj på åtta-tio personer var det förmodligen ett ganska välmotiverat inslag i tillvaron. Även om vissa i familjen gick på kryckor.

”Jag har lite bråttom hem”, sa han. ”Du kunde inte ha skyndat dig en smula?”

”Jag försökte få fatt i Karin Wissman också”, förklarade Backman. ”Det där vittnet på restaurangen. Men hon är tyvärr fortfarande kvar på sin konferens i Helsingfors. Skulle ha kommit hem idag, men nu visar det sig att hon kommer först på lördag.”

”Minsann”, sa Barbarotti. ”Men vad var det som var intressant, alltså?”

”Yolanda Wessén”, sa Eva Backman. ”Kvinnan i ICA-butiken i Rimmersdal, som ringde i förmiddags. Jag var där och pratade med henne i en och en halv timme. Det var ett riktigt givande samtal, inte bara med tanke på Valdemar Roos.”

”Kvinnor emellan?” frågade Barbarotti.

”Om du vill förenkla det ner till din egen begreppsnivå”, svarade Backman.

”Ursäkta. Men vad hade hon att säga om Valdemar Roos, alltså?”

Eva Backman slog upp sitt anteckningsblock. ”Jo, den här utomordentligt trevliga kvinnan, Yolanda Wessén – eller Yolanda Pavlovic, som hon hette innan hon kom till vårt fantastiska land och gifte sig med en kolerisk bagare – påstår att Valdemar Roos varit inne i hennes butik och handlat vid åtminstone fem tillfällen den senaste månaden. Undantagandes den sista veckan då han inte synts till alls."

"Vänta nu", sa Barbarotti. "Den här butiken ligger alltså i Rimmersdal, det är tre-fyra mil från stan?"

"Tre och en halv", sa Backman. "Utåt Vreten, min bror bor i de där krokarna."

"Och det rör sig om en ICA-butik?"

"Stämmer."

"Vad handlade han?"

"Basvaror", sa Eva Backman. "Mjölk och bröd och kaffe och ägg. Livets nödtorft, helt enkelt."

"Vad tyder det på?" sa Barbarotti.

"Vad tycker du själv?" kontrade Backman.

Barbarotti tänkte efter.

"Nu ska vi inte hoppa till konklusioner", sa han.

"Goodness no", sa Eva Backman.

"Det är lätt att förhasta sig."

"Goodness yes."

"Han kanske tog med sig de här varorna hem till Fanjunkargatan."

"Alla gånger", sa Eva Backman. "Du slår säkert huvudet på spiken där. Han sätter sig i bilen på morgonen, åker trettiofem kilometer västerut, stannar vid en trevlig ICA-butik och handlar förnödenheter. Sedan åker han hem med dem. Sju mil fram och tillbaka."

"Precis", sa Barbarotti. "Helt normalt beteende för en svensk man av hans kaliber."

"Alltså?" sa Backman.

"Alltså har han ett annat ställe", sa Barbarotti. "Som han åker till."

"Jag kommer också fram till det", sa Backman.

"Bra", sa Barbarotti.

"Kanske till sin älskarinna?"

"Möjligen. Fast jag har svårt att tro på den där älskarinnan."

"Jag också", sa Backman. "Men hursomhelst måste det ju vara där i närheten någonstans. Trakten runt Rimmersdal. Eller hur?"

"Låter högst troligt", sa Barbarotti. "Sa hon någonting mer, Yolanda Wessén? Han presenterade sig för henne också, var det inte så?"

"Jo", sa Backman.

"Brukar du presentera dig för kassörskorna när du är ute och handlar?"

"Nej", sa Backman. "Om jag ska vara ärlig så brukar jag hålla inne med det."

"Samma här", sa Barbarotti.

"Men Yolanda säger att han uppträdde artigt och trevligt, verkade nästan angelägen att prata. Och så... ja, så säger hon just det."

"Vad då?" sa Barbarotti.

Backman kliade sig i håret och fick en bekymrad rynka i pannan. "Hon har för sig att han sa någonting åt det hållet en gång. Att han skulle komma in och handla fler gånger, eftersom han just... flyttat till trakten."

"Flyttat till trakten?" sa Barbarotti. "Sa han så? Då är det väl ingen tvekan?"

"Nja", sa Backman. "Hon minns inte om han verkligen sa just så. Det var... ja, det var mera ett intryck hon fick. Och eftersom han sedan dök upp ett par gånger i veckan, så förstärktes intrycket.”

”Men hon kommer inte ihåg om han faktiskt sa att han hade ett ställe?”

”Nej, hon kan inte svära på det. Det kan ha varit så att hon drog den slutsatsen, bara.”

”Hm”, sa Barbarotti. ”Ja, nog är det intressant, alltid. Mera?”

”Det finns inte så mycket mera”, suckade Backman. ”Tyvärr. Vad tycker du vi ska göra nu?”

Barbarotti kliade sig på gipset och satt tyst i tio sekunder.

”Fundera”, sa han sedan. ”Sätta oss ner och fundera ut vad i helvete det här betyder. Och förhöra det där vittnet, förstås... vad sa du? Lördag?”

”Lördag kväll”, bekräftade Backman. ”Vi har åtminstone två dagar på oss för renodlade funderingar. Om det är det vi vill, alltså. Det är ju... det är ju trots allt bara en tråkmåns som försvunnit.”

Barbarotti nickade. ”Jag vet”, sa han. ”Jag fattar inte heller varför jag bryr mig så mycket om den här möbelmannen.”

Eva Backman såg ut att leta efter ett svar, men hittade uppenbarligen inget, för hon slog igen anteckningsblocket och såg ut genom fönstret.

”Ser ut att bli regn”, sa hon.

”Skulle tro det”, sa Gunnar Barbarotti. ”Hursomhelst är jag en djävul på renodlade funderingar. Men det behöver jag förstås inte tala om för dig.”

Eva Backman himlade en stund med ögonen, sedan tittade hon på klockan. ”Skulle inte du åka och handla med din älskade?”

”Visst fan”, sa Barbarotti. ”Var är kryckorna?”

31

Det där sista han och Eva Backman talat om på torsdagens eftermiddag stannade kvar hos honom.

Vad det var som var så intressant med Valdemar Roos, alltså. Det stannade inte bara under torsdagskvällen, utan också under fredagen, då ingenting nytt i ärendet framkom, under lördagen, då han var ledig och då Svåger-Roger äntligen gjorde verklighet av sitt löfte att åka hem till Lycksele – eller åtminstone till Bollnäs, där han enligt uppgift hade en bekant som han tänkte sova över hos – och under natten till söndagen, då han och Marianne älskade för första gången sedan fallet ner i skottkärran för tolv dagar sedan.

Naturligtvis hade han inte historien om Valdemar Roos i huvudet hela tiden – i synnerhet inte under den något komplicerade kärleksakten – men den återkom med irriterande envishet. Man kunde undra varför, som sagt.

En tråkmåns försvinner?

Möjligen en bra titel på en pjäs, det insåg han, men hur var det med själva det aktuella innehållet? Vad var det som gav den trista historien om en sextioårig man som lämnar sitt arbete och sin familj ett sådant... skimmer?

Skimmer? tänkte Barbarotti och konstaterade att klockradion just slog om från 02.59 till 03.00. Var kom det ordet ifrån? Om det fanns ett ord som inte passade in på Ante Valdemar Roos liv och leverne, så var det väl *skimmer*. Nej, det måste röra sig om någonting annat.

Jag tycker synd om honom, kom han på. Det är min djupa humanism som gör att jag intresserar mig för sådana här lugubra människoöden. Ingen i hela världen bryr sig om Valdemar Roos, just därför gör jag det. Jag vill gå till botten med det här, oavsett Asunander och hans klottrare, det är min plikt mot en av dessa mina minsta bröder.

Men denna filantropiska infallsvinkel stämde inte särskilt väl, den heller, han var tvungen att erkänna detta efter en stunds skärskådande. Hur gärna han än önskade att så varit fallet. Eva Backman var lika nyfiken på vad som hänt med Roos som han själv var, och kanske hade hon satt fingret på den ömma punkten på fredagen, när hon förklarade att alltihop var fråga om en allmänmänsklig, våt dröm.

Kanske i synnerhet en manlig, våt dröm, hade hon lagt till efter att ha funderat ett par sekunder. Att kunna kliva ur sitt liv som man kliver ur ett klädesplagg man tröttnat på, alltså. Att från den ena dagen till den andra förändra hela sin tillvaro. Göra sig av med allt invant och tråkigt: arbete, hustru, hem, familj, och börja på någonting nytt och fräscht någon annanstans.

Lockande? tänkte Barbarotti. Förvisso – åtminstone för vissa människor i vissa livssituationer – men förmodligen också ganska naivt. Gräset är inte grönare på andra sidan det där eller det där staketet, och var man än befinner sig har man alltid sig själv att släpa på.

Och var det verkligen – till syvende och sist – detta som var kärnan i den här konstiga historien?

Det måste ha varit en märklig plan Valdemar Roos skisserat åt sig i så fall. Om han nu verkligen varit ute efter att lämna sin hustru och sina döttrar, varför hade han då inte gjort slag i saken med en gång? Som sagt. Varför sluta sitt jobb och sedan ändå hålla skenet uppe och låtsas att han åkte dit varje dag? I en hel månads tid. Vad fanns det för poäng med ett sådant upplägg? Och varför tog han bilen ut till Vretentrakten? Vad fanns det där? En älskarinna?

Bra frågor kanske. Eller alldeles fel frågor? I varje fall hittade Barbarotti inga vettiga svar; det hade han inte gjort på flera dagar, och möjligen var det bara just detta som gjorde att den försvunna tråkmånsen inte ville lämna honom i fred.

För att det var så konstigt.

För att inspektör Barbarotti inte hade en förbannad aning om vad det var som hänt, och att det retade honom.

Han hade pratat med Marianne om läget på lördagskvällen, efter middagen, när alla barn lämnat dem ensamma med disken.

"Det kan vara så här", hade han sagt, "att den här historien bara är intressant så länge vi inte vet hur det ligger till. Så snart vi får reda på det, i samma stund som korten ligger på bordet, kommer det att verka banalt och trist och ingenting annat."

"Jamen, det är ju så det är med själva livet?" hade Marianne svarat efter bara ett ögonblicks eftertanke. "Det är frågorna och det outforskade som är det stora, inte svaren och det uppenbara."

"Och letandet efter svaren?" hade han frågat. "Är det inte ett jagande efter vind, som vi sa?"

"Inte alltid", hade hon sagt, men han hade sett att hon inte var nöjd med svaret.

"Gud?"

"Gud, ja? Jag vet inte, men jag är i varje fall säker på att en gud utan frågor och mysterier på sin höjd kan vara en avgud. Det är inte meningen att vi ska förstå allting. Framförallt inte honom."

Sedan hade hon kysst honom lite längre än vad själva stunden och diskandet och det hinsides krävde.

Underbart, hade Gunnar Barbarotti tänkt. Det är underbart att vara gift med en kvinna som begriper så mycket mer om livet än vad man själv gör.

Men hur är det för henne att vara gift med mig?

På söndagens förmiddag ringde han upp Eva Backman.

"Ursäkta", sa han. "Jag vet att det är söndag och innebandy och allt sådant, men fick du kontakt med det där vittnet igår kväll?"

"Hur går det med det renodlade funderandet?" svarade Backman.

"Det är inte riktigt i hamn än", tillstod Barbarotti. "Men det kommer. Vittnet?"

"Jodå", sa Eva Backman. "Jag pratade med henne. Men jag är rädd att hon inte lyckades sprida särskilt mycket ljus i mörkret. I så fall skulle jag ha ringt dig."

"Det tackar jag för", sa Gunnar Barbarotti. "Men någonting vettigt måste hon väl ändå ha bidragit med?"

"Vi har fått ett rätt bra signalement på den där flickan", sa Backman.

"Flickan?" sa Barbarotti.

"Ja", sa Backman. "Hon valde den beteckningen. Knappast mer än tjugo, trodde hon. Kanske yngre ändå."

"En tonåring?" sa Barbarotti. "Herregud, Valdemar Roos är ju nästan sextio."

"Jag känner till det", sa Backman. "Ja, älskarinneteorin förefaller alltmer absurd. Och vittnet... ja, Karin Wissman heter hon, förresten... hade också lite svårt att tro på den varianten när jag pressade henne en smula. Fast å andra sidan trodde hon inte på någonting annat heller. Valdemar Roos kom ut från en lunchrestaurang med en ung flicka för drygt två veckor sedan, det är i stort sett vad vi kan säga med säkerhet."

"Och sedan försvinner han två dagar senare när hans hustru talar om att han iakttagits med sagda unga flicka."

"Exakt", sa Backman. "Det är ju rätt uppenbart att det där telefonsamtalet måste ha varit något slags utlösande faktor. Men vad övrigt är... ja, där står vi fortfarande och stampar."

"Satan också", sa Barbarotti.

"Jo", sa Backman. "Så kan man säga. Men jag tyckte alltså inte att det var någon idé att ringa dig igår."

"Jag förstår det", sa Barbarotti.

"Fast det finns en liten sak till."

"Jaså?"

"Bara en egendomlig bagatell, antagligen, men jag talade med en annan uppgiftslämnare också igår eftermiddag."

"Vem då?"

Eva Backman tvekade ett par sekunder. "Det är säkert ingenting viktigt. En kvinna som hade pratat med Valdemar på en bar."

"På en bar?"

"Ja. Prince på Drottninggatan. Fast det här ligger nog två månader tillbaka i tiden. Eller åtminstone en och en halv, hon mindes inte vilket datum det var. Men hon kände igen honom på bilden i tidningen, det var därför hon hörde av sig."

"Jaha?"

"Han hade varit lite berusad, tydligen. Hade bjudit henne på ett par drinkar, de satt och snackade en timme ungefär, påstår hon."

"Prince på Drottninggatan?"

"Ja."

"Jag trodde inte Valdemar Roos var den typen som satt och konverserade damer på barer."

"Inte jag heller", sa Eva Backman. "Jag säger ju att det är konstigt, hon kommer till polishuset imorgon eftermiddag, så vi får ha ett ordentligt samtal med henne."

"Bra", sa Barbarotti. "Jag tycker... ja, jag tycker det här låter jävligt egendomligt."

"Det var tydligen ganska egendomligt det han sa också."

"Va? Vem sa vad?"

"Valdemar Roos. Den här kvinnan påstår att han egentligen bara satt och tjatade om en enda sak hela tiden. Att han var ute och gick med sin far i en skog."

"Nu är jag inte med", sa Barbarotti.

"Det förstår jag", sa Eva Backman. "Men hon sa så. Att *han* sa så, alltså. Någonting om att tallarna var solbelysta och att det var det viktigaste ögonblicket i hans liv..."

"När han gick med sin far i en skog?"

"Precis", sa Eva Backman.

Barbarotti satt tyst en stund.

"Tror du han är galen?" frågade han sedan. "Helt enkelt."

"Jag vet inte", sa Eva Backman. "Vi får höra lite mer av det här vittnet imorgon, som sagt. Men jag håller med om att det låter ganska märkligt."

"Märkligt är bara förnamnet", sa Barbarotti och sedan lade de på.

Men det blev ett samtal till med Backman denna molniga höstsöndag.

Det var hon som ringde upp och klockan var halv elva på kvällen.

"Ursäkta att jag ringer, trots att det är söndag och lövkrattning och renodlade funderingar och allt sådant", började hon.

"Vit kvinna talar med kluven tunga", sa Barbarotti.

"Jag tror vi har fått ett genombrott."

"Vad fan menar du?" sa Barbarotti.

"Kan vara på det viset i alla fall", sa Backman. "Men jag är inte säker."

"Fortsätt."

"Jag har just pratat med en viss Espen Lund."

"Espen Lund?"

"Ja. Han är mäklare och gammal god vän till Valdemar Roos. Han har varit bortrest, kom hem idag och fick syn på bilden i tidningen för en timme sedan. Han säger att han sålde ett hus till Valdemar för ungefär en månad sedan. Utåt Vreten. Vad säger du om det?"

"Vad jag säger om det?" sa Gunnar Barbarotti. "Jag säger att vi sätter mäklaren i en bil och åker dit med honom på momangen. Vad fan skulle vi annars göra?"

"Jag gjorde ungefär samma bedömning", sa Eva Backman. "Fast jag sköt upp det till imorgon, klockan är halv elva och mäklaren säger att han är jetlaggad."

"Allright", sa Barbarotti. "Då säger vi imorgon. Hur dags?"

"Han kommer till polishuset klockan nio", sa Eva Backman.

"Helvete också", sa Barbarotti.

"Varför svär du hela tiden?"

”Därför att jag ska in med benet på sjukhuset imorgon bitti. Jag tror jag måste...”

”Så går det när man landar i galen skottkärra”, sa Eva Backman, och det var nära att en ny svordom hoppade ur munnen på honom.

”Jag skjuter upp det”, avgjorde han. ”Återbesöket, alltså. Har du pratat med fru Roos om det här senaste?”

”Nej”, sa Eva Backman. ”Jag tyckte det var bäst att vänta med det tills vi gjort en inspektion på platsen.”

Gunnar Barbarotti funderade ett ögonblick, sedan sa han att det nog var ett riktigt beslut med tanke på omständigheterna.

III.

32

Han kom ner till stranden strax efter klockan sex, och solen hade ännu inte stigit upp.

Men den var inte långt borta. Morgonrodnaden täckte halva himlen i öster, fåglar drev omkring i utdragna ellipser inne över strandängarna och havet lågt kavt och stilla som i förväntan.

Förväntan? tänkte han. Finns det något bättre tillstånd?

Han bestämde sig för att gå söderut. Efter några hundra meter stannade han upp och tog av sig skorna. Lämnade dem stående i sanden i skydd av en uppochnedvänd, flagnad träbåt, som låg övergiven ett gott stycke ovanför vattenbrynet. Strumporna instoppade, en i varje sko. Tänkte att ingen skulle bry sig om att lägga beslag på ett par så fula och utgångna loafers, och om någon ändå gjorde sig besväret, kunde han utan problem passera in barfota på pensionatet.

Han hade ett par sandaler i reserv. Hade köpt dem i Malmö på provianteringsrundan innan de tog sig över sundet; hon hade sagt att de klädde honom men att han absolut inte fick ha strumpor i dem, och ännu hade han inte provat att gå i dem.

Pensionatet hette Paradis, de hade bott där i fyra nätter nu och det här var den första han inte kunnat sova. Han visste inte varför; han hade somnat efter att ha löst korsord någon gång runt midnatt, men vaknat redan klockan tre och sedan hade det varit lögn att få en ny blund i ögonen.

Han hade tassat upp försiktigt vid kvart i fem, tagit en utdragen dusch och sedan klätt på sig och smugit ut. Pensionatet låg inne i själva samhället, ett tvåvånings rosa trähus inbäddad i flockar av syrener och frukträd; men det tog inte mer än fem minuter att komma ner till havet.

Och Anna hade sovit när han gick. Hade legat på sitt vanliga vis, ihopkurad med händerna mellan knäna och kudden över huvudet. I dörröppningen hade han hejdat sig, blivit stående ett par sekunder och betraktat henne. Så underligt, hade han tänkt, så hastigt hon blivit navet i mitt liv, det går nästan inte att föreställa sig att vi någonsin varit utan varandra.

Han bar henne på näthinnan nu också, medan han långsamt förflyttade sig söderut längs den oändliga stranden. Såvitt han visste fortsatte den ända ner till tyska gränsen, antagligen längre bort ändå. Ja, världen är oändlig, tänkte han plötsligt. Så är det verkligen. Våra liv och våra möjligheter är obegränsade; det gäller bara att upptäcka det och ta det till sig.

Och varje dag är en gåva.

Det hade gått fjorton nu. Två veckor och en natt sedan den där söndagskvällen då livet växlade in på ett alldeles nytt och alldeles oannonserat spår. Ante Valdemar Roos visste att denna tid med Anna – oavsett vad som låg framför dem, oavsett om allt så småningom skulle sluta i dur eller i moll – var det mest betydelsefulla han någonsin varit med om. Kanske, hade han börjat tänka, kanske var det det här som varit poängen med alltihop. Med hans födelse, med hans uppväxt och hans vandring i jämmerdalen. Att han skulle leva samman en tid med denna märkliga flicka.

Han hade fortsatt att skriva sina aforismer i det svarta anteckningsblocket, en för varje dag. Ibland var det citat, ibland var det något han själv lyckades formulera. Vid två tillfällen något som Anna hade sagt. Gårdagens ord kom ännu en gång från den där rumänen.

Han närde fortfarande illusionen att han gick där ensam, att det var han som rörde sig och inte världen under hans fötter, att han skulle kunna gå åt vilket håll som helst, att rännan som han följde – hans eget, unika liv – bara syntes bakom honom och var spåren efter hans mödosamma steg. Ännu förstod han inte att samma ränna löpte lika djup och obarmhärtig framför honom.

Så var det förr, tänkte Ante Valdemar Roos. Så brukade jag föreställa mig mitt liv. Som djupa fåror eller inskriptioner på en redan färdigställd gravsten. Som om... som om denna gravsten – och det oändligt långsamma läsandet av dess inskriptioner – varit själva syftet och meningen.

Han var inte säker på att Cărtărescu verkligen avsett just detta, men strunt i det, tänkte han med en hastigt uppblossande munterhet samtidigt som han sparkade till en ihopsjunken röd gummiboll så att den for ett gott stycke ut i vattnet. Strunt i det och skitsamma! En gång hade han spelat högerinner i Framtidens IF:s pojklag i fotboll och klippet i högerfoten satt kvar. Det är känslan och vägen som gör mödan värd, inte orden och ekvationens eventuella lösning.

Igår kväll hade hon sjungit för honom; bara två sånger, eftersom tröttheten kommit över henne igen. Den ena var *Colours*, en gammal Donovanlåt, han tyckte det var märkligt att hon plockat upp så mycket från det längesedan svunna sextiotalet; den andra hade hon komponerat själv och den handlade om honom. *Valdemar, the Penguin.* Han märkte inte förrän efteråt att han gråtit medan han lyssnade.

Och han hade känt tacksamhet. En djup tacksamhet över att de inte dukat under för paniken och rädslan efter den groteska händelsen i Lograna – utan givit sig tid att tänka efter och få med ett och annat i bilen. Hennes gitarr, till exempel. Det mesta av hennes tillhörigheter också, tanken hade kanske varit att utplåna alla spår efter henne i huset, men när de kört några timmar in i den första natten, kom hon ihåg att hon glömt kvar en plastkasse med smutstvätt under bänken i köket.

Så nog skulle de förstå att där bott en flicka också. Att Lograna inte bara varit Ante Valdemar Roos plats på jorden.

Om de nu någonsin kom så långt att de hittade Lograna, vill säga. Ännu fanns ingenting som tydde på att de gjort det, men förr eller senare skulle förstås den stunden komma. Förr eller senare, han gjorde sig inga illusioner om det motsatta.

De första dagarna hade han oroligt lyssnat till varenda nyhetssändning på radion, lusläst alla tidningar han kom över, men så småningom smittade hennes lugn av sig på honom. Och när de bestämde sig för att såret i hennes huvud trots allt började se bättre ut och att de inte skulle behöva åka in med henne till sjukhus, hade det också inneburit en vändpunkt. De behövde inte stanna i landet. De körde över Öresundsbron en dryg vecka efter att de övergivit Lograna, en solig höstförmiddag ackompanjerade dem, och det var med en känsla av öronbedövande frihet som de lämnade Sverige bakom sig. Åtminstone tyckte Valdemar det, en trång liten värld stängdes, en ofantlig rymd öppnade sig.

Han hade sagt det åt henne också, med just de orden. Hon hade skrattat och lagt handen på hans arm.

Om någon stänger en dörr, öppnar Gud ett fönster, hade hon sagt.

Vad menar du med det? hade han frågat.

Min mor brukade säga så, hade hon svarat. Åt min far, när jag var mindre. Jag tyckte mycket om det. Jag brukade ligga i min säng på kvällarna efter att de hade bråkat och tänka på det.

Jag tycker också om det, hade han erkänt. Om någon stänger en dörr, öppnar Gud ett fönster. Saknar du din mamma?

Litegrann.

Hur känns ditt huvud?

De första dagarna hade han frågat för ofta.

Har du ont? Vill du ligga ner en stund i baksätet? Ska jag hjälpa dig med ett nytt bandage?

Alldeles för ofta, men inte så konstigt om han oroade sig. Hon hade legat medvetslös i gräset när han hittade henne och det hade tagit flera minuter innan han fick liv i henne. Hela vänstra sidan av hennes huvud var täckt av kletigt blod, och när han väl tvättat av henne med hjälp av våta handdukar hade det nästan decimeterlånga såret kommit i dagen. Ovanför vänster öra, en svullnad och en grov månskära som nådde ända ut till tinningen, precis där hårfästet tog slut; det rostiga järnröret som träffat henne låg ett par meter vid sidan av, alldeles under äppelträdet.

Svullnaden hade hållit i sig de första dagarna, men hon hade snart funnit på att kamma sig på ett nytt sätt så att ingenting egentligen syntes. Redan på det där första hotellet, den andra natten, hade de passerat in som far och dotter Eriksson. Hon hade haft en blixtrande huvudvärk medan de stod nere i receptionen och skrev in sig, men såret och bandaget var väl dolt under hennes tjocka mörkbruna hår.

De hade stannat där i Halmstad i tre dagar. Mesta tiden hade hon legat i sängen, han hade passat upp på henne som om han verkligen varit en god fader med en sjuk dotter. Sett till att hon druckit ordentligt och åtminstone fått i sig ett och annat att äta. Köpt smärtstillande tabletter på apoteket, plåster, kompresser och vitaminer. Suttit vid hennes sängkant och vakat över henne.

Frågat om hon behövde något. Om hon hade ont.

Alldeles för ofta. På den fjärde dagens morgon hade hon stigit upp, tagit en dusch, förklarat att han fick lov att sluta tjata nu och undrat om det inte var dags för dem att dra vidare.

För ett ögonblick hade han tyckt att han inte kände igen henne. Att han inte riktigt förstod vem det var som stod där i den trånga dörröppningen till badrummet, insvept i hotellets vita badlakan, ett om kroppen, ett om huvudet – och talade till honom nästan som om hon varit Signe eller Wilma. Som de brukade låta när han återigen och av oklara skäl inte gått iland med att motsvara deras förväntningar.

Men sedan hade hon sett att han blivit ledsen, tagit tre steg över golvet och gett honom en stor kram.

Förlåt, det var inte meningen. Men tycker inte du också att vi borde komma härifrån?

Det hade skrämt honom, detta ögonblick, och det var inte lätt att bli av med. Hängde kvar i en vrå av själen som ett ont varsel eller ett förebud och vägrade försvinna.

Han hade kört till Karlskrona av någon anledning. Kanske för att det skulle ta lite längre tid. Det var i bilen och på vägen de hörde hemma, åtminstone de här dagarna. Som om själva rörelsen varit den enda tänkbara spelplanen för det som pågick. Men det hade bara blivit en enda natt i

Blekinge, hon hade sovit i tretton timmar i sträck, sedan hade de fortsatt till Hotell Baltzar i Malmö.

Hennes huvudvärk kom och gick. Hon kräktes några gånger. Han köpte olika typer av smärtstillande. Treo, Ipren, Alvedon. Hon sa att hon gillade Treo bäst och när de körde över sundet hade de tolv tuber i lager.

Men svullnaden sjönk undan och såret såg allt bättre ut. På lördagen i Malmö hade hon bestämt sig för att strunta i allt vad plåster och kompresser hette; de tog en lång promenad i Pildammsparken, hon blev visserligen trött, men efteråt lovade hon att följa honom till världens ände, om han bara hade pengar till bensin och lite färdkost.

Han hade tagit ut femhundratusen redan i Halmstad; på banken hade man undrat vad i hela friden han skulle med så mycket kontanter till och han hade svarat att det gällde en båtaffär. Excentrisk säljare, bara att ta skeden i vacker hand.

Han visste att han fått det från en bok, det där med båtköpet, och han var tacksam för att han ändå hade läst en del. Det var ingenting han skulle ha kommit på av egen kraft.

Men pengar till bensin och färdkost hade de utan tvivel. I Malmö hade han växlat till sig trettiotusen euro och tjugotusen danska kronor, det hade inte inneburit några problem.

Behövde inte blanda in någon båt och ingenting annat heller.

Han stannade och såg på klockan.

Halv sju. Solen hade kommit upp ordentligt nu, men stranden låg fortfarande öde. Han hade inte mött en enda människa, kanske var danskarna ett folk som tyckte om att ligga kvar i sängen om morgnarna. De hade ju ett visst rykte om sig.

Tänkte Ante Valdemar Roos, gäspade och började styra stegen tillbaka in mot samhället. Eller kanske hade de viktigare saker för sig, korrigerade han efter en stund. Arbete och sådant. Inte tid att gå utmed vackra stränder i soluppgången även om de hade dem alldeles in på knuten?

I alla händelser hade de inte stulit hans skor och strumpor.

”Jag hade en så egendomlig dröm.”

Han nickade. Hon hade berättat om sina drömmar några gånger tidigare. Gärna medan de åt frukost, det hade nästan blivit en vana.

”Den var alldeles verklig, jag hade svårt att tro att det bara var en dröm när jag vaknade.”

Han tänkte att om livet bara bestod av en enda dag, fick det gärna börja såhär. Först en timmes vandring utmed en ödslig sandstrand. Sedan frukost i en pensionatsträdgård och en dröm ur denna sällsamma flickas mun.

”Vad handlade den om?” frågade han.

Hon drack en klunk te och började breda marmelad på en ny brödskiva. Bra, tänkte han, hon håller på att få aptit igen.

”Jag tror att den egentligen handlade om döden. Och att man inte ska vara rädd för den.”

”Jaså?” sa han. ”Nej, det ska man förstås inte.”

”Du var med i den. Min lillebror och min mamma också, men det var jag som hade huvudrollen. Det var jag som var döden.”

”Var det du som var döden?” utbrast han, förfärad mot sin vilja. ”Nu tror jag väl ändå att…”

”Jodå”, försäkrade hon. ”Jag var döden, det var till mig alla förr eller senare skulle återvända. Det visste jag och därför behövde det heller inte vara någon brådska med någonting. Du och mamma och Marek befann er i en båt ute på en flod...”

”Marek, din lillebror?”

”Ja. Ni befann er i den där båten och den drev mot ett vattenfall och ni hade liksom förlorat kontrollen över allting. Fast ni förstod det inte för strömmen var inte särskilt stark i början, ni tyckte mest att det var ett lite spännande äventyr. Och jag väntade på er därframme där strömmen blev starkare, där jag visste att ni skulle begripa att det var allvar och att ni verkligen befann er i fara.”

”Kände vi varandra?” frågade han. ”Jag och din mamma och din lillebror.”

”Javisst, och jag såg fram emot att få träffa er allihop, för jag hade varit död länge och den sista gången jag såg er var på min begravning och då hade ni varit så ledsna och övergivna på något sätt.”

”Övergivna?”

”Ja, det är så det känns när den döda lämnar de levande kvar.”

”Hur vet du det?”

”Jag förstod det i drömmen och förresten är det sådant man vet ändå.” Hon nickade bekräftande för sig själv innan hon fortsatte. ”Nästan hela drömmen gick ut på att jag bara satt och väntade på att ni skulle komma till mig i forsen. Jag visste att ni skulle bli skräckslagna först, men sedan när det var över och när ni äntligen var framme skulle allt vara bra igen.”

”Jag och din mamma och din lillebror?”

”Ja.”

”Vad hände då? Åkte vi ner i fallet?”

”Nej, det konstiga är att ni inte gjorde det. Jag vet faktiskt inte vad som hände. Jag menar ni hade inga åror och ingenting, och ändå lyckades båten hitta en alldeles egen ström och komma iland istället. Jag satt där och väntade och kände mig lite besviken faktiskt, men inte så farligt. Jag visste ju att ni skulle komma en annan dag. Och så kom han istället.”

”Han? Vem då?”

”Han.”

”Steffo?”

”Ja. Och honom ville jag absolut inte träffa, han kom farande i vattnet på sin skoter och precis innan han var framme, så kom du i alla fall. Kanske var det Marek och mamma också, jag vet inte, men du blåste på honom och så var han borta.”

”Blåste jag på honom?”

”Ja, andades liksom. Det räckte, du lutade dig ner från himlen, tror jag, jag såg ditt huvud uppochner i alla fall, och så andades du på Steffo och plötsligt fanns han inte mer. Jag kysste dig och sedan vaknade jag.”

”Herregud, Anna. Nu blir jag…”

”Vad blir du?”

”Generad.”

”Blir du generad för att jag kysser dig i en dröm?”

”Ja, tänk att jag blir det.”

”Allright, jag ska försöka kontrollera mig bättre nästa gång.”

Hon skrattade. Han skrattade. Han tänkte att det var den lyckligaste morgonen i hans liv.

Aldrig bättre än så här.

På eftermiddagen satt de i stolar på stranden. Solen kom från rätt håll nu.

"Du minns fortfarande inte?" frågade han.

Hon skakade på huvudet. "Nej."

"Det kommer inte närmare?"

"Nej. Jag rusar ut och får med mig kniven från diskbänken. Jag hör att han kommer efter mig. Jag trampar snett på den där roten på gräsmattan och faller. Sedan... ja, sedan är det blankt."

"Bra", sa han. "Det är kanske bra att du inte kommer ihåg mer."

"Jag vet inte. Kanske det, men jag skulle vilja minnas också." Hon gjorde en paus och tänkte efter. "Jag måste ju ha dödat honom, hursomhelst. Samtidigt som han slog mig med det där röret. Det kan ju knappast ha gått till på något annat sätt, eller hur?"

"Man kan aldrig så noga veta. Anna?"

"Ja?"

"Vad som än hände så behöver du inte ha dåligt samvete för det."

"Jag förstår att du tycker det. Jag tycker likadant, men sitt samvete råder man inte över."

Han satt tyst och betraktade henne en stund. Två joggare, en man och en kvinna i röda och svarta träningskläder, passerade förbi lite längre ner på stranden.

"Har du ont? Vill du att vi ska gå tillbaka så du får vila ordentligt?"

Hon gjorde en hastig grimas som han inte kunde tolka. "Hur länge ska vi stanna här, Valdemar?"

"När vill du åka vidare?"

"Jag vet inte. Imorgon kanske. Eller i övermorgon."

"Då säger vi att vi bestämmer oss imorgon."

Hon nickade och lade sin hand över hans för ett ögonblick.

"Det är någonting med min arm, Valdemar."

"Vad då? Med din arm?"

"Ja, min högra. Den känns tung och konstig."

"Har du... jag menar, har du känt så länge?"

"Jag märkte det igår kväll när jag spelade gitarr. Fingrarna känns tjocka och fumliga."

"Tror du det är allvarligt? Tror du det har att göra med...?"

"Nej, det går nog över bara jag vilar lite. Titta, vad är det där? Svanar?"

Han kisade mot solen.

"Hägrar, jag tror det är hägrar, faktiskt."

"Som hägringar, nästan?"

"Ja, nästan."

33

”Har han gjort någonting?” frågade Espen Lund. ”Jag menar, är han misstänkt för något brottsligt?”

Eva Backman skakade på huvudet och klickade fast säkerhetsbältet.

”Han har varit försvunnen i två veckor”, informerade inspektör Barbarotti från baksätet. ”Du råkar inte ha några idéer om vad som har hänt?”

Han petade in en liten kudde under benet och tänkte att när han en dag blev av med gipset och kunde gå som folk, skulle han aldrig mer ägna den förbannade foten en tanke. Den hade sannerligen fått mer uppmärksamhet än den förtjänade.

”Jag?” sa Espen Lund. ”Varför i all världen skulle jag veta vart Valdemar Roos tagit vägen?”

”Du sålde det här huset till honom”, påpekade Eva Backman. ”Ingen annan tycks ha känt till det.”

”Diskretion hederssak”, sa Barbarotti.

”Herregud”, stönade Espen Lund. ”Jag säljer trettio hus och lägenheter i månaden. Jag visste inte att jag också var ansvarig för vad mina köpare har för sig.”

”Seså”, sa Barbarotti. ”Vi försöker bara komma till botten med det här. Ni var ju gamla bekanta, du och Valdemar Roos. Han måste väl ha berättat för dig vad han skulle ha kåken till. Och varför han inte ville att frun skulle få kännedom om den?”

Espen Lund tvekade en sekund.

”Han var lite hemlighetsfull.”

”Hemlighetsfull?” sa Backman.

”Ja. Han ville att det skulle skötas diskret... precis som du... vad var det du hette?”

”Barbarotti”, sa Barbarotti.

”Jaså, är det du? Vad har du gjort med foten?”

”Slagsmål med en gangster”, sa Barbarotti.

Espen Lund skrattade ansträngt. ”Och den andra killen ligger förstås på sjukhus?”

”Kyrkogården”, sa Eva Backman. ”Nå, varför var han så hemlighetsfull, alltså? Du måste väl ha blivit lite nyfiken i alla fall?”

Espen Lund suckade. ”Valdemar är en fruktansvärd tråkmåns”, sa han. ”Jag känner honom egentligen inte, men det var en period i våra liv då vi träffades en del. Efter hans skilsmässa och så. Vi var lekkamrater när vi var barn, jag kan inte hjälpa det. De senaste femton åren har jag nog inte sett honom mer än fyra-fem gånger.”

”Så du blev förvånad när han ringde och ville köpa ett hus av dig?”

”Förvånad och förvånad”, sa Espen Lund och stoppade in en portionssnus under läppen. ”Nej, man blir inte förvånad efter några år i min bransch. Valdemar Roos ville köpa sig ett torp för att få lite lugn och ro. Vad skulle det vara för märkvärdigt med det?”

Eva Backman ryckte på axlarna och körde in i Rocksta-rondellen. Barbarotti tänkte att han för sin del aldrig skulle köpa någonting av den här blaserade mäklaren. Men var man – å andra sidan – ägare till ett renoveringsobjekt på 350 kvadratmeter, så behövde man kanske inte fler hus.

”Var du i kontakt med honom någonting efteråt?” frågade han. ”Sedan köpet var avslutat, så att säga?”

Espen Lund ruskade på huvudet. ”Icke sa Nicke. Vi skrev papperen tillsammans med förra ägaren, sen dess har jag inte sett röken av honom.”

”När var det här exakt?” frågade Backman.

”Vi skrev den tjugosjätte augusti”, sa Espen Lund. ”Han fick nycklarna den första september. Ja, då såg jag honom förstås också, men bara i tio sekunder. Jag kollade upp datumen igår kväll efter att jag pratat med er.”

”Allright”, sa Barbarotti. ”Du känner inte hans fru, eller hur?”

”Aldrig sett människan”, sa Espen Lund.

”Hans första fru?”

”Inte henne heller”, sa Espen Lund.

”Jaha ja”, sa Eva Backman. ”Nu börjar det regna också.”

Gunnar Barbarotti tittade ut genom sidofönstret och konstaterade att hon hade rätt. Sedan såg han på klockan.

Den var tjugo minuter över nio. Det var måndagen den 29 september och om Ante Valdemar Roos senare öden och äventyr visste de fortfarande inte ett skvatt.

Men inom en halvtimme skulle de vara framme vid hans hus i skogen. Alltid något, tänkte Barbarotti.

Alltid något.

De hade inte fått med något beslut om husundersökning, men det spelade inte så stor roll. De hittade kroppen efter bara någon minut och i samma ögonblick omvandlades det lilla skogshemmanet till en brottsplats och alla förutsättningar förändrades radikalt.

Trots sitt gipsade ben lyckades inspektör Barbarotti forcera dörren till torpet redan vid andra försöket; kanske hade det varit mest korrekt att sitta kvar i bilen i regnet och vänta på förstärkning, men vad fan, tänkte både han själv och säkert Eva Backman också, det såg han på henne och hon protesterade inte. Det var skillnad på regler och regler.

"Skönt att komma inomhus åtminstone", förklarade han och såg sig om i det enkelt möblerade köket.

Eva Backman hittade en lysknapp och tände taklampan. Det var bara förmiddag men regnvädret hade dragit med sig ett dystert halvmörker. Backman tog upp sin telefon och ringde efter förstärkning. Förklarade läget i grova drag under en minut och lade på.

Barbarotti betraktade henne och insåg att ingen av dem hade lust att gå ut och bevaka liket.

"Varför måste det alltid regna när man hittar en död kropp?" sa han. "Det är likadant varenda gång."

"Det är himlen som gråter", sa Eva Backman. "Vi stannar härinne så länge, eller hur?"

Han nickade.

"Ingen mening med att stå därute och bli dyblöt?"

"Nej."

Espen Lund snyftade till. Den gode fastighetsmäklaren hade bleknat betydligt vid åsynen av den döda kroppen, nu satt han ihopsjunken över köksbordet med huvudet vilande på underarmarna. Backman och Barbarotti såg sig hastigt om i det lilla torpet. Ett rum och kök, bara. Enkelt möblerat men förvisso bebott, tänkte Barbarotti. Där fanns sängkläder i sängen och mat i kylskåpet. Tidningar som var några veckor gamla, en del klädespersedlar och en fungerande klockradio.

Men ingenting som gav någon fingervisning om varför det låg ett lik ute i trädgården.

Vad i helvete är det som har hänt här egentligen? tänkte

Gunnar Barbarotti. Det här blir konstigare och konstigare.

Polisförstärkningen anlände efter en halvtimme, läkare och brottsplatsteam två minuter senare.

Under tiden hade regnet tilltagit och Espen Lund hade rökt tre cigarretter ute i blötan.

”Både snus och cigarretter?” hade Barbarotti undrat men inte fått något svar.

Espen Lund hade inte yttrat ett enda ord efter att de upptäckt kroppen; Barbarotti antog att det var ett uttryck för någon sorts chock, men han antog också att det var säkrast att inte försöka göra någonting åt saken.

Offret låg alltså bakom jordkällaren, alldeles i skogskanten men ganska väl synligt bara man tog sig in på tomten. En ung man i tjugo-trettioårsåldern, såg det ut som, men eftersom en del av skogens djur varit framme och ätit av hans ansikte var det svårt att göra någon säkrare bedömning. Han låg på rygg i alla händelser med armarna utefter sidorna, och även om det kanske kunde diskuteras hur han dött, gav det intorkade blodet, som täckte hans ljusblå jacka från naveln upp till bröstvårtorna ungefär, en hyfsat god indikation. Djuren hade av allt att döma kalasat en smula här också och när inspektör Barbarotti försökte sig på att skärskåda honom lite närmare för andra gången, hade han inte alls svårt att förstå varför Espen Lund blivit lite blek och lite tyst.

”Knivhuggen i magen, vad tror du om det?” sa Eva Backman medan fotografen plåtade ur alla möjliga vinklar och brottsplatsteknikerna stod och trampade i väntan på att få spänna ut sin plastbaldakin, för att åtminstone slippa bli genomblöta under sitt grannlaga värv.

”Ingen djärv gissning precis”, sa Barbarotti. ”Han har nog legat här ett tag också.”

”Säkert”, sa Eva Backman. ”Det är två veckor sedan Valdemar Roos försvann. Om det finns någon logik i den här historien, har nog den här killen varit död ungefär lika länge.”

”Logik?” sa Barbarotti. ”Du menar inte att du ser någon logik i det här?”

”Det är i alla fall inte han”, sa Backman och tog emot ett paraply som en av assistenterna räckte henne.

”Va?” sa Barbarotti.

”Det är inte Valdemar Roos som ligger där.”

Barbarotti betraktade den malträterade kroppen ännu en gång. ”Korrekt”, sa han. ”Hans fru nämnde ingenting om att han skulle vara piercad i ögonbrynet.”

Tre timmar senare satt de i bilen igen, på väg tillbaka mot Kymlinge. Fastighetsmäklare Lund hade skickats hem med en tidigare transport, så de hade i varje fall sluppit undan det bekymret. Regnet hade också upphört, om än tillfälligt. Himlen över skogsranden i sydväst såg blåsvart och misslynt ut, utan tvekan var mer nederbörd att vänta.

”Allright”, sa Eva Backman. ”Ska vi försöka sammanfatta lite?”

”Gärna det”, sa Barbarotti. ”Du får börja.”

”Man i tjugofemårsåldern”, sa Backman. ”Mördad genom knivhugg i magen.”

”Stora kroppspulsådern”, sa Barbarotti. ”Riktig fullträff, stor blodförlust. Bör ha varit död efter en minut.”

”Medvetslös efter en halv”, sa Backman. ”Men han kan ha förflyttat sig några meter innan han stupade.”

”Inga tecken på att någon släpat eller burit honom till platsen.”

”Men någon har dragit ut kniven. Mordvapnet ej påträffat.”

”Sannolikt stor förskärare. Typ kökskniv.”

”Jag tycker inte om när du använder det där uttrycket”, sa Backman. ”Typ.”

”Jag känner till det”, sa Barbarotti. ”Nåväl, jag skiter i språkvården och går vidare. Identitet okänd. Ingen plånbok. Sannolikt mördad på platsen, sannolikt för tolv till arton dagar sedan.”

”Vi säger två veckor”, sa Backman. ”Av logiska skäl.”

”Som sagt”, sa Barbarotti.

”Den där söndagskvällen, alltså”, fortsatte Backman. ”Det är ju rätt troligt att det var då det hände någonting? Vad, alltså? Och vem är han?”

”Bra frågor”, sa Barbarotti. ”Vad har vi mera?”

”Vi har en röd skoter av märket Puch”, sa Backman. ”Registreringsnummer SSC 161. Återfunnen hundra meter från huset ute vid vägen. Vi vet ännu inte vem hojen tillhör, men har vi tur hittar vi offrets namn den vägen.”

”Tror du?” sa Barbarotti.

”Sorgsen borde ringa om det snart”, sa Backman. ”Han har haft en halvtimme på sig.”

”Det kommer”, sa Barbarotti. ”Vad har vi att säga om huset, då?”

”Roos har bott där”, sa Eva Backman. ”Han har haft torpet som någon sorts tillflyktsort istället för att åka till jobbet. Ingen tvekan om saken.”

”Varför då?” sa Barbarotti.

”Vet inte”, sa Backman.

”Dessutom?” sa Barbarotti.

”Dessutom verkar det som om där bott en kvinna också. Eller ska vi säga flicka? De där trosorna och de där linnena i tvättpåsen pekar ganska långt ner i åldrarna.”

”Tjugo sådär?” sa Barbarotti.

”Typ”, sa Backman och satte ett pekfinger mot sin tinning.

”Alltså?”

”Alltså kan vi nog utgå ifrån att vittnet Wissman såg alldeles rätt den där fredagen på Ljungmans. Eller?”

”Precis”, sa Barbarotti. ”Men vem tusan är hon?”

”Vart har de tagit vägen?” sa Backman.

Barbarotti funderade ett ögonblick. ”Vad är det som säger att de inte ligger ute i skogen med varsitt knivhugg i magen, de också?” föreslog han. ”Ingenting, såvitt jag kan se.”

”Lägg av”, sa Eva Backman. ”Det räcker med ett lik.”

”Okej”, sa Barbarotti. ”Var är dom då?”

”Man hinner en bit på två veckor”, sa Backman.

”Månens baksida om man vill”, sa Barbarotti.

Backman satt tyst en stund och tuggade på underläppen. ”Många frågetecken”, sa hon till slut.

”Många”, instämde Barbarotti med en suck. ”Jag tror jag fått vatten i gipset dessutom. Det känns som en maräng, det var ett jävla regnande därute.”

Eva Backman kastade en blick över axeln och betraktade honom där han halvlåg i baksätet. ”Ska jag köra dig direkt till sjukhuset?” frågade hon.

”Ja tack”, sa Gunnar Barbarotti. ”Jag lovade vara där klockan två, hon är halv nu.”

Eva Backman nickade. ”Vi behöver nog sätta oss ner och strukturera upp det här sedan. Sylvenius blir förundersökningsledare, och utredningen kommer att ligga på mitt bord. Tror du att du kan komma till polishuset när du är klar?"

"Självklart", sa Barbarotti. "Ska bara smaska på lite färskt gips, det går i en handvändning. Fast..."

"Ja?

"Jag har en date med Asunander om klotterfrågan också, jag hoppas han går med på att skjuta upp den."

"Knivmord går före klotter?"

"Jag tror det", sa Barbarotti. "Men jag är inte säker."

I realiteten blev han tvungen att tillbringa en stor del av eftermiddagen på sjukhuset – med flera utdragna vänteperioder – och han hade gott om tid att reflektera över morgonens fynd ute i Lograna.

Hemmanet hette så, hade Espen Lund förklarat medan han fortfarande hade kvar talets gåva. *Lograna*, det var lite oklart om namnet häftade vid platsen eller bara vid själva huset. Den tidigare ägaren hette Anita Lindblom i alla händelser, precis som den firade sångerskan, hon med Sånt är livet, och köpeskillingen hade uppgått till 375 000 kronor.

Strax innan de var framme hade Barbarotti återigen frågat om inte Roos nämnt något om någon kvinna, och Lund hade återigen förnekat att så skulle ha varit fallet.

Och du anade ändå inte att det kanske låg till så? hade Backman försökt.

Ingalunda. Mäklare Lund hade varit orubblig. Han kände visserligen inte Valdemar Roos särskilt väl nuförtiden, men att han skulle ha börjat jaga fruntimmer på gamla dar föreföll lika otänkbart som att... ja, han visste inte riktigt vad.

Det där har vi hört förr, tänkte Barbarotti medan han såg till att få upp sin marängfot i högläge i väntrummet. Varenda människa som uttalat sig om denne Ante Valdemar Roos hade sagt så. Poängterat hur osannolikt det var att han höll sig med en älskarinna.

Och ändå hade det varit på det viset. Han hade haft en flicka ute i sitt hemliga torp. Alla tecken tydde på det. Det var inte bara påsen med tvättkläder som pekade på att hon existerade, det fanns annat också. Ett par långa, mörkbruna hårstrån i sängen, till exempel, bindor i en sopsäck i uthuset.

Gick det att tvivla på det här?

Kunde det, trots allt, vara så att hon inte fanns?

Möjligen, tänkte Barbarotti – skuggan av ett tvivel, som det hette – men han hade svårt att se att det skulle kunna förhålla sig så. Vittnet från Ljungmans, indicierna ute i Lograna, Valdemar Roos hela uppträdande den senaste tiden, enligt vad hustrun och andra berättat... nej, bestämde sig inspektör Barbarotti, allt talade för att det fanns en ung kvinna inblandad i denna märkliga historia.

Men vem var hon?

Var kom hon ifrån och var hade han hittat henne?

Och vem var offret? Han som fått en kniv i magen, förblött och blivit liggande oupptäckt bakom en jordkällare i två veckor?

Han hade inte haft några identitetshandlingar. Inga särskilda kännetecken, i varje fall hade de inte upptäckt några ännu så länge. Jeans, gympaskor, polotröja och en ljus jacka.

Det var allt. De där sekundära skadorna han fått när djuren varit framme var frånstötande. Hans ögon hade varit uppätna, Barbarotti mindes att hans förra hustru Helena hade haft ett sådant där organdonationskort i sin portmonnä, där hon deklarerat att hon gick med på att skänka sina organ till vad det vara månde om hon råkade ut för en dödlig olycka, men att man inte fick röra hennes ögon.

Hade han kommit till Lograna på den där skotern? De hade fått besked om den registrerade ägaren, det hade Backman upplyst om på telefon. Men det var av allt att döma en återvändsgränd; fordonet tillhörde en viss Johannes Augustsson i Lindesberg, men det hade rapporterats stulet i början av juni. Johannes Augustsson var 18 år gammal, inspektör Sorgsen hade talat med honom i telefon och det fanns ingen anledning att betvivla hans uppgifter. Skotern hade försvunnit medan han haft den uppställd på parkeringen till äventyrsbadet Gustavsvik i utkanten av Örebro, och han hade aldrig återsett den.

Själva torpet hade finkammats, förstås. Eller höll på att finkammas. Både efter fingeravtryck och efter annat, och en del påsar med varierande innehåll skulle skickas till Statens Kriminaltekniska Laboratorium i Linköping för analys. Så var det med det. När det gällde vissa saker var det bara att hålla sig till rutinerna.

Inspektör Barbarotti kände sig dock inte särskilt optimistisk, och han undrade varför. Kanske var det egentligen bara för att det värkte i foten, och för att Marianne sett ledsen ut när han åkte hemifrån.

Bara?

Han slog hennes nummer på mobilen men fick inget svar.

Nåja, tänkte han. Ikväll ska jag tala om för henne att jag älskar henne och att jag hellre vore död än utan henne – och när det gällde gåtan Valdemar Roos hade man ju i alla fall kommit ett litet steg på väg. Eller hur?

Man hade hittat ett torp och man hade hittat en död

kropp. Det kunde varit värre.

Barbarotti tittade på klockan. Kvart över tre. Doktor Parvus var en halvtimme försenad nu. Väntrummet gick i grågrönt och han hade suttit ensam i det i fyrtiofem minuter. Han fick fatt i ett vältummat nummer av Svensk Damtidning. Det härstammade från juni 2003 och hade en glatt leende prinsessa i folkdräkt på framsidan.

Spännande, tänkte kriminalinspektör Barbarotti och började bläddra.

Det dröjde till halv sex innan han var tillbaka på polishuset. Han begav sig genast in till inspektör Backman för att bli uppdaterad. I dörröppningen stötte han ihop med Sorgsen, som var på väg ut.

”Egendomlig historia”, sa Sorgsen. ”Många obekanta.”

”Två”, sa Barbarotti. ”Om jag räknar rätt. Valdemar Roos är väl bekant, åtminstone?”

”Om än försvunnen”, sa Sorgsen. ”Nej, jag måste hem nu. Vi får gå vidare med det här imorgon.”

Han nickade åt Backman och Barbarotti och lämnade rummet.

”Vad är det med honom?” sa Barbarotti. ”Han brukar väl aldrig ha bråttom hem?”

”Hans fru är höggravid”, sa Backman. ”Har du glömt det? Snyggt gips.”

Men hon lät dyster. ”Vad tänker du på?” frågade Barbarotti.

Eva Backman suckade och sjönk ner bakom skrivbordet. ”Allt möjligt”, sa hon. ”Den där pojken, till exempel. Han stannade kvar på min näthinna på något vis. Man ska inte behöva dö sådär, tänk om vi aldrig får reda på vem han var?”

”Klart vi får”, sa Barbarotti, lutade kryckorna mot elementet och satte sig på den gula plaststolen. ”Nu får du uppdatera mig, jag ligger flera timmar efter.”

Inspektör Backman betraktade honom en stund med det sorgsna uttrycket hängande kvar i ansiktet. ”Vet du”, sa hon, ”frånsett att vi skickat ut en massa förfrågningar hit och dit och en del pressmeddelanden, så har det inte skett ett skvatt av intresse. Det enda som har hänt är att Alice Ekman-Roos varit och tittat på liket.”

”Och hon kände inte igen honom?” frågade Barbarotti.

”Nej”, sa Backman. ”Men hon kräktes på honom.”

Hon har rätt, tänkte Barbarotti. Den här dagen har liksom inget skimmer.

Eva Backman vaknade med ett ryck.

Såg på klockan. De röda siffrorna hoppade just fram till 05.14.

Herregud, tänkte hon. Varför vaknar jag kvart över fem på morgonen?

Ville låg bortvänd ifrån henne och andades tungt. Det var kolmörkt i sovrummet och regnet rasslade i lövverket ute i trädgården. Hon vände på kudden och bestämde sig för att somna om. Det var en och en halv timme tills hon behövde stiga upp på riktigt, vad var det för poäng med att ligga här och...?

Men innan siffrorna hunnit slå över till 05.15 förstod hon.

Hon hade kommit ihåg någonting i en dröm, och detta minne hade kastat upp henne ur sömnens brunn. Det var någonting viktigt. Det hade... det hade med Valdemar Roos att göra och med... hennes far.

Samtalet.

Det där telefonsamtalet hon haft med honom för... hur länge sedan var det? Två veckor?

Ja, det stämde nog. Hon hade inte pratat med honom sedan dess, inte med sin bror eller sin svägerska heller. Naturligtvis hade hon tänkt på dem under gårdagen ute i Lograna. Redan under färden ut i bilen hade hon förstått att det måste vara någonstans i närheten av Rödmossen som Valdemar Roos hade sitt torp, men hon hade aldrig nämnt sambandet för Barbarotti. Att hennes egen far, hennes bror och hans familj, faktiskt bodde bara någon kilometer från den plats där de hittat den knivmördade mannen, det hade liksom... ingen relevans.

Utom i hennes eget privata koordinatsystem.

Fram till nu, vill säga. Hon vek upp täcket och gick ut i badrummet. Tände ljuset, gled ur nattlinnet och ställde sig i duschen.

Vad i hela friden var det hennes pappa hade pratat om? Hur var det samtalet hade börjat?

Han hade påstått att han sett ett mord, var det inte så?

Han hade tagit en promenad och blivit vittne till hur någon dödat någon annan. Visst var det så han hade sagt? Och blod, han hade pratat om färgen på blod, det kom hon ihåg.

Sedan hade det slirat iväg i andra banor, som det brukade bli när Sture Backman satte igång att berätta. Hon hade inte brytt sig om att lyssna med mer än ett halvt öra, men nog var det så att han inlett genom att tala om ett mord?

Att han hade sett någonting alldeles förfärligt och att det var därför som han ringt upp sin dotter.

Eftersom hon var polis.

Jovisst. Så var det.

Och två veckor efter detta samtal hade de hittat ett lik en kilometer från hans hem.

Och varför kom jag inte på det här igår? tänkte Eva Backman medan hon för ett ögonblick bytte från varmt till kallt vatten – det gällde att få igång hjärnan en smula av allt att döma. Varför dyker sådant här upp ett halvt dygn senare i en dröm? undrade hon irriterat. Jag håller bestämt på att tappa skärpan.

Eller kanske var det just sådant som drömmar var till för?

Hon lämnade badrummet, gick ut i köket och satte på kaffe.

Stackars gamla pappa, mumlade hon tyst för sig själv. Du måste ha blivit så rädd, så rädd.

För det var så det var. Sture Backman blev ofta ängslig och orolig när han inte längre kunde förstå den verklighet som omgav honom. När det mörka molnet trängde in i honom och lade hans själsförmögenheter i skugga. När han förstod att han höll på att förlora kontrollen över allt detta som han – utan minsta ansträngning – kontrollerat i hela sitt liv.

Som en solförmörkelse, brukade han säga. Det är som en solförmörkelse, Eva.

Vad skulle hon göra?

Förhöra honom? Fråga ut honom om vad han verkligen hade sett den där dagen?

Var det någon idé överhuvudtaget? Risken att han glömt bort alltihop var rätt stor. Hon skulle antagligen göra honom orolig. Han skulle inte begripa vad hon pratade om, kanske skulle han börja gråta. Det kändes... ja, *otillständigt*; på något dunkelt vis som hon inte riktigt kunde förklara för sig själv.

Men å andra sidan: tänk om han verkligen sett någonting vitalt? Tänk om det ändå gick att fiska upp någonting ur hans förvirrade minne?

Valla honom på platsen?

Eva Backman drack dagens första klunk kaffe och kände plötsligt att hon mådde illa.

34

De lämnade Grærup vid lunchtid tisdagen den 30 september. Hon hade sovit ända fram till klockan tio och vaknat av huvudvärken.

Tagit två treo och sovit en halvtimme till. Drömt en egendomlig dröm om döda fiskar, som flöt iland på en liten palmprydd ö, där hon befann sig alldeles ensam och övergiven. Hennes drömmar hade blivit allt konstigare sedan de gav sig av, och samtidigt tydliga. Verkligare än verkligheten på något vis.

Valdemar hade varit ute och köpt kaffe och färska wienerbröd till henne, men hon hade svårt att få ner någonting. Som vanligt hade de också rökt pipa tillsammans ute på den lilla balkongen, men inte heller det hade smakat gott. Hon bestämde sig för att be honom köpa cigarretter istället. Inte just då, men senare under dagen. Förstod ju att det betydde någonting särskilt för honom att sitta och röka pipa tillsammans med henne, men det spelade ingen roll. Hon var trött på det.

Trött överhuvudtaget. På nytt hade hon sovit nästan tolv timmar i sträck. Det hade aldrig hänt tidigare i hennes liv; sju-åtta hade varit den vanliga dosen, kanske upp till tio när det funnits ett ackumulerat behov. Men tolv? Tretton till och med? Aldrig.

Jag vet att någonting är fel, tänkte hon. Det hände någonting med mitt huvud därute i Lograna, jag vet inte vad men någonting måste ha gått sönder.

Hon kämpade med minnesbilderna. Både när hon var vaken och när hon sov.

Men det som möjligen kom till henne i drömmarna från den dagen blev aldrig så tydligt som mycket annat. Hon lyckades aldrig få med sig det upp till ytan; utom någon enstaka gång, medan hon satt på passagerarplatsen bredvid Valdemar, eller låg nedbäddad i baksätet... då kom där plötsligt en bild, eller en kort filmsekvens; under någon eller några sekunder virvlade den tvärs igenom hennes medvetande och försvann.

Steffos ansikte. Hans tätt sittande, sjuka ögon. En arm som höjs, han har någonting avlångt i handen, hon hinner aldrig uppfatta vad. Hennes egen hand som kramar om knivhandtaget...

Men ingenting stannar kvar. Hon förmår inte behålla dessa bilder, det är som om huvudvärken motar bort dem, tränger undan dem så snart de dyker upp.

Kanske vill hon heller inte att de ska bli tydliga?

Kanske vill hon inte veta vad det var som hände?

Vad skulle en sådan kunskap tjäna till?

Men då och då stunder av genomskinlighet. En annan sorts sanning.

Av plötslig klarhet och nyktra, berättigade frågor.

Vad är det som händer? Vad håller jag på med?

Jag sitter i en bil tillsammans med en nästan 60-årig man, som jag känt i mindre än en månad.

Vi är på väg söderut, vi bor på olika pensionat och hotell och vi har mördat en människa. Vi är på flykt.

Jag har mördat en människa?

Jag var på flykt från Elvaforshemmet, nu är jag på flykt från någonting helt annat. Tillsammans med den här mannen som är gammal nog att vara min far. Min farfar nästan. Vi har inget mål.

Vart är du på väg, Anna Gambowska? Young girl, dumb girl.

Tror du verkligen att detta kommer att sluta väl?

Men de är korta, dessa stunder av klarsyn. De ligger glest utspridda över dagar och nätter där ett annat slags temperament råder. Ett drömlikt, lite overkligt tillstånd, det förflutna och framtiden viker undan för det pågående, det enda som existerar är just här och just nu. Rummet de befinner sig i, den brummande bilen, korna som betar ute på det solbelysta fältet och längtan efter en kopp kaffe vid nästa stopp. Som om hon befann sig i en bubbla av glas, ja, just så. Frostat, inte helt genomskinligt glas, genom vilket man inte riktigt kan göra sig en föreställning om vad som pågår i den omgivande världen. Och heller inte vill göra det.

Och där finns goda stunder, gott om goda stunder.

När han berättar historier från sin barndom och uppväxt. Motvilligt talar han om detta, hon får locka det ur honom. Det är sådan han är, en trulig brumbjörn som man måste killa lite på magen för att han liksom ska komma på rätt våglängd.

Du förstår, Anna, kan han säga. Här har man gått och hållit käften i hela sitt liv, och så råkar man ut för en liten trollunge som du. Du får förlåta om man är lite trög.

Trög som älgen, säger han. Han som står ute i Gråmyren. Aldrig bättre än så här.

Hemming, påminner hon för hon förstår inte riktigt det där med älgen. Din kusin Hemming som sedan dog när han gjorde lumpen. Hur var det när ni attackerade Pålmans handelsträdgård egentligen?

Han suckar, gräver i minnet och bland orden och sätter igång.

Magister Muttis folkvagn? ber hon en stund senare.

Har jag inte redan förklarat att jag inte var inblandad i det där? protesterar han.

Jag tror jag somnade till mot slutet, vädjar hon.

Hm. Ja, Muttis folkvagn var en jävla historia, han tillstår det. Hade de blivit upptäcka hade de nog blivit relegerade från läroverket alla tre.

Goda stunder. Det är inga märkvärdiga historier som Valdemar Roos redovisar – ibland är de helt enkelt triviala, han ber om ursäkt för det – men de kommer ur ett bortglömt och nästan förlorat land.

Kanske hade hans far, till exempel, i sin självmördarhimmel, mått bättre av att få ligga orörd och ostörd på sin molnkudde och betrakta evigheten ur den synvinkel han nu utsett åt sig själv, eller fått sig tilldelad av högre och förståndigare beslutsfattare. Just så formulerar han saken... *fått sig tilldelad av högre och förståndigare beslutsfattare,* ibland måste hon le för sig själv åt hans tunga och tröga ord.

Men Valdemar rådbråkar sin far. Återkommer till honom med en envishet som Anna inte alltid kan förstå. Kan du tänka dig, min flicka, säger han, att jag fortfarande kan se hans ögon framför mig. De var så blå, så blå, min mor brukade påstå att de där ögonen var deras olycka, både hans och hennes. Och min. De borde ha suttit i någon annan skalle, och utan dem skulle jag aldrig ha kommit till världen. Så sa hon och inte kunde jag göra mig en föreställning om vad det egentligen betydde, jag var ju bara ett litet barn. Men jag mindes orden och så småningom när jag blev äldre fick de ju en sorts mening... nej, nu pratar jag för mycket, nu är det din tur, din mormor i Polen, henne vill jag gärna höra mera om.

Och hon berättar, hon också. Om babcia och piroger och rödbetssoppa, om kollukten i Warszawa och ankorna på sin mormors bakgård, hon vet ju faktiskt inte om hon fortfarande är i livet ens, eftersom de inte har någon mobiltelefon längre. Den gick sönder när Valdemar slängde in den i handskfacket den där söndagen, och förresten är det lika bra. Lika bra att de är utan.

Så kan de inte bli spårade på den vägen.

Hon talar med Valdemar om sin mor också, om hennes känslosamhet och hennes depressioner. Kasten mellan ljus och mörker, lynnigheten, hon har alltid älskat sin mor men det har inte varit lätt alla gånger. Om Marek, sin lillebror, berättar hon och till slut om sig själv också; hur det kom sig att hon gled iväg från hemmet och den där skolan uppe i Örebro, hur hon blev en sorts mall-rat ute i ett köpcentrum och började skolka och röka hasch och dricka folköl, en andra generationens invandrad mall-rat i ett ingenmansland som...

Mall-rat? undrar Valdemar. Vad i hela friden är det för någonting? Hon skrattar åt honom. Nej, sådana fanns nog inte på din tid, Valdemar.

Goda stunder.

Men någonting har hänt också. De goda stunderna är omgivna av andra stunder. De är gröna öar i ett träsk. Någonting är fel i hennes huvud. Hon äter värktabletter hela tiden och hon sover bort halva dygnen.

Och handen, hela högerarmen, förresten, den lyder inte som den ska. Känns tung och stum på något egendomligt vis. Om hon knyter handen och blundar kan hon efter en stund inte avgöra om handen fortfarande är knuten.

Men det kommer att gå över. Sjukhus är inte tänkbart, det är hon och Valdemar överens om. De har lämnat ett lik efter sig i Lograna och de är stadda på flykt.

Om detta talar de nästan inte alls.

Valdemar berättade den första dagen i Halmstad om hur han fann henne i gräset, hur han väckte upp henne och bar in henne i huset. Hur han drog kniven ur Steffos mage och grävde ner det blodiga vapnet ute i skogen. Det där järnröret också.

Men senare återvänder de inte till saken. Hon kommer inte ihåg vad som hände; hennes minne tar slut när hon snubblar på den där roten och faller omkull i gräset. Jo, han frågar henne ibland om hon fått några nya minnesbilder, och hon säger att hon inte fått det. Han nöjer sig med det.

Inte gräva i onödan.

På kvällen befinner de sig i Tyskland. De har passerat gränsen medan hon sovit, de har lagt ett helt land mellan sig själva och den döda kroppen i Lograna.

Valdemar kör in i en stad som heter Neumünster. De tar in på ett hotell mitt i centrum. Genom fönstret ser de ett kullerstenstorg; vackra husgavlar, ett rådhus, en kyrka. Klockorna slår varje kvart, hon tycker mycket om det. Valdemar går ut för att köpa lite smått och gott.

Lite smått och gott, han säger så nästan varje gång.

Ja, ett helt land hade de lagt mellan sig själva och Steffo och Lograna, och hon förstår inte riktigt hur han lyckas få tag i en svensk tidning. Men kanske har han köpt den på järnvägsstationen, hon har för sig att de brukar ha internationella dagstidningar på järnvägsstationer.

I varje fall är han blek när han visar henne.

Titta, säger han. Nu har de hittat honom.

Nu är de ute efter oss.

Hon är nästan inte vaken och det molar inne i hennes huvud, men hon uppfattar ändå att han låter en smula upphetsad också. *Nu är de ute efter oss.*

Vill du att jag ska läsa det högt för dig? undrar han.

Nej, tänker hon. Nej, jag vill inte veta.

Ja tack, Valdemar, säger hon. Gör det, är du snäll.

35

"Vi kan inte låta gipsade inspektörer sköta mordutredningar", sa Asunander. "Barbarotti, du inriktar dig fortfarande på klottraren."

"Självklart", sa Barbarotti.

"Jag kanske kommer att behöva hans assistans", sa Eva Backman. "Det är en komplicerad historia."

"Använd honom med måtta", sa Asunander. "Du har inspektör Borgsen till ditt förfogande. Och Toivonen. Plus en hel drös assistenter och fotfolk. Uppfattat?"

"Uppfattat", sa Eva Backman. "Geralds fru väntar barn vilken dag som helst, men jag har förstått läget."

"Gerald?"

"Inspektör Borgsen."

"Det är väl inte han som är gravid?"

"Alldeles riktigt", sa Backman och slog igen sitt anteckningsblock. "Det är frun. Var det någonting mer?"

"Inte för tillfället", förklarade kommissarie Asunander. "Men det vore väl själva fan om vi inte skulle få lite hjälp av den tidningsläsande allmänheten i det här fallet."

"Finns all anledning att vara optimistisk", instämde Barbarotti.

Asunanders förmodan visade sig hålla streck någotsånär. När Eva Backman kallade till möte klockan 15 på tisdagseftermiddagen – närvarande: hon själv, inspektör Sorgsen (som ännu ej nedkommit), inspektör Toivonen, assistenterna Tillgren och Wennergren-Olofsson, samt inspektör Barbarotti (som tillfälligtvis lyckats göra sig fri från klotterutredningen) – inledde hon just genom att summera vad som framkommit tack vare den efterlysning som förekommit i flera stora dagstidningar, liksom i radio och TV.

För det första stod det klart att Valdemar Roos verkligen hade en ung kvinna i sällskap och att de antagligen lämnat torpet i Lograna på kvällen söndagen den 14:e september, eller på morgonen följande dag.

De hade checkat in på Hotell Amadeus i Halmstad vid tvåtiden måndagen den 15:e, nämligen. I namnen Evert och Amelia Eriksson. Far och dotter, hade den uppringande receptionisten förklarat med illa dold upphetsning – men han hade tidningen med fotografiet av Valdemar Roos uppslagen framför sig och det rådde ingen tvekan om att det var han. Ingen tvekan alls, receptionisten hette Lundgren och hade ett bra minne för ansikten.

De hade stannat i Halmstad i tre dagar, hade passat på att ta ut en halv miljon kronor från ett konto som Valdemar Roos öppnat sex veckor tidigare och som hans hustru Alice Ekman-Roos sade sig vara fullkomligt ovetande om. Trots det stora uttaget fanns där fortfarande 600 000 kvar, och varifrån Valdemar fått dessa pengar var lika obegripligt det, hade hon låtit meddela med gråten i halsen.

Var Valdemar Roos och hans kvinnliga kumpan tillbringat natten mellan den 18:e och 19:e september var oklart, men den 19:e hade de checkat in på Hotell Baltzar i Malmö och stannat där i tre nätter. Efter detta datum upphörde alla spår efter dem.

”Danmark”, sa Eva Backman. ”Det är väl ingen djärv gissning att de tagit sig över sundet?”

Inspektör Sorgsen bläddrade i sin almanacka. ”Förra måndagen”, konstaterade han. ”De kan ha hunnit till Malaga vid det här laget.”

Eva Backman nickade. ”Ibland önskar man att vi hade kvar en och annan passkontroll i Europa. Men det är ju som det är.”

”Det går inte att spåra dem via mobilen, alltså?” frågade assistent Wennergren-Olofsson.

”Tyvärr inte”, sa Eva Backman. ”Den sista gången Valdemar Roos använde sin mobil verkar ha varit när han pratade med sin fru den där söndagen.”

”Smart”, sa Wennergren-Olofsson. ”De använder inte mobilen och inte plastkort. Då kan vi inte spåra dom. Var det en halv mille han tog ut i kontanter?”

”Stämmer”, sa Backman.

”Undrar hur det känns”, sa Wennergren-Olofsson. ”Så jävla mycket pengar i cash, alltså.”

”Vidare”, sa Barbarotti lite otåligt. ”Vad vet vi om flickan och om offret?”

”Inte särskilt mycket”, erkände Eva Backman. ”Vi söker naturligtvis efter bägge två bland folk som rapporterats saknade, men ännu så länge har vi inte fått något napp. Vi har ju heller inga bra signalement. Om flickans utseende vet vi nästan ingenting. Vittnet Karin Wissman som såg henne på Ljungmans säger att hon inte har någon tydlig minnesbild. En tunn flicka, inte särskilt lång, mörkbrunt hår, tjugoårsåldern... ja, det är vad hon kommer ihåg i stort sett. Men han på hotellet i Halmstad dyker upp här imorgon, då ska vi försöka teckna fram en bild av henne.”

”Offret?” sa Barbarotti.

”Vad gäller offret har vi förstås hur mycket data som helst: längd, vikt, blodgrupp, tandstatus... men hans ansikte var alltså inte i ett sådant skick att vi kan skicka ett foto till tidningarna."

"Nu förstår jag inte riktigt", tillstod assistent Wennergren-Olofsson.

"Hungriga djur", sa Backman.

"Nej men, fy fan", sa Wennergren-Olofsson.

Barbarotti skrapade irriterat med klumpfoten över golvet. "Örebro?" sa han. "Den där skotern var stulen i Örebro, eller hur? Det ger väl en indikation i alla fall?"

"Absolut", sa Backman. "Kanske har han anknytning dit, kanske har flickan det också. Det är ju troligt att de har någon sorts koppling till varandra, men kom ihåg att det bara är spekulationer. Vi har ingen aning om vad som ligger bakom det här mordet, vi kan bara jobba vidare och hoppas att det klarnar. Att fastställa offrets identitet är naturligtvis vår första prioritet."

"Och flickans", sa Sorgsen.

"Och flickans", suckade Backman.

Inspektör Toivonen, som inte gärna yttrade sig om det inte rörde sig om flugfiske eller grekisk-romersk brottning, harklade sig och justerade glasögonen.

"Jag hörde", sa han, "jag hörde att han hade stickmärken, vår döde man. Är det klarlagt att han var missbrukare, alltså?"

"Det är nog riktigt", sa Eva Backman. "Det har återfunnits både den ena och den andra substansen i hans blod... det som fanns kvar. Jo, han har använt narkotika, jag glömde nämna det."

"Fanns det några andra spår av knark ute i det där torpet?" frågade Toivonen.

Eva Backman skakade på huvudet. "Nej, ingenting." Hon gjorde en paus och bläddrade i papper en stund. "Vi har naturligtvis också en efterlysning ute på bilen. Vi kan väl anta att de fortfarande åker omkring i hans Volvo. Men eftersom de kan befinna sig i stort sett var som helst i Europa, ska vi nog inte förvänta oss att vi hittar dom på den vägen."

"De stannade en hel vecka i Sverige innan de tog sig över till Danmark", påpekade Sorgsen. "Rätt så riskabelt, eller vad tycker ni? Jag menar, de kan ju inte ha räknat med att det skulle dröja så länge innan kroppen upptäcktes."

"Hm", sa Eva Backman. "Jag tror vi ska ha klart för oss att det inte är några fullblodsproffs vi har att göra med. Rätt mycket förefaller slumpartat och irrationellt i den här historien... eller också är det bara i mitt huvud som det verkar så. Hur är det, kan vi bryta nu, eller är det någon som har fler synpunkter?"

Kriminalassistent Tillgren, som bara varit en månad i huset, tog mod till sig och sammanfattade läget.

"Det är ett rätt knepigt fall, det här, eller hur?"

Jo, tänkte inspektör Barbarotti när han var tillbaka på sitt rum och hade fått upp foten på bordet. Det har han rätt i, unge Tillgren.

Ett knepigt fall.

Femtionioårig tråkmåns hoppar av sitt liv.

Försvinner med ung, okänd kvinna.

Efterlämnar ung, okänd, knivmördad man.

Det var det hela i haikuformat, skulle man kunna säga. Under några minuter satt han verkligen och försökte skriva ner det till en formellt riktig haikudikt – sju stavelser, fem stavelser, sju stavelser, om han mindes rätt – men när han upptäckte vad han höll på med, knycklade han ihop papperet och slängde det i skräpkorgen.

Det gällde bara att ha tålamod, antagligen. Med tiden skulle uppgifter börja strömma in. Vittnen skulle dyka upp. De skulle tala med människor som satt inne med små upplysningar om än det ena, än det andra, och så småningom skulle allting klarna och bli begripligt. Det var som det brukade vara, och denna process var på intet vis så knepig som den verklighet den möjligen skulle avtäcka.

Och i väntan på att kvarnarna malt färdigt fanns det annat att ägna sig åt.

Klotterutredningar, till exempel.

Problemet – det akuta problemet – var bara att han råkat placera sin gipsade fot ovanpå den pärm han behövde.

Det var synd, tänkte inspektör Barbarotti, slöt ögonen och lutade sig tillbaka i skrivbordsstolen. Förbaskat synd, men en tupplur var förstås också ett gångbart alternativ.

I väntan på kvarnarna.

Inspektör Backman hade just bestämt sig för att gå hem för dagen, när samtalet kom via växeln.

”Polisen? Är jag fortfarande hos polisen i Kymlinge?”

Eva Backman bekräftade att så var fallet.

”Och det är du som håller på med den här mordhistorien borta i Vreten?”

Hon bekräftade det också. Presenterade sig och fick veta att kvinnan i andra änden hette Sonja Svensson.

”Ursäkta, jag kanske är ute och cyklar, men jag fick för mig att jag möjligen har en upplysning som ni kan ha nytta av.”

”Jaha?”

”Jag är alltså föreståndare för Elvaforshemmet, jag vet inte om du känner till det?”

”Elvafors?” sa Eva Backman. ”Jo, jag tror faktiskt det. I närheten av Dalby, alltså?”

”Stämmer”, sa Sonja Svensson. ”Vi har drivit det sedan 1998, min man och jag. Vi tar hand om unga flickor som kommit litegrann på sned, kan man säga. Unga missbrukare, vi ger dom en chans att komma tillbaka in i livet.”

”Jag förstår”, sa Eva Backman. ”Jo, jag har till och med sett ert hus. Har kört förbi där någon gång.”

”Sextiofem kilometer från Kymlinge”, sa Sonja Svensson. ”Fast då tar man inte vägen över Vreten, förstås.”

”Just det”, sa Backman. ”Vad var det du hade för upplysning, alltså?”

Sonja Svensson harklade sig omständligt. ”Så här är det”, förklarade hon. ”Vi får naturligtvis hit flickor av alla möjliga sorter. De flesta klarar vi av. Vi håller dem drogfria, vi tar itu med deras problem, vi ger dem en ny tro på sig själva... ja, vi förbereder dem för en omstart i livet, helt enkelt. Vi lyckas också bra med nästan alla, vi driver en hård men rättvis linje. Om man inte vågar ställa krav kommer man ingenstans med den här typen av unga damer. Så småningom lär de sig att uppskatta det, inget dalt, det är ingen behjälpt av...”

”Jag tror jag förstår”, upprepade Eva Backman. ”Om vi kanske kunde...?”

”Jag säger det här bara för att ge dig en liten bakgrund”, fortsatte Sonja Svensson. ”En liten inblick i vår filosofi, så att säga. Tolvstegsprogrammet är naturligtvis en mycket viktig bit, och som jag sa så går det bra för de flesta av våra flickor. Men en och annan väljer tyvärr att gå egna vägar. De tycker att de vet bäst själva och det kan också innebära att de andra flickorna påverkas i en olycklig riktning. Det händer inte ofta, men det händer.”

”Naturligtvis”, sa Eva Backman. ”Jag har det här klart för mig, men...”

”Bra”, sa Sonja Svensson. ”Man ska inte krångla till saker i onödan. Nu ska jag komma till vad jag ville berätta. För lite mer än en månad sedan rymde en av flickorna från hemmet. En av de här problematiska flickorna, alltså. Vi håller oss inte med låsta dörrar och sådant. Alla är här av egen fri vilja, de har skrivit på ett kontrakt där de förbinder sig att stanna på hemmet och iaktta våra regler. Om de inte vill stanna, så är de i princip fria att avbryta behandlingen när som helst. Jag använde ordet ’rymma’, men det är naturligtvis inte riktigt rätt uttryck i sammanhanget. Hursomhelst kom jag att tänka på att den här flickan som ni efterlyser... ja, jag fick för mig att det skulle kunna vara hon, helt enkelt.”

Eva Backman tvekade en sekund. ”Vad är det som får dig att tro att det skulle vara hon?” frågade hon.

”Inte mycket”, erkände Sonja Svensson. ”Tidpunkten stämmer någotsånär... och geografin. Hon kan ha givit sig av utefter Dalbyvägen, och hon har inte synts till sedan dess.”

”Inte synts till?” undrade Backman. ”När rapporterade ni att hon försvunnit, alltså?”

”Helt nyligen”, sa Sonja Svensson.

”Helt nyligen?” frågade Backman. ”Vad menar du med det?”

”Häromdagen”, sa Sonja Svensson.

”Men det var en månad sen hon försvann, alltså?”

”Ja.”

”Varför väntade du så länge?”

Sonja Svensson harklade sig igen. ”Man vill ge flickorna en chans också”, förklarade hon. ”Det händer att de ger sig iväg och kommer tillbaka efter några dagar. Ångrar sig.

Om vi rapporterar med en gång till de sociala myndigheterna, har de liksom spolierat sina chanser.”

”På det viset”, sa Eva Backman och tänkte att det var någonting i detta som hon inte riktigt förstod. Men det var antagligen inte rätt läge att rota vidare i det just nu. ”Vad heter flickan?” frågade hon istället.

”Anna Gambowska.”

”Kan du bokstavera?”

Sonja Svensson gjorde så och Backman antecknade.

”Hur är det, du har förstås alla uppgifter om henne?”

”Alla tänkbara”, sa Sonja Svensson.

”Och du säger att hon har... hållit sig dold sedan hon försvann.”

”Såvitt jag känner till”, sa Sonja Svensson. ”Det vanligaste är förstås att de drar iväg till någon större stad när de rymmer. Stockholm eller Göteborg eller så. Det är där knarket finns, och det är där de kan hålla sig gömda ett tag. Så jag kan naturligtvis inte säga någonting med säkerhet... jag fick bara en tanke när jag läste om det här mordet.”

”Hennes föräldrar?” frågade Backman.

”Har inte lyckats få kontakt med dem”, svarade Sonja Svensson. ”Pappan vet jag ingenting om, och mamman svarar inte i telefon.”

”Vem rapporterade du till? Att hon givit sig iväg.”

”Socialtjänsten i Örebro. De var de som skickade hit henne.”

Örebro? tänkte Eva Backman och kände hur någonting klack till inuti henne. Nu börjar det peka åt rätt håll.

”Fotografi?” frågade hon. ”Har du något bra fotografi på den här Anna Gambowska?”

”Jag har ett utmärkt fotografi på henne”, intygade Sonja Svensson.

”Kan du faxa över det?”

”Jag kan försöka, men vi har haft något tjall på faxen några dagar. Om det inte går har jag ett annat förslag.”

”Låt höra”, sa Backman.

”Jag har ett ärende till Kymlinge imorgon. Jag skulle kunna komma upp till dig, så får du alla uppgifter du behöver. Fotot också.”

Inspektör Backman tänkte efter i två sekunder. ”Utmärkt”, sa hon sedan. ”Vi säger så. Hur dags kan du vara här?”

”Tiotiden?” föreslog Sonja Svensson. ”Skulle det passa bra?”

Eva Backman försäkrade att det passade utmärkt, tackade för samtalet och lade på luren.

När hon gjort det insåg hon att det också var klockan tio som receptionisten Lundgren från Halmstad hade lovat att vara på plats.

Men så mycket bättre, tänkte hon. Om det fanns någon som var rätt man att titta på ett fotografi, så borde det ju vara han.

Det går framåt, tänkte hon och släckte skrivbordslampan. Sannerligen om det inte går lite framåt plötsligt.

36

Torsdagen den 2 oktober vaknade Ante Valdemar Roos klockan halv sex på morgonen och hade ingen aning om var han befann sig.

Först förstod han inte ens vad det var för ett rum han låg i. Det var högt i tak, en gatlykta eller någon annan sorts ljuskälla kastade ett knippe gulaktiga strimmor in mellan tunga gardiner som inte var riktigt ihopdragna, träffade en spegel som hängde på den motsatta väggen och spred sedan ett spindelvävsaktigt, blekare men fortfarande gult, mönster över sängen och det stora klädskåpet.

Hotell, förstod han efter några sekunder. Vi bor på hotell, så är det.

Vi? Ja, det var han själv och Anna, naturligtvis. Under några blanka sekunder hade hon också varit borta ur hans medvetande, det hade nog inte hänt förr. Inte sedan de lämnade Lograna; om det var någonting som uppfyllde hans tankar och hans omsorger, så var det förstås hon.

Anna, hans Anna.

Han vred på huvudet och betraktade henne. Hon låg en halvmeter ifrån honom bara, i samma stora säng; bortvänd och ihopkrupen som vanligt, det var nästan så att hon inte syntes under det tjocka duntäcket.

Min lilla fågelunge, tänkte han och skrattade till. För det var ju precis som det skulle vara. En fågelunge som låg och sov inbäddad i fågeldun. Tryggare kan ingen vara.

Det var också det tjocka täcket som fick honom att förstå att de befann sig i Tyskland; han hade legat på hotell i Tyskland ett par gånger tidigare i sitt liv. Men vad staden hette kunde han inte komma på hur mycket han än funderade. Han mindes att de kommit hit och checkat in sent igår kväll; de hade kört några timmar på mindre vägar, undvikit autobahn, det var deras andra natt i Tyskland, han hade glömt köpa karta även på det sista tankstället och... och om sanningen skulle fram hade han inte varit säker på var de hamnat igår kväll heller. Han hade aldrig vetat det, alltså hade han inte glömt det.

Men vad spelade det för roll, tänkte han, om de nu befann sig i den ena eller den andra tyska staden? Här låg de i en jättelik dubbelsäng, inbäddade i dunbolstrar och kuddar, som också de var jättelika och tycktes fyllda med vispgrädde eller raklödder, så mjuka och sköna var de. Kunde de önska sig mer? Kunde livet vara bättre än så här?

Ändå hade han vaknat. Det hade varit så flera morgnar i rad nu. Anna sov gärna till nio eller tio även om hon gått och lagt sig tidigt, det var någonting med den där smällen hon fått i huvudet, men för egen del hade han svårare och svårare att hålla sömnen på plats. Tröttheten i kropp och själ ropade förgäves om några timmar ytterligare; en eller en halv åtminstone, men det hjälpte inte. Han flöt upp som en kork till vakenheten och sedan var det lögn att hitta tillbaka.

Tjugo minuter i sex. Säkert skulle Anna sova tre eller fyra timmar till. Han upptäckte att där fanns en fåtölj och en liten golvlampa vid fönstret; om han vidgade gardinspringan en smula skulle han nog inte ens behöva tända lampan. Nöja sig med den smutsgula gatlyktan och gryningen som inte kunde vara långt borta.

Han tog sig dit. Hittade gårdagens halvlösta korsord, det som funnits i den där svenska tidningen han kommit över i förrgår. Samma tidning där det stod att man hittat en ung man mördad i trakten av Vreten mellan Kymlinge och norska gränsen, och att man efterspanade mannen på bilden.

Han undrade om det var Alice som gett dem fotografiet. Antagligen var det så och antagligen hade hon ansträngt sig en smula för att hitta det. Han bläddrade fram till rätt sida i tidningen och studerade det en gång till. Det var ett av de sämsta foton av sig själv han någonsin sett. Han kunde för sitt liv inte förstå när det var taget, men han var orakad och såg svettig ut, hade munnen halvöppen och ett uttryck i ögonen som tydde på att han just höll på att få en hjärnblödning. Eller satt på toaletten och krystade. Fy fan, tänkte Ante Valdemar Roos dystert, inte nog med att man är efterlyst för mord, man ser ut som en alkoholiserad gris också.

Han suckade och övergick till korsordet. Sju lodrätt. *Nabokovskandal.* Sex bokstäver, den andra var *o*, den fjärde *i*.

Doping, tänkte Valdemar Roos. Det var självklart, visserligen hette det egentligen *dopning* med ett *–n*, men det var inte alltid korsordskonstruktörer var så pålästa som de borde vara. Nabokov var en rysk skidåkare, hursomhelst; hade vunnit olympisk guldmedalj och sedan avslöjats med förbjudna substanser i blodet. Några år sedan var det, men vissa namn fastnade i huvudet.

Han fyllde i ordet, gäspade och gick vidare.

Han måste ha somnat där i fåtöljen, trots allt, för han vaknade av att en kyrkklocka ute i staden slog sju. Den här gången kunde han omedelbart avgöra var han befann sig – det vill säga: ospecificerat gammalt hotell i ospecificerad gammal tysk stad – och eftersom han antog att restaurangen nere på bottenvåningen öppnat, klädde han på sig och gick ner för att äta frukost.

Den första morgontimmen på rummet hade varit angenäm, men när han kom ner i den folktomma, brunmurriga matsalen – som faktiskt visade sig ligga ända nere i källarplanet – och möttes av en medelålders trött servitris med neddragna mungipor och som omedelbart attackerade honom med frågor om vilket rumsnummer han hade och om han ville ha te eller kaffe, så sjönk livsandarna i honom. Han skulle ha velat förklara för henne att han helst inte ville ha sitt kaffe med en gång, utan först efter att han fått i sig lite yoghurt och flingor och ett löskokt ägg om sådant möjligen stod på programmet, men hans bristfälliga språkkunskaper lade oöverstigliga hinder i vägen för en sådan konversation. Istället sa han ”Vier eins sechs. Kaffee, bitte”, och slog sig ner vid det anvisade bordet inne i hörnet. Han hade plockat åt sig en tidning som var tjock som en roman och som hette Welt am Sonntag, den var några dagar gammal, upptäckte han, men för att ändå ha någonting att fästa blicken vid började han bläddra i den.

Durch, für, gegen, ohne, um, wieder, tänkte Ante Valdemar Roos när kaffet damp ner framför honom. Prepositioner som styrde något kasus, han mindes inte vilket och förresten var det heller inte riktigt klart vad ett kasus var för någonting. ”Danke schön”, sa han och den trötta lämnade honom på hasande fötter åt hans öde med tidning och kaffe.

Ja, vilket är mitt öde? tänkte han. Hur har jag hamnat här?

Bra frågor utan tvivel, och eftersom tidningstexten vägrade att få fäste i hans medvetande, började han leta efter lämpliga svar. Utan några större krav på djupsinne eller precision, men ändå.

Att den här tiden, det som pågick de här dagarna och de här veckorna, var själva meningen med hans liv, hade han för längesedan förstått. Mötet med Anna Gambowska hade funnits inskrivet i någon sorts hinsides partitur, i fårorna på hans gravsten, det hade varit lika oundvikligt som amen i kyrkan och Alices fotvårtor. Jag vet, konstaterade han utan att lyfta blicken från tidningen, jag vet att det är nu, just nu, som mina eldar brinner. Det är för vad jag gör av de här omständigheterna som jag kommer att ställas till svars på den yttersta dagen. Detta och ingenting annat.

Ändå känner jag mig så modlös och trött och bräcklig denna morgon i denna främmande hotellmatsal, tänkte han sedan. Jag bär Annas liv och framtid i mina händer, det är hennes öde att hon mötte mig i lika hög grad som det omvända, naturligtvis är det så, men ibland... ibland får jag för mig att hon inte förstår det. Hon är så ung, och kanske är det bara tid hon behöver. Tid och tillfrisknande, hon sover verkligen bort det mesta av dagarna, det är inte rättvist, eller också är det det... och det är jag, jag ensam, som måste bära bördan och ta ansvaret under denna svåra period av vårt förhållande. Och vad som händer mig i dessa stunder av svaghet är förstås ingenting annat än att jag vacklar under detta ansvar. Det är så tungt, så tungt, detta hundhuvud jag bär, denna kvarnsten... men vad fan? Vad fan är det jag sitter och dillar om egentligen i mitt arma tillstånd av svaghet? Hundhuvud och kvarnsten? Vad är det för bleka fasoner? Nej, för satan, bestämde sig Ante Valdemar Roos, nu måste jag se till att... att få saker och ting att hänga ihop. Hänga ihop, hänga ihop, jag borde ha tagit med mig den där rumänen istället för den här obegripliga tidningen, det borde jag förstås... bara man förmår sätta rätt ord på de omständigheter man befinner sig i, ser man oftast också ljuset i tunneln.

Han drack en klunk av det ljumnande kaffet och tänkte den där sista tanken en gång till.

bara man förmår sätta rätt ord på de omständigheter man befinner sig i, ser man oftast också ljuset i tunneln

Bra, tänkte Ante Valdemar Roos. Förbaskat bra, det där får utgöra dagens aforism. Ska komma ihåg att skriva in den i boken så snart jag är tillbaka på rummet.

Det gjorde han också. Därefter satt han en stund i fåtöljen och läste igenom vad han ditintills fått ner, sedan han började för tre veckor sedan – och dessa ord, alla dessa abstrakta men välformulerade tankar rörande livet och dess irrgångar, fick honom långsamt att känna sig en smula bättre till mods. Så pass bra åtminstone, att han kunde ta itu med lite praktisk planering. Det var sannerligen av nöden, om inte annat kändes det som om Anna krävde det av honom. Eller som om hennes tillstånd gjorde det, åtminstone. Vad det nu skulle vara för skillnad.

Hon sov fortfarande på samma vis, i samma ställning som hon legat i när han lämnade rummet. Klockan hade hunnit bli kvart över åtta, hon skulle antagligen inte börja komma till liv på ännu en timme. Jag önskar, tänkte Ante Valdemar Roos, jag önskar verkligen att hon inte sov så mycket. Det känns som om hon är frånvarande under större delen av den här viktiga tiden.

Men han måste ge sig till tåls, han förstod det. Läkedom kräver vila och omsorg, egentligen inte mycket annat heller, om några dagar eller någon vecka skulle hon säkert vara som vanligt igen. Då skulle de också ha hunnit ytterligare ett stycke söderut. Kanske Frankrike eller Italien, han visste inte så noga; kanske var det bergsluft som behövdes för hennes tillfrisknande, eller kanske var det havet.

Sedan kom han att tänka på en annan sak. Han hade varit tvungen att visa legitimation när de checkade in igår kväll. Den magerlagde portieren med den svarta skinnvästen och det utdragna hästansiktet hade godtagit ursäkten att de blivit bestulna på sina pass, men någon sorts identitetshandling var ändå av nöden, hade han låtit förstå. Även om det betalades kontant och i förväg så var det andra tider, och det var inte den sortens härbärge.

Den sortens härbärge? Nåja, han bedömde faran som ganska liten. Visserligen skulle det för all framtid vara dokumenterat att de tagit in på just det här lilla hotellet i just den här lilla tyska staden, vilken den nu var – men att denna omständighet skulle komma till den svenska polisens kännedom föreföll inte särskilt sannolikt. Och om det en dag ändå gjorde det, så skulle de vid det laget befinna sig långt, långt härifrån. Antagligen skulle de inte löpa någon risk för upptäckt, tänkte han, även om han tvingades visa sitt körkort både här och där. I Sverige skulle det inte ha gått, det skulle ha varit en enastående dumhet, men ute på kontinenten var saken en annan, konstaterade Valdemar Roos. En helt annan. Om ditt hemland stänger en dörr, öppnar världen ett fönster.

De skulle stanna på det här hotellet i den här staden ytterligare ett dygn. Hade betalat för två nätter och han skulle se till att använda dagen väl. Köpa en ordentlig bilkarta var det första, ta reda på vad staden hette och var den var belägen var det andra.

Därefter uppsöka ett apotek; förrådet av smärtstillande

tabletter till Anna var på upphällningen. Sedan, när dessa bestyr var avklarade, kunde de kanske sitta ett slag på något trevligt kafé, vädret därute på andra sidan de tunga gardinerna såg sannerligen inte dumt ut; den gula gatlyktan hade slocknat och ersatts av ett frikostigt solsken.

Sitta där och prata om livet och planera en smula tillsammans. Helst skulle han också ha velat att hon spelat gitarr och sjungit någonting för honom. Det hade gått några dagar sedan sist nu, men han ville inte be henne om hon inte själv hade lust.

För det ska födas ur lust, tänkte han. Så ska det vara med allting och så har det inte varit tidigare i mitt liv; det är den skruven som varit lös. Många andra skruvar också men framförallt den.

Och om hon inte kände sig sugen på att sjunga eller berätta, hade han själv ett par bra historier på lager. De hade seglat upp i huvudet på honom under gårdagskvällen när hon redan hade somnat, och även om de egentligen handlade om helt andra personer, under helt andra omständigheter, så var det inte många justeringar som behövdes för att han själv skulle kunna kreera huvudrollen.

På så vis, tänkte han, var det inte bara hans framtid hon höll i sina späda händer; hon förändrade också det som redan ägt rum i hans liv. Han var inte helt säker på vad detta egentligen innebar, om det verkligen kunde vara på gott i det långa loppet att skriva om sin egen historia. Men kanske var det inte fråga om något långt lopp, detta som utgjorde återstoden av hans liv. Kanske rörde det sig bara om något år, eller rentav några månader.

Och nuet, formulerade Ante Valdemar Ross tyst och nöjt för sig själv, framförallt är det frågan om *nu* och *idag*. Man måste vara närvarande just där man befinner sig i tiden och rummet, imorgon kan det redan vara för sent, och om man inte...

Ett ljud och en rörelse borta från sängen fick honom att avbryta tankeströmmen, och sekunden efteråt hade han rusat upp från fåtöljen och var framme vid hennes sida.

Hon låg på golvet, hade fallit ur sängen, och någonting hade hänt.

Hon skakade. Hennes kropp var spänd i en båge och hennes nattlinne, som egentligen bara var en stor, vit t-shirt, hade kavlats upp ända till armhålorna så att hennes ena bröst stack fram och genom de tunna trosorna kunde han se hennes könshår; han svor över sig själv för att han inte förmådde vika undan med blicken för denna oönskade intimitet, men sådant är nu en gång för alla mannens öga, ursäktade han sig medan han försökte trycka tillbaka skräcken som plötsligt pumpade upp genom bröstet och tycktes hota att kväva honom. Vad är det som händer, käraste Anna? Vad i hela friden är det som händer?

Tafatt försökte han dämpa ristningarna i hennes kropp. Höll hårt om hennes överarmar och ansträngde sig för att åtminstone få ögonkontakt med henne, men hennes ansikte vreds bakåt och bort ifrån honom. En sorts stötigt gurglande kom ur henne strupe och skakningarna fortplantades in i hans egen kropp – samtidigt som de, tack och lov, avtog i styrka, ebbade ut för att slutligen försvinna helt och hållet.

Hela förloppet, från det att hon ramlade ur sängen till dess att skakningarna upphörde, hade säkert inte tagit mer än en minut, men efteråt, när han nu satt med hennes totalt avslappnade kropp i sin famn, tänkte han att det varit den längsta minuten i hans liv.

Hon andades fortfarande flämtande och när han kände på hennes puls förstod han att den var onormalt hög. Hennes ögon flackade också, som han sett ögonen göra på blinda personer... Herregud, Anna, tänkte han, vad är det som händer med dig?

Och han märkte att han faktiskt satt och gjorde just det. Bad till gud.

Drog ner hennes t-shirt och bad till Gud.

Några minuter senare – fem eller femton eller bara tre, han visste inte – slog hon upp ögonen och log emot honom. Lite förbryllat och lite matt, men ett leende var det.

Valdemar? viskade hon. Valdemar, varför sitter vi på golvet?

37

”Jag trodde du skulle arbeta med klotterproblemet”, sa Marianne. ”Inte med den där Valdemar Roos?”

”Det gör jag också”, sa Gunnar Barbarotti. ”Jag menar, jag jobbar för fullt med klotterfrågan, men det är någonting med Valdemar Roos som jag inte kan släppa.”

”Jo, jag har förstått det”, sa Marianne. ”Och ärligt talat bekymrar det mig en smula att du tycker han är så intressant.”

”Varför då?” sa Barbarotti förvånat och petade in två nya skivor i brödrosten. ”Vad skulle det vara för fel med att man intresserar sig för sitt arbete?”

Marianne suckade och betraktade honom tvärs över köksbordet och lämningarna efter fyra barns frukostätande. Tillfälligtvis var det faktiskt inte fråga om mer än en kvartett, eftersom Sara och Jorge fått sin lägenhet på Kavaljersgatan så pass beboelig att de börjat övernatta i den. Kanske var det permanent, men det var svårt att veta.

Och Svåger-Roger var ett minne blott. Klockan var halv nio, Marianne hade ledig förmiddag, Gunnar hade flextid.

Och nu satt hon och var bekymrad över honom, alltså.

”Vissa människor går det inte riktigt att förstå sig på”, försökte han precisera. ”Det gör dom intressanta. Jag tror Valdemar Roos är en sån människa.”

Marianne fnös. ”Intressant? Han är en vanlig gubbsjuk

sextioåring, såvitt jag kan se. Inbilsk och halvtokig. Han har lämnat sin fru utan ett ord till förklaring och det tycker du gör honom speciell?"

"Hm", sa Gunnar Barbarotti.

"Den här flickan är tjugo år om jag fattat saken rätt. De har dödat en ung pojke och de befinner sig på rymmen. Förstår du inte att det oroar mig när du säger att du tycker sådant är intressant?"

Barbarotti tänkte efter.

"En ung knarkarbrud och en gammal torsk", summerade Marianne innan han hunnit hitta något bra svar. "För att uttrycka det lite grovt."

Barbarotti försökte harkla bort villrådigheten. "Vad... vad är det du inbillar dig egentligen?" sa han. "Att jag har en hemlig, våt dröm om att få dra iväg i en bil med en tonårstjej? Är det det du tror? I så fall vill jag bara göra klart för dig att..."

Han kom av sig och fick en ilning nerifrån foten.

"Att vad då?" sa Marianne.

"Att jag älskar min hustru över allt annat på jorden och att mitt intresse för Ante Valdemar Roos uteslutande är av... av allmänmänsklig och psykologisk art."

"Bravo", utropade Marianne, slog ihop handflatorna framför sig och han tyckte för ett ögonblick att hela samtalet rörde sig om sjunde omtagningen av en hopplös scen ur en ännu hopplösare förmiddagslågbudgetdokusåpa. Fanns det sådana? Förmiddagslågbudgetdokusåpor? Och om de fanns, inte hade man väl tid för omtagningar?

"Men säg mig en sak", fortsatte hans hustru. "Om nu den här fine och allmänmänsklige polismannen verkligen älskar sin hustru så mycket som han påstår, hur ska hon då verkligen kunna vara säker på att det är som han säger? Att han inte bara sitter och försöker slå blå dunster i ögonen på henne?"

"Vad fan är det med dig?" sa Gunnar Barbarotti och började oroligt klia sig på gipset. "Jag förstår faktiskt inte hur du kan..."

Men så märkte han att hon satt och log, och att hon... att hon låtit morgonrocken öppna sig på ett sådant där sätt att allting plötsligt övergår till att vara någonting annat. Ja, något radikalt annorlunda än till exempel en förmiddagslågbudgetdokusåpa.

"Kom", sa han och sträckte ut handen efter henne.

"Vad menar du?" sa Marianne.

"Jaså, du kommer nu", sa Eva Backman och såg upp från sin dator.

Blev lite sen, tänkte Barbarotti. Min hustru och jag knullade i två timmar nu på morgonen. Jag ber om ursäkt, det tar lite längre tid när man är gipsad.

Han skulle möjligen ha sagt det också, om det inte varit för att inspektör Sorgsen också råkat befinna sig i rummet. Inspektör Sorgsen var alltför känslig för den typen av rättframhet och hade dessutom en hustru som var höggravid.

Vad nu det senare skulle ha med saken att göra?

"Hade ett spår i klotterfallet som behövde följas upp", konstaterade han och satte sig. "Hur har det gått?"

Eva Backman betraktade honom med en misstänksam rynka i pannan. "Bra", sa hon. "Det har gått bra. Vi kan nog med ganska stor säkerhet säga att vi har hittat flickan."

"Det var hon?"

"Stämmer", sa Backman. "Vår lilla polska. Sonja Svensson från Elvafors och Lundgren från Halmstad var helt eniga."

Inspektör Sorgsen nickade och läste från ett papper. ”Anna Gambowska. Född i Arboga den 1 augusti 1987. Mamman polska, kom till Sverige 1981. Uppväxt i Örebro... flickan, alltså. Gick ut grundskolan 2003, men ingen färdig gymnasieutbildning. Togs om hand av de sociala myndigheterna i Örebro i slutet av juli i år, efter påstötning från flickans mamma. Uppenbara missbruksproblem, flyttade in på Elvaforshemmet den 1 augusti.”

”På sin födelsedag?” sa Barbarotti.

”Korrekt”, sa Sorgsen.

”Vi väntar på fler uppgifter från Örebro”, förklarade Backman. ”Men vi har ett bra foto på henne och vi har fått veta en hel del om henne genom Sonja Svensson.”

”Som till exempel?” frågade Barbarotti.

Backman harklade sig. ”Som till exempel att hon tydligen är en liten hårding. Empatiskt störd antagligen, svår att samarbete med. Vägrar följa regler, egensinnig, håller sig gärna för sig själv istället för att delta i gemensamma aktiviteter. Svår att ha att göra med, menar Sonja Svensson. När hon rymde blev det genast bättre stämning på hemmet.”

”Jaha?”, sa Barbarotti. ”Och när var det hon rymde, alltså?”

”I början av september”, sa Backman.

”Och de väntade nästan en månad med att anmäla att hon stuckit?”

”Ja.”

”Är inte det lite konstigt?”

”Jag pressade henne inte på den punkten”, sa Backman. ”Men jag håller med, det är lite konstigt.”

”Och hur i helvete har hon fått korn på Valdemar Roos?” fortsatte Barbarotti.

”Känner vi inte till”, sa Backman.

”Det finns ingen koppling mellan dem sedan tidigare?”

Eva Backman skakade på huvudet. ”Förmodligen inte. Varför skulle det göra det? Men vi vet förstås inte med säkerhet än.”

”Det finns väl inga anteckningar om narkotika när det gäller Roos?”

”Inga som helst”, sa Sorgsen. ”Nej, de är ett udda par, de här två, det måste man nog säga.”

”Och offret?” frågade Barbarotti. ”Ger det här någon ledtråd om vem offret kan vara? Han hade ju också substanser i blodet.”

”Kan de ha bott därute i torpet alla tre?” föreslog Sorgsen.

”Flickan har alla gånger gjort det”, sa Backman. ”Det finns massor av fingeravtryck som antagligen är hennes. Men inte ett enda från offret, såvitt vi vet.”

”Och deras relation?” frågade Barbarotti. ”Offret och flickan, vill säga.”

”Vi har inte hunnit så långt än”, upprepade Backman. ”Men när vi får materialet från Örebro, kan vi börja dra i lite trådar. Vi har en poliskontakt etablerad däruppe också. Kommissarie Schwerin, om du kommer ihåg honom?”

Gunnar Barbarotti log. ”Schwerin? Utmärkt, då behöver vi inte vara oroliga.”

”Precis”, sa Backman. ”Det kanske kan ta lite tid, men oroliga ska vi inte vara.”

Inspektör Borgsen vandrade frågande med blicken mellan sina bägge kolleger.

”Förra hösten”, upplyste Backman. ”Dödens åker utanför Kumla.”

”Aha”, sa Sorgsen. ”Jamen, då så.”

”Precis”, sa Barbarotti.

Han dröjde kvar en stund inne hos Backman efter att Sorgsen lämnat rummet.

”Vad tänker du om det här egentligen?” frågade han.

”Jag vet inte”, sa Backman. ”Vad ska man tro?”

”Har flickan varit prostituerad?”

Backman suckade. ”Inte klarlagt. Ingenting dokumenterat i alla fall, men varför skulle det vara dokumenterat?”

”Ja, varför?” sa Barbarotti.

”Det finns ju inte så många sätt att skaffa pengar till knark för en flicka”, konstaterade Backman dystert. ”Fast hon är bara tjugoett och hennes missbruk har tydligen mest rört sig om hasch. Kanske har hon inte hunnit så långt, hon har haft en del jobb efter att hon hoppade av gymnasiet. Så det är möjligt att hon fått det att gå runt ändå.”

”Möjligt”, sa Barbarotti.

”Hon kan ju ha dilat också, men Sonja Svensson visste faktiskt inte särskilt mycket om hennes bakgrund. De vill jobba framåt på det där hemmet, påstår hon. Inte gräva ner sig i det som varit, det är en del av deras filosofi.”

”Filosofi?” undrade Barbarotti.

”Hon använde det uttrycket”, sa Backman.

”Och det ska röra sig om en liten hårdning, var det så hon sa?”

”Ja”, sa Eva Backman. ”Så sa hon. Men det är ju så det ligger till, själva hårdheten är liksom en förutsättning i den där världen. Har man inget skal går man sönder, det vet du väl? Fy fan, ibland kan jag känna mig tacksam över att jag bara har pojkar.”

”Ja”, sa Barbarotti. ”Det är lättare att vara man. Men bara hälften så intressant.”

”Fjärdedelen”, sa Eva Backman och drog på munnen. ”Att ni alltid ska överdriva så förbannat, ni hannar.”

”Ursäkta”, sa Barbarotti. ”Jag blev lite övermodig. Men nu får hon sin bild i tidningen i alla fall, vår lilla hårda Anna. Eller hur?”

”Visst”, sa Backman. ”Och de är ju ett intressant par, som sagt. Jag kan nog tänka mig att kvällspressen kommer att satsa på det här imorgon. Det är ju inte Bonnie and Clyde precis, men en sextioårig man och en tjugoårig tjej på rymmen… ja, det säljer nog en del lösnummer, det också.”

”Med ett efterlämnat lik”, kompletterade Barbarotti. ”Jo, du har nog alldeles rätt, tyvärr. Fast…”

”Ja?”

”Fast vi kommer ju knappast att hitta dom tack vare vår storartade press. Jag inbillar mig att folk nere i Europa faktiskt skiter i vad som står i Expressen. Eller vad tror du, jag har ju bara en kvarts hjärna, som sagt?”

Eva Backman skrattade till. ”Det finns ingenting som är så attraktivt som blygsamma karlar. Hur stor hjärna tror du förresten Valdemar Roos har?”

”Bra fråga”, sa Barbarotti.

”Javisst. En halv miljon i cash och en tjugoårig missbrukartjej. Ett knivmord ute i ett hemligt torp och sedan på flykt genom Europa… han börjar tappa den där tråkighetsstämpeln i alla fall.”

Barbarotti satt tyst en stund och funderade. ”Han måste ha skaffat torpet först”, sa han. ”Jag menar, att han sa upp sig från jobbet och började ett hemligt liv och allt det där… du tror väl inte att det hänger ihop med den här Anna Gambowska från början? Att han lärde känna henne redan medan hon satt på Elvafors… eller innan till och med?”

”Nej, jag tror inte det”, sa Eva Backman. ”Sonja Svensson hade i varje fall ingen aning om vem han var. Det verkar så osannolikt alltihop. Kanske... ja, kanske råkade de träffas av en ren slump."

"Ja, det är ju så vi resonerar", sa Barbarotti.

"Hur då?"

"När vi inte fattar hur saker och ting hänger ihop, det är då vi skyller på slumpen."

"Ibland är du så smart", sa Eva Backman. "Jag är nästan benägen att tro att Gud utrustade dig med två fjärdedels hjärna."

"Tack", sa Barbarotti. "Nej, nu måste jag gå in till mig och lägga sista handen vid klottermysteriet. Hör av dig när det händer nåt."

"Sista handen?" sa Eva Backman. "Du menar inte att du...?"

"Jag har en teori", sa Gunnar Barbarotti. "Var tusan gjorde jag av kryckorna?"

Hennes far såg äldre ut än någonsin.

Det var han också, förstås, men när hon såg hans gråbleka, insjunkna ansikte och mötte hans oroliga blick, tänkte hon att det nog inte kunde vara långt kvar nu.

Hon försökte räkna efter hur längesedan det var hon såg honom sist. Juni, kom hon fram till, helgen innan midsommar. Det hade gått nästan fyra månader.

Skamligt, hon hittade inget annat ord. Visserligen hade hon pratat i telefon med honom fem eller sex gånger sedan dess, men Erik och hans familj hade honom hos sig varje dag. Varje timme av varje dag.

Det gjorde det inte lättare att få kontakt med honom, detta att hon skämdes. Ellen hade ledig dag, tydligen, de hade bytt några ord när hon kom, men inte många. Hon hade lämnat dem ensamma i köket och stängt dörren.

Ensamma med en kanna kaffe och ett fat nybakade kanelbullar.

När bakade jag senast kanelbullar åt min familj? tänkte Eva Backman. Vad är jag för en människa egentligen?

Hon sköt undan självkritiken och hällde upp kaffe åt sin far. Kanelbullar hade väl ingenting med mänskliga kvalitéer att göra?

"Inget socker", sa han. "Jag har slutat med socker."

"Jag vet det, pappa", sa hon. "Du slutade med socker för fyrtio år sedan."

"Det är inte bra med för mycket socker", förklarade han. "Doktor Söderqvist sa åt mig att sluta, och det gjorde jag."

"Hur har du det nuförtiden, pappa?" frågade hon.

"Fint", sa han och såg sig oroligt omkring, som om det rört sig om någon sorts kuggfråga. "Jag har det bara fint. Jag bor här hos Erik och... Ellen."

"Ja, du har det fint här, pappa", sa hon. "Tar du fortfarande promenader i skogen?"

"Varje dag", sa han och sträckte på sig. "Man måste göra det för att hålla igång hjärnan... kroppen åtminstone."

Som om han insåg att det inte var mycket bevänt med hans hjärna längre. Hon svalde och bestämde sig för att gå rakt på sak. Han var alltid som klarast i början av ett samtal, så fort tröttheten kom över honom försvann också koncentrationen, förmågan att fokusera på vad det faktiskt var man satt och talade om.

"Du ringde mig för ett par veckor sedan och berättade att du hade sett någonting hemskt, pappa. Kommer du ihåg det? Du sa att du hade sett ett mord."

Han lyfte kaffekoppen och satte ner den igen. Fick plötsligt ett alldeles nytt uttryck i ögonen, och hon kunde ha svurit på att också hans ansiktsfärg förändrades. En sorts hälsans rodnad spred sig över kinder och panna. Bra, tänkte hon. Han minns. Håll kvar det i huvudet nu, lilla pappa.

"Jadå", sa han. "Det är klart att jag kommer ihåg. Jag ringde ju och berättade om det för dig eftersom du är polis. Har ni tagit itu med saken?"

"Ja, pappa, det har vi. Men jag skulle behöva..."

"Är ni någon på spåren?"

"Va? Ja, det kan man nog säga att vi är. Men jag skulle gärna vilja höra en gång till precis vad det var du såg."

Han lyfte koppen och den här gången drack han. Ställde ner den på fatet och smackade.

"Det var egentligen godare med socker", sa han. "Jag tror jag ska börja med det igen när jag blir gammal."

"Vad var det du såg den där dagen när du ringde till mig?" påminde hon. "Borta vid det där torpet var det väl? Lograna heter det."

"Inte vet jag vad det heter", sa Sture Backman. "Men jag vet vad jag såg."

Han tystnade. Snälla pappa, fortsätt nu, tänkte hon. Låt det inte sjunka ner i mörkret.

Han hostade och slog sig själv i bröstet två gånger med knuten hand. "Förbannade hosta", sa han. "Du vill att jag ska berätta om mordet?"

"Ja tack, pappa."

Han harklade sig och tog sats.

"Jag kom ute på vägen", sa han. "Vet du vilken väg jag talar om?"

"Ja, pappa."

"Då så. Ja, jag kommer gående där och småvisslar för mig själv, jag brukar vissla ibland när jag är ute och går... eller sjunga om det är fint väder, det skäms jag inte för. Gamla bitar mest, såna som var populära när en annan var ung. Mamma och jag brukade dansa...”

”Vad såg du vid det där torpet?” avbröt hon.

”Det är ju det jag håller på att berätta”, svarade han lite irriterat. ”Avbryt mig inte, flicka. Dom kommer utspringande ur huset, först var det hon, sedan var det han som dog.”

”Han som dog?”

”Han som dog. Dom var i luven på varandra, han hade någon sorts påk som han slog henne med, men hon stack kniven i magen på honom.”

”Såg du det?”

”Visst såg jag det. Han blödde som en gris. Vacklade omkring därinne bland vinbärsbuskarna och sedan föll han ihop. Alldeles säkert dog han, för... för blodet forsade ur honom, det var alldeles ljusrött och jag blev så helvetes rädd. Kan du förstå hur helvetes rädd jag blev, Eva?”

”Vad hände med flickan?” frågade hon.

”Va?”

”Flickan. Hon som stack kniven i honom, vad hände med henne?”

Sture Backman ryckte på axlarna.

”Inte fan vet jag. Jag såg bara honom, han vacklade omkring där och blödde som en stucken gris. Sedan la jag benen på ryggen, tänkte att det var bäst att komma därifrån. Det skulle vem som helst ha gjort.”

”Såg du till någon äldre man?”

”Vad säger du?”

”En äldre man. Fanns det någon annan människa än de där två du berättat om vid torpet... eller i närheten?”

Sture Backman sköt fram underläppen, hon kunde inte avgöra om han satt och tänkte efter eller om det var ett uttryck för att minnesbilderna höll på att försvinna. Hon satt tyst och väntade.

"Där fanns bara en äldre man", sa han till slut. "Men det var jag och jag stod ute på vägen."

"Tack, pappa", sa hon och märkte att hon med ens hade tårar i ögonen.

Sture Backman sträckte sig efter en kanelbulle. "Vilket år var det det hände?" frågade han.

"Vilket då?"

"Det här vi sitter och pratar om, förstås. Vilket år var det?"

"Det var ett tag sen", sa hon. "Inte så längesen, faktiskt."

"Ja, jag går aldrig förbi det där huset nuförtiden. Det är synd för det var en trevlig runda att gå. Tror du...?"

"Ja?"

"Tror du det har lugnat ner sig, så man kan ta den där svängen igen?"

"Jag tror det, pappa", sa hon. "Ja, du kan alldeles säkert gå förbi där om du vill."

Han sken upp. "Jamen så utmärkt", sa han. "Tack för att du kom och informerade mig om läget, Eva."

"Det är jag som ska tacka, pappa", sa Eva Backman. "Och jag lovar att jag snart kommer och går en runda med dig. Hur har du det nästa vecka?"

Sture Backman drack en klunk kaffe och tänkte efter.

"Nästa vecka kan jag nog göra mig ledig en dag", sa han och sträckte ut sin hand efter hennes över bordet. "Men varför i all världen sitter du och gråter, min flicka? Det är väl ingenting att lipa för?"

38

De var på väg igen.

Jag tycker allra bäst om det här, tänkte hon. Att vara på väg.

Tänk om man kunde leva så. Alltid vara på väg.

Han var också på gott humör, hon märkte det. Det var någonting i hans hållning, i hans sätt att trumma med fingrarna på ratten och hur han liksom höll uppsikt över henne ur ögonvrån. Han hade varit fruktansvärt orolig efter det där som hänt föregående dag på hotellrummet. Själv mindes hon ingenting av det, hon hade försökt förklara för honom att det nog bara rörde sig om en dröm. Hon hade drömt någonting och ramlat ur sängen, vad skulle det vara för märkvärdigt med det?

Men det var ingen dröm, hon visste det. Resten av dagen hade hon sovit bort, mer eller mindre. Inte varit ute ur rummet ens, och hennes arm hade inte blivit bättre. Huvudvärken hade kommit och gått, men han hade varit ute och hittat nya smärtstillande tabletter åt henne. Hon hade tagit tre stycken nu på morgonen innan de gav sig iväg, och de hade hjälpt en smula. Verkade fungera bättre än de gamla svenska Treo som hon måste ha stoppat i sig hundratals av.

Det var något med hennes tankar också, fast så hade det varit hela tiden, ända sedan de gav sig av. De fladdrade som fjärilar, kom och gick och bytte innehåll fortare än en gris blinkar.

Var kom det uttrycket ifrån? Fortare än en gris blinkar? Någonting hon läst för länge sedan, var det inte så? Hon bestämde sig för att fråga honom, han kanske visste.

"Fortare än en gris blinkar, var kommer det ifrån, Valdemar? Jag tycker om det uttrycket, gör inte du det?"

"Jovisst", sa han, kliade sig på hakan och funderade. "Jag tror det är Astrid Lindgren, faktiskt. Emil i Lönneberga eller vad det nu kan vara."

"Kan du inte berätta något för mig, Valdemar?" bad hon. "Vi kan låtsas att du är Astrid Lindgren och att jag är ett barn som vill höra någonting spännande."

"Astrid Lindgren?" sa han och skrattade. "Inte kan jag mäta mig med henne. Nu har du för stora anspråk. Men jag kanske kan berätta för dig om någonting annat."

"Gör det, Valdemar."

"Vad vill du det ska handla om, då?"

"Det får du bestämma, Valdemar."

Han trummade med fingrarna på ratten ett slag. "Jag skulle kunna berätta för dig om Signe Hitler. Vad säger du om det?"

"Signe Hitler?"

"Ja. Vill du höra?"

"Javisst."

"Fast det är en lite ruggig historia."

"Det gör ingenting, Valdemar."

"Eller kanske inte ruggig. Grym är nog ett bättre ord."

"Jag förstår. Om du börjar berätta nu, kanske jag kan avgöra om den är ruggig eller grym."

Han harklade sig och satte igång. "Jag tror faktiskt inte jag har talat om det här för någon tidigare. Det har sina skäl, som du kommer att förstå. Signe Hitler var alltså en lärarinna jag hade i folkskolan. Hon hette egentligen Signe

Hiller, men vi kallade henne för Hitler eftersom hon var så fruktansvärt elak."

"Jaha?" sa Anna.

"Just precis", sa Valdemar. "Det är sällan man träffar på folk som är rakt igenom onda, i varje fall har jag inte träffat många. Men Signe Hitler var faktiskt en sådan människa, jag vågar påstå det. Genuint djävlig. Framförallt avskydde hon barn och allt det som barn tycker om att göra... leka, skratta, kivas, spela brännboll, men när jag tänker efter så tror jag att hon faktiskt tyckte lika illa om vuxna."

"Låter inget vidare", sa Anna.

"Nej, hon var inget vidare. Hon var ensamstående förstås, en riktig gammal nucka fast hon säkert inte var mer än fyrtiofem år när vi fick henne som klassföreståndare. Och herregud så rädda vi var för henne. Redan på morgonen, medan vi stod och sjöng morgonpsalmen, brukade hon spänna blicken i oss, vandra runt till var och en av oss med sina gula, stickande ögon, och då visste man att man var förlorad. Man hade liksom ingen chans. Vek man undan med blicken, betydde det att man hade dåligt samvete för någonting, höll man kvar den betydde det att man var obstinat. En pojke som hette Bengt brukade kissa på sig redan under den här första ögonkontakten med Hitler, och sedan luktade det urin i klassrummet hela dagen, men av någon anledning brydde hon sig inte om det. Kanske ville hon att vi skulle vara så rädda för henne att vi kissade på oss allihop."

"Obstinat?" avbröt Anna. "Uppkäftig, eller vad betyder det?"

"Jag tror det", sa Valdemar. "Hursomhelst så var det rena skräckregementet hon höll i klassen. Hon slog oss aldrig, men hon brukade borra in sina vassa naglar i nacken på en och vrida om tills man grät – eller i örsnibbarna, jag menar överkanten på örat, det gör extra ont där, jag vet inte om du har tänkt på det. Och hon yttrade aldrig ett vänligt ord till någon enda av oss. Om man hade alla rätt på en provräkning eller en rättstavning sa hon bara att man inte skulle tro att man var nåt. Man kunde få sitta kvar för att man hade hicka eller svarat fel på en fråga, och en gång var det en flicka som blev hemskickad och avstängd i tre dagar för att hon var smutsig om halsen."

"Men så kan man väl inte...", protesterade Anna.

"Inte nuförtiden, nej", sa Valdemar. "Men på den tiden, på femtiotalet, eller kanske var det början av sextiotalet, då gick det för sig. Föräldrarna lade sig aldrig i vad som hände i skolan, bara det var ordning och reda. Och det var förstås en helvetes ordning och reda när Signe Hitler höll i rodret. Till slut stod vi helt enkelt inte ut längre."

Här gjorde han en konstpaus, och Anna fyllde ut den eftersom hon förstod att han förväntade sig det.

"Ni stod inte ut längre? Så vad gjorde ni då?"

"Vi bestämde oss för att ha ihjäl henne", sa Valdemar.

"Ha ihjäl henne?" sa Anna. "Det menar du inte?"

"Tänk för att jag gör det", sa Valdemar, sträckte lite på sig och lade sig i omkörningsfil. "Vi tyckte att det var vår enda utväg, och jag tycker likadant idag. Hitler hade säkert plågat barn i tjugo år, om vi inte gjorde någonting åt saken skulle hon fortsätta i tjugo år till."

"Hur gamla var ni?" frågade Anna.

"Tio-elva och däromkring", sa Valdemar med ett lite svävande tonfall. "Gamla nog för att kunna planera ett mord, men inte gamla nog för att sättas i fängelse. Vad hade vi att förlora?"

"Men ändå", sa Anna. "Vad hände, då?"

Valdemar kliade sig i nacken och funderade en stund. Inte för att han behövde leta i minnet, såg det ut som, bland orden snarare.

"Vi hade en klubb", sa han. "Hemliga sexan. Vi var fyra killar och två tjejer, det var liksom vi som tog på oss... vad heter det?... det kollektiva ansvaret? För hela klassen var med på det, det är viktigt att du förstår det, Anna."

"Jag förstår det", sa Anna.

"Bra. Nåja, en av grabbarna i klubben, Henry hette han, hade en pappa som förvarade en del dynamit hemma i deras källare. Jag vet inte var den kom ifrån och inte ska man ha dynamit liggande i källaren, men så var det i alla fall. Jag tror han var gammal bergsprängare. Planen var enkel, vi i Hemliga sexan drog lott om vilka som skulle utföra dådet, och lotten föll på mig och Henry. Det var ju praktiskt också, eftersom det var Henry som ändå måste tillhandahålla dynamiten."

"Herregud", sa Anna. "En sån här historia skulle Astrid Lindgren aldrig berätta."

"Jag är inte så säker på det", sa Valdemar. "Men alltihop är sant, det är det som är det fina i fisken. Eller i kråksången eller hur det nu heter."

"Fisksången kanske?" föreslog Anna.

"Ja, varför inte? Hursomhelst så slog vi till en mörk och regnig kväll i november. Henry och jag begav oss bort till Trumpetgatan i norra änden av stan där Signe Hitler bodde högst upp i ett trevåningshus. Vi hade resonerat oss fram till att det var bra att hon bodde högst upp, eftersom sprängkraften antagligen gick uppåt och ingen annan skulle komma till skada. Vi tog oss in i porten och uppför trapporna. Utanför hennes dörr plockade Henry fram dynamitkottarna som han hållit gömda under sin jacka, jag tände på stubintrådarna och han petade in smällarna i brevinkastet. Sedan ringde vi på dörren och sprang fort som satan nerför trapporna och bort från huset. Vi hade inte kommit många meter, förrän vi hörde en helvetes knall.”

”Du är inte klok, Valdemar. Du menar inte att ni verkligen gjorde det här?”

”Det kan du skriva opp att vi gjorde”, sa Valdemar. ”Men du är nästan den första som får reda på det… förutom de andra i Hemliga sexan, förstås. Det blev polisutredning och allt möjligt, men ingen fick någonsin reda på hur det hade gått till. Ja, hur det hade gått till gick väl att räkna ut, men inte vilka som låg bakom.”

”Men… men vad hände med Hitler?”

Valdemar harklade sig och letade ord en stund igen.

”Det gick bra”, sa han till slut. ”Ja, man måste absolut göra den bedömningen, det har ingenting med ånger och urskuld och sådant att göra.”

”Jag förstår inte riktigt”, sa Anna.

”Jo, såhär blev det”, sa Valdemar. ”Hon dog inte av smällen, men hon blev både blind och döv, nästan döv, åtminstone, och efteråt var det som om hon blivit en helt annan människa. När hon kom tillbaka från sjukhuset var hon den frommaste och vänligaste person du kan tänka dig. Hon kunde förstås inte fortsätta som lärare. Hon började i Frälsningsarmén istället, tog hand om fattiga barn och herrelösa katter och gudvetvad. Stod på torget varje lördag och sjöng uppbyggliga sånger och samlade in pengar till nödlidande i andra länder. Det var som ett rent underverk, läkarna kunde inte förklara vad det var som skett med henne, och ingen annan heller. Hon dog två dagar före sin åttionde födelsedag, blev överkörd av snöplogen eftersom hon varken såg eller hörde den. På begravningen var det så knökfullt i kyrkan att folk fick stå."

"Valdemar", sa Anna. "Är det meningen att jag ska tro på det här? Hur kunde hon sjunga när hon var döv?"

"Hon var bara nästan döv, det sa jag ju", svarade Valdemar lite trumpet. "Det finns en lång tidningsartikel om henne på biblioteket i Kramfors. Där står förstås ingenting om vilken skräckkärring hon var innan smällen, och inte vilka det var som låg bakom, men jag lovar att vartenda ord är sant. Varför skulle jag sitta och ljuga för dig?"

"Jag vet inte", sa Anna. "Du har... du har ju alltid sagt att ditt liv är så tråkigt. Det du berättar verkar inte alls tråkigt. Vad var det som hände med ditt liv?"

"Ja, vad var det som hände?" upprepade Valdemar tankfullt. "Säg det den som vet."

Sedan satt han tyst en lång stund. Hon började känna sig dåsig och förstod att hon snart skulle falla i sömn. Jag borde prata med honom om Steffo, tänkte hon. Det borde jag verkligen.

Men jag vet ju inte om han vill höra. Vi har nästan inte sagt ett ord om vad som hände i Lograna på slutet. Jag borde verkligen.

Men inte heller den här gången blev det av.

Kanske var det bäst så, tänkte hon. Han hade frågat henne en enda gång vem den där Steffo var, och hon hade berättat som det var. Att hon hade varit tillsammans med honom ett par månader innan hon åkte in på hemmet, och att hon varit livrädd för honom.

Tillsammans? hade han frågat.

Ja, just det, hade hon svarat.

Livrädd?

Just det.

Var det därför han berättat den här egendomliga historien om Signe Hitler? För att hon skulle förstå att man hade rätt att döda ondskefulla människor? Eller att han tyckte att man hade det åtminstone? *Försöka* döda dem.

Han är konstig, tänkte hon. Jag borde se till att…

Det här går inte längre, jag måste naturligtvis…

Men tankarna fick inte fäste. Vad skulle hon ta sig till på egen hand? I det här tillståndet? Innan hon fattade några som helst beslut att avgöra sitt eget öde, måste hon åtminstone se till att bli frisk. Högerarmen kändes alldeles livlös nu och huvudvärken hade vaknat igen. Hon betraktade honom försiktigt, han hade tystnat och sjunkit ihop en smula över ratten, som om historieberättandet hade sugit musten ur honom. Var morgonens hoppfullhet redan bortblåst? Eller är det bara jag själv som känner så? tänkte hon. Är det min egen hopplöshet jag försöker överföra på honom? Vad gör jag här? Varför… varför sitter jag och åker bil med den här gamle mannen genom Europa? Jag kommer aldrig att kunna förklara det här för mig själv efteråt. Aldrig någonsin.

Om där nu finns något *efteråt.*

Måste man alltid tänka sig ett *efteråt*?

Det tickade i hennes huvud och tankarna fortsatte att slinta ur sin bana. Han sa något, hon hörde inte vad. Signe Hitler? tänkte hon, slöt ögonen och föll i sömn.

Vid sextiden på kvällen kom de fram till ett nytt hotell i en ny stad. Han påstod att den hette Emden. Det regnade och en smutsig skymning raderade ut alla färger, de blev tvungna att gå flera kvarter mellan bilparkeringen och hotellet, och när de stod i hissen på väg upp till rummet, kände hon plötsligt att hon var på väg att förlora medvetandet.

Synfältet krympte till en smal tunnel, ett rytmiskt, dovt pulserande krängde sig hastigt över henne, hon kunde nästan inte andas och sedan blev allt bara vitt.

När hon vaknade upp låg hon i en säng. Hon förstod att hon hade kräkts, det smakade fruktansvärt illa i munnen. Han satt på en stol vid sängkanten och han höll hennes hand i sin.

Hon kände det inte, eftersom det var den högra, men hon såg det när hon vred på huvudet en smula. Hon såg också att han var skräckslagen. Han blev inte omedelbart medveten om att hon slagit upp ögonen, under några sekunder kunde hon studera hans anletsdrag utan att han hunnit ställa i ordning dem. Det rådde inget tvivel om att det bodde en stor förtvivlan därinnanför.

Som någon som satt vid en dödsbädd.

Till en början var detta också allt hon såg och förstod. Hon visste inte vem han var. Hon visste inte var hon befann sig. Hon låg i en säng i ett främmande rum, det satt en förtvivlad gammal man och höll henne i handen.

Kanske är jag faktiskt död, tänkte hon. Kanske är den här gubben självaste Gud och kanske är det så här det känns. Jag kommer aldrig mer att orka röra mig.

Men varför skulle Gud vara rädd? Varför skulle Gud se förtvivlad ut?

Sedan upptäckte han att hon var vaken.

Anna? viskade han.

Hitler? tänkte hon. Nej, det var också fel.

Valdemar? Javisst, så hette han ju. Och han var varken Gud eller Hitler.

39

”Jag måste tyvärr fråga dig om du känner igen den här flickan?” sa Barbarotti och sköt försiktigt fotografiet tvärs över bordet.

”Nej, det gör jag inte”, svarade Alice Ekman-Roos utan att se på det. ”Och jag behöver inte titta på det en gång till.”

”Du har sett det i tidningen?” frågade Barbarotti.

Hon åstadkom en minimal huvudrörelse som han tolkade som en bekräftelse. ”Jag vet att det här är plågsamt för dig”, sa han, ”men vi måste ändå prata med dig en gång till. För alla eventualiteters skull.”

”Vad då för eventualiteter?” sa Alice Ekman-Roos. ”Jag bryr mig inte om det här längre.”

”Jag förstår att du kan känna så när det gäller din man”, sa Barbarotti. ”Men nu är det ju inte bara hans försvinnande vi har att ta hänsyn till. Det handlar om en mordutredning också.”

”Jo, jag känner till det”, sa Alice Ekman-Roos. ”Men jag har alltså ingen aning om vem den där flickan är. Jag vill inte veta av henne. Vi håller på och gör oss av med hans saker, han ska inte tro att han kan komma tillbaka och be om ursäkt efter allt det här.”

”Din reaktion är helt och hållet naturlig”, sa Barbarotti.

”Hans kläder låter vi bränna”, utvecklade hon. ”Böcker och övriga tillhörigheter går till Myrorna.”

”Jaså?” sa Barbarotti.

”Jag vill att flickorna ska glömma honom så fort som möjligt.”

”Jag förstår”, sa Barbarotti.

Han tänkte efter och försökte avgöra om han verkligen gjorde det. Jo, antagligen, kom han fram till. Kanske mer än så; hennes vilja att ta itu med saker och ting i det här läget var både förståelig och en smula beundransvärd. Även om handlingskraften kunde gå sina egna vägar ibland.

Nej, det var inte Alice Ekman-Roos beteende som var obegripligt, konstaterade han medan han tankspritt kliade sig på gipset, det var hennes makes.

”Och du har ingen aning om var han befinner sig?”

”Ingen som helst.”

”Om du skulle gissa? Det finns ingen plats i Sverige eller ute i Europa, som du tror att han skulle välja att åka till... av någon anledning?”

”Nej”, sa Alice Ekman-Roos.

”Inga kontaktförsök från honom?”

”Nej.”

Han funderade på varför han inte genomfört det här samtalet på telefon istället, men det fanns vissa rutiner.

”Jag kunde verkligen inte ana att det skulle utveckla sig på det här viset när du kom till mig på sjukhuset”, sa han. ”Jag beklagar.”

Hon såg allvarligt på honom under några sekunder. ”Tack”, sa hon. ”Jag vet att du är en fin polisman, men det tjänar faktiskt ingenting till att beklaga. Jag och flickorna måste komma vidare med våra liv, det är det som gäller nu.”

”Jag är glad att du har styrka att känna på det viset”, sa Barbarotti. ”Det är bäst för alla parter.”

Vad fan menar jag med alla parter? tänkte han, men hon reagerade inte på det.

”Var det någonting mer?” frågade hon istället.

”Nej, det var det hela”, förklarade inspektör Barbarotti.

När hon hade gått såg han på klockan. Förhöret hade tagit precis fyra minuter.

”Schwerin har ett spår uppe i Örebro”, sa Sorgsen. ”En flicka som heter Marja-Liisa Grönwall, hon påstår att hon kanske vet vem offret är.”

Eva Backman slog ihop en mapp. ”På tiden”, sa hon. ”Han har varit död i tre veckor snart.”

”Bara fem dagar sedan vi hittade honom”, påpekade Sorgsen och läste sedan innantill från papperet han höll i handen. ”Stefan Ljubomir Rakic. Född i Zagreb 1982. Kom till Sverige som femåring och är inget okänt namn för Örebropolisen. Om det nu är han, alltså.”

”Och varför skulle det vara han?” frågade Backman.

”Enligt uppgiftslämnaren skall de ha haft ihop det”, sa Sorgsen. ”Fröken Gambowska och Rakic, alltså. Han lär ha bott hos henne också, åtminstone periodvis. Nu i somras, tydligen... ja, jag vet inte mer än så.”

”Och han är försvunnen?” sa Backman.

Sorgsen ryckte på axlarna. ”Det är ju förutsättningen. Ingen har rapporterat honom saknad, men han lever... eller levde... inte under så ordnade former, tydligen. Schwerin håller på och undersöker saken och återkommer så snart han har någonting mer.”

”Bra”, sa Eva Backman. ”Se till att du håller kontakten med honom, det händer att han åker ut och spelar golf istället för att arbeta. Nu har jag en annan sorts förhör att ta itu med.”

”En annan sorts?” undrade Sorgsen.

Hon nickade och reste sig. ”Det gäller Anna Gambowskas

karaktär. Det är en karl som tydligen träffat flickan. Hur är det med din fru?"

"Det är nog inte långt kvar nu", sa Sorgsen och log ett blekt leende.

Karaktärsvittnet hette Johan Johansson.

"Jag kallas Dubbel-Johan", inledde han. "Av någon anledning."

Har du sagt det där förr? tänkte Eva Backman, men kommenterade inte.

Istället betraktade hon honom medan hon låtsades bläddra fram en viktig sida i sitt anteckningsblock. En rätt så lång, lite plufsig man i sextioårsåldern var det. Kutryggig, en smula hopsjunken. Han var klädd i jeans, rutig skjorta och en skinnkavaj. Adidasgympaskor som såg nya ut; han försökte antagligen förmedla ett ungdomligt intryck, tänkte Eva Backman.

Utan att lyckas särskilt väl. Hon satte på bandspelaren, talade in formalia och lutade sig tillbaka.

"Allright", sa hon. "Vad var det du hade att berätta, alltså?"

Johan Johansson rättade till sina tunga glasögon och harklade sig.

"Jag tror jag har en upplysning om den där flickan som kan vara intressant för er."

"Jaha?" sa Backman.

"Saken är den att jag råkade ut för henne för en månad sedan ungefär."

"Råkade ut för?" sa Backman.

"Det är ett medvetet ordval", sa Johan Johansson. "Jag hittar inget bättre."

"Kan du berätta vad som hände?" sa Backman.

”Naturligtvis”, sa Johan Johansson. ”Det är ju därför jag sitter här. Alltså, det var så här. Jag bor ute i Dalby, jag är sjukpensionär sedan två år tillbaka, det blir som det blir. Det är nåt skit med ryggen.”

Han sträckte försiktigt på sig i stolen för att demonstrera sin dåliga rygg.

”Så kan det gå”, sa Backman. ”Ryggar är inte att leka med.”

”Precis. Det är inte alla som fattar det här, men så är det. Ibland kan jag inte sova om morgnarna och då brukar jag ta mig en biltur. Kanske fortsätter jag ända hit till Kymlinge och går och handlar ute på Billundsberg, eller så åker jag lite andra vägar...”

”Jag förstår”, sa Backman. ”Är du gift?”

”Nej”, sa Johan Johansson. ”Har varit men inte längre.”

”Fortsätt”, sa Backman.

”Javisst”, sa Johansson. ”Den här morgonen, det bör ha varit den sjätte september men jag är inte hundra, kom jag körandes söderut på 242:an. Hade väl passerat Elvafors för tio-femton minuter sedan, då jag fick se en flicka som gick längs vägkanten. Åt samma håll som jag, alltså. Jag tror hon satte upp handen för att visa att hon ville ha lift, men jag är inte säker på det heller. Hursomhelst tänkte jag att jag kunde köra henne en bit på väg, regnet hängde i luften också och jag tyckte lite synd om henne.”

Han gjorde en paus. Inspektör Backman nickade åt honom att fortsätta.

”Så jag stannade och tog upp henne i bilen. Det är alltså den här tjejen som ni letar efter. Ingen tvekan om saken, jag kände igen henne i tidningen med en gång. Missbrukarbruden, är du med?”

”Det står ingenting om något missbruk i tidningen”, sa Backman.

”Nej, men det kan jag räkna ut själv”, sa Johansson.

”Jag är med”, bekräftade Backman. ”Kan du säga hur mycket klockan var ungefär när du plockade upp henne?”

”Inte hundra”, upprepade Johan Johansson. ”Men runt halv sju skulle jag tro, kanske lite mer, kanske lite mindre.”

”Så tidigt på morgonen?” undrade Backman.

”Javisst, jag tänkte väl inte på det då. Kanske trodde jag hon missat skolbussen eller nånting. Fast det var en lördag... och snart förstod jag ju att hon hade stuckit från hemmet.”

”Elvaforshemmet?”

”Ja.”

”Berättade hon det?”

”Jag frågade henne och hon sa att det var så.”

”Vad gjorde du då?” frågade Backman.

Johan Johansson justerade ryggen och glasögonen under några sekunder innan han svarade.

”Så här”, sa han. ”Jag ville ju inte hjälpa en flicka att rymma. Jag vet ingenting om det där hemmet, men det är nog nyttigt för dom. Så jag tänkte att det bästa vore om hon klev ur bilen. Dessutom... ja, dessutom tänkte jag att det kanske var olagligt också, att hjälpa henne på traven, så att säga. Så jag stannade och bad henne kliva ur.”

”Hur långt hade ni åkt då?” frågade Backman.

”Inte långt. Någon kilometer kanske. Och det var då det hände, jag hade knappt stannat bilen igen vid vägkanten förrän hon överföll mig.”

”Överföll?” sa Backman.

”Det finns inget annat ord”, sa Johansson.

"Kan du beskriva det i detalj?"

"Jag hann inte uppfatta det riktigt", sa Johan Johansson. "För jag tuppade av. Men hon måste ha haft ett vapen av något slag, en hammare eller... ja, inte fan vet jag. Hon klippte till mig i huvudet, hursomhelst, och jag tuppade av. När jag vaknade till liv var hon borta och jag blödde som en gris. Tvåtusen kronor hade hon snott också."

"Din plånbok?" sa Backman.

"Visst. Hade den i innerfickan som vanligt. Hon hade väl grävt fram den och tagit pengarna. Den låg kvar på sätet, tom som en Biafrapatte."

"Biafrapatte?" sa Backman. "Vad är det för nånting?"

"Äsch", sa Johan Johansson. "Det är ett uttryck, bara. Plåskan var vittjad och tjejen försvunnen. Sen kostade det tvåtusen att få bilen ren från blod också, så man kan säga att jag gick fyratusen back allt som allt. Men glasögonen lagade dom gratis hos optikern, man kanske får vara tacksam för att man har livet i behåll. Jag menar om man tänker på... ja, det som det står i tidningen om."

Eva Backman nickade och funderade ett ögonblick.

"Du anmälde aldrig den här incidenten?" frågade hon.

"Incidenten?" sa Johansson.

"Överfallet", sa Backman.

Han skakade på huvudet. "Nej, jag gjorde inte det. Skulle man förstås ha gjort, men man läser ju om alla oupp-klarade brott. Jag tyckte väl inte det var någon idé. Lärde mig en läxa också, den där bruden är livsfarlig, det ska ni ha klart för er. Det lönar sig inte att vara hjälpsam i det här landet."

"Inte alltid kanske", sa Eva Backman. "Om jag har fattat det rätt hann du inte prata särskilt mycket med henne?"

"Hade henne inte i bilen mer än tre minuter", sa Johan

Johansson. ”Men jag ville ändå komma och berätta det här för er. Så ni förstår vad det är för en sort ni har att göra med.”

”Det är vi tacksamma för”, sa Eva Backman. ”Du fick till exempel inte reda på vart hon var på väg eller så?”

Johan Johansson ruskade på huvudet. ”Inte en aning.”

”Vad hon hade för planer eller varför hon rymt?”

”Svar nej.”

Eva Backman stängde av bandspelaren. ”Då så, herr Johansson. Då ber jag att få tacka för att du tog dig tid. Jag kanske återkommer till dig i ett senare skede.”

”Är vi redan klara?”

”Ja.”

Han harklade sig och placerade händerna på knäna. ”Om man ändå skulle tänka sig någon sorts ersättning, hur skulle man i så fall...?”

”Då får du lämna in en anmälan i vanlig ordning”, sa Eva Backman. ”Tala med ditt försäkringsbolag också.”

”Jag får se hur jag gör”, sa Johan Johansson och reste sig mödosamt från stolen. ”Har ni fått tag på henne?”

Eva Backman besvarade inte hans fråga, lotsade honom bara vänligt men bestämt ut ur rummet.

Klockan var kvart i fem på fredagseftermiddagen när inspektör Backman knackade på Barbarottis dörr och stack in huvudet.

”Klotter?” frågade hon.

”Klotter”, sa Barbarotti. ”Det är mycket nu.”

”Jag trodde du hade en teori?”

”Den är inte helt bekräftad än.”

”Jaså. Ja, då antar jag att du inte har tid för en öl på Älgen? Med din storfamilj och din fot och allt. Och klotter.”

”Det har du nog rätt i, tyvärr”, suckade Barbarotti bekymrat. ”Men en kopp kaffe och Snillen spekulerar en stund härinne, vad säger du om det?”

”Älgen kan vänta”, instämde Backman. ”För jag skulle behöva byta några tankar. Jag blir inte riktigt klok på den här historien.”

”Inte jag heller”, sa Barbarotti. ”Kan inte du hämta kaffe och en mazarin, du ser väl att jag är handikappad?”

Eva Backman försvann och återkom tre minuter senare med en bricka. ”Mazarinerna var slut”, sa hon. ”Du får nöja dig med en punschboll.”

”Okej”, sa Barbarotti. ”Livet blir ändå inte som man tänkt sig. Vad är det som snurrar i skallen på dig, alltså?”

”Den här jävla Roos”, sa Eva Backman och suckade. ”Jag vet att karlar är som dom är, men hur kan man ställa till det såhär för sig?”

”Vad menar du?” sa Barbarotti.

”Jo, tjejen han har med sig, hon verkar ju närmast vara en liten psykopat.”

”Är det det här vittnet som säger så?”

Eva Backman nickade. ”Både han och föreståndarinnan på hemmet. Anna Gambowska är inte att leka med, det kan vi nog vara säkra på. Men hur kan en sextioårig karl vara så blåögd att han inte begriper det? Hur kan han falla för henne? Det är den frågan jag vill att du ska besvara åt mig.”

”Utifrån mitt manliga perspektiv?” frågade Barbarotti.

”Till exempel”, sa Backman.

”Finns väl bara ett svar”, sa Barbarotti. ”Det gamla vanliga.”

”Vilket då?”

”Det är inte lätt att vara en gammal kåt hanne.”

”Fy fan”, sa Eva Backman.

”Varför säger du så?” sa Barbarotti.

”Ingen har visserligen haft mycket gott att säga om Valdemar Roos”, konstaterade hon. ”Men du är den förste som beskriver honom i just dom termerna.”

”Allright”, sa Barbarotti och sträckte upp händerna i vädret. ”Det var bara ett förslag. Du ville ju ha en manlig kommentar, var det inte så?”

Eva Backman bet i sin punschboll och föredrog att inte svara.

”Vem av dom tror du det var som gjorde det?” sa Barbarotti efter en stunds tystnad. ”Det har vi nästan inte pratat om.”

”Har ingen aning”, sa Eva Backman.

”Dom kan ju knappast ha hållit i kniven bägge två.”

”Nej, knappast”, sa Backman och han såg att hon av någon anledning inte hade lust att diskutera den frågan.

”Hon utnyttjar honom i alla fall”, sa han. ”Eller hur? Hon måste ju ha bott hos honom i torpet innan det här hände... hur många dagar det var vet jag inte, men några stycken i alla fall?”

”Dubbel-Johan påstår att han plockade upp henne på morgonen den sjätte september.”

”Dubbel-Johan?”

”Han går under den beteckningen i Dalby. Det här vittnet, alltså. Hursomhelst kan hon mycket väl ha kommit till Valdemar Roos torp redan det datumet, och det var den fjortonde som de försvann. Eller den femtonde.”

”Nästan tio dagar”, sa Barbarotti.

”Ungefär”, sa Eva Backman. ”Och nu har det snart gått tre veckor till. Vår vän Dubbel-Johan påstår att hon försökte slå ihjäl honom efter tre minuter. Snodde hans pengar också, tvåtusen spänn.”

"Slå ihjäl honom?"

"Han blev medvetslös i alla fall."

Barbarotti nickade och satt tyst igen. Sneglade ut genom fönstret mot Lundholm & söners nedlagda skofabrik, som höll på att rivas, och försökte bli av med den retoriska slutsats han förväntades dra. Till slut gav han upp.

"Jag förstår vad du menar", sa han. "Valdemar Roos tog ut en halv miljon. När har vi det senaste livstecknet ifrån honom, alltså?"

"Den 22 september", sa Eva Backman. "Hotell Baltzar i Malmö."

"Vet du om flickan har körkort?"

"Hon har inget körkort."

"Hon kanske kan köra bil ändå."

"Hon kanske gav honom tid att lära upp henne?"

Barbarotti funderade. "Det har gått fjorton dagar sedan de var i Malmö", sa han. "Vi letar efter två människor, när det kanske egentligen skulle räcka med att leta efter en. Är det dit du vill komma?"

"En levande och en död", sa Eva Backman. "Det blir ju i och för sig två ändå, men, nej, det är inte dit jag vill komma. Jag skulle absolut föredra att..."

Hon tystnade. Barbarotti lämnade skofabriksruinen med blicken och tittade på henne. "Vad skulle du föredra?" sa han.

"Jag skulle föredra att det inte är på det viset", sa Eva Backman. "Helt enkelt. Är det så konstigt?"

"Det är inte alls konstigt", sa Barbarotti. "Om Valdemar Roos skulle vara död, kommer vi ju aldrig att få möjlighet att prata med honom. Och om det är någonting jag önskar mig, så är det att få höra vad han har att säga."

"Varför då?" sa Eva Backman. "Varför är det så viktigt för

dig att få prata med Valdemar Roos?"

"Det är jag inte riktigt klar över", sa Gunnar Barbarotti. "Men Marianne undrar samma sak. Och hon tror det beror på att jag har en skruv lös."

"Du också?" sa Eva Backman. "Inte bara han?"

"Jag också", sa Barbarotti.

Eva Backman satt tyst en stund. Sedan reste hon sig. "Jag tror det räcker för idag", konstaterade hon och lämnade rummet.

40

Regnet piskade ner.

Han kunde inte påminna sig när han senast kört bil i ett sådant uselt väder. Visserligen hade det väl regnat både hundra och tusen gånger under alla turerna mellan Kymlinge och Svartö, men det här var någonting annat. Elementens raseri, eller vad det hette. Nederbörden tycktes komma från alla håll dessutom, inte bara från den vredgade himlen; särskilt var det de tunga långtradarna – bakom en av vilka de för tillfället befann sig – som skickade upp kaskader av lortigt vatten från den genomvåta vägbanan.

Ändå var hastigheten låg, inte mer än 50–60 kilometer i timmen. Har dom inga stänkskydd? tänkte Valdemar Roos och ökade på nytt vindrutetorkarna till högsta frekvens. Jag hade inbillat mig att de hade ett visst mått av civilisation härnere åtminstone.

Det var omöjligt att urskilja det stora, smutsiga fordonets registreringsskyltar, men han utgick ifrån att det hörde hemma i Sydeuropa någonstans. Eller kanske Öst-, i varje fall var det inte nordiskt eller ens tyskt. Någon idé att köra om var det heller inte, sikten i backspegeln var så dålig att det skulle ha varit förenat med livsfara. Då och då kom där en galen Mercedes förbisvischande i ytterfilen, och skickade en kaskad över honom från det hållet också; nej, det var bara att ta skeden i vacker hand och ligga kvar i arslet på den här monstertrucken. Eller vad de nu kallades. Han var nöjd med formuleringen i alla fall. Skulle kunna bli en bra boktitel, tänkte han: *I arslet på en monstertruck. Minnen från motorvägen.*

Herregud, tänkte han sedan. Vad är det för struntprat, nu måste jag snart ha en paus. Börjar bli grusig i ögonen också, det här är ju livsfarligt mer eller mindre... han hade sedan länge bestämt sig för att svänga in på nästa rastställe eller bensinmack, men det hade gått åtminstone tjugo minuter utan att det dykt upp någonting. Det var typiskt, det man letade efter höll sig alltid borta, det var en sanning han lärt sig redan som barn. Om jag räknar till hundratjugoåtta, bestämde han, det var ett av hans gamla favorittal, han mindes inte längre varför... och om det då fortfarande inte uppenbarat sig åtminstone en parkeringsplats, det skulle inte skada med en pisspaus också, förvisso inte, så kör jag om monstret i alla fall, det må bära eller brista.

Och alla dessa tankar, denna knaggliga evighetsström av ord, lika tomma på blod, som på mening, som på innehåll, och som rörde sig i hans huvud likt vilsna, dödsmärkta fåglar, hade inget annat syfte än att hålla avgrunden och paniken borta. Han visste det, det kändes hela tiden som om en flod av tårar låg bakom en fördämning inom honom, innanför pannbenet, innanför ordvallen, ja, just där befann den sig faktiskt, och väntade på att få bryta fram, ingenting kunde vara tydligare.

Men jag vill inte ge efter, tänkte han. *Jag kommer inte att ge efter.*

Anna sov i baksätet. Han tittade på klockan och konstaterade att de varit på väg i över fyra timmar nu. Frånsett en kort stund i början hade hon sovit hela tiden; kastat sig oroligt ett par gånger när hon drömt något, men i huvudsak hade det varit lugnt. Får hon bara sova, tänkte han, blir hon bra. Det finns ingen bättre doktor än den goda, stärkande sömnen, och förresten, vilka skulle alternativen vara?

Ja, vilka? Att köra henne till sjukhus skulle vara liktydigt med att de gav upp. Just så illa var det verkligen; de skulle naturligtvis inte bli mottagna någonstans utan att först behöva uppge sina identiteter och omständigheter, och sedan... sedan skulle kvarnarna börja rulla, nej, mala hette det, *mala*, och förr eller senare, på det ena sättet eller det andra, skulle det komma fram att de var på flykt och efterlysta för mord i Sverige.

Nej, tänkte Ante Valdemar Roos, och insåg att han för längesedan slutat att räkna till hundratjugoåtta, eftersom det inte gick att tänka och räkna på samma gång... nej, det alternativet existerar helt enkelt inte. Hon kommer att bli bra, hon kommer att bli bra. Det är bara en fråga om vila och omsorg och kärlek, och det kommer jag att ge henne.

Den bästa omsorg i världen, men jag önskar att...

Ja, vad är det jag önskar egentligen? mumlade han tyst för sig själv, samtidigt som den syd- eller östeuropeiska långtradaren kastade upp en ny dusch över vindrutan och för ett ögonblick sänkte sikten till noll.

Dum fråga. Han önskade sig att hon skulle slå upp ögonen, så klart. Titta på honom, le mot honom på det där lite pillemariska viset hon brukat le medan de fortfarande var kvar uppe i Lograna innan katastrofen hade skett. Förklara att hon mådde mycket bättre, berätta något om sitt liv för honom, om mormors ankor eller den där märklige farbror Pavel eller vad som helst, och att... att hon var hungrig.

Det skulle vara ett bra tecken. Att hon var sugen på mat. Hon hade nästan inte ätit någonting på två dagar nu; han hade sett till att hon fick i sig vätska, men det var också i stort sett allt. Vatten och juice och ett par burkar cocacola, han hade hört att den sistnämnda, tvivelaktiga drycken faktiskt skulle vara bra för både det ena och det andra, magont och rostiga skruvar som fastnat och diverse, men han visste inte säkert.

Men om inte... om hon inte blev bättre?

Jo, där fanns en reservplan. Plan B, den yttersta utvägen.

Den låg och skvalpade i huvudet på honom sedan en tid. Som en manet som drivit in med vågorna men som han inte ville dra iland. Inte skärskåda riktigt, men den låg där och flöt, genomskinlig och trist. Sedan den där morgonen, närmare bestämt, då hon ramlade ur sängen och halvt skrämde vettet ur honom, han ville bara inte veta av den, tror fan det.

Icke desto mindre fanns den där. Som en hemlig, underjordisk lönngång.

Han sköt undan den, det var inte aktuellt ännu. Inte på långa vägar aktuellt. Vad då manet? tänkte han. Vad då lönngång? Struntprat.

Bara en nödlösning att ta till om... om hon inte blev bättre, helt enkelt.

Plan B.

Trots den låga hastigheten hade han sånär missat avfarten, men i sista sekunden hann han blinka höger och svänga in på rastställets. Där var fullt av våta bilar och han konstaterade att det såg ut som på alla andra rastställen i världen. Eller i varje fall i Europa, världen hade han i ärlighetens namn ingen riktig uppfattning om.

Han parkerade så nära entrén till restaurangen han kunde, stängde av motorn och såg efter att Anna fortfarande sov tryggt i baksätet. Rättade till hennes filt, strök henne försiktigt över kinden och lämnade bilen.

Sprang de tjugo-trettio meterna fram till dörren och hann bli ordentligt våt. Ställde sig i kaffekön bakom två unga flickor som snattrade ivrigt med varandra på ett språk han inte kände igen. I Annas ålder var de, kanske lite yngre; jag önskar att hon ville låta så där ivrig, tänkte han. Gode Gud, låt inte fördämningen brista medan jag står här i kön.

Fördämningen? tänkte han sedan. Vad då för fördämning? Vad talar jag om? Jag förstår mig snart inte på mig själv längre.

Medan han satt vid ett rött plastbord invid väggen alldeles bredvid toaletten, funderade han på om han låst bilen eller inte. Antagligen hade han gjort det, det var fråga om en sådan där automatisk handling, sådana där invanda små rörelser som man utfört så många gånger att hjärnan inte behöver vara inkopplad. Det räckte med handen och bilnyckeln.

Men det var inte bra om han faktiskt hade låst. Om Anna började röra sig där i baksätet kunde hon utlösa larmet, bilen skulle stå och tjuta och blinka och det skulle väcka uppmärksamhet. För närvarande behövdes ingen uppmärksamhet, tänkte Ante Valdemar Roos. Tvärtom, med optimal otur skulle det kunna visa sig ödesdigert.

Under några sekunder var han på väg att resa sig för att gå ut i regnet och kontrollera saken, men när det kom till kritan lät han bli. Skulle det vara så mycket bättre att lämna henne kvar i en olåst bil? Vem som helst skulle kunna öppna en bakdörr och röva bort henne. Hon skulle vara ett värnlöst offer för... vad hette det?... trafficking?

Pest eller kolera, således, tänkte Ante Valdemar Roos.

Låst eller olåst bil, det var lika illa.

Nej, korrigerade han. Så var det naturligtvis inte. Att Anna blev bortrövad var förstås mycket värre än om hon bara råkade sätta igång larmet.

Det fanns i varje fall ingen anledning att dröja kvar i onödan inne på denna ledsamma och larmande vägkrog, bestämde han sig för. Han tuggade hastigt i sig det sista av ost- och skinksmörgåsen, drack upp kaffet och gick ut på toaletten. Bäst att slå en drill i alla fall, tänkte han, här är en annan sorts fördämning inblandad. Så att man slipper stå i regnet vid vägkanten, alltså.

Och medan han stod där och pinkade ner i den illaluktande plåtrännan, dök dagens aforism upp i huvudet på honom.

Det värsta som kan hända en människa är att hon förlorar minnet på en bensinstation i främmande land.

Kanske lite för kategoriskt, tänkte han och formulerade om det till:

Det är inte roligt att förlora minnet på en bensinstation i främmande land.

Sedan rös han till av någon anledning, kanske var det de våta kläderna som var orsaken. Eller kanske var det aforismen. Han skyndade ut från toaletten och restaurangen och sprang bort mot bilen.

Den stod inte kvar.

Under en eller två blöta sekunder var han säker på att han skulle svimma.

Eller dö.

Den våta asfalten under hans fötter kändes som om den var på väg att lösas upp, eller också var det han själv som höll på att lösas upp, och när denna process var klar, vilken av dem det nu rörde sig om, så skulle han sugas in i en virvlande, svart malström och försvinna för alltid ner i jordens innandöme. Som pisset i en pissränna, just så, exit Ante Valdemar Roos, sörjd och saknad av ingen, fy fan vilket slut...

Efter några sekunder lyckades en tunn stråle av eftertanke leta sig in i hjärnan på honom, och han insåg vad som hade hänt. Han hade rusat åt fel håll. Så enkelt var det, han hade sprungit snett åt höger istället för snett åt vänster när han lämnade vägkrogen.

Hur dum får man bli? tänkte Valdemar Roos och i samma stund som han fick syn på bilen där han också mycket riktigt hade ställt den, insåg han att det var ett uttryck han lånat av Wilma. *Hur dum får man bli?* Det var precis det hon brukade säga åt honom sju gånger i veckan, medan hon himlade med ögonen och tycktes fråga sig på vilken soptipp hennes mamma hittat denna särdeles motbjudande gamle man, och dessutom haft den dåliga smaken att gifta sig med.

Nåja, lilla Wilma, tänkte Valdemar Roos, det obehaget har jag i alla fall befriat dig ifrån.

Han hade verkligen låst bilen, men Anna hade av allt att döma inte rört sig där hon låg i baksätet. I varje fall hade hon inte satt igång något larm. När han kommit på plats bakom ratten och dragit igen dörren, sträckte han ut en hand och kände på hennes panna.

Den var kall och våt. Må så vara, tänkte han, det är antagligen bättre än att den är torr och het. Hon mumlade någonting och vred på sig, men vaknade inte. Han stoppade om henne igen, startade bilen och backade försiktigt ut från den trånga parkeringsfickan. Började köra ut mot motorvägen igen.

Han hade bara kommit hundra meter när han märkte att det var någonting som inte stämde. Bilen gick inte som den skulle. Det var något fel på höger framhjul, han var tvungen att vrida ratten kraftigt åt vänster för att bilen skulle gå rakt fram, det skumpade och bumpade en smula också, och efter några sekunder förstod han vad det var.

Punktering.

Herregud, tänkte Ante Valdemar Roos. Man får inte punktering på moderna bilar.

I regnet.

I främmande land. På flykt.

Han hade ännu inte kommit ut på stora vägen, befann sig fortfarande på den svagt böjda utfarten från rastställlet. Han körde så långt ut åt höger som möjligt, satte på varningsblinkersen och stannade.

Kände flodvågen svalla en gång och två gånger mot fördämningen, men bet ihop tänderna och försökte komma ihåg när han senast råkat ut för en punktering.

Trettio år sedan, trodde han. Åtminstone tjugofem. Långt innan han träffade Alice, hursomhelst. Långt innan han började på Wrigmans Elektriska.

Moderna bilar får inte punktering.

Därefter infann sig en sådan där tanke som han brukade tänka när han var tio år gammal och däromkring. Och när hans far hade hängt sig, ja, han mindes att då hade den varit särskilt användbar.

Om jag backar tillbaka och återvänder in på krogen igen – så började tanken – sätter mig vid samma bord, det där röda invid väggen, och låtsas att det inte har hänt... att jag inte ens har lämnat bordet eller stått och pissat i den illaluktande pissrännan eller gått ut genom dörren eller sprungit åt fel håll när jag skulle hitta bilen... då, då kommer den att vara hel och fungerande när jag sedan kör i väg med den. Ingen punktering, att någonting sådant skulle inträffa två gånger på samma dag är helt enkelt inte möjligt.

Under en lång stund satt han verkligen och övervägde detta handlingsalternativ, men till slut övergav han det. A man's gotta do what a man's gotta do, tänkte han. Kände en gång till på Annas panna – den var fortfarande kall och våt – och grävde fram instruktionsboken ur handskfacket.

Utfartsvägen mellan rastställlet och motorvägen var tillräckligt bred för att han skulle kunna stå kvar. I synnerhet som det rörde sig om höger framhjul och han kunde arbeta i skydd av bilen.

Mot regnet hade han dock inget skydd. Hela den fördömda processen tog säkert en halvtimme: att få fram reservhjulet ur bagageutrymmet, att hitta domkraften och fälgkorset, att få loss de tröga bultarna (*coca-cola, coca-cola,* tänkte han medan han stod och drog av alla krafter), få bort det punkterade hjulet och skruva dit det nya, och hela tiden, hela tiden regnade det.

Ändå utförde han arbetet med en sorts stoiskt, mekaniskt lugn. Steg för steg, handgrepp för handgrepp, bult för bult, en gång tyckte han sig höra att Anna ropade någonting inifrån bilen, men han bestämde sig för att det bara var inbillning utan att gå och se efter. Bilar som lämnade vägkrogen körde förbi honom i en gles ström, några blinkade med strålkastarna åt honom men de flesta inte, och det var precis när han äntligen fått ner bilen på alla fyra hjulen igen och lirkat loss domkraften, som han märkte att en polisbil stannat alldeles bakom honom. Den hade ett blinkande blårött ljus påslaget och en polisman i grönaktig uniform och med grönaktigt paraply närmade sig honom.

Han rätade på ryggen, alltjämt med domkraften i handen, och tänkte att han nog aldrig tidigare i sitt liv sett en polisman med paraply.

"Har du ett problem?" frågade polismannen på engelska.

Valdemar antog att han lagt märke till att bilen var svensk och svarade, likaledes på engelska, att han hade haft ett problem, men att det nu var avklarat.

"Kan jag få se på ditt körkort?" bad polismannen. "Det är förbjudet att stanna här."

Valdemar förklarade vänligt men bestämt att shit happens, och att han hade körkortet inne i bilen. Polismannen bad honom hämta det. Han lät onödigt bister, tyckte Valdemar. Bister och stöddigt maktfullkomlig. En polisgris.

"Fucking weather to get a puncture in", sa Valdemar för att lätta upp stämningen lite.

Polismannen svarade inte. Nickade åt honom att leta fram körkortet. Valdemar öppnade höger framdörr och sträckte sig in. Samtidigt tändes ljuset inne i bilen, polismannen tog två steg närmare och kikade in.

"Vad är det för fel på flickan?" frågade han.

"Det är inget fel på flickan", sa Valdemar. "Hon sover."

Men när han kastade en blick på henne, märkte han att hon glidit ner halvvägs på golvet, och att det verkligen såg ut att vara något fel på henne. Hennes ansikte var vridet uppåt, hon såg svettig och likblek ut och hade någonting i mungiporna som Valdemar inte förstod vad det var för någonting. Små bubblor av något slag, kanske var det bara saliv. Dessutom ryckte det i ena benet på henne.

”Kom ut ur bilen”, sa polismannen. ”Ställ dig med händerna på taket och rör dig inte.”

Samtidigt som han sa det plockade han upp en kommunikationsradio ur bröstfickan på sin jacka och tryckte på några knappar. Valdemar backade ut ur framsätet och märkte att han fortfarande höll den ihopfällda domkraften i handen.

Han tänkte efter i en halv sekund, sedan slog han med full kraft den tunga ståltingesten i huvudet på polismannen.

En minut senare var de ute på motorvägen igen.

IV.

41

Det dröjde i stort sett en vecka innan identifikationen var hundraprocentigt klar – från det att Barbarotti och Backman för första gången stått och stirrat på liket invid jordkällaren ute i Lograna, till dess att Miroslav Rakic med sammanbiten och tårfylld röst konstaterade att det var kroppen av hans son som låg framför honom på det kalla stålbordet, och att han personligen skulle se till att sätta en kula i pannan på den djävla svennebastard som dödat honom.

Miroslav Rakic var 54 år gammal. Han hade bott i Sverige sedan 1989 och hade hämtats från fångvårdsanstalten Österåker, där han för närvarande avtjänade ett åttaårigt straff för väpnat rån, dråpförsök, misshandel och diverse andra överträdelser. Stefan Rakics mor var död sedan tre år tillbaka, några syskon eller andra närstående existerade inte.

Förutom denna identifikation, som alltså ägde rum på morgonen måndagen den 6 oktober, hade man också ett matchande tandkort, så något tvivel om vem det var som legat därute i regnet med ett gapande knivhål i magen fanns inte längre.

Det tvivel som hängde kvar gällde helt och uteslutande förövarna. Eller det omaka par som lämnat torpet Lograna i samband med mordet på Stefan Rakic, åtminstone – det var naturligtvis inte omöjligt att det var någon annan, för polisen helt obekant person, som låg bakom dådet, men ingen i den spaningsgrupp som leddes av kriminalinspektör Eva Backman lutade för tillfället åt den lösningen.

Ante Valdemar Roos och Anna Gambowska, det var dem det handlade om. Det var dem det gällde att hitta.

Var i helvete höll de hus?

Hur skulle man få fatt i dem?

”Är det någon som tror att de bytt fordon?” frågade Eva Backman.

Det var det ingen som trodde.

”Bra”, sa Eva Backman. ”Det tror inte jag heller. Alltså färdas de i en blå Volvo S80 med registreringsnummer UYJ 067. De kan befinna sig i stort sett var som helst i Europa, och eftersom de varken använder sig av kreditkort eller mobiltelefon kan de nog hålla sig undan rätt länge om de vill.”

”De har ju gott om kontanter också”, påpekade assistent Wennergren-Olofsson.

”Ja, det torde räcka ett tag”, sa Eva Backman.

”Jävla massa cash”, förtydligade Wennergren-Olofsson.

”Men de är ju efterlysta”, påminde den andra assistenten, Tillgren. ”Det är väl bara att vänta på att de blir upptäckta.”

”Hur många bilar tror du det finns i Europa?” frågade Backman.

”Jävligt många”, sufflerade Wennergren-Olofsson.

”Och om de till exempel har gömt den i en lada i Skåne och åker tåg”, föreslog Barbarotti och flyttade upp foten på en stol, ”då kan det nog dröja innan någon hittar dem. Men det är alldeles riktigt, det är inte mycket vi kan göra. Hur många tycker ni ska ingå i styrkan som sitter och väntar? Två? Fem? Tio?"

"Förr eller senare tar pengarna slut", sa Wennergren-Olofsson.

"Eller så glömmer dom sig och använder kort i alla fall", sa Tillgren.

"Tror du?" sa Barbarotti.

"Kanske inte", sa Tillgren.

"Vi kan åtminstone hålla efterlysningen levande", suckade Backman. "Så kollegerna på kontinenten fattar att det är allvar. EU är nog bra, men Europa har inte blivit mindre rent geografiskt."

"Nu är jag inte riktigt med", sa Wennergren-Olofsson.

"Jag kan ta det med dig efteråt", sa Backman.

"Hm", sa Barbarotti. "Var är Sorgsen? Har det...?"

"Inte än", sa Backman. "Men de åkte in tidigt i morse, så det blir väl under dagen."

"Barn?" sa Wennergren-Olofsson.

"Precis", sa Eva Backman. "En bebis."

Barbarotti dröjde kvar i Eva Backmans rum efter det att de bägge assistenterna givit sig av.

"Du har någonting mer", sa han. "Jag ser det på dig."

"Nja", sa Eva Backman. "Jag vet inte riktigt."

"Vad är det du inte vet?"

"Hur jag ska värdera det. Jag pratade med den där tjejen uppe i Örebro nu på morgonen. Marja-Liisa Grönwall, hon som tipsade om Anna Gambowska. Schwerin har också förhört henne, förstås, och hon ger en lite annan bild av flickan."

"En annan bild av Anna Gambowska?"

"Ja. Fast hon är på sätt och vis väninna och en smula jävig, kanske."

”Vad är det hon säger då?”

”Hon säger att Anna är snäll och mjuk och lite vek, inte alls en sådan där hårding som vi har fått höra.”

”På sätt och vis väninna... var det så du kallade henne? Vad betyder det?”

”Det betyder att jag inte tror de kände varandra särskilt väl. Fast där kan jag ta fel. Däremot har fröken Grönwall tydligen varit tillsammans med vårt offer, hon också. Och där hade hon en del att säga.”

”Låt höra”, sa Barbarotti.

”Jag väntar på att Schwerin ska skicka ner sitt förhör av henne, jag pratade bara med henne i tio minuter...

”Alltid något. Vad hade hon att berätta om Stefan Rakic? Du fick väl ett intryck åtminstone?”

Eva Backman satt tyst några ögonblick med ett ansiktsuttryck som han trodde skulle föreställa tvehågsenhet. Eller kanske bara trötthet. ”Att han var en fruktansvärd skitstövel”, sa hon sedan. ”Om man ska sammanfatta lite. Hon använde ord som otäck, farlig, psykopat... ja, hela köret. Problemet är ju bara att... ja, du vet.”

”Att hon är hans gamla flickvän?”

”Precis. Det är svårt att säga hur pass trovärdig hon är.”

Inspektör Barbarotti tänkte efter.

”Vad ändrar det här i sak?” frågade han. ”Om det nu skulle vara så att hon talar sanning.”

Eva Backman fortsatte att se tvehågsen/trött ut.

”Allt och inget”, sa hon. ”Rent kliniskt spelar det kanske inte så stor roll... jag menar när det gäller själva utredningsarbetet. Om man däremot är lite intresserad av psykologi blir det ju en jävla skillnad. Eller hur, jag trodde det var den problematiken som var ditt hjärtebarn?”

”Förvisso”, sa Barbarotti. ”Men föreståndarinnan och

den här dubbelkillen som hon slog till i bilen, de är ju rätt eniga... var det inte så?"

"Utan tvekan", sa Eva Backman. "Ja, det är nånting som inte stämmer här, och det är väl troligast att det är Marja-Liisa Grönwall som svajar lite."

Gunnar Barbarotti nickade. "Säg till när du fått det där förhöret från Schwerin. Det måste väl finnas fler som kan uttala sig om flickans karaktär, för övrigt?"

"Vi får hoppas det", sa Eva Backman.

Det knackade på dörren och assistent Tillgren stack in huvudet.

"Förlåt, men vi har hittat hennes mamma nu."

"Anna Gambowskas mamma?" frågade Barbarotti.

"Precis", sa Tillgren. "Hon befinner sig på ett sjukhus i Warszawa. Hennes mamma... alltså Annas mormor... har just dött, tydligen."

"Herregud", sa Eva Backman.

Det dröjde en kvart innan hon hade ett telefonnummer som hon kunde nå Krystyna Gambowska på, men hon blev sittande vid skrivbordet i ytterligare tio minuter innan hon kom sig för att slå det.

Såvitt Backman förstod hade ingen informerat Krystyna Gambowska om vilken situation hennes dotter befann sig i, och om hon nu just förlorat sin mor, fanns det goda skäl att tänka på vad man sa. Synnerligen goda skäl.

Men Annas mor hade naturligtvis rätt att få veta; att undanhålla sanningen för henne av några slags missriktade humanitära hänsyn, vore bara att skjuta problemet på framtiden. Eva Backman hade gjort felbedömningar i liknande lägen förr, och visste att det inte fanns några bekväma lösningar.

Dessutom var det förstås inte bara informationsplikten som gjorde att Eva Backman ville byta ord med denna polsk-svenska kvinna, naturligtvis inte. Där fanns ett legitimt utredningsintresse också, ingen tvekan om saken.

Fast en nyligen avliden mor och en dotter på rymmen i samband med en mordhistoria... ja, det krävde en smula mental uppladdning först.

Mottagningen var dålig.

”Kristina Gambowska?”

”Ja, det är jag. Krystyna.”

Backman talade om vem hon var och varifrån hon ringde.

”Det hörs lite dåligt”, förklarade Krystyna Gambowska. ”Är det alltså från polisen?”

Hon hade en liten men omisskännlig slavisk brytning. Eva Backman harklade sig.

”Ja, jag är polis. Jag känner till att du just förlorat din mor, men jag måste ändå tala med dig om en annan sak.”

”Jag förstår inte”, sa Krystyna Gambowska.

”Vi har försökt få fatt i dig en tid. Hur länge har du varit i Polen?”

”Å”, sa Krystyna Gambowska. ”Flera veckor. Jag fick reda på att min mamma var dålig, att hon kanske inte skulle leva länge till, så jag åkte hit... ja, den 10 september tror jag det var. Min mamma dog nu tidigt i morse.”

”Jag hörde det”, sa Eva Backman. ”Jag beklagar.”

”Hon var gammal och sjuk”, sa Krystyna Gambowska. ”Jag är glad att jag fick vara med henne den här sista tiden.”

”Jag förstår”, sa Eva Backman. ”Jag ringer alltså med anledning av din dotter. Har du haft någon kontakt med henne på sistone?”

"Anna?" Plötsligt var hennes röst fylld av oro och farhågor.

"Anna, ja. När hörde du senast av henne?"

Det blev tyst i luren en lång stund.

"Jag har inte haft tid för min dotter den senaste månaden", förklarade Krystyna Gambowska, och det hördes att hon inte hade långt till gråten. "Vad är det som har hänt?"

"Vi vet inte riktigt", sa Eva Backman. "Men vi skulle gärna vilja få fatt i henne. Det har inträffat ett dödsfall här i Kymlingetrakten, och det tycks som om hon är inblandad."

"Inblandad?" flämtade Krystyna Gambowska. "I ett dödsfall? Hur då? Jag förstår inte vad ni säger?"

"Stefan Rakic?" sa Eva Backman. "Känner du till det namnet?"

Ny tystnad. Sedan ett mycket försiktigt: "Jag tror det."

"Han är död", sa Eva Backman. "Hittades för en vecka sedan, men han har varit död längre. Varför känner du igen namnet?"

"Död?" viskade Krystyna Gambowska och nu gick det nästan inte att uppfatta hennes röst. "Sa du att han är död?"

"Ja", sa Eva Backman. "Stefan Rakic är död. Du kände alltså inte till det?"

"Naturligtvis inte", förklarade Krystyna Gambowska med lite starkare stämma. "Hur skulle jag kunna känna till det? Hur... hur dog han?"

Eva Backman valde att inte gå in på omständigheterna. "På vilket sätt är du bekant med Stefan Rakic?" frågade hon istället.

Krystyna Gambowska dröjde så länge med svaret att Eva Backman för ett ögonblick trodde att förbindelsen brutits.

"Hallå?" sa hon.

"Jag är kvar", sa Krystyna Gambowska. "Förlåt mig, det

känns inte riktigt verkligt, det här. Först min mor, sedan... nå, han var Annas pojkvän, den här Steffo. Jag tror det i alla fall, men inte nu längre. Det var innan... ja, det har varit slut mellan dem en tid."

"Vi känner till att Anna var intagen på ett hem", sa Eva Backman.

"Ja", svarade Krystyna Gambowska. "Det stämmer, hon var på ett hem..."

"*Var*?" frågade Backman. "Du säger *var*."

"Ja, hon... jag tror att hon rymde därifrån."

"Hur känner du till det här?"

"Hon ringde och berättade det."

"När?" frågade Backman.

"Varför... varför frågar ni allt det här?" undrade Krystyna Gambowska. "Vad är det som har hänt, alltså?"

Eva Backman harklade sig. "Vi vet inte exakt vad som har hänt. Men Stefan Rakic är död, som jag sa, och i samband med att han dog försvann din dotter."

"Försvann?" sa Krystyna Gambowska.

"Ja, det verkar så", sa Backman.

"Jaha...?"

Eva Backman väntade, men där kom ingenting mer. Bara tystnad och ett svagt knaster på ledningen. Varför ställer hon inte fler frågor? tänkte Backman. Vore det inte naturligt?

"Jag skulle behöva tala öga mot öga med dig", förklarade hon till slut. "Jag är hemskt ledsen att jag var tvungen att ringa upp dig just nu, men jag fick inte det här telefonnumret förrän alldeles nyss. Det jag framförallt vill ha reda på är när du senast var i kontakt med din dotter. Jag menar att jag gärna vill veta det nu... allt övrigt kan vi skjuta upp till senare."

”Jag förstår”, sa Krystyna Gambowska efter en ny paus. ”Ja, jag pratade med Anna alldeles efter att jag kommit till Warszawa. Det är ungefär tre veckor sedan, alltså... lite mer än tre veckor.”

”Och sedan dess har du inte hört av henne?”

”Nej.”

”Ni talade med varandra på telefon, var det så?”

”Ja, det var hon som ringde upp och berättade...”

”Ja?”

”Hon berättade att hon inte var kvar på det där hemmet.”

”Allright”, sa Eva Backman. ”Talade hon om var hon befann sig?”

Krystyna Gambowska tänkte efter igen.

”Jag tror hon sa att hon var på en plats som började på Lo-... någonting.”

”Lograna?”

”Just det. Lograna var det. Jag vet inte var det är någonstans.”

”När kan det här ha varit? Som hon ringde... det var bara ett samtal, alltså?”

”Ja, hon ringde bara en gång. Det måste ha varit någon gång i mitten av september när jag just hade kommit till Polen. Min son Marek, Annas bror, kom hit en vecka senare. Vi bor hos släktingar härnere... han är bara åtta år.”

”Sa Anna någonting mer när hon ringde?” frågade Backman. ”Om hur hon bodde och så?”

”Hon sa att hon bodde hos någon tillfälligt... och att hon kunde stanna där ett tag.”

”Sa hon vem det var hon bodde hos?”

”Nej.”

”Var det en man eller en kvinna?”

”Jag tror det var en man. Nej, förresten, det sa hon nog inte... kanske var det bara jag som antog det.”

”Någonting mer?”

”Nej, ingenting mer.”

”Om hur hon mådde och så?”

”Hon... hon sa att hon mådde bra. Att hon inte trivts på det där hemmet, och att...”

”Ja?”

”Hon sa att jag inte skulle... oroa mig.”

Här bröts plötsligt Krystyna Gambowskas röst och hon började gråta. Eva Backman förklarade ytterligare en gång att hon var ledsen över att behöva ringa i ett sådant här ärende just nu, men att hon inte haft något val.

Det gick några sekunder, sedan bad Krystyna Gambowska också om ursäkt, snöt sig och återkom till telefonen.

”Kan jag få ringa upp dig senare?” frågade hon. ”Ikväll eller kanske imorgon? Det känns som att jag måste få samla mig lite.”

Eva Backman sa att det gick bra att ringa när som helst, lämnade sitt mobilnummer och tog farväl.

Därefter letade hon fram en pappersnäsduk ur nedersta skrivbordslådan och snöt sig, hon också.

Därefter blev hon sittande och stirrade ut genom fönstret i tio minuter. Hon kunde se två tuktade lindar; det var samma lindar som hon alltid brukade titta på och hon tänkte att när hon själv en gång var död, skulle någon annan sitta i just den här stolen och betrakta dem.

Eller kanske en annan stol, men fönstret och träden skulle vara desamma.

Det var naturligtvis ingen märkvärdig tanke men den bet sig fast i henne. Förgängligheten och dagarna som bara lades på hög. Nu var det förmodligen inte hon själv som stod i tur att lämna livet, men hennes far hade kanske inte långt kvar. Han var åttioett, och även om han fortsatte att leva i flera år, så var det en annan sorts mörker som väntade på honom. Han hade varit ovanligt klar när hon besökte honom häromdagen – som om det där han sett borta i Lograna varit ett minne han måste få ur sig innan det kunde glömmas bort. Det förefall faktiskt så; när han ringt henne sent igår kväll hade han låtit virrigare än någonsin och kom överhuvudtaget inte ihåg att de setts bara ett par dagar tidigare.

Men hon skulle åka ut och ta en promenad med honom nästa helg, det hade hon lovat både honom och sig själv.

Hon undrade varför hon inte berättat för Barbarotti om sin pappas vittnesuppgifter. Det hade med gränser att göra, antagligen. Gränser mellan det privata och det allmänna. Skulle hon dra in sin pappa till stan och låta någon annan genomföra ett förhör med honom, eller vad då? Det skulle vara meningslöst ur utredningssynpunkt. Han skulle inte minnas något, bara sitta där på en stol full av ängslan och skam över att han inte förstod vad det var frågan om. Vad man begärde av honom. Det skulle vara att... förnedra honom? Precis så, *förnedra* var rätt ord.

Fast kanske fick hon ändå lov att berätta för Barbarotti så småningom. Bara för honom. Hennes far var trots allt vittne till ett mord, eller åtminstone dråp, men än så länge räckte det om denna kunskap stannade i hans dotters huvud. Om den fortfarande fanns kvar i hans eget var som sagt osäkert.

Hur var den där tanken hon bestämt sig för att diskutera med Barbarotti, förresten?

Varför måste människor åldras så mycket fortare än avtrycken de lämnar?

Det var kanske ingen särskilt originell frågeställning, det heller, det insåg hon, men hon skulle ändå ha velat prata om den med Barbarotti en stund. Var det en optimistisk eller en pessimistisk reflektion, till exempel?

Sedan kom en annan oanmäld fråga: Hur kommer det sig att jag inte har en tanke på att diskutera sådana här saker med min man?

Det var allvarligare, betydligt allvarligare.

42

Bilderna kom och gick.

Först tyckte hon att de var många, men så småningom förstod hon att de egentligen bara var tre. Mera filmsekvenser än bilder också; men på något vis började det varje gång med en stillbild. Som om hon satt och bläddrade i ett fotografialbum, stannade upp med blicken vid ett foto, och i och med att hon höll fast det satte det igång att röra sig och leva.

Kommer och går.

Först är det havet. Hon tittar ut över en oändligt lång sandstrand, över ett stilla, gråblått hav – och över någonting smått och vitt som virvlar i luften, nästan som snöflingor ser det ut fast de landar aldrig; till att börja med vet hon inte vad det är frågan om, men det måste vara någonstans utefter den polska östersjökusten som de befinner sig i alla fall. *Nad morzem.* Hon sitter på sin pappas axlar, detta ser hon inte först men anar ändå att det måste vara så, han går med henne nere i vattenbrynet, hon är antagligen fyra eller fem år gammal, har inte börjat skolan än och hennes föräldrar är fortfarande tillsammans då och då.

Det är sommar eller snarare tidig höst, de har åkt med färjan från Nynäshamn till Gdansk, ja, färjan minns hon tydligt; sedan fortsatt med bil ett stycke västerut och stuvat in sig med pick och pack i ett högt, spetsigt hus bland flera likadana i en bokskog på något slags läger. Det var så de gjorde de där somrarna. För några korta sekunder ser hon det spetsiga bruna huset också, och elden som de tände på kvällarna utanför det och andra barn som stimmar och stojar och konstiga läskedrycker i skarpa färger och annorlunda smaker än dem hon är van vid; och glassar, *lody, lody, dla uchłody,* men nu sliter hon blicken från allt detta och riktar den mot stranden igen. Den är nästan folktom och sanden är alldeles vit och finkornig, hennes pappa går och sjunger någonting och hon håller sig fast i hans öron för att inte trilla av; de kommer fram till mamma, hon ligger lite längre upp, i skydd av den höga strandbrinken, ligger där på mage på ett stort rött badlakan och solar naken.

Och hennes far lyfter ner henne och de lägger sig tätt intill mamma, en på var sida och hon själv kinkar lite för hon vill hellre ligga i mitten, men till slut och eftersom hon får en karamell att suga på så finner hon sig. De ligger där på mage alla tre och mamma och pappa viskar till varandra och det är varmt och skönt, det känns faktiskt riktigt lyckligt, tänker hon, och efter en stund somnar hon in.

Men sedan sitter hon plötsligt upp igen, med uppdragna knän och tittar ut över havet där det plötsligt kommer tusentals små vita fjärilar inflygande. Tusentals och åter tusentals, nu ser hon att det faktiskt är fjärilar det är frågan om, de är så små, så små och de kommer drivande i vinden och hon väcker sin mamma och sin pappa som fortfarande ligger tätt, tätt intill varandra och verkar sova fast ändå inte, och hon frågar vad det är för fjärilar och varifrån de kommer.

Hennes pappa reser sig upp på armbågen och tittar en stund på den fjäderlätta invasionen från havet, sedan säger han: du inte ska bry sig om dem, Ania kochana, de är dödens fjärilar och de kommer över havet från Sverige.

Dödens fjärilar från Sverige, han säger verkligen så och hon glömmer det aldrig. Fast hon inte förstår vad det egentligen betyder ska hon alltid komma ihåg det, hon bestämmer sig för det just då och just där på stranden.

Den andra filmen är kortare än den första. Dessutom är den gulaktig, som om bilderna vore gamla och skadade på något vis. Hon sitter i sin skolbänk, det är den där skolan i Varberga där hon bara gick en termin eller om det var en och en halv. Man sitter två och två, men eftersom hennes bänkkamrat Julia från Argentina är sjuk, sitter hon ensam den här dagen. Lärarinnan heter Susanne men kallas för Snusanne för att hon snusar, nu har hon lämnat klassrummet, kanske är hon borta i lärarrummet och lägger in en ny prilla, hon brukar göra det någon gång emellanåt.

Det är ganska lugnt i klassrummet trots att fröken är borta, alla sitter och jobbar i någon sorts arbetsböcker. Men så vänder sig en av killarna i paret framför henne om, han har grisögon och onaturligt vitt hår; han flinar lite nervöst mot henne och viskar: Jag vet att du har fittan på tvären, det har dom där du kommer ifrån. Min farsa brukar åka dit och pippa fruntimmer, kom inte och påstå nånting annat!

Han säger det fort, fort i ett enda andetag, som om han suttit och övat sig på det en stund först, och när han är klar vänder han sig lika hastigt om igen. Det är antagligen bara hon och den grisögdes bänkkompis som hört vad han sagt, men hon tar ändå sin blyertspenna och sticker in den i ryggen på honom så mycket hon orkar. Borrar in den och vrider om lite, han skriker i högan sky och just då kommer Snusanne tillbaka in i klassrummet.

Jimmy, ja, så heter han ju, kastar sig på golvet och grinar och åmar sig och vrålar att Hon är ju inte klok för fan, Hon är ju livsfarlig, Hon försökte döda mig, Hon är ett jävla polackpucko och Fy fan, blöder jag, blöder jag?

Fast mest gråter han och ynkar sig och fröken drar upp skjortan ur byxorna på honom och inspekterar såret, och hela tiden, för det går en ganska lång stund, fortsätter hon själv bara att arbeta lugnt i övningsboken. Hon har en annan penna nu, udden på den förra sitter i ryggen på Jimmy Grisöga.

Och när hon sedan ska förklara varför hon gjorde som hon gjorde, för det vill både Snusanne och kuratorn med sandalerna och studierektorn och alla möjliga andra veta, så säger hon ingenting. Ingenting, inte ett ord kommer över hennes läppar. Inte ens för mamma berättar hon, men medan hon nu tittar på dessa gulnade bilder kan hon inte riktigt förstå att det verkligen var hon som gjorde det där. Inte mer än tio år gammal kan hon ha varit, och hon kan inte minnas att hon någonsin varit så tuff som hon var den gången. Varken före eller efteråt.

Och Jimmy Grisöga går inte nära henne på rasterna, ingen av hans kompisar heller och några veckor efter den här händelsen byter hon skola, eftersom mamma har hittat något billigare och bättre ännu en gång.

Den tredje filmen är den konstigaste.

Det är hennes lillebror som är sjuk igen, han ligger i en säng i ett rum som hon först inte känner igen, men snart förstår hon att det måste vara torpet i Lograna. Hon har just målat vägarna färdigt, på något vis är det viktigt att hon hann bli klar med det jobbet för att Marek ska kunna bli frisk. Han ser så liten och ynklig ut där han ligger i sängen, och snart märker hon också att han växlar i storlek. När hon närmar sig sängen, så krymper han, när hon håller sig lite längre bort verkar han ändå någotsånär normal.

Hon prövar verkligen att gå ända fram till sin bror, för hon vill ju röra vid honom, men när hon sträcker ut handen mot honom är han plötsligt så liten att han inte syns, och hon viskar åt honom att inte vara rädd, det är ju bara hon, hans syster Anna, som vill klappa honom lite och hjälpa honom att bli frisk, och när hon ändå inte kan se honom blir hon livrädd och rusar tillbaka till ett hörn av rummet, så långt bort från sängen som hon kan komma. Och då, men inte alldeles omedelbart, blir han synlig igen.

Den här filmen är också den otäckaste och det är bara just det här som händer och upprepas hela tiden; hon närmar sig sin lillebror, han krymper och försvinner och hon skyndar sig skräckslagen bort från hans säng. Allra värst är de där sekunderna när hon kommit tillbaka till hörnet och vänder sig om och inte riktigt vet om han kommer att framträda igen. Kanske är det för sent, kanske skulle hon inte ha försökt nudda honom en gång till.

Ibland, mellan filmbilderna, är hon vaken också. Eller åtminstone nästan vaken, för Valdemar är hos henne och han är inget minne och ingen dröm. Han är verklighet, rena rama verkligheten och det som faktiskt pågår.

De är i bilen hela tiden, han i framsätet, hon i baksätet. Ibland står de stilla, ibland är de på väg; någon gång hjälper han henne ut så hon kan kissa invid vägkanten, hon fryser fruktansvärt när hon sitter och hukar bakom någon buske och efteråt kommer alltid huvudvärken.

Han pratar med henne, säger saker åt henne, men hon uppfattar nästan ingenting av det han försöker få fram. Det är enklare att falla tillbaka ner i sömnen och titta på drömfilmerna, även om hon skulle önska att några andra bilder skulle dyka upp. Men hela tiden är det bara de där tre. Stranden, Jimmy Grisöga, Marek.

Hon hör att han lyssnar på bilradion också. Oftast är det bara musik, men då och då verkar det vara nyheter; hon förstår inte språket, men kanske är det svenska ändå, tänker hon. Hon förstår ju inte vad det är Valdemar säger till henne heller, och han talar säkert svenska. Kanske kommer de snart att vara hemma.

Hemma. Det är ett konstigt ord, det betyder olika saker för alla människor på hela jorden, ändå vet alla vad som menas med det och för hennes egen del... nej, just det, det finns en människa som inte vet och det är hon själv.

Det oroar henne under några ögonblick, men sedan tänker hon att Valdemar nog har reda på det. Ja, alldeles säkert har han det, och hon skulle vilja säga det till honom, att hon uppskattar det, att hon tycker om honom, och så snart hon är frisk igen, bestämmer hon, ska hon klargöra allt detta och spela gitarr och sjunga för honom så att han verkligen förstår att det förhåller på det viset.

Young girl, dumb girl... nej, inte den sången, det är förresten ingen sång, bara en dum ramsa. Något annat som han känner igen och tycker om måste det vara. Valdemar, the Penguin, den där hon skrev åt honom, kanske.

Men om det blir så att hon dör istället, då ska hon hälsa på honom i hans drömmar. Så hur det än går kan det bara sluta lyckligt.

Nu ser hon fjärilarna igen, det är märkligt att de kan vara så många och att de kan flyga så långt utan att behöva landa. Hon håller fast i sin pappas öron så att hon inte ska behöva sätta ner fötterna i vattnet, hon heller.

43

”Förklara”, sa Asunander.

Det var tisdag förmiddag och de var sex stycken församlade i kommissariens rum. Åklagare Sylvenius satt på en stol framför fönstret och såg ut som om han just bitit i en spik. Asunander själv tronade bakom skrivbordet. Backman, Barbarotti och assistent Tillgren hade trängt ihop sig i skinnsoffan, medan Wennergren-Olofsson föredrog att stå. Möjligen för att det inte fanns någon mer sittplats i rummet.

”Vi vet inte om det här stämmer”, sa Backman.

”Vad vet ni egentligen?” sa Asunander.

”Det var bara ett infall”, sa Backman.

”Sluta tramsa”, sa Asunander.

Inspektör Backman harklade sig. ”Det kan vara dom, kan vara någon annan. Det är förstås mycket troligare att det är någon annan.”

”Var är inspektör Borgsen?” frågade Asunander, som om allt skulle ha varit glasklart om bara Sorgsen hade varit på plats.

”Han blev pappa igår kväll”, sa Backman. ”En liten flicka.”

”Hrrm”, sa Asunander. ”Jag förstår. Nå?”

Eva Backman suckade och fortsatte. ”Den tyska polisen är alltså på jakt efter en okänd Volvo. Troligen en S80, troligen mörkblå eller mörkgrön, möjligen svensk…”

”Troligen, troligen, möjligen?” sa Sylvenius. ”Vad fan betyder det?”

”Det betyder precis vad det brukar betyda”, sa Backman. ”Det som har hänt är alltså att en tysk polisman blivit brutalt nedslagen på en rastplats... vid utfarten av en rastplats, närmare bestämt. Han ligger i respirator, är medvetslös, de vet inte om han kommer att klara sig eller inte.”

”Nedslagen hur?” frågade Sylvenius.

”Med någon sorts trubbigt föremål, tydligen”, sa Backman. ”Kan vara vadsomhelst i stort sett. Det hela inträffade igår eftermiddag, det har gått ut larm i hela Europa efter den här bilen, förstås, men de har alltså ingen bättre beskrivning än den jag just gav.”

”Troligen, troligen, möjligen...” upprepade åklagare Sylvenius misslynt och började putsa glasögonen på slipsen.

”Just det”, sa Backman. ”De närmare omständigheterna kommer jag att dra ut så att var och en av er kan läsa på egen hand, det är en grovöversättning från tyska, och det går i korthet ut på...”

”Vad går det ut på?” frågade Sylvenius.

”Kan åklagaren vara så vänlig och sluta avbryta”, sa Asunander. ”Vi har inte obegränsat med tid på det här stället.”

”Tack”, sa Backman. ”Jo, omständigheterna är alltså ungefär såhär. Den aktuelle polismannen, som tyvärr råkade vara ensam i sin bil vid tillfället, eftersom hans kollega fått någon sorts akut förhinder, de är normalt alltid två annars... hittades i vägkanten invid sin bil, alldeles vid utfarten från ett rastställe. Medvetslös, nedslagen med något tungt, trubbigt föremål. Man har fått in flera vittnesuppgifter som berättar att de passerat den här polisbilen där den stått med blåljuset påslaget, och att... att där också stått ett annat fordon. Andra vittnen säger sig ha passerat den här Volvon tidigare... om vi nu antar att det är en Volvo... innan polisbilen kom, alltså... och att föraren tydligen ska ha råkat ut för en punktering. Det regnade häftigt vid tillfället, han höll av allt att döma på en god stund med det här hjulbytet. Bilen stod lite illa till, det kan ha varit därför som polismannen beslöt sig för att stanna och kontrollera läget. Han heter Klaus Meyer, förresten."

"Var ägde det här rum?" frågade Asunander.

"Närheten av Emden", sa Backman.

"Var ligger det?" sa Sylvenius.

"I Tyskland", sa Barbarotti.

"Men varför... varför skulle det vara just dom?" frågade assistent Tillgren försiktigt. "Jag menar, det finns väl tusentals bilar som stämmer överens med den här beskrivningen? Tiotusentals."

"Det är just det vi ska avgöra", muttrade Asunander.

"Om vi ska ge dem ett registreringsnummer eller inte", förtydligade Backman.

"Jag tycker inte om det här", sa Sylvenius.

"Men Roos och Gambowska är ju redan efterlysta", sa Wennergren-Olofsson. "Eller hur?"

"Visserligen", sa Backman. "Men ett polismord på Autobahn väger liksom lite mer för tyskarna, än ett flyktingpar från Sverige... om du förstår?"

"Jaså, på det viset?" sa Wennergren-Olofsson.

"*Tror* vi att det är dom?" frågade Barbarotti. "Jag menar, varför i all världen skulle han klubba ner en polis?"

"Det är en bra fråga", sa Backman. "Men det kan räcka med ett ögonblick av panik."

"Plus att man råkar ha ett bra vapen till hands", sa Barbarotti. "Jo, det är väl möjligt. Hur är det, kan det komma fler vittnen... som kanske kan ha sett registreringsnummer och sådant? Eller att bilen var svensk åtminstone?"

"Kan tänkas", sa Backman. "Det är stort pådrag därnere om det här. Många har nog sett den där bilen vid vägkanten. De efterlyser vittnen både på radio och TV hela tiden, fast det är förstås svårt att uppfatta några detaljer om man bara svischar förbi i regnet. Vad gör vi? Släpper Valdemar Roos bilnummer till tyskarna, eller väntar lite?"

"Varför skulle vi vänta?" undrade Wennergren-Olofsson.

"Därför att", sa Asunander och blängde på assistenten, "därför att om tyskarna tror att det sitter en polismördare i den där bilen, så kommer dom att skjuta på den med granatkastare när de hittar den. Utan att fråga först. Så är det, vi väntar åtminstone tills vi fått bekräftat att det är en svenskregistrerad Volvo det är frågan om. Backman, du håller mig underrättad."

"Naturligtvis", sa Eva Backman.

"Fortlöpande", sa Asunander.

"Fortlöpande", sa Backman.

"Ska vi slå vad?" sa Barbarotti.

"Gärna det", sa Backman. "Det är dom, jag vet inte hur jag vet det, men det känns så."

"Det kanske finns femtiotusen mörka Volvobilar i Europa."

"Kanske det", sa Backman.

"Oddsen är fruktansvärt små."

"Sätt emot då. Du ville ju slå vad."

Barbarotti suckade och lyfte upp foten på skrivbordet. "Sorry", sa han. "Det blir ingenting av med det. Jag tror likadant. Fast..."

”Fast?”

”Jag tycker ändå det är bra att vi håller inne med uppgiften ett tag. Fråga mig inte varför.”

”Varför?” sa Eva Backman.

”Vänta ett tag, förresten”, sa Barbarotti. ”Jag kom att tänka på en sak. Har de inte sådana där övervakningskameror på tyska bensinstationer? Så att man inte ska kunna smita från betalningen?”

”Jo”, sa Backman. ”Längs Autobahn har de säkert det.”

”Och om den här föraren alltså tankade innan han fortsatte och fick punka... ja, då borde dom väl ha bilen på bild? Det är väl bara att kolla banden?”

”Jag vet inte hur det där funkar”, sa Eva Backman. ”Det kan vara så att det raderas rätt snart. I vilket fall som helst har vi inte fått någon lista med nummer att leta bland.”

Barbarotti tänkte efter. ”Hur är det egentligen?” sa han. ”Behöver de ens gå via den svenska polisen om de letar efter ett svenskt fordon? Är det inte bara att ringa bilregistret direkt... vårt bilregister, alltså?”

”Jo, jag tror det”, sa Backman. ”Om dom har nån som snackar svenska, vill säga. Och... ja, våran flyktvolvo är ju redan lyst, så när dom hittar den och om dom har en bild, så kan dom...”

”Börja skjuta med granatkastare utan att vi behöver vara inblandade”, fyllde Barbarotti i.

”Precis”, sa Backman. ”Så kan det bli. Fast det kan ju också vara så att de aldrig tankade. Bara stannade och drack kaffe. Eller hur? Och då finns de inte på bild.”

”Nej”, sa Barbarotti. ”Det har du rätt i. Och vi ska komma ihåg att det ändå bara är en på femtiotusen.”

Inspektör Backman nickade och satt och såg dyster ut en stund. Sedan tittade hon på klockan.

”Lunchdags”, sa hon. ”Tror du att du orkar släpa över foten till Kungsgrillen?”

”Jag är beredd att göra ett försök”, sa Barbarotti.

Efter lunchen tog han itu med finalen av klotterutredningen. Det behövdes två papperskassar för att få plats med pärmarna. Skulle ha varit bättre med en svart sopsäck, tänkte Gunnar Barbarotti, men naturligtvis skulle de arkiveras. Även om ingen någonsin skulle komma att öppna dem igen. Kanske skulle man kasta bort dem om tio eller femton eller tjugo år, när det behövdes utrymme på några hyllor någonstans. För nya pärmar.

Han satte en självhäftande gul lapp på den ena av kassarna – *Arkiveras* – och ställde ut dem i korridoren. Sedan ringde han ner till växeln och frågade om de personer han bett inställa sig hade kommit.

Han fick uppgift om att de satt och väntade på honom, tog med sig bandspelare, block och penna och lämnade sitt rum.

Går det så går det, tänkte han.

Och går det inte, kommer Asunander att kasta mig till vargarna.

Strax före klockan fem tittade han in till Backman igen.

”Nånting nytt?”

Hon skakade på huvudet.

”Du ser trött ut.”

”Tack.”

”Sorry, det var inte meningen. Ja, det är en jävla historia.”

”Det är inte den”, sa Eva Backman.

”Inte den? Vad menar du?”

Hon tvekade några sekunder. ”Har du tid fem minuter?”

Han klev in, stängde dörren bakom sig och satte sig. ”Vad är det med dig?” sa han.

Hon svarade inte. Såg inte på honom. Satt och stirrade ut genom fönstret istället. Det hade hon gjort hela tiden, ända sedan han stack in huvudet genom dörren. Jäklar också, tänkte han. Det har hänt någonting. Så här har jag aldrig sett henne förr.

Han lyfte upp foten på den andra besöksstolen och väntade.

”Det är Ville”, sa hon till slut utan att vrida på huvudet. ”Gunnar, jag står helt enkelt inte ut längre.”

Han harklade sig men sa ingenting.

”Jag... står... inte... ut.”

Hon uttalade varje ord, varje bokstav, som om det varit frågan om att mejsla in budskapet i en runsten. Vilket det antagligen också var.

Oåterkalleligt. Han tänkte att om det gällt en charad, skulle han ha gissat på det ordet med en gång.

”Aj fan”, sa han. ”Jag menar...”

Äntligen vred hon på huvudet och betraktade honom. ”Jag sitter kvar här för att jag inte vill åka hem”, sa hon. ”Kan du fatta det?”

”Jag tror det. Vad är det som är fel, alltså?”

”Allt”, sa hon.

”Allt?” sa han.

”Jag kan räkna upp det om du vill, men det går fortare att tala om vad som är bra.”

”Vad är det som är bra?” frågade han.

Hon tänkte efter. ”Ingen av oss har varit otrogen”, sa hon. ”Tror jag i alla fall”, la hon till. ”Och vi älskar barnen båda två. Ja, det är väl det hela.”

"Hm", sa Barbarotti. "Inte mycket att bygga på, kanske. Mycket sport också, eller...?"

"Så... inihelvete... mycket... sport", sa Backman och mejslade runstenen igen. "Jag lever tillsammans med fyra fundamentalister. Det är inte nog med att dom själva tränar sin djävla innebandy och spelar matcher åtta dagar i veckan. De ska se varenda sportsändning i TV också, om det så gäller fotboll eller hockey eller handboll eller friidrott eller simning, nu har dom börjat titta på golf och trav också... NHL-hockey på nätterna. Boxning! Vi har hundra kanaler på TV:n, sextio av dom visar sport dygnet runt. Och de spelar tillsammans, jag menar på ATG... sitter och plitar ihop system och pratar om odds och dubblar och Harry Boy och inte fan vet jag. Gunnar, jag... står... inte... ut! Inte en sekund längre!"

"Har du... har du pratat med Ville om det här?" frågade Barbarotti försiktigt.

"I femton års tid", sa Eva Backman. "Men nu är det färdigpratat."

"Du menar att du faktiskt...?"

"..."

"... tänker lämna honom?"

"Ja."

"Har du sagt det till honom?"

Hon såg ut att tveka för ett ögonblick. Sedan skrattade hon till.

"Nej", sa hon. "Jag tyckte du skulle få veta det först."

"Jag... jag uppskattar det förtroendet", sa Barbarotti. "Men...?"

"Jag ska ringa honom nu och berätta", sa Eva Backman.

"Nu?"

"Ja. Jag sitter och samlar mig."

”Borde du inte åka hem och göra det öga mot öga istället?”

Hon skakade på huvudet. ”Nix. Jag vill inte riskera att jag klipper till honom med en stekpanna. Jag stannar och sover här i natt.”

”Här?” sa Gunnar Barbarotti. ”Du kan väl för fan inte övernatta i polishuset?”

”Det kommer att gå alldeles utmärkt”, förklarade Eva Backman. ”Jag har sovit i vilrummet förr, det har väl du också? Oroa dig inte, jag vet vad jag gör.”

”Har du verkligen tänkt igenom det här ordentligt?” frågade Barbarotti.

”Tio år, tror du det räcker?”

”Okej”, suckade Barbarotti. ”Men kan du inte följa med och sova hemma hos oss istället? Det är ju inget problem, det vet du.”

”Tack”, sa Eva Backman. ”En annan dag, kanske. Men nu vill jag genomföra det såhär, så får vi se. Det är...”

”Ja?”

”Det är skönt att jag har bestämt mig. Och skönt att ha berättat det för dig... nu har jag ingen återvändo.”

”Det har du väl? Du kan ju alltid...”

”Men förstår du inte? Jag vill inte ha nån jävla återvändo.”

”Aha? Jo, jag förstår.”

”Jag kanske kommer att bo ute hos min bror och svägerska, förresten... och min far. Jag har inte pratat med dom om det går än, men jag tror det skulle funka temporärt.”

”Okej”, sa Barbarotti. ”Bara du kommer ihåg att vi har halva huset tomt, så är jag nöjd. Marianne tycker om dig, det vet du.”

”Allright”, sa Eva Backman. ”Det är bra att du säger

så. Men ge dig iväg nu, jag har ett viktigt samtal att ta itu med."

"Lycka till", sa Gunnar Barbarotti. "Jag ringer dig senare ikväll och kollar läget."

"Tack", sa inspektör Backman. "Och jag menar det."

44

Ante Valdemar Roos vaknade av att han frös.

Han låg i framsätet, det var kolmörkt utanför bilen och en trädgren vispade envetet mot vindrutan. Inget regn längre, men en stark vind som kom i byar och då och då fick bilen att gunga till.

Eller också var det bara inbillning. Kanske var det rörelser inuti honom själv som svarade mot de vinande stig- och falltonerna som hördes därute i natten. Han visste inte var de befann sig, mindes bara att han kört in på en parkeringsplats eftersom han sånär hade somnat bakom ratten. Efter midnatt, någon gång strax efter klockan tolv måste det ha varit. Innan han låtit sömnen ta herraväldet över honom hade han varit ute och grävt ner plastkassen med domkraften. Djupt ner i ett dike, han hade inte sett någonting, det hade varit lika mörkt då som nu och han hade grävt med bara händerna. Det hade mest rört sig om gamla löv och kvistar, men han trodde att den låg säkert begravd. Vem skulle gå och rota i ett dike bakom en parkeringsplats?

Om vi får punktering en gång till har vi ingen domkraft, hade han tänkt just innan han somnade in. Han kom håg den tanken nu, det var en smula märkligt, men kanske hade den följt med honom in i sömnen.

Å andra sidan hade de inget reservhjul heller, det hade han också konstaterat, och han mindes att han skrattat åt det.

Det var ett gott tecken att han fortfarande kunde skratta.

Anna låg i baksätet och sov, han sträckte ut handen och kontrollerade hennes puls. Den var svag men normal, tyckte han. Varken särskilt snabb eller för långsam. Hennes handled var så tunn, som ett litet barns nästan. Han huttrade till och rätade upp sig i stolen. Kände att det värkte nere i ländryggen. Klart som fan att det värker, tänkte han, sextioåriga ryggar ska inte behöva ligga krökta i framsätet på bilar.

Han startade motorn för att få lite värme. Lät den vara igång medan han gick ut och pinkade mot ett träd. Som en hund, noterade han. Jag står och pinkar mot ett träd som en herrelös hund.

Han kröp tillbaka in i bilen och grävde fram kartan. Någon gång under natten hade de kommit till en motorvägskorsning och han hade svängt av utan att ens veta åt vilket väderstreck det bar hän. Sedan hade han kört i två timmar till, och då hade han plötsligt inte orkat längre. En minnesbild av en skylt dök upp i huvudet på honom; strax innan de stannade på den här parkeringsplatsen, antagligen:

Aarlach 49

Han hade aldrig hört talas om platsen, och han hittade den inte på kartan. Nåja, det betydde ingenting. Det fanns gott om platser nere i Europa han aldrig hört talas om.

Han tittade på klockan. Den var halv fem. Snart morgon, således, konstaterade han och gnuggade sig i ögonen. Dags att ta itu med en ny dag.

Han kände att han luktade illa. En ingrodd stank av svett och smutsiga kläder, han hade inte bytt på snart två dygn nu. Inte Anna heller, hon luktade antagligen inte som en nyponros, där hon låg inkorvad i filtar, handdukar och diverse annat i baksätet. Allt för att hålla henne varm; för egen del hade han bara sin flanellskjorta och sin tunna vindtygsjacka att lita till, undra på att han frös.

Han vinklade backspegeln och betraktade sitt ansikte under några sekunder. Herregud, tänkte han. Han ser ut som en uteliggare, den där. Rena vraket. Hans händer var smutsiga också, efter det där nattliga grävandet i diket. Han sniffade på dem, de luktade jord och förruttnelse.

Han återställde spegeln i normalposition, så han slapp se sig själv. Blev sedan sittande alldeles stilla med händerna på ratten, medan han kände värmen långsamt men obevekligt strömma in i kroppen. Efter en stund började han leta efter ett tuggummi för att få bort den unkna smaken i munnen, men hittade inget. Det skulle finnas ett paket någonstans, det visste han, han hade köpt ett på den där bensinstationen igår kväll.

Hade köpt en tidning på samma gång, och läst om den där polismannen som blivit nedslagen på en annan bensinstation. Han svävade mellan liv och död, tydligen. Klaus Meyer, fru och två barn, där var ett fotografi på honom också, men han tyckte inte att han kände igen honom. Förövaren var efterlyst och det var fullt polispådrag över hela landet. Der Täter, det betydde väl förövare?

Jag? hade han frågat sig när han läst om det. Skulle det vara jag, Ante Valdemar Roos, som är inblandad i det där?

Der Täter.

Det måste vara ett missförstånd. Det var inte så det gick till, tänkte han, överhuvudtaget inte, och hade han bara inte varit så förbannat nyfiken, den där Klaus Meyer, så hade det aldrig behövt hända. Hade man fru och två barn borde man för övrigt vara en smula aktsam, det fanns en... en orättvisa inbakad i alltihop, bestämde Valdemar Roos ilsket, en sorts förbannad orättfärdighet, som han inte riktigt kunde formulera för sig själv. Icke desto mindre var den avgörande. Han bar Annas liv och fortsatta öde i sina händer, så var det, det var det som var själva kärnan i allting, och den där Klaus Meyer hade försökt hindra honom. Han hade faktiskt ingen rätt att komma och lägga sig i... jävla idiot.

Valdemar skakade på huvudet och kramade om ratten. Bort med bilderna, tänkte han. Bort med tvehågsenhet och alla oväsentliga tråkigheter, nu gällde det... nu gällde det att se framåt. Vad var det som var allra viktigast för tillfället?

Att komma inomhus, tänkte han. Självklart.

Hitta ett hotellrum, där de kunde duscha av sig, byta kläder och sova ut i en riktig säng. De hade visserligen inga rena kläder att byta till, varken han eller Anna, de hade tvättat en gång på det där pensionatet i Danmark, men det hade gått lång tid sedan dess nu. Riktigt hur lång visste han inte.

Fast om han bara fick henne i säng, kunde han ta en varm dusch och sedan ge sig ut och handla både det ena och det andra som de behövde. Därefter... därefter skulle han väcka henne, hon skulle ta en dusch... eller ett bad, ett bad vore ännu bättre, han kunde köpa något väldoftande kvinnligt badskum under sin provianteringsrunda... de skulle få i sig en ordentlig frukost... eller lunch eller vadsomhelst... och medan de satt och drack påtår efteråt, mätta och belåtna... han med sin pipa, hon med en cigarrett... kunde de bestämma sig för hur de skulle fortsätta sin resa. Så, precis så.

Italien kanske. Frankrike?

Nöjd med denna enkla planering – och med detta enkla

scenario på sin inre näthinna – satte han på sig säkerhetsbältet och körde ut från parkeringsplatsen.

Med gryningsljuset kom en sorts insikt.

Kanske var det gryningsljusets egentliga uppgift? tänkte han. Det var det det var till för, på gott och ont; det onda i det här fallet bestod av tanken på att åka in i en ny stad, parkera någonstans, leta reda på ett hotell, gå fram till portierdisken och...

I det här tillståndet? tänkte han och drack en klunk ljummet vatten ur plastflaskan. Som jag ser ut? Det går helt enkelt inte, kommer inte att fungera. Om Anna hade varit pigg och på benen, kanske, men att... att släpa in henne genom en lobby, förklara att hon var hans dotter, att de behövde ett rum för en eller två nätter, att de tyvärr blivit bestulna på sina pass, att de ville betala kontant... deras lukt och deras smuts och deras... nej, det var uteslutet.

Å andra sidan måste de komma ur bilen. De måste hitta något slags härbärge; det där med säng och dusch och rena kläder var faktiskt en nödvändighet. En överhängande nödvändighet, tänkte Ante Valdemar Roos. Kunde man säga så? Kunde nödvändigheter vara *överhängande*? Eller var de alltid överhängande?

Det var också en fråga att sitta och grubbla över. Varför kunde han inte helt enkelt...

”Valdemar?”

Han ryckte till och gled med hjulen över till smatterbandet utåt vägrenen.

”Vad är det som låter?”

Det var det första hon sagt på tolv timmar, minst tolv timmar. Hennes röst var spröd som rispapper.

”Anna?” sa han, tog sig tillbaka in i rätt körfil och saktade farten. ”Hur är det med dig?”

”Var är vi någonstans? Är vi inte framme snart?”

”Jodå”, sa han. ”Snart så. Hur känner du dig? Vill du dricka lite?”

Hon andades tungt och försökte komma upp i halvsittande. ”Jag känner mig så konstig, Valdemar. Jag är alldeles... avdomnad, liksom.”

Han sträckte ut handen och klappade henne på armen. ”Vi ska snart stanna”, sa han. ”Vi ska ta in någonstans så du får ligga i en ordentlig säng och vila ut ordentligt.”

”Vila?” sa hon. ”Jag har ju...”

”Ja?”

”Valdemar, jag har ju inte gjort annat än vilat.”

”Du kommer att bli bra snart”, sa han. ”Du behöver få i dig lite mat också. Är du inte hungrig?”

Hon dröjde med svaret, som om hon verkligen försökte känna efter.

”Nej, Valdemar...”, sa hon. ”Jag är inte hungrig... inte ett dugg.”

”Vi måste vara rädda om dig, Anna”, sa han. ”Har du ont?”

Hon kände efter igen.

”Nej, inte ont... bara stumt.”

”Stumt?”

”Ja.”

”Jag förstår. Behöver du gå ut och kissa?”

”Jag tror inte det. Hur långt har vi kvar?”

”En timme, bara”, sa han. ”Sov lite till, så väcker jag dig när vi är framme.”

”Allright”, sa hon.

Kröp ihop igen med ryggen vänd åt honom och filten

över huvudet. Han suckade och riktade uppmärksamheten framåt. En ny avståndsskylt dök upp i vägkanten.

Maardam 129

Utmärkt, tänkte Ante Valdemar Roos. Det var väl det jag tänkte. Plan B.

Kvinnan bakom disken hade något fel på ena ögat. Ögonlocket hängde ner och täckte det till hälften, han antog att hon var blind på det.

Annars kunde hon ha sett bra ut, tänkte han. I fyrtiofemårsåldern; mörk, kanske en smula åt det vulgära hållet, men herregud, stod man bakom disken på ett motorvägshotell, skulle man väl se ut på det här viset?

"You speak English?" frågade han.

Hon bekräftade att hon förstod litegrann. Hennes röst vittnade om whisky och fyrtio cigarretter om dagen. Under en lång rad av år.

Bra, tänkte han, det här är en kvinna som inte ställer frågor i onödan.

"Har kört hela natten", förklarade han. "Hade tänkt fortsätta, men min dotter blev lite åksjuk, så..."

"Ni kan inte checka in före klockan två", sa kvinnan.

"Jag kan betala lite extra", sa Valdemar.

"Ska se vad jag kan göra", sa kvinnan. "En natt, alltså?"

"En natt", sa Valdemar.

Hon bläddrade i en pärm.

"Ni kan få nummer tolv", sa hon. "Femtio extra för tidig incheckning."

"Det blir bra", sa Valdemar.

"Betalning i förskott. Ni kan parkera bilen alldeles utanför, bara."

"Thank you", sa Valdemar. "Thank you so much."

”You’re welcome”, sa kvinnan.

Han betalade och kom på en sak till.

”Hur långt är det härifrån till Maardam?”

”Fyrtiofem kilometer”, sa kvinnan.

”Finns det något samhälle på närmare håll?”

”Det finns Kerran”, sa kvinnan.

”Hur långt är det dit?”

”Sex-sju kilometer. Det kommer en skylt femhundra meter längre fram.”

Hon pekade. Han nickade och betalade.

Tackade en gång till, kvinnan sa en gång till att han var välkommen, så gick han ut till bilen.

När han bäddat ner henne satt han en stund på sängkanten och strök med avigsidan av handen över hennes kind. Hon sov inte riktigt, men verkade heller inte vara ordentligt vaken. Mumlade då och då någonting, men han kunde aldrig uppfatta vad det var hon försökte säga.

Kanske var det heller ingenting viktigt, kanske var det bara sig själv hon pratade med. Han kom att tänka på en fågelunge som han en gång räddat livet på när han var barn. Den hade en bruten vinge och var skadad på en del andra sätt; han hade haft den i en skokartong fylld med bomull, gräs och lite annat under sin säng. På något vis påminde den om Anna, och han mindes ömheten han känt när han satt och nuddade försiktigt med fingrarna vid den. Precis som nu.

Fast en eftermiddag när han kom hem från skolan hade fågelungen varit död, så det var inte riktigt samma sak ändå.

”Jag ger mig iväg en stund”, sa han. ”Åker och handlar lite smått och gott. Är tillbaka om ett par timmar.”

Hon svarade inte.

”Förstår du vad jag säger, Anna?”

Hon mumlade någonting, han tolkade det som att hon sa ja. Att hon tyckte det var bra att han tog itu med det.

”Tre timmar på sin höjd. Det står vatten och läsk här på bordet. Du behöver inte vara orolig.”

Hon suckade och vände sig över på sidan. Utmärkt, tänkte han, hon kommer att sova ett par timmar, sedan kan hon ta en dusch när jag är tillbaka.

”Jag ska köpa cigarretter åt dig också. Och lite rena underkläder. Är det någon speciell storlek du vill ha? Eller färg?”

Hon svarade inte. Han steg upp, kände på nytt hur det högg till nere i korsryggen, och tassade försiktigt ut ur rummet.

45

Kriminalinspektör Barbarotti läste Bibeln.

Åtminstone hade han den i knät, men i väntan på den rätta ingivelsen fick den ligga där. Det var fortfarande tisdagen den 7 oktober, och trots att klockan var tio på kvällen kunde han sitta ute på terrassen. Visserligen med en filt över benen, men ändå. Marianne satt bredvid honom med en filt över benen hon också, och hade just konstaterat att det var någonting med vädret. Med den onaturliga värmen. Apokalyptiskt, hade hon sagt. Det känns apokalyptiskt, tycker du inte det? Som om hela världen går och väntar på att en stor förändring skall ske.

”En katastrof?” hade han frågat. ”Jag tycker bara det är varmt och skönt.”

”Det tycker jag också”, hade hon svarat. ”Jag försöker bara vara en smula dramatisk. Vill du ha lite mera vin?”

Det ville han. Om nu ändå katastrofen skulle komma var det lika gott att ha lite varmt i ådrorna. Marianne har ledig dag imorgon, tänkte han. Bara alla ungar kommer i säng, kan vi älska en stund.

Kanske inte just här, men vi kan gå ner på bryggan.

Den som hennes bror hade byggt. Älska utomhus i oktober, tänkte han. Med gips på en brygga, ja, världen är ur led.

Vädret åtminstone. Tack ska du ha i alla fall, Svåger-Roger.

Fast det var förstås bara en tanke, det där med bryggan; ännu verkade rätt så många av ungarna vara vakna. De kom och gick; med ojämna intervaller passerade de förbi föräldrarna där de satt på terrassen under sina filtar; frågade om än det ena, än det andra, och undrade varför de satt där och hängde.

Inte alla ungarna undrade detta, men en del. Och föräldrarna satt där de satt. För en gångs skull.

"Känner ni inte att det är en förtrollad kväll?" frågade Marianne en av dem, men ungen svarade bara: "Sure alltså, värsta förtrollade kvällen", och talade om att hon hade matteprov imorgon bitti.

Föräldrarna log, skålade i det tysta och rörde lite vid varandra. Efter en stund bestämde sig Gunnar Barbarotti för att det kunde vara dags, stack in pekfingret i Bibeln, slog upp och läste:

Var och en äter köttet på sin egen arm:
Manasse äter Efraim och Efraim Manasse.

"Manasse och Efraim?" utbrast han förvånat. "Hur i hela friden ska jag tolka det här? Köttet på min egen arm?"

"Vet du", sa Marianne. "Jag är inte säker på att Vår Herre alltid uppskattar ditt sätt att läsa Bibeln."

"Jaså?" sa Barbarotti förvånat. "Du menar att min approach skulle vara lite för... osystematisk?"

"Ibland kanske", sa Marianne.

"Det kanske finns en och annan rad som inte är riktigt helgjuten också?" föreslog Barbarotti.

"En och annan", instämde Marianne.

”Eva Backman ska skiljas”, berättade han en halvtimme senare, när Efraim och Manasse var lagda till handlingarna och alla ungar förmodligen kommit i säng. Men innan de ännu tagit sig ner till bryggan. Det var för övrigt högst oklart om de någonsin skulle komma dit, det förstod han, men det var dumt att slå ihjäl tankar för tidigt.

”Skiljas?” sa Marianne. ”Ja, det var väl på tiden.”

”Va?” sa Gunnar Barbarotti. ”Vad menar du med det?”

”Att hon gör alldeles rätt i det, förstås”, svarade Marianne. ”Det är vad jag menar. Om hon hade väntat i två år till kunde det ha varit för sent.”

”Du har ju bara träffat hennes man en gång, eller hur?”

”Ja”, sa Marianne. ”Ibland räcker det med en gång.”

”Jag trodde inte det var något större fel på honom?”

”Det är inget fel på ett glas vatten heller.”

Gunnar Barbarotti tänkte efter.

”Hon har nog väntat rätt länge redan”, sa han.

”Jo, det är ju det jag säger”, sa Marianne. ”Hur är det, behöver hon hjälp?”

”Jag... det vet jag inte. Det är klart att hon behöver prata om det... jag sa att hon kunde få komma hit om hon ville, men hon tyckte det var bättre att sova över på jobbet.”

”Nu i natt?” sa Marianne och tittade på klockan.

”Ja.”

”När talade hon om det för honom, alltså?”

”Hon gjorde det nu ikväll. På telefon. Ja, sedan skulle hon knoppa i polishuset, alltså.”

Marianne rätade upp sig i stolen. ”Gunnar, du förklarade väl för henne att vi har hur mycket plats som helst?”

”Javisst.”

”Och att jag tycker väldigt mycket om henne?”

”Jadå, jag sa allt det där, men hon envisades... jag antar

att hon vill vara ensam också. För att..."

"För att vad då?"

"För att känna efter hur det känns och så. Jag ringde henne för ett par timmar sedan och då sa hon att allt var okej."

"Hm."

Marianne satt tyst en lång stund och snurrade sitt glas. "Ja, det kanske är klokt", sa hon sedan. "Man ska inte sätta på plåster förrän det börjat blöda på riktigt. Vet du vad?"

"Nej", sa Gunnar Barbarotti.

"Jag tycker det är en stor nåd att vi får sitta så här, du och jag. Vi får aldrig tro att vi har gjort oss förtjänta av det. En stor nåd, hör du det?"

"Menar du huset och trädgården och sjön?" frågade Barbarotti.

"Nej, dumskalle", sa Marianne. "Jag menar dig och mig och barnen. Det är fint med huset och trädgården och sjön också, men det är inte det viktiga."

"Jag förstår", sa Barbarotti.

"Är det riktigt säkert, det?"

"Absolut", sa Barbarotti. "Man kan inte begära sådana här nätter heller. Det är nog tjugo grader, eller vad tror du? Mitt i oktober. Du har... du har inte lust att gå ner till bryggan en stund?"

"Bryggan?" sa Marianne.

"Ja."

"Varför inte?" sa Marianne.

Han slog en ny signal till Eva Backman så snart han vaknat.

Hon försäkrade att allting fortfarande var under kontroll, att hon hade sovit åtminstone fem timmar och att hon skulle träffa sin familj för att diskutera framtiden efter arbetsdagens slut. Visserligen innebar det att en viktig innebandyträning fick stryka på foten, men efter vissa förhandlingar hade alla inblandade gått med på arrangemanget.

”Du skämtar?” undrade Barbarotti.

”Tyvärr inte”, svarade hon. ”Och jag är inte förvånad. Tvärtom, jag är glad att alla tar sig tid och kommer.”

”Fy fan”, sa Barbarotti.

”Nu talar vi inte mer om det här”, avgjorde inspektör Backman. ”Jag kommer att bo några dagar hos min bror från och med ikväll, sedan får vi se.”

”Jag berättade för Marianne om läget igår”, förklarade han. ”Hon tycker också att du ska komma till oss.”

”Jag uppskattar det”, sa Eva Backman. ”Det kanske blir så så småningom, men vi behöver väl inte bestämma någonting nu?”

”Naturligtvis inte”, sa Barbarotti. ”Apropå din bror, förresten, så var det en sak jag tänkte på.”

”Jaså?”

”Bor inte han alldeles i närheten av Lograna?”

”Jo... javisst. Varför frågar du det?”

”Nja, jag tänkte bara att vi kanske skulle höra med dom... de kan ju ha sett ett och annat. Jag menar inte själva mordet, förstås, men de kanske stött på Valdemar eller flickan tidigare?”

”Jag har redan kollat det där”, sa Eva Backman. ”Tyvärr, det är ingen av dom som sett nåt.”

”Okej”, sa Barbarotti. ”Det var bara en tanke. Och ingenting nytt från Tyskland?”

”Jag är visserligen i huset”, sa Eva Backman. ”Men jag är inte i tjänst än.”

”Jag är på plats om en timme”, lovade Barbarotti. ”Jag

förväntar mig att du är i tjänst då i alla fall. Vi kommer att hitta den där jävla Valdemar Roos idag, det känner jag på mig.”

”Då litar vi på din manliga intuition”, sa Eva Backman och lade på luren.

46

Plötsligt var det rösterna, inte bilderna, som trängdes i huvudet på henne. Ibland kunde hon identifiera dem, avgöra vem det var som talade, men ibland inte.

Ligg absolut stilla, om du rör dig är du dödens! till exempel. Vem var det som sa det? Det var en man, utan tvekan, det hörde hon, en sträv röst som verkade befinna sig långt borta ifrån henne, och det lät inte så farligt som det först verkade. Det var mera ett råd han försökte ge henne; att hon inte skulle röja sig eller någonting sådant.

Jag är så trött, Anna, du får ta Marek till dagis idag, jag har kräkts hela natten! Det var förstås hennes mamma. *Jamen skynda dig då, de har utflykt, han måste vara där om en kvart!* Och efter en liten paus medan hon tänder en cigarrett: *Jag vet att jag är lite full, Anna, men vi behöver sitta ner och prata. Din far är ingen bra människa, det gör mig ont att behöva säga det, men så ligger det till. Håll dig borta från honom.*

Ja, det var mycket hennes mamma hade att säga henne, och hon balanserade hela tiden på den där finurliga eggen mellan vädjan och hot. Nej, inte hot, det var någonting annat; kanske bara detta att man aldrig riktigt visste vem det var som behövde ta hand om vem.

Och att allting förr eller senare skulle gå åt helvete, det fick man räkna med. Det var ingenting annat än en tidsfråga.

Men Valdemar kom också till tals. *Lilla flicka, vad du har gjort fint. Men var har du lärt dig spela så vackert? Gud skapade ingen brådska, nu tar vi oss en lur.* Med Valdemar kändes det mera som en gammal radiopjäs. Han spelade den goda pappan, eller till och med en farfar eller en morfar, hon själv spelade... ja, sin egen röst hörde hon aldrig, kanske var hon bara den goda, tysta dottern, eller kanske var hon inte ens med i pjäsen utan satt bara och lyssnade på radion.

Och Steffo. Hon ville hålla för öronen när Steffo sa någonting, antagligen gjorde hon det också; försökte trycka in huvudet i kudden och bli döv, men det hjälpte inte eftersom rösterna kom inifrån henne själv, inte utifrån.

Du är min, sa han, Steffo. *Du är bara min. Nu vill jag att du tar av dig naken och visar den där tatueringen, det är din födelsedagspresent och jag har betalat för den.*

Ja, Steffo var lika tydlig som otäck, men vem var det som sa: *Du har gett bort ditt hjärta, Anna, och den som ger bort sitt hjärta är förlorad?*

Och: *Vi har vägt dig på den här vågen, och nålen gav inget utslag. Hur vill du förklara det?*

Hon visste inte. Ändå var det precis samma röster och precis samma ord som återkom hela tiden. Om och om igen, men så småningom började det bli rörigare, rösterna blandades alltmer, de talade i munnen på varandra, trängdes och kivades. Även om ingen ropade ut sitt budskap, vilket det nu var, så stegrades tempot på något vis, de talade allt snabbare, allt mer pockande, som om de inte bara slogs om hennes uppmärksamhet, utan också avkrävde henne någon sorts svar, till och med Valdemar lät irriterad. Till slut var det i alla fall någon som skrek: *Jag heter inte Hitler, jag heter inte Hitler, jag är en god människa!* och det var antagligen det som fick henne att vakna.

Fast gränsen mellan dröm och vaka kändes otydlig och

seg. Hon slog upp ögonen och stirrade mot ett sängbord med en klockradio och ett fönster med neddragna persienner, men rösterna försvann inte helt i och med det. De hördes fortfarande som ett lågmält surr i bakhuvudet på henne, och när hon insåg att det var så, att hon faktiskt var vaken och drömde på samma gång, blev hon rädd. Hörde röster? En sorts iskall, knottrig fruktan kom över henne, hon förstod ju att det var Döden som gjorde sig påmind igen, men den här gången var han inte vänlig och mild, utan skrämmande och hotfull.

Men hur skulle hon orka bekämpa honom? För han måste bekämpas, det kunde inte vara tal om annat. Det värkte inne i hennes huvud som vanligt, dovt och molande, och hennes högra arm var domnad, också som vanligt. Ett vagt illamående höll på att växa till sig, och plötsligt kom där en annan röst, som inte alls lät som de andra; den hade sin plats någonstans djupt inne i bröstkorgen på henne och efter en stund förstod hon att den var hennes egen.

Ta dig ut ur det här rummet, sa den. Du måste till sjukhus. Du är döende. Och den tystnade inte. *Ta dig ut ur det här rummet. Du måste till sjukhus. Du är...*

Hon bestämde sig för att lyda, nästan omedelbart gjorde hon det, men det var inte det enklaste. Bara att komma upp till sittande på sängkanten tog flera minuter. När hon reste sig upp höll hon på att svimma, och att förflytta sig över golvet de få meterna bort till dörren kändes som rena maratonloppet. Tröttheten vägde tonvis, den var en ryggsäck bräddfull av gatsten och skräck och bly och ångest, och hon var tvungen att skrika kommandon åt sina ben för att de överhuvudtaget skulle röra sig.

Hon hade hoppats på att komma ut i en korridor eller något liknande, i den mån hon nu hoppats på någonting alls... åtminstone ett rum där det fanns människor, men istället var det en parkeringsplats. Vinden grep tag i henne, hon vacklade till innan hon bet ihop tänderna och förstod att hon måste fortsätta ännu ett litet stycke. *Måste.* Stod där med handen fortfarande greppande om det kalla dörrhandtaget, som om hon försökte suga kraft ur det på något absurt vis, stod där och betraktade bilarna som var uppradade med nosarna mot henne, som hungriga djur... en blå, en vit, en röd, en röd till och en sorts husbil... bortom bilarna en större väg, hon kunde höra ljudet av trafiken som ven förbi, lite längre bort ändå en gröngul remsa skog och fåglar som flög omkring under en orolig himmel. Var är jag? tänkte hon. Hur har jag hamnat här? Är det hägringar som flyger där igen och åt vilket håll ska jag gå?

Men då kom rösten tillbaka inuti hennes bröstkorg. *Du måste till sjukhus. Du är döende.*

Alltså, tänkte hon och drog ner så mycket luft i lungorna hon orkade. Alltså...

Släppte handtaget och började gå.

När hon öppnade dörren till den lilla motellreceptionen – ett platt litet rum på några kvadratmeter bara, med en disk, två ilsket röda plaststolar och en liten hylla med broschyrer – var hennes krafter slut. Hon föll snett framåt, slog huvudet i broschyrhyllan, började blöda från ett sår strax ovanför höger ögonbryn och landade som ett skjutet villebråd mittemellan de bägge stolarna.

Den enögda kvinnan bakom disken reste sig till hälften, satte handen för munnen och fimpade sin cigarrett.

Därefter tog hon fatt i telefonen och ringde efter en ambulans.

47

”Hur mår du?” frågade Barbarotti.

”Som jag förtjänar”, sa Eva Backman. ”Men vi har nog inte tid att diskutera privatliv, är jag rädd.”

”Varför då?” sa Barbarotti.

Hon ryckte på axlarna och tittade på klockan.

”Vi har en date med Asunander om fem minuter.”

”Med Asunander? Nu igen? Har det hänt nåt?”

”Kan man säga”, sa Eva Backman. ”Sonen ringde hit för en halvtimme sen.”

”Sonen?” sa Barbarotti. ”Du tror inte att du kan vara lite tydligare?”

”Visst”, sa Eva Backman. ”Greger Roos ringde hit nu på morgonen. Det var Toivonen som fick samtalet, men jag tog över efter en minut. Han är därnere, tydligen.”

”Vänta nu”, sa Barbarotti. ”Du säger att Greger Roos, som jag antar är Valdemars Roos son, ringde hit... var är det han bor någonstans?”

”Maardam”, sa Backman. ”Han har bott i Maardam i femton år, arbetar på en bank eller nånting.”

”Jag trodde inte dom hade någon kontakt”, sa Barbarotti. ”Men skitsamma, vad ville han, alltså?”

”Han ville berätta att han haft besök av sin far.”

”Av sin far?” sa Barbarotti. ”Då... då har vi honom, med andra ord?”

”Inte riktigt”, sa Backman. ”Han gjorde bara ett kort

besök, tydligen, och gav sig iväg igen."
"Satan också."
"Kan man säga."
"Hade han flickan med sig?" frågade Barbarotti.
"Nej, han hade inte det. Men han lämnade ett brev."
"Ett brev?"
"Ja."
"Vad står det i det, då?"
"Det vet vi inte. Sonen har inte öppnat det. Men det lär vara adresserat till oss."
"Vad i helvete är det du säger?" sa Barbarotti och stönade. "Valdemar Roos har varit och hälsat på sin son nere i Maardam, lämnat ett brev till oss och stuckit igen?"
"Du har uppfattat det alldeles korrekt", sa Eva Backman. "Ska vi gå in till Asunander, vi kan lika gärna dra fortsättningen där?"
"Ge mig kryckorna", sa Barbarotti.

Asunander såg ut som en katt som visserligen inte hade käkat upp kanariefågeln än, men som hade bitit av den vingarna och trängt in den i ett hörn.

Inte helt missnöjd med andra ord.

Och det är vi som är kanariefåglarna, tänkte Barbarotti. De satte sig, inspektör Backman slog upp sitt anteckningsblock.

"Hur kommer det sig", började kommissarien med utstuderad långsamhet, "hur kommer det sig att vi inte har undersökt det här spåret tidigare?"

"Eh, jag tror nog att...", försökte Gunnar Barbarotti, men Asunander slog ut med handen och klippte av den tänkta fortsättningen. Lika bra, tänkte Barbarotti. När jag nu inte hade någon fortsättning.

”Du är klotterutredare”, sa Asunander. ”Jag skulle föredra att inspektör Backman redogör för saken.”

”Självfallet”, sa Eva Backman och harklade sig. ”Men det här har kommissarien faktiskt fått om bakfoten. Jag var i kontakt med Greger Roos redan dagen efter att vi hittat liket ute i Lograna. Samtalet finns antecknat i min rapport som jag skrev samma dag. Jag har den här om du vill friska upp minnet.”

Den kvinnan, tänkte Barbarotti och bet sig i kinden för att inte le.

”Va?” sa Asunander. ”Jag menar... verkligen? Nå, men varför... varför följde vi inte upp det?”

”Därför att det inte fanns någon anledning”, förklarade Eva Backman. ”Valdemar Roos har överhuvudtaget ingen kontakt med sin son. Sista gången de sågs var på en begravning för tio år sedan.”

”Vems begravning?” frågade Asunander.

”Valdemars första fru. Pojkens mor. Den ägde rum i Berlin, far och son träffades under sammanlagt fyra timmar.”

”Det var inte mycket”, sa Asunander.

”I minsta laget kan man tycka”, sa Backman. ”Det fanns som sagt ingen anledning att förvänta sig att Greger Roos skulle bli inblandad på något vis. Men han lovade att ringa om han på minsta sätt kunde bidra med någonting. Och nu har han alltså ringt.”

Kommissarie Asunander lutade sig tillbaka och funderade i fem sekunder.

”Tre frågor”, sa han.

”Shoot”, sa Eva Backman.

”För det första: Var befinner sig Valdemar Roos i nuvarande stund? För det andra: Var finns flickan? För det tredje: Vad fan står det i brevet?”

”Jag har precis samma frågor antecknade här i blocket”, konstaterade inspektör Backman. ”Plus en till: Ska vi ringa ner och få brevet uppläst för oss?”

Asunander rynkade pannan och funderade igen. ”Vete fan”, sa han. ”Det är klart att det skulle gå snabbast... hur är det, vi har inte fått bekräftat att det skulle vara dom som är skyldiga till den där historien på bensinstationen, eller hur?”

”Nej”, sa Backman. ”Vi har inte det. Och det finns ingenting nytt om polismannens tillstånd heller. Jag tror läkarna medvetet håller honom nedsövd, det är visst ett sådant läge där man bör göra det. Har med svullnaden runt hjärnan att göra, om jag inte tar fel.”

”Jag känner till liknande fall”, instämde Asunander. ”Hursomhelst, vi måste bestämma oss för om...”

Han avbröts av att en av telefonerna på hans skrivbord ringde. Han blängde hastigt på den, men lyfte luren och svarade. Efter bara några sekunder åkte båda hans ögonbryn upp i pannan, men han hade inga tydliga kommentarer till det som sas i andra ändan. Muttrade bara ett och annat ”ja”, ett och annat ”nej”, samt ett ”verkligen?” strax innan han lade på luren efter ungefär en minut.

Knäppte händerna framför sig och vandrade några gånger med blicken mellan Barbarotti och Backman.

”Vi kan stryka fråga nummer två”, sa han sedan. ”Flickan är återfunnen. Hon ligger på Gemejnte Hospital i Maardam.”

”Va?” sa Backman.

”Va?” sa Barbarotti.

”Exakt så, ja”, muttrade kommissarien. ”Togs in där igår eftermiddag, tydligen. Är i rätt så dåligt skick.”

”Dåligt skick?” sa Barbarotti. ”Vad betyder det att hon är i dåligt skick?”

”Det framgick inte”, sa Asunander. ”Men jag har just bestämt mig för hur vi ska ta reda på det.”

”Hur?” sa Backman.

”Ni två”, sa Asunander och lutade sig fram över skrivbordet. ”Ni två flyger ner fort som fan och reder ut det här. Inte bara flickan. Brevet och den här förbannade Roos också. Jag vill ha hans huvud på ett fat, kom inte hem utan honom.”

”Javisst...”, sa Barbarotti. ”Men...”

”Är det något ni undrar över?” frågade Asunander.

”Inte ett dugg”, förklarade inspektör Backman. ”Allt är klart som korvspad.”

I bilen på väg till Landvetters flygplats kom hon på ytterligare en fråga.

”Hur kommer det sig att du fick åka med?” frågade hon. ”Jag trodde du var specialkommenderad som klotterutredare? Det har han ju tjatat om hela tiden.”

Inspektör Barbarotti harklade sig blygsamt. ”Hrrm, jag tror det kan bero på att det fallet är löst”, sa han. ”Möjligen i alla fall.”

”Har du löst det?” utbrast Eva Backman. ”Du vet vem PIZ och ZIP är, alltså?”

”Jag är inte säker”, sa Barbarotti. ”Men jag har lagt en lösning på Asunanders bord... så att säga.”

”Vad fan pratar du om?” undrade Backman.

”Vi kanske kan ta det där när vi kommer hem”, föreslog Barbarotti. ”Nu tycker jag vi koncentrerar oss på vad som hänt därnere i Maardam.”

”Allright”, suckade Eva Backman. ”Jäklar också!”

”Vad då?” sa Barbarotti.

”Familjerådet”, stönade hon och fumlade med mobiltelefonen. ”Jag har glömt boka av familjerådet. Håll tyst nu, jag måste få tag på Ville och förklara läget. Om dom inställer träningen och jag inte dyker upp, kommer jag att förlora både vårdnad och hus och hela tjiddevitten.”

”Det är spännande att jobba med dig”, sa Barbarotti. ”Nästan hela tiden.”

”Tyst”, sa inspektör Backman.

48

Man ska inte slarva med slutet.

Någon hade sagt det åt honom för längesedan, han mindes inte vem. Det borde ha varit farbror Leopold, och han borde ha sagt det någon gång i samband med begravningen, men Valdemar var inte säker på att det var så.

Hursomhelst mindes han rådet: Inte slarva.

Han märkte att det fanns en sorts lätthet inom honom medan han vandrade omkring inne i centrala Maardam och skaffade de förnödenheter han behövde. Egentligen var det ju bara två saker – en helvetes skarp kniv och en helvetes dyr whisky – men han tog god tid på sig. Man ska inte ha för bråttom heller, tänkte han. På slutet.

Han åt lunch på en uteservering. Den låg invid en kanal. Vädret var vackert, han unnade sig två glas rödvin till pastan och var frikostig med dricksen. Satt kvar en stund extra medan han drack kaffe, rökte pipa och betraktade det mörka vattnet, träden som nästan doppade sina grenverk ner i det och båtarna som låg och guppade.

Människorna som strövade förbi. Alla sorter.

Aldrig bättre än så här.

Det tog ett par timmar att hitta en bra skog. Han körde västerut, mot solen, och han hade fortfarande ingen brådska. Lämnade motorvägen på måfå vid en plats som hette Linzhuisen, tog av på en smalare väg söderut, fortsatte igenom ett litet samhälle med ett namn som han inte kunde uttala men som började på Sz-, ett ännu mindre som hette Weid, och kom så småningom att köra nedanför en skogklädd ås som löpte parallellt utmed vägen och en liten å.

Han tog sig över vattendraget via en smal järnbro, svängde vänster in på en enkel grusväg, och vidare upp över åsen. Vägen ringlade sig i mjuka kurvor, ett par hårnålar också, och efter en stund kom han fram till en parkeringsplats, som också visade sig vara utgångspunkten för en vandringsled.

Här, tänkte han. Svängde in, parkerade och stängde av motorn. Här är det.

Det var fortfarande varmt i luften när han klev ur bilen. Nästan ingen vind, långt nere i dalen kunde han höra en hund som skällde. Det stod inga andra fordon på parkeringen, bara en soptunna och en liten anslagstavla där kunde han läsa att det fanns tre olika leder att välja mellan: en röd, en gul, en vit.

Han valde den röda. Den uppgavs vara 6,2 kilometer lång. Det gör ingenting, tänkte han, jag ska ju ändå inte gå hela.

Stoppade ner sina förnödenheter i en plastkasse och gav sig iväg.

Whiskyn, kniven, anteckningsbok och penna.

Efter ungefär tjugo minuters vandring kunde han plötsligt höra sin faders röst. Sträv och lite ovan efter alla dessa år, ändå fullt igenkänningsbar.

Se dig omkring, Valdemar, min pojk.

Han stannade. Torkade pannan med jackärmen och tänkte att det var alldeles rätt. Ett stycke till vänster om stigen skymtade en glänta, den var inte stor, som en cirkusmanege ungefär, men där fanns några stenar att sitta på och det var utsikt över landskapet nedanför. Han hade passerat åskrönet och befann sig på andra sidan nu, åt väster.

Han tog sig in i gläntan och satte sig på en av stenarna, solen hade värmt upp den, trots att det var långt in i oktober. Det är annorlunda här nere på kontinenten, tänkte han. Både somrarna och höstarna pågår så mycket längre. Man kanske skulle ha levt sitt liv här. Som Greger.

Han drog korken ur whiskyn och drack en klunk. Det var en enlitersflaska, den hette Balblair och den hade kostat 229 euro.

Den var mild och god. Tacka fan för det, tänkte Ante Valdemar Roos, det är den finaste sprit jag druckit i hela mitt liv.

På tiden också. Han plockade fram pipa och tobak. Gled ner på marken och lutade ryggen mot stenen istället. Det var bättre. Ännu bättre.

Eftermiddagssolen i ansiktet. Hög, klar luft, ändå en behaglig värme. Gulgröna lövträd som viskade runtomkring honom i den mycket svaga vinden.

Han tände pipan och drack en klunk till. Tog fram anteckningsboken.

Där var av mångahanda slag.

Medan han långsamt och målmedvetet drack ur whiskyn – och medan solen lika långsamt och lika målmedvetet sjönk borta i väster och gav skuggorna spelrum in i gläntan – läste han igenom allt som han nedtecknat ända sedan han satte igång för fem eller sex veckor sedan, eller hur längesedan det nu kunde vara.

Det var ingen brådska med det heller. Då och då stannade han upp, funderade, reflekterade och gjorde en korrigering. Bytte ut ett ord mot ett annat eller hittade ett bättre uttryck. Vissa av tänkespråken, de som kom från Anna eller från rumänen, lät han stå ograverade. En upphovsman är alltid en upphovsman, tänkte han. Det ankom inte på honom att ha synpunkter.

Den sista anteckningen hade han gjort under gårdagen, efter att Anna lämnat honom och efter att han besökt sin son på Keymerstraat. Han hade suttit länge på det där hotellrummet – det hade varit den längsta natten i hans liv, men på intet vis den värsta – bläddrat fram och tillbaka i rumänen innan han hittade det.

För när två människor färdas jämsides uppstår berättelsen om kärleken mellan dem, berättelsen som hela tiden är en annan och hela tiden har en personlighet man inte hade kunnat förutse, som ett barn avlat av deras medvetande i passionerat famntag, och på samma sätt är det trista, träiga föremålet boken inte boken själv utan det redskap med vilket boken har en chans att bli till.

Precis så, hade han tänkt – och tänkte nu också, medan han drack ännu en klunk whisky och lät blicken vandra över det vidsträckta landskapet – precis så har mitt liv inte gestaltat sig. Jag har inga förutsättningar att förstå det där, ändå gör jag det.

Ändå gör jag det.

Han kände att whiskyn börjat fylla sin uppgift. Stoppade pipan och tände den för ett sista bloss, slog upp en ny sida och började fundera över själva slutkommentaren.

Någonting kort borde det vara. Gärna en smula kärnfullt men också av en smula sammanfattande karaktär.

Och hans egna ord, inte några lånade.

Ingenting infann sig dock i huvudet på honom. Istället började det dyka upp personer, en hel rad av dem:

Alice.

Signe och Wilma. Wrigman, Red Cow och Tapanen.

Espen Lund. Greger och hans fru, vad hon nu hette, han hade bara sett henne på bild.

Hans far. Hans mor. Någon som han inte kände igen men som påstod att han hette Nabokov och ville komma med ett klargörande. Han brydde sig inte om honom.

Till slut – men först sedan alla de andra rumsterat om i honom en god stund – Anna. Och när hon kom vek allt annat undan.

Ja, allt annat och alla andra lämnade plats för henne och han kände hur hela hans liv, alla dessa timmar och dagar och år, med ens fanns samlat i en enda punkt. Just här, just nu. Och Anna var med honom på något outgrundligt men samtidigt alldeles naturligt vis; kanske förstod hon det inte riktigt själv, men hon skulle komma att förstå det, det visste han. En dag när hon blivit bra igen skulle hon begripa allt, och veta att det sista han tänkte på var henne. Det var henne han bar på sina händer när han vandrade in i Skymningslandet.

På något förbannat, outgrundligt vis, som sagt.

Med Anna kom också de slutgiltiga orden. Han drack en sista klunk whisky medan han vägde dem i huvudet, så att det skulle bli alldeles rätt.

Svalde, satte pennan mot papperet och skrev.

Händelserna, dom såinihelvete överskattade händelserna, är ingenting annat än parentestecken runt mellanrummen. Det är bra om ni håller det i minnet, ni som rusar blint omkring i världen och tror att ni är på väg någonstans – allting finns i pauserna. Det kan också påpekas att dyr whisky är betydligt godare är billig. Nu är jag färdig, har inte mer att tillägga.

Han läste igenom det två gånger, nickade bekräftande för sig själv och tog fram kniven.

Kände en plötslig tvekan.

49

Barbarotti och Backman landade på Sechshafens flygplats utanför Maardam klockan halv fyra på eftermiddagen, och de tog omedelbart en taxi till Gemejnte Hospital.

Efter vissa missförstånd och vissa felnavigeringar lyckades de till slut hitta fram till rätt avdelning. De möttes av en avdelningsföreståndarinna som hette syster Vlaander och en kriminalinspektör som presenterade sig som Rooth.

Avdelningsföreståndarinnan förklarade att patienten Anna Gambowska, som kommit till sjukhuset föregående dag, hade opererats senare på kvällen, och fortfarande inte var i stånd att svara på några frågor. Men operationen hade gått bra, doktor Moewenroede som genomfört den skulle komma till avdelningen om någon timme, och om de tillresta polismännen önskade ett kortare samtal med honom, skulle det inte möta något hinder.

Därefter lämnade hon Barbarotti och Backman ensamma med inspektör Rooth i väntrummet.

”Och varför sitter du här, närmare bestämt?” frågade Eva Backman när de fått var sin kopp kaffe genom ett vårdbiträdes försorg.

”Fick order om det”, förklarade Rooth godmodigt. ”Oftast går det till så här hos oss. Man får en order och så lyder man den. Har ni det inte så uppe i ert land också?”

Backman tillstod att det var så. I varje fall för det mesta.

”Hon är ju misstänkt för mord också”, lade Rooth till. ”Jag fick i alla fall det intrycket. Men det lär ju ni veta bättre än jag?”

Backman tillstod det också.

”Vet du hur det är med henne?” frågade Barbarotti. ”Mer än vad syster Vlaander sa, alltså?”

Rooth nickade och stoppade en kaka i munnen. ”Hon kommer att bli bra, tror dom visst”, sa han. ”Men inte kan hon väl ha mördat någon, den där lilla saken?”

”Det är inte alldeles klarlagt”, sa Barbarotti. ”Hon är inblandad åtminstone. På sätt och vis.”

”Vad har ni för order?” frågade Rooth.

”Förhöra henne så fort det är möjligt”, sa Backman. ”Ta hem henne om det går. Fast vi bör nog inte stanna mer än ett par dagar.”

”Maardam är ingen dum stad”, sa Rooth. ”Finns en del trevliga krogar om ni får tid. Och hösten är bästa årstiden.”

Barbarotti nickade och betraktade kollegan. Han såg ut att vara i femtioårsåldern, kraftigt byggd med fyrkantigt ansikte och uttunnat hår. Det var någonting bekant med honom, men Barbarotti kom inte på vad det skulle kunna vara.

”Tänker ni sitta och vänta in doktor Moewenroede?” frågade han. ”För i så fall...?”

”Du kan ta ledigt ett par timmar”, sa Backman. ”Vi kanske kan ringa dig när vi tänker sticka härifrån?”

”Lysande”, sa inspektör Rooth. ”Jag har ett par saker jag skulle behöva fixa på stan. Jag är tillbaka inom två timmar.”

De utväxlade telefonnummer och Rooth lämnade dem ensamma.

”Jag tyckte jag kände igen honom”, sa Barbarotti.

”Jag också”, sa Backman. ”Jaha, då sitter vi här då.”

”Det har du rätt i”, sa Barbarotti. ”Jag kanske skulle be att få foten omsedd? Vad tror du?”

”Tror vi ligger lågt med det”, sa Backman.

När doktor Moewenroede dök upp, frågade han dem om de ville ha en utförlig eller en kortfattad beskrivning av Anna Gambowskas tillstånd, och Backman förklarade att de nöjde sig med en kortfattad. Moewenroede berättade att det rörde sig om ett subduralhematom, en ganska vanlig skada efter våld mot huvudet, att operationen hade varit en smula komplicerad, men att den hade gått bra. Patienten behövde sova ut ordentligt, man kunde antagligen räkna med åtminstone en vecka på sjukhuset, men om inget oväntat tillstötte skulle det gå utmärkt att genomföra ett kortare samtal med henne följande dag.

Barbarotti och Backman tackade så mycket och lämnade över polisbevakningen till inspektör Rooth som hade återvänt.

Beställde en taxi nere i receptionen och begav sig till Keymerstraat för att prata med den förhoppningsvis något mer talbare Greger Roos.

Han var en lång, mager man i fyrtioårsåldern. Kanske något yngre, Barbarotti letade hastigt efter drag som på något vis kunde erinra om hans far, men hittade ingenting. Han var klädd i svarta manchesterbyxor, vit uppknäppt skjorta och gav på det hela taget ett lätt sofistikerat intryck. Ingen av alla de talat med hade använt ordet ”sofistikerad” när de försökt beskriva Ante Valdemar Roos, och Barbarotti började förstå att det där med att de inte hade mycket gemensamt nog var med sanningen överensstämmande.

Skulle vara en och annan djupt liggande gen, då.

En hustru och två barn i åtta-tioårsåldern hälsade, drog sig undan till något avlägset hörn av den stora, sparsmakat inredda lägenheten och lämnade dem ensamma i vardagsrummet med tre öl och en skål nötter.

”Du blev överraskad när han dök upp, har vi förstått?” inledde Backman.

”Överraskad är det minsta man kan säga”, konstaterade Greger Roos. ”Han ringde från caféet härnere och två minuter senare stod han i hallen. Vi har inte träffats sedan mammas begravning.”

”Tio år sedan?” frågade Barbarotti.

”Stämmer”, sa Greger Roos. ”Nej, det är tråkigt att behöva säga det, men det har aldrig funnits några starka band mellan mig och min far.”

”Hur gammal var du när de skildes?”

”Fem år. Sedan bodde jag hos min mor hela tiden. Han... min far... fanns liksom aldrig på kartan.”

”Försvann han helt och hållet?” undrade Barbarotti. ”Jag menar...?”

”Vi tillbringade några veckor tillsammans under ett par somrar. Jag tror det var lika plågsamt för oss bägge två. Tyvärr, men det var så det var. Han gjorde liksom inga försök att förbättra relationen, heller.”

”Och din mor?”

”Angående honom?”

”Ja.”

”Hon tyckte nog inte särskilt illa om honom. Men vi pratade aldrig om honom. Hon tyckte nog bara... ja, jag tror hon tyckte att han var en fruktansvärd tråkmåns.”

Nu igen, tänkte Barbarotti.

"Jag minns att hon en gång beskrev honom som ett glas vatten. Ljummet vatten."

Barbarotti kastade en hastig blick på Backman och tänkte på vad Marianne hade sagt.

"Vad sa han när han var här?" frågade Backman. "Hur verkade han och hur länge stannade han?"

Greger Roos skrattade till. "Det märkligaste är att han var så välklädd... ja, kanske inte välklädd på det där snygga sättet. Men han hade nya kläder i alla fall. Kostym, skjorta och slips, det såg ut som om han köpt hela stassen samma dag."

"Det kanske han hade också", föreslog Backman och drog hastigt på munnen. "Han har ju varit på rymmen i flera veckor."

"Möjligt", sa Greger Roos. "Hursomhelst så bad han om ursäkt för att han trängde sig på, men det var en sak han ville be om hjälp med. Två saker, rättare sagt."

"Två saker?" sa Barbarotti.

"Ja. För det första var det alltså det här brevet. Han ville att jag skulle se till att det kom i era händer. Det var oerhört viktigt, påstod han, det skulle förklara allt och det var på heder och samvete."

"På heder och samvete?"

"Han sa så", sa Greger Roos. "Använde just de orden."

"Varför kunde han inte ha skickat det till oss?" undrade Backman.

Greger Roos ryckte på axlarna. "Jag vet inte. Jag frågade aldrig och han förklarade inte varför. Jag var så överraskad över att se honom att jag inte riktigt kom på vad jag skulle säga till honom."

"Vilken var den andra saken han ville ha hjälp med?" frågade Barbarotti.

Greger Roos drack en klunk öl och torkade sig i mungiporna innan han svarade. ”Han ville att jag skulle förlåta honom.”

”Förlåta honom?”

”Precis. Jag sa att han inte hade något att be om förlåtelse för, men han envisades och sa att jag hade fel. Att jag naturligtvis förstod vad han talade om.”

”Att han hade svikit dig som far?” sa Backman.

”Jag antog att det rörde sig om det, ja. Han var väldigt enveten och till slut sa jag att jag gjorde det. Att jag förlät honom. Efter det stannade han bara en halv minut till, lämnade över brevet och gav sig iväg igen. Det var...”

”Ja?”

”Det var nästan som en dröm. Jag var ensam hemma också och jag tänkte faktiskt att jag måste ha inbillat mig alltihop. Men jag nöp mig i armen och jag stod ju där med kuvertet, så jag förstod att det ändå hade varit på riktigt.”

”Hur länge var han här?”

”Fem minuter på sin höjd.”

”Och han nämnde ingenting om vart han var på väg?”

”Nej.”

”Ingenting om någon ung flicka?”

”Nej. Och jag hann liksom inte fråga honom heller. Jag hade ju samtalet från er i bakhuvudet förstås, men det gick för fort alltihop.”

Eva Backman suckade. ”Jag förstår”, sa hon. ”Ja, det är ju ingen vardagshistoria det här, precis. Var har du det där brevet?”

Greger Roos reste sig och gick och hämtade det från ett intilliggande rum. Kom tillbaka och placerade det på bordet. Det var ett stort, tjockt kuvert, Barbarotti hade omedvetet föreställt sig någonting mindre, det här såg mera ut som ett konvolut av något slag.

”Allright”, sa Eva Backman. ”Jag tror vi tar det med oss. Vi kommer att stanna här i stan ett par dagar. Säkert kommer vi att behöva prata med dig igen, går du att nå?”

”Inga problem”, försäkrade Greger Roos och räckte över sitt visitkort. ”Ni kan ringa mig när som helst.”

De tackade, tog i hand och lämnade Keymerstraat.

De satt på inspektör Backmans hotellrum när de öppnade brevet.

Barbarotti märkte att han hade en smula hjärtklappning och han såg på Eva Backman att hon också hade det.

Det stora kuvertet, som var adresserat till ”Polisen i Kymlinge” innehöll två mindre. På det ena, som var tjockt och igenklistrat stod det: ”Anna Gambowska tillhanda”. Det andra, tunnare kuvertet hade bara fliken invikt och saknade adressat.

Eva Backman kastade en blick på Barbarotti. Han nickade, hon vek upp fliken och tog ut ett dubbelvikt pappersark. Texten var handskriven och täckte nästan båda sidorna.

”Läs högt”, sa Barbarotti.

Eva Backman harklade sig och gjorde så:

Jag skriver vid mina sinnens fulla bruk för att allt skall bli klarlagt och inga missförstånd skall behöva uppkomma.

Som människa betraktad har jag varit skäligen misslyckad. Sedan min far dog tror jag ingen har tyckt om mig, då var jag tolv år. Det har heller inte funnits några skäl att tycka om mig, jag har inte varit särskilt förtjust i andra människor heller, så det är inget att orda om.

Men jag har tre liv på mitt samvete och detta behöver deklareras. Det första är den där pojken i Lograna. Han uppträdde som ett svin mot Anna, han var hotfull och slog henne i huvudet med ett järnrör, jag vet inte var han fick tag på det. Jag kom i grevens tid, jag stack kniven i honom för att jag var tvungen, jag ångrar mig inte.

Det andra livet är den där polismannen på rastställct i närheten av Emden. Jag handlade i panik, han trängde sig på oss och ville ta flickan ifrån mig. Det var ett ögonblicks verk och jag förstår att jag begick orätt. Det var en oförlåtlig handling.

Det tredje livet är mitt eget. Jag är utled på det. Jag har levt i snart sextio år, och inte förrän den allra sista tiden har jag sett någon som helst mening med det. Men jag inser nu att denna goda tid är över, och väljer att dö för egen hand, som det så vackert brukar heta. Med tanke på vad jag varit med om den sista månaden är jag glad att jag sköt upp beslutet så länge.

Så har jag också ett fjärde liv på mitt samvete, men i en helt annan mening. Från min himmel, för jag tror att det finns en himmel för alla människor, kommer jag alltid att hålla en skyddande hand över Anna Gambowska, denna ljusgestalt. Pengarna i det andra kuvertet är till henne, det är mina egna pengar, som jag har vunnit på stryktipset och jag har full rätt att göra vad jag vill med dem. I kuvertet ligger också nycklar till två förvaringsboxar på Maardams centralstation, där finns hennes gitarr och hennes andra tillhörigheter.

Jag vill dessutom att flickan ska ha Lograna, hon kan sälja det om hon vill så att hon kan ha råd att studera och komma vidare med sitt liv på bästa sätt. Hon är den enda människa, efter min far, som betytt någonting för mig.

Mina övriga tillgångar kommer Alice och flickorna utan tvivel att lägga beslag på, det må vara dem väl unt. Kanske borde också Greger ha en slant, de får väl diskutera saken.

Detta är skrivet på ett hotellrum i Maardam natten mellan den 7 och 8 oktober 2008 och det uttrycker min sista vilja och mitt testamente.

Högaktningsfullt
Ante Valdemar Roos

Hon räckte över brevet och Barbarotti läste det tyst för sig själv en gång till. När han var klar märkte han att Backman gått och ställt sig vid fönstret och tittade ut. Det hade mörknat nu, ett tunt regn föll över staden, hon stod med händerna knäppta bakom ryggen och gungade sakta fram och tillbaka på hälar och tår.

Han letade en stund efter något att säga, men av någon anledning hittade han inga ord.

Det gjorde uppenbarligen inte hon heller. Ganska länge stannade de kvar på just det viset, hon framför fönstret med ryggen åt honom, han på sängkanten med Ante Valdemar Roos brev i händerna och i huvudet, och han tänkte att han – av skäl som han inte riktigt förstod – alltid skulle komma att minnas just det här ögonblicket. Ett avtryck eller en tablå som långsamt och obevekligt etsade sig fast i minnet och som aldrig riktigt skulle låta sig glömmas.

Till slut vände hon sig om. Betraktade honom dystert och sa: ”En av de där trevliga krogarna som inspektör Rooth nämnde, vad tror du om det?”

”Jo”, sa Gunnar Barbarotti. ”Vi kanske skulle försöka reda ut det här.”

50

Den enögda kvinnan tyckte inte om poliser.

Detta framgick med all önskvärd tydlighet, och han ångrade att han inte presenterat sig som en släkting istället.

”So what?” sa hon. ”Flickan var uppenbarligen sjuk, jag ringde efter en ambulans. Vad har ni med det att göra?”

”Vi är egentligen mer intresserade av mannen”, förklarade Barbarotti. ”Han uppgav att han var hennes far när de checkade in, var det så?”

”Han sa så, ja”, sa kvinnan och tände en cigarrett.

”Hur betedde han sig när han kom tillbaka? Efter att flickan åkt iväg till sjukhus, alltså?”

”Hur han betedde sig?”

”Ja”, sa Barbarotti. ”Vad sa han och vad gjorde han?”

”Har han begått något brottsligt? Varför frågar ni om det här?”

Barbarotti tänkte efter en sekund. ”Han är död”, sa han. ”Vi utreder omständigheterna kring detta dödsfall och en del andra dödsfall. Kan ni vara snäll och svara på mina frågor. Det tar fem minuter om vi gör det här och nu, fyra timmar om jag måste dra med er in till polishuset.”

Det tog skruv. Litegrann åtminstone. ”Jamen, säg det, då”, sa hon och drog två irriterade bloss på cigarretten. Askade i en skål som stod framför henne på disken och såg ut som en torkad hjärnhalva. Barbarotti hoppades att det var en imitation men var inte säker.

"Ja, han kom instormande här, alltså", fortsatte hon. "Han var rätt upprörd. Skrek: var är flickan? Som tur var hade jag en annan kund härinne... en gammal boxare, han heter Bausten, han brukar sova över här då och då. Han tryckte upp honom i ett hörn och sa åt honom att hålla käften."

"Jag förstår", sa Barbarotti. "Och sedan då?"

Hon drog ett nytt bloss och ryckte på axlarna.

"Ja, sedan gick han bort till deras rum. Jag tänkte det var bäst att lämna honom ifred. En halvtimme senare såg jag att han drog iväg."

"Och han kom inte tillbaka?"

"Nej, han gjorde inte det. Jag kollade rummet lite senare. Det var tomt, han hade betalt i förskott, så jag brydde mig inte om det."

"Och ni har ingen idé om vart han skulle åka?"

"Ingen som helst."

Barbarotti funderade igen.

"Och flickan?" frågade han. "Kan ni säga någonting om henne?"

"Hon var avtuppad", sa den enögda kvinnan. "En överdos eller nåt, inte vet jag."

"Det rörde sig inte om en överdos", sa Barbarotti. "Frågade mannen om vilket sjukhus ambulansen tog henne till?"

"Nej."

"Talade han om vart han tänkte åka?"

"Nej."

"Har ni något annat att tillägga?"

"Inte ett ord."

Fan också, tänkte Gunnar Barbarotti. Hoppas det går bättre för Backman.

Eva Backman betraktade flickan som just slagit upp ögonen. Tänkte att hon såg ut som en sparv.

"Så det är du?" sa hon.

"Va?" sa flickan.

Hennes röst var bara en viskning och Backman gav henne lite att dricka ur vattenmuggen som stod på sängbordet.

"Det är du som är Anna Gambowska, alltså?"

"Ja... ja, det är jag. Vem är du?"

"Jag heter Eva Backman", sa Backman. "Jag är polisinspektör i Kymlinge i Sverige. Vet du var du är?"

"Polis?"

"Ja. Vet du var du befinner dig?"

Anna Gambowska såg sig försiktigt omkring. "Jag... jag antar att jag ligger på sjukhus."

Backman nickade. "Alldeles korrekt. Vet du var någonstans?"

Hon skakade på huvudet.

"Du ligger på ett sjukhus som heter Gemejnte Hospital i en stad som heter Maardam."

"Maardam...", viskade flickan. "Han pratade om Maardam."

"Vem?"

Inget svar.

"Vem pratade om Maardam?"

"Valdemar."

"Valdemar Roos?"

"Ja..." Hon fick ett oroligt, flackande uttryck i ögonen. "Var är han någonstans?"

Eva Backman lade handen på hennes arm. Fick fatt i hennes blick och höll kvar den några sekunder innan hon svarade. Bestämde sig för att inte gå omvägar.

"Vi tror att han är död, Anna."

”Död? Är Valdemar... död?”

”Förmodligen är det så.”

”Hur... jag menar... hur dog han?”

”Om han är död, så valde han det själv.”

Först tycktes hon inte förstå riktigt, men så nickade hon. Blundade och bet ihop käkarna. Backman satt tyst och väntade. När flickan öppnade ögonen igen rann tårarna över, men hon gjorde ingenting för att stoppa dem. Lät dem rinna, bara, medan hon höll händerna knäppta över bröstet. Det såg nästan ut som om hon låg och bad. Efter en stund räckte Backman över ett par pappersnäsdukar, flickan tog emot dem, torkade ögonen och snöt sig.

”Jag... jag kan förstå det”, sa hon. ”Ja, det kan jag faktiskt.”

”Du menar att du förstår att Valdemar kan ha gjort så?”

”Ja.”

”Kan du berätta för mig varför du ligger här?” bad Eva Backman. ”Vad är det för fel på dig?”

Flickan tänkte efter, gick med blicken över Backmans ansikte som om hon letade efter någonting. En försäkran... en bekräftelse av något slag.

”Du kan lita på mig”, sa Eva Backman. ”Jag känner till nästan allt som har hänt, men jag vill gärna höra det från din mun.”

Anna Gambowska nickade igen och torkade ögonen torra.

”Jag fick ett slag i huvudet”, sa hon. ”Av Steffo, jag minns det inte men det måste ha varit så. Sedan när jag vaknade var Steffo död, det var bara Valdemar och jag, och vi... ja, vi rymde, kan man väl säga. Vi kunde ju inte stanna kvar... det var omöjligt.”

”Men Steffo slog dig i huvudet med ett järnrör?”

”Ja... ja, det är jag säker på. Även om jag inte minns själva slaget.”

”Hur dog han?” frågade Backman.

Hon såg ut att tänka efter innan hon försiktigt skakade på huvudet.

”Jag vet inte. Jag har ansträngt mig och ansträngt mig, men det kommer inte tillbaka. Han jagar ut mig ur huset med det där röret i handen... jag har en liten minnesbild av att han höjer armen för att klippa till mig, men det försvinner hela tiden...”

”Vet du ändå hur han dog?” frågade Backman.

”Kniv”, sa Anna Gambowska. ”Valdemar sa att det var ett knivhugg i magen och att han förblödde.”

”Vem var det som höll i kniven?”

”Valdemar säger att det var han som gjorde det.”

”Men?”

”Men jag vet inte. Jag har för mig att jag hade en kniv i handen... så kanske... det är så luddigt alltihop, ibland känns det som om jag bara drömt det, men så kan det naturligtvis inte...”

Eva Backman avbröt henne och tog fatt i hennes hand.

”Anna”, sa hon. ”Du kan glömma det där. Det var Valdemar som dödade Steffo, det är precis som han säger.”

”Säkert?” frågade flickan.

”Säkert”, bekräftade Eva Backman. ”Är du trött?”

Hon nickade och försökte le. ”Ganska.”

”Jag måste fråga dig om en sak till. Minns du någonting om att ni fick punktering, du och Valdemar?”

”Punktering?”

”Ja.”

”Nej, det kommer jag inte ihåg. Men vi har kört så långt

och jag... jag har sovit ganska mycket. Det är det här med mitt huvud, tror jag..."

"Du kommer inte ihåg att Valdemar stod och pratade med en polis i samband med att han höll på att byta hjul?"

Ny huvudskakning. "Nej... nej, jag är ledsen..."

"Vet du", sa Backman och släppte hennes hand. "Jag tror du behöver fortsätta vila nu. Om jag kommer tillbaka i eftermiddag eller imorgon och pratar lite mer med dig, skulle det vara okej?"

"Det är okej", sa Anna Gambowska. "Kommer..."

"Ja?"

"Kommer jag att bli bra?"

Eva Backman log mot henne. "Doktorn säger att du kommer att bli bra."

"Vet min mamma om att jag ligger här?"

"Vi försöker ordna så att din mamma kommer hit imorgon. Din lillebror också. Sedan kommer ni att flyga hem tillsammans när du är stark nog."

"Tack", sa Anna Gambowska och slöt ögonen. "Tack så hemskt mycket. Jag är så ledsen för att Valdemar..."

Sedan tog orden slut.

Backman reste sig. En stenhård liten knarkarbud? tänkte hon. Jo, kyss mig.

51

De hittade en bra krog den andra kvällen också. Den låg invid en av kanalerna och hette Grote Flick. De fick ett ostört bord under ett vitkalkat valv, och Barbarotti tänkte att inspektör Rooth hade haft alldeles rätt. Maardam var en stad det gick att bo i.

”Vi har ett par frågetecken kvar att räta ut”, sa han när de beställt mat och fått in en karaff rött vin. ”Eller hur?”

”Jo”, sa Backman. ”Vi har väl det. Vilka tänker du på?”

”Om det verkligen var Valdemar Roos som stack kniven i Stefan Rakic, det är väl det första.”

”Det var han”, sa Eva Backman.

”Jag förstår inte hur du kan vara så säker på det”, sa Barbarotti.

Eva Backman svarade inte.

”Flickan minns inte och han tar på sig det för att hon ska slippa stå till svars”, fortsatte han. ”Det kan mycket väl vara hon som gjorde det. Och hon skulle säkert klara sig, det måste ju gå under självförsvar.”

”Jag tycker du ska sluta ifrågasätta det där”, sa Eva Backman. ”Han har erkänt, hon minns inte. Varför kan du inte nöja dig med det?”

”Jag vet inte”, sa Barbarotti. ”Min sanningslidelse, kanske?”

”Sådana lyxproblem behöver du inte gå till torgs med”, sa Backman och lät plötsligt irriterad. ”Det finns en annan aspekt, för övrigt, men det har du förstås inte tänkt på."

"Vilken då?" sa Barbarotti.

"Stefan Rakics pappa", sa Backman. "Han sitter visserligen inne för tillfället, men han har lovat att döda den som dödade hans son. Jag vill inte påstå att jag fick några goda vibbar när jag träffade honom."

Gunnar Barbarotti drack en klunk vin och tänkte efter en god stund.

"Jag förstår", sa han sedan. "Du har rätt, jag ska inte ta upp den frågan igen."

"Utmärkt", sa Eva Backman. "Hade du fler frågetecken?"

"Varför tog han inte flickan till sjukhus?" sa Barbarotti. "Förstod han verkligen inte hur illa däran hon var?"

Backman tvekade. "Jag vet inte", sa hon. "Flickan säger att han nog inte gjorde det, men om hon sov nästan hela tiden och dessutom hade någon sorts epileptiska anfall, borde han väl ha förstått. Man kan ju välja att blunda för det man inte vill se också."

"Jo", sa Barbarotti. "Han var nog rätt bra på det... eller *är*?"

"Vad menar du med det?"

Barbarotti ryckte på axlarna. "Hur pass övertygad är du om att han verkligen är död?"

"Rätt så övertygad", sa Eva Backman. "Hursomhelst kommer de väl att hitta honom. Oavsett om han lever eller är död. Fast det där brevet kändes äkta, tyckte inte du det?"

"Jo", sa Barbarotti. "Jävligt äkta och jävligt tragiskt."

"Precis", sa Backman. "Och Klaus Meyer har vaknat upp, så han har i alla fall inte hans liv på sitt samvete. Men om Valdemar Roos inte kört ner både sig själv och bilen i en sjö eller en flod, så kommer han att hittas förr eller senare...

som sagt. Det är konstigt, men jag tycker faktiskt inte det känns speciellt viktigt."

"Om han lever är det viktigt", sa Barbarotti.

Backman satt tyst en stund.

"Han lever inte", sa hon. "Kan vi inte bestämma oss för det också."

"Gärna för mig", sa Barbarotti. "Ja, då har jag egentligen bara ett problem kvar."

"Varsågod", sa Eva Backman.

"Flickan", sa Barbarotti.

"Vad har du för problem med henne?"

"De här vittnesmålen om hennes karaktär", sa Barbarotti. "Jag har nästan aldrig träffat en mildare och ödmjukare flicka än hon. Jag såg henne förstås bara en kort stund, men håller du inte med? En stenhård knarkarbrud, det är ju rena skitpratet."

"Det är det utan tvivel", sa Backman. "Till hundra procent. Ja, en sak ska jag i alla fall ta itu med innan vi lägger det här till handlingarna... eller två saker, rättare sagt."

"Vad då?" sa Barbarotti.

"Det där hemmet och den där Dubbel-Johan. Om han nu överhuvudtaget haft flickan i bilen, så hände det någonting helt annat än det han berättade... jag ska ta det med Anna också så småningom. Och Sonja Svensson och hennes Elvafors kan alla gånger behöva en granskning."

"Utmärkt", sa Barbarotti. "Säg till när du behöver hjälp."

"Det kan du lita på", sa Eva Backman.

Sedan satt de tysta en stund. En pianist började spela någonstans längre in i lokalen och ljuset dämpades ett snäpp. Eva Backman kom på en sak.

"Javisst ja", sa hon. "Klotterfallet är också uppklarat, eller hur var det egentligen?"

Gunnar Barbarotti skruvade på sig. "Ja, jo, det är möjligt att det faktiskt är så. Men det ligger på Asunanders bord numera."

"Jo, du sa det. Varsågod, nu är det dags att du rätar ut mitt frågetecken."

"Hm", sa Barbarotti.

"Sätt igång", sa Backman.

"Okej då", sa Gunnar Barbarotti. "Om det är som jag tror, så är det faktiskt inte särskilt komplicerat. Minns du den där klottersaneraren jag berättade om?"

"Kerberos AB?"

"Precis. Han som äger firman heter Kent Blomgren. Jag tror det är hans bägge söner som är PIZ och ZIP."

"Va?" sa Eva Backman och höll på att sätta en klunk vin i halsen. "Vad fan säger du?"

"Jo, det ser ut så", sa Barbarotti. "Det var faktiskt Sara som kom på det, inte jag... om man ska vara ärlig."

"Sara?"

"Ja, hon gick i samma klass som en av de här bröderna, och så satt vi och pratade om det hemma en kväll. Och då kläckte hon ur sig det, han var visst ett riktigt rötägg i skolan, den där Jimmy."

Eva Backman brast ut i ett gapskratt. "Så du menar... så du menar, att sönerna ser till att pappas firma går runt? De klottrar och han sanerar. Det är ju för tusan genialt."

"Det kan nog diskuteras", sa Gunnar Barbarotti. "Asunander använde aldrig det ordet, men jag tror... ja, det här är jag inte säker på, förstås."

"Vad då?" sa Eva Backman.

"Jag tyckte han drog på munnen ett ögonblick när jag la fram lösningen för honom."

”Drog Asunander på munnen?”

”Jag tror det.”

”Det var som fan”, sa Eva Backman.

”Det finns ett egendomligt samband till”, sa Barbarotti.

”Vilket då?”

”Jo, den här Kent Blomgren... herr Kerberos, alltså... var klasskamrat med Lars-Lennart Brahmin på Lokaltidningen. I Göteborg för trettiofem-fyrtio år sedan. Det är ju hans husfasad som råkat värst ut i hela stan, det finns en surdeg där, tydligen... överklass mot underklass, antagligen mer än så också. Men det är gammalt som gatan och jag har inte utrett det ordentligt.”

Eva Backman nickade intresserat.

”Gammalt groll”, sa hon. ”Det låter en smula sjukt, eller hur?”

”Ja. Sen har vi förstås ett annat problem.”

”Vilket då?”

”De blånekar.”

”Aha?” sa Backman. ”Alla tre?”

”Alla tre. Och bevisläget är kärvt. Om sönerna nu har begått de här brotten, så har ju pappan så att säga suddat ut spåren.”

”Otroligt”, frustade Eva Backman. Hon hade just försökt dricka en klunk vin till men blev tvungen att ställa tillbaka glaset på bordet. ”Och det här har Sturegård jobbat med i nästan ett år?”

”Jo”, sa Barbarotti. ”Men ingen skugga över Sturegård. Det var ju Sara som fick en snilleblixt, bara, och vi har som sagt inga handfasta bevis.”

”Hur ska det hanteras, då?” frågade Backman.

Barbarotti torkade bort lite fnas ur ögonvrån med servetten innan han svarade. Backman väntade tålmodigt.

”Tredje graden”, sa han. ”Asunander kommer att förhöra dem alla tre. Tanken är väl att det ska utmynna i en sorts… deal.”

”En deal?”

Barbarotti nickade. ”I det tysta, ja. Asunander skrämmer skiten ur hela familjen, klottret kommer att upphöra. Inga gärningsmän hittade, men problemet är ju ur världen.”

”Frid och fröjd?”

”Frid och fröjd”, sa Barbarotti. ”Fast Kerberos kanske går i putten. Skål.”

”Skål”, sa Backman.

De drack och maten kom på bordet. De åt under tystnad en stund. Pianisten övergick från *Take the A-train* till *Smoke Gets in Your Eyes.* Sedan lade Eva Backman ifrån sig besticken.

”Vet du?” sa hon. ”Och nu blir jag en smula privat. Det har gått ganska precis tre dygn sedan jag talade om för min man att jag inte vill leva med honom längre. Efter det har jag bara pratat med honom en gång, när jag ringde och sköt upp familjerådet… tycker inte du det är lite konstigt? Han har inte försökt ringa mig en enda gång.”

Barbarotti nickade. ”Han kanske är förstummad av sorg?”

”Tror inte det”, sa Eva Backman. ”Det är nog snarare så att de tränar och kollar på sport dygnet runt nu när dom fått chansen.”

För ett ögonblick tyckte han att han såg ett drag av bitterhet i hennes ansikte. Det var i så fall första gången.

Första gången under alla dessa år.

”Vad är det med er män?” sa hon. ”Valdemar Roos. Min man. Johan Johansson… och Kerberos. Förstår du vad jag talar om?”

”Jag tror det”, sa Gunnar Barbarotti försiktigt. ”Men jag har inget bra svar. Kanske... nej...”

”Fortsätt”, bad Eva Backman.

”Det är som om vi är födda med ett hål.”

”Ett hål? Jag hade för mig att det var vi kvinnor som hade ett...”

”En annan sorts hål”, sa Barbarotti.

”Förklara”, sa Backman.

”Tja, det är liksom en brist eller ett tomrum som måste fyllas ut. I alla fall har vi en defekt från första början som inte ni kvinnor har. Ett frågetecken... vissa försöker räta ut det med sport, helt enkelt, det finns inget som är så okomplicerat som sport... nej, jag kan inte uttrycka det här.”

Han tystnade. Såg att Eva Backman betraktade honom tvärs över bordet med ett tvetydigt leende på läpparna. ”Du har tänkt på det här förr”, sa hon.

”Bara sedan jag fyllde tretton”, erkände Barbarotti. ”Hursomhelst finns det en sorts gemensam könsskavank, det har du alldeles rätt i. Många av oss lyckas hantera den, men inte alla.”

Backman höjde sitt glas. ”Jag tycker om det ordet”, sa hon. ”Könsskavank. Vi börjar verkligen närma oss djupa saker nu, tycker du inte det?”

”Jo”, sa Barbarotti. ”Botten är nog nådd, åtminstone för min del. Det finns fler ord än tankar också, det är ett annat problem... fast det gäller nog båda könen, när jag tänker efter.”

Eva Backman skrattade. ”Sorry”, sa hon. ”Ledsen att jag tog upp det. Synd att du sålde din lägenhet, från det ena till det andra.”

”Varför då?” sa Barbarotti.

”Jag kunde ha köpt den”, sa Eva Backman. ”När jag nu

ska börja leva singel. Jag tyckte om den där balkongen."

"Det gjorde jag också", sa Barbarotti. "Men jag är rätt säker på att det finns andra balkonger i stan."

"Tror du det?" sa Eva Backman.

"Jag kan gå ed på det", sa Gunnar Barbarotti.

Men innan kvällen var över återkom de ännu en gång till Ante Valdemar Roos. Det var när de bara hade var sin espresso och var sin liten konjak kvar på bordet.

Gunnar Barbarotti kände att han var behagligt berusad och han tänkte att det här var just ett sådant där ögonblick som gärna fick dröja sig kvar lite. Ligga för ankar och flyta på samma ställe en stund i tidens ström. Han skulle just till att formulera den tanken i ord också, när Eva Backman sa:

"Vilket är det bästa slutet på den här historien, tycker du? Om Valdemar Roos, alltså."

"Jag är inte säker på att jag förstår frågan", sa Barbarotti.

"Vi har ju kommit överens om att han är död", sa Eva Backman. "Men det grämer dig lite, erkänn att det gör det?"

Gunnar Barbarotti lyfte sitt glas och luktade på den ädla drycken.

"Känner du till", sa han, "att konjak är den enda dryck som med fördel kan konsumeras genom näsan?"

"Nu försöker du bara vinna tid", sa Eva Backman. "Nå, det grämer dig att du aldrig får träffa tråkmånsen Valdemar, det vet jag. Marianne har alldeles rätt, du har en skruv lös där."

"Hm", sa Barbarotti. "Kanske det. Men om han skriver ett falskt självmordsbrev, så måste jag säga att han sjunker i min aktning... är du med?"

”Naturligtvis”, sa Backman. ”Så vilket är det bästa slutet, alltså? Det var det som var frågan.”

Gunnar Barbarotti konsumerade en liten mängd konjak – genom munnen – innan han svarade.

”Det bästa slutet är att vi aldrig får reda på det”, sa han sedan. ”Oavsett om han faktiskt tagit livet av sig eller inte, så får vi aldrig svaret. Han kan ligga på botten av en sjö från och med nu fram till domedagen, eller dö en naturlig död i Barcelona om tjugofem år... skitsamma, det viktiga är att vi inte får veta vilket.”

”Menar du verkligen det?” sa Eva Backman.

”Ja”, sa Gunnar Barbarotti. ”Jag menar verkligen det.”

Backman tänkte efter en stund, sedan log hon.

”Du har rätt, Gunnar”, sa hon. ”Det är synd att jag är lite berusad, för jag tror du sa någonting ovanligt klokt där. Vore jag nykter skulle jag alla gånger kunna utveckla det.”

Och Gunnar Barbarotti log han också, medan han långsamt fylldes både av själva nuet – jazzpianot, den lilla skvätten konjak som fortfarande låg och dallrade på botten av glaset, Eva Backmans välbekanta skrattrynkor och det diminutiva födelsemärket ovanför hennes högra ögonbryn, de halvslumrande men alltid närvarande tankarna på Marianne, på barnen, på behovslösheten och harmonin som utan förvarning infunnit sig i hans liv, det stillsamma, civiliserade sorlet under källarvalven i en främmande stad – och av den egenartade inre tillfredsställelse en blind höna känner när hon äntligen tror sig ha hittat ett korn.